JENS SPARSCHUH

Das Leben kostet viel Zeit

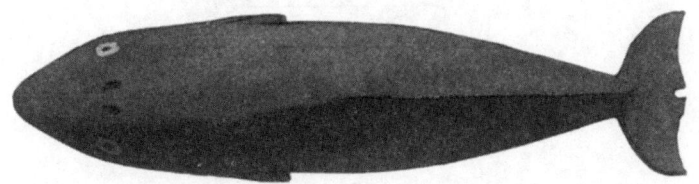

Roman

Kiepenheuer & Witsch

Die Arbeit des Autors wurde großzügig
vom Deutschen Literaturfonds e.V. gefördert.

Verlag Kiepenheuer & Witsch, FSC®-N001512

2. Auflage 2018

© 2018, Verlag Kiepenheuer & Witsch, Köln
Alle Rechte vorbehalten. Kein Teil des Werkes darf in irgendeiner
Form (durch Fotografie, Mikrofilm oder ein anderes Verfahren) ohne
schriftliche Genehmigung des Verlages reproduziert oder unter Verwendung
elektronischer Systeme verarbeitet, vervielfältigt oder verbreitet werden.
Umschlaggestaltung: Rudolf Linn, Köln
Umschlagmotiv: Adelbert von Chamisso, Wal-Zeichnungen, 1823
© bpk / Staatsbibliothek zu Berlin, Handschriftenabteilung
Autorenfoto: © Peter Peitsch
Gesetzt aus der Adobe Caslon
Satz: FelderKölnBerlin
Druck und Bindung: CPI books GmbH, Leck
ISBN 978-3-462-04997-8

Dienstag, 23. Mai

»Stimmt was nicht?«

»Ja«, sagte Wanda.

Lange schaute sie Brose an. Und dann sagte sie leise, fast entschuldigend: »Eigentlich – – – alles.«

Ein Lächeln hing verrutscht in ihrem Gesicht; jederzeit, so schien es, konnte es herunterfallen und in tausend Stücke zerspringen.

Dabei, an diesem Dienstag hatte alles so perfekt begonnen. Ein richtig guter Vormittag hätte es werden können. Luftig zogen ein paar Wolken über den beinahe schon sommerlichen Frühlingstag hinweg. Als weißflockiges Kontrastprogramm zum himmlischen Blau ließen sie das Firmament noch höher erscheinen, noch intensiver leuchten, flirren.

Die beigefarbene *LebensLauf*-Mappe locker unter den Arm geklemmt, war Titus Brose um halb zehn vom Parkplatz gekommen, durch das Foyer geschritten, selbstbewusst am Fahrstuhl vorbei, den er wie stets stolz ignoriert hatte, um dann, immer zwei Stufen auf einmal, zu ihr in den zweiten Stock zu eilen. Nachdem er kurz angeklopft hatte, war er in Wandas Zimmer getreten. Was heißt »getreten«? Hineingeweht war er, wie ein Frühlingswind. Auf demonstrative Weise wurde er in diesem Seniorenheim jedes Mal unglaublich leichtfüßig; das war unfair, er wusste es. Es war eine widerrechtlich angemaßte Jugendlichkeit, die sich nur angesichts des allgemeinen Siechens und Kriechens rundum behaupten konnte; abstellen ließ sich es trotzdem nicht.

Sogar an Blumen für Wanda hatte er noch gedacht, Tulpen von Shell, gelbe und rote.

Unterm Strich waren es exakt die zweihundertvierzig Seiten geworden, die sie vereinbart hatten; darüber war Brose sehr froh. Der Fototeil musste noch eingearbeitet werden, kein Problem. Auf ein Namensregister verzichteten sie natürlich. Mehrkosten waren keine angefallen.

Sie mussten sich abschließend noch über einen Titel für Wandas Lebenslauf verständigen. »Wanda im Wandel«, wie es Brose einmal, als ihm ihre Erzählung zu sehr mäanderte, spaßeshalber vorgeschlagen hatte, war natürlich Unsinn, aber etwas in dieser Richtung hätte es seines Erachtens schon sein können.

Wanda hatte sich extra für diesen Anlass schick gemacht, es schien ihr also wichtig zu sein. Schließlich, es war das erste Mal, dass sie schwarz auf weiß zu lesen bekam, was »dieser junge Mann« – und damit war tatsächlich er, Brose, gemeint – aus den Mitschnitten ihrer mehrtägigen Sitzungen herausgefiltert, in eine chronologische Ordnung und am Ende zu Papier gebracht hatte.

Diese kupferfarben schimmernde Seidenbluse beispielsweise, die sie an diesem Tag trug, kannte er noch gar nicht. Ebensowenig die Kette mit den kullerigen Bernsteinen, die ihn an Honigbonbons erinnerten.

Sie hatte wohl auch versucht, sich zu schminken. Die schrägen schwarzen Striche anstelle ihrer Augenbrauen wirkten clownesk, wie von einer frechen Kinderhand gemalt.

Er hatte Wanda übrigens von Anfang an sehr gemocht.

Sie setzte die Brille auf und während sie schon zu lesen begann, wurde ihm wie von Geisterhand – aber es war nur Wandas runzelige Hand – die Teetasse zugeschoben.

Bevor Wanda die Seiten umblätterte, leckte sie stets die rechte Zeigefingerspitze an. Brose kannte das schon, das war ein Reflex bei ihr. Als sie vor ein paar Wochen die beiden Schuhkartons mit ihren alten Briefen und den Zeugnisheften durchgesehen hatten, hatte sie das auch immer so gemacht, Blatt für Blatt.

Einmal, für einen winzigen Moment, blieb ihr gekrümmter Finger vor dem nächsten Umblättern nachdenklich an der trockenen, rissigen Unterlippe hängen und gab den Blick auf ihren Unterkiefer frei. Das mürbe, hellrosa Zahnfleisch hatte sich schon weit zurückgezogen und bedeckte kaum noch die langen Zahnhälse, deren Konturen sich bereits deutlich darunter abzeichneten.

Wie bei einem Totenschädel, dachte Brose verwirrt und gerührt, er war nahe daran, tröstend die Hand auf ihren altersfleckigen, spillerigen Haut-und-Knochen-Unterarm zu legen. Wanda schaute auf.

Energisch, als wollte sie einen lästigen Gedanken abschütteln, schüttelte sie den Kopf.

»Sie müssen einfach mehr trinken, Wanda.«

Wanda nickte, beachtete ihn aber nicht weiter. Gerade hatte sie sich wieder ein neues Blatt vorgenommen. Aus ihrem Gesicht hatte Brose bisher noch nichts ablesen können, weder Zustimmung noch Ablehnung.

Er lehnte sich vorsichtig, weil der Polsterstuhl etwas wackelig war und bedenklich unter ihm knarrte, zurück, schlug die Beine übereinander und tat so, obwohl es ganz profane Jeans waren, als würde er sich die Hose glattstreichen. Eine Verlegenheitsgeste, die alles entscheidende Frage war jetzt: Was würde Wanda zu den Aufzeichnungen sagen?

Bewegungslos betrachtete sie das Blatt, das sie in ihren Händen hielt. Auf einmal war sich Brose nicht mehr sicher, ob sie überhaupt noch las.

Ihr Blick war nach unten, auf das Papier gerichtet, so dass er nur ihre faltigen, feingeäderten Augenlider sehen konnte. Vielleicht langweilte sie das alles ja auch, und sie war über der Lektüre längst eingeschlafen?

Er hörte, wie sie ruhig und gleichmäßig atmete.

Mein Gott, auf einmal war Brose hellwach: War sie

jetzt wirklich eingenickt? Er überlegte, ob er sie nicht probehalber ansprechen, leise etwas zu ihr sagen sollte – *Hallo? Wanda ...* –, da bemerkte er unter ihren dünnen Lidern die rasche Bewegung der Augäpfel, wie sie hin und her rollten.

Gut, sie las also doch.

Sie musste nur an einer Stelle innegehalten haben, durch irgend etwas, einen kleinen Fehler vielleicht oder eine Ungenauigkeit, aufgehalten worden sein, wer weiß. Leider hatte er nicht erkennen können, auf welcher Seite das gewesen war, das musste er sie nachher unbedingt fragen.

Brose konnte jetzt nur noch abwarten und – – – er trank einen Schluck Tee, der war inzwischen aber schon kalt geworden, er schmeckte bitter.

Sein Blick wanderte aus dem Fenster in den Park hinaus, wobei »Park« eine Übertreibung war. Eigentlich waren es, halbrund eingerahmt von einem blickdichten Tannenwald, nur ein paar Eichen, die das Seniorenpflegeheim *Altes Fährhaus* stämmig umstanden. Dazwischen ein Plattenweg für die immergleichen Rundgänge. Da es sich in den meisten Fällen aber nur noch um Rundfahrten mit dem Rollator oder im Rollstuhl handelte, wurde der Weg von Insassen wie Pflegekräften auch die »Rollbahn« genannt.

Weit kam sein Blick nicht. Die Äste und Zweige der Eiche vor Wandas Fenster streiften beinahe die Scheiben und versperrten die Aussicht. Auch wenn die Sonne schien, befand sich Wandas Zimmer dauerhaft in einem Dämmerzustand.

Deswegen hatten sie einen Großteil der Aufnahmen auch unten im verglasten Speisesaal gemacht, wo man seine Gedanken frei schweifen lassen konnte.

Von dort aus hatte man einen weiten Blick – über den Kanal, auf dem die Spiegelbilder der Wolken schwammen, die aussahen wie verirrte Ausflugsdampfer der Weißen Flotte, über die gerupfte Koppel hinweg, wo manchmal ein paar dicke graue und braune Pferde mit gesenkten Köpfen herumstanden, bis hin zu einem störrisch aus dem platten Land aufragenden, windzerzausten Waldstück, das das Bild, weit hinten, begrenzte.

Auch wenn Brose in Wandas Zimmer immer extrem schnell müde wurde, diesmal musste er wach sein, musste aufmerksam registrieren, wie Wanda den Text aufnahm. Schließlich handelte es sich bei diesen zweihundertvierzig Seiten um nichts anderes als ihr Leben, beziehungsweise um das, was er davon aufgeschrieben hatte. War alles in Ordnung, das war laut Vertrag die »Abnahme«, konnten die Papiere vervielfältigt, gebunden und schließlich ein paar Tage später an den Auftraggeber überreicht werden. Damit war dann auch die zweite und letzte Rate fällig.

Laut raschelte es. Ein Lebenszeichen?

Erstaunt, fast erschrocken, sah Brose, wie Wanda die Seiten immer schneller, immer ungeduldiger umblätterte und dann einen ganzen Stapel Papier ungelesen ablegte.

Er stand auf und goss ihr Mineralwasser nach, medium, aus der grünen Flasche.

»Stimmt was nicht?«, fragte er vorsichtig.

»Ja«, sagte Wanda leise.

Sie schauten sich an.

»Eigentlich ... alles.«

»Wie jetzt!« Brose musste laut, beinahe hektisch auflachen. »Wanda, Sie haben mir das doch alles so ins Aufnahmegerät gesprochen, was, bitte schön, soll denn daran nicht stimmen?«

Sie sagte nichts.

»Sicher«, gab er zu, »sicher, manchmal, da musste ich noch an den Formulierungen herumfeilen, glätten, damit es sich besser liest. Und Wiederholungen, klar, die gibt es zwangsläufig beim Reden, die musste ich natürlich auch streichen, aber sonst ...«

Sie schüttelte nur störrisch ihren grau-lila gelockten Kopf.

»Ich verstehe es einfach nicht.« Wanda hatte die Papiere weit von sich geschoben. Sie lagen jetzt zwischen ihnen auf dem Tisch.

»Aber was verstehen Sie denn nicht?«

»Na, zum Beispiel, woher Sie mein richtiges Alter wissen?«

Brose starrte sie an.

»Ja, ich habe mich doch immer um drei Jahre jünger gemacht. Das habe ich Ihnen, junger Mann, aber garantiert nie erzählt! Warum sollte ich denn? Und hier steht es auf einmal richtig. Das ist falsch.«

Das verstand Brose auch nicht.

»Darf ich mal bitte sehen?«, fragte er leise, er nahm unschlüssig den Stapel zur Hand.

»Aber das ist längst noch nicht alles«, sagte sie, halb

verärgert, halb resigniert. »Gehen Sie doch bitte mal auf den Anfang von Teil zwei.«

»Welche Stelle meinen Sie da?«, fragte er.

»Na die, wo ich mit meinen Eltern die große Freitreppe heruntergelaufen komme!« Es war nicht mehr zu überhören, wie ungeduldig sie inzwischen geworden war. »Meine Einschulung, Herr Brose.«

Er blätterte, betont ruhig jetzt, zurück; sicher ein Missverständnis, das leicht aufzuklären war, und begann still für sich die Seite zu lesen. Stimmt, hier ging es um die Einschulung – aber komisch, von einer Freitreppe stand da kein Wort.

»Sehen Sie?«, rief sie triumphierend.

Brose sah nichts.

»Damals, das weiß ich noch ganz genau, hatte ich einen Plisseerock an, ja, einen blauen, einen dunkelblauen Plisseerock. Und das habe ich Ihnen auch so gesagt.«

Mit einem raschen Griff hatte sie die Papiere wieder an sich genommen und starrte sie ärgerlich an.

Brose hörte es ticken.

Das war aber kein Zeitzünder, der an dieser Stelle gut zur explosiven Stimmung gepasst hätte, es war lediglich der alte Regulator mit den römischen Ziffern, der bei Wanda auf der Kommode stand und stoisch, mit enervierender Gleichgültigkeit, die Zeit in ihre Einzelteile zerlegte.

Nach kurzem Suchen tippte Wanda mit dem gekrümmten Zeigefinger auf eine Stelle im Text und las laut vor: »… Es war ein wunderschönes, von meiner

Großmutter genähtes rosarotes Kleid mit Rüschen und Schleifen.«

Ihre Augen funkelten Brose an.

»Das ist doch ...«, und dann sagte sie ein Wort, das Brose schon seit Ewigkeiten nicht mehr gehört hatte und das wie aus einem fernen, versunkenen Zeitalter zu ihm herüberklang, »... ungezogen! Sie können das doch nicht einfach alles ändern.«

Sie blätterte weiter. »Und das ist längst noch nicht alles, junger Mann, längst noch nicht alles.«

Beim raschen Umblättern hatte Wanda nicht aufgepasst und Broses Teetasse umgestoßen, sie war scheppernd von der Untertasse gerutscht und vom Tisch gefallen. Brose konnte die hauchzarte Porzellantasse nicht mehr auffangen, er glaubte schon, ihr feines Klirren zu hören. Doch der dicke Teppich dämpfte ihren Aufprall, begierig sog er den letzten Schluck kalten Tee auf.

Nichts passiert, zum Glück, dachte Brose erleichtert, er hob die leere Tasse auf und stellte sie wieder an ihren Platz. Mit einem kurzen, tadelnden Seitenblick registrierte Wanda diesen Vorfall – es sah tatsächlich so aus, als würde sie gnädig über eine Unachtsamkeit Broses, die ihr aber nicht so wichtig war, hinwegsehen; sie blätterte die Seite um.

»Hier!«, sagte sie auf einmal. »Ich bin auch nie in Halle zur Schule gegangen, niemals. Wie kommen Sie denn bloß auf Halle?«

Halle, das hatte sie so anklagend hervorgestoßen, dass es laut und lange in Brose nachhallte: ... *Halle?* Halt, irgend etwas schien hier wirklich nicht zu stimmen, das wurde auch ihm allmählich klar.

»Moment, in Halle? Kann ich doch noch mal bitte die Papiere ...«, fragte er vorsichtig.

Wanda hielt sie fest umklammert, wie ein wichtiges Beweismaterial, das sie unter keinen Umständen leichtfertig aus der Hand geben durfte.

»Und dann: Ich habe auch nie eine Lehre als – was steht da? –, als ›Hutverkäuferin‹ gemacht. Wie kommen Sie denn darauf, Herr Brose? Sicher, nicht uninteressant ... und ich habe mich früher auch immer sehr für Mode interessiert, ja, aber ich habe studiert. Das war zu dieser Zeit sogar ziemlich außergewöhnlich. Das können Sie doch nicht einfach weglassen!«

Nein, natürlich nicht.

»Und mein Mann übrigens, der hieß auch nicht Waldemar. Das wüsste ich.«

»... nicht Waldemar«, wiederholte Brose kleinlaut. »Kein Problem, das lässt sich ja alles noch ändern.«

Ungläubig, fast feindselig, starrte sie ihn an.

»Nein, nicht das mit Waldemar natürlich«, sagte er leise, »also dass der ihr Mann war, meine ich, aber ...« Oh Gott! Eine dunkle Ahnung stieg in ihm auf, so dunkel, dass sie ihm jede Sicht nahm, ihm wurde schwarz vor Augen.

»Wanda ...«

»Ja?«

»Das ist mir jetzt un- - -glaub- - -lich peinlich.«

Sie nickte zufrieden.

Verdammt, endlich kapierte er, was los war: Vorhin, auf dem Parkplatz, musste er doch tatsächlich beim raschen Griff in die Hängeregistratur seiner Ablagebox, in der lauter Mitschriften, Vertragsunterlagen, fertige und halbfertige Lebensläufe steckten, die beiden Mappen verwechselt haben: Wanda hatte die ganze Zeit, Seite für Seite, die Lebenserinnerungen von Frau Emma Paczensky (Erdgeschoss, Zimmer 12) gelesen, ebenfalls im beigefarbenen Einband.

Als er sich kurz geräuspert und ihr schließlich seinen Fehler gestanden hatte, sagte sie nur: »Ach so. Na, sehen Sie, hatte ich also doch recht.« Beruhigt lehnte sie sich zurück.

»Aber, Wanda, ich verstehe nicht, das ... das muss Ihnen doch gleich aufgefallen sein, warum haben Sie denn nicht sofort etwas gesagt und immer weitergelesen?«

»Ich weiß nicht. Wie ich das so gelesen habe, kam es mir, abgesehen von den Fehlern natürlich, sonst hätte ich mich ja auch nicht so darüber aufgeregt, kam es mir alles sehr ...«

»... fremd«, versuchte er ihr behutsam zu soufflieren, er wusste, dass sie manchmal Wortfindungsprobleme hatte.

»Nein, gar nicht«, widersprach sie, »im Gegenteil. Es kam mir alles sehr ... sehr plausibel vor. Sagt man doch so, oder?«

»Plausibel?«

»Ja, ich konnte es mir eigentlich ganz gut vorstellen

alles, es hat mir gefallen.« Sie sah ihn streng an: »Bis auf die Fehler eben.«

»Aber Wanda! Das ist doch im Grunde, also … ein komplett anderer Lebenslauf, eine völlig fremde Biografie.«

»Na ja, wahrscheinlich hat es mir deswegen so gut gefallen. Erst dachte ich, vielleicht habe ich das eine oder andere bloß vergessen. Aber wenn das so schwarz auf weiß dasteht, vor einem steht, meine ich, ist man sich plötzlich auch nicht mehr so ganz sicher. Es war jedenfalls interessant, das zu lesen, mir das alles so vorzustellen, wie es … Ich konnte Ihnen das nur vorhin nicht so schnell … Ich habe manchmal, na, mit den Worten eben …«

»Wortfindungsprobleme.«

»Ja, richtig. Sie sagen es.«

Lange dachte sie nach.

»Aber jetzt will ich Ihnen auch mal was sagen, Herr … Wer keine, hm … wie nennen Sie das?«

»Wortfindungsprobleme«, wiederholte er leise.

»Richtig. Wer das … das da nicht hat, ja – – – der hat als Schriftsteller völlig versagt, der hat seinen Beruf verfehlt.«

»Wanda, ich bin kein Schriftsteller.«

»Ich weiß.«

»Das habe ich Ihnen doch nun schon so oft erklärt. Ich bin Journalist. Oder ich war es zumindest. Und ich sitze heute hier mit Ihnen zusammen, weil ich Ihre Lebensgeschichte aufgeschrieben habe, das ist ja unsere Arbeit bei *LebensLauf*. Sie haben mir alles erzählt. Ich habe das mit meinem Rekorder aufgenommen, dann abgetippt und ...«

»Ach! Interessant.«

»Wanda!«

»Ja?«

»Kann es jetzt weitergehen?«

»Ein Schriftsteller, der sucht dauernd nach Worten, nach den richtigen Worten. So ist das nämlich.«

»Soll ich jetzt vielleicht doch mal die richtige Mappe holen? Die liegt unten im Auto. Ich bin ...«

»Ja, ich bin auch müde. Wollen wir nicht eine kleine Pause machen?«

Brose griff in die Jackentasche, er spürte die Zigarettenschachtel. »Natürlich. Gerne.« Manchmal wusste er nicht, ob Wanda nicht einfach nur mit ihm spielte.

Als er vor ihrer Zimmertür stand, rief sie etwas.

Brose verstand es nicht genau, er drehte sich um, starrte den staubigen Trockenblumenkranz an, der dort in Augenhöhe angebracht war, wie auf einem Friedhof, dachte er, dann öffnete er noch einmal die Tür: »Wanda?«

»Egon«, wiederholte sie voller Andacht und schloss dankbar die Augen, ihr Gesicht strahlte von innen.

»Was, wie bitte?«

»Mein Mann. Der hieß Egon. So ist das nämlich.«

Die weiße Frau stand am Aschenbecher neben dem Haupteingang des *Alten Fährhauses*, sie hielt sich an ihrer Zigarette fest. Als sie Brose kommen sah, nickte sie ihm zu, schnipste die Asche ab und trat ein Stück zur Seite. Er stellte sich zu ihr. Schweigend schauten sie hinüber zum Kanal.

Dass er sie kennen würde, wäre zu viel gesagt. Brose wusste nicht einmal, wie sie hieß, nur, dass eine »Simone« ihre Tochter oder ihre Enkeltochter war.

Wegen ihrer schlohweißen Haare war sie für Brose einfach nur »die weiße Frau« – und als solche ein fester Bestandteil des Heims, fast so etwas wie ein Inventarstück; eines, von dem ständig in kleinen Wölkchen Rauchzeichen aufstiegen. Manchmal gab sie auch orakelhafte Sätze von sich.

Es zeugte von der Vertrautheit zwischen den beiden, dass sie einfach so, rauchend, nebeneinander stehen und miteinander schweigen konnten.

Sonst unterhielt sich Brose auch ganz gerne mit ihr. Die beiden großen, zentralen Themen, die üblicherweise alle Heimgespräche vom Morgen bis zum Abend dominierten, das Essen und das Wetter, spielten für die weiße Frau absolut keine Rolle.

Wetter? Sommers und winters, egal, ob die Sonne brannte oder Schnee feinkörnig über den asphaltierten Vorplatz wehte, stand sie am Haupteingang. Von allen Heimbewohnern schien sie deshalb mit Abstand die fitteste zu sein, weil sie dauernd an der frischen Luft war, um zu rauchen.

Und während sich die anderen meistens schon um halb zwölf vor dem Speisesaal einfanden und dort grummelnd eine lange, ungeduldige Schlange bildeten, kam sie oft zu spät zum Essen. Löffelten die anderen noch ihre Kompottschälchen aus, verschwand sie bereits wieder nach draußen. Die Zigarette danach, so hatte sie es Brose einmal flüsternd anvertraut, sei doch *schon immer* das Beste gewesen, nachdenklich hatte sie dabei ein kleines Rauchwölkchen ausgestoßen.

Im Moment aber beschäftigte ihn die Sache mit Wanda viel zu sehr, als dass er sich hätte mit ihr unterhalten können. Er zog an seiner Zigarette. Biografie: ein Spiel? Wer weiß.

Dass man die Mappen verwechseln konnte – kein Kunststück. Schon so oft hatte er mit Iris darüber gesprochen: Das *LebensLauf*-Zeichen mit dem Schriftzug *Sie haben viel erlebt – wir schreiben Ihre Geschichte auf!* beanspruchte seines Erachtens viel zu viel Platz auf dem Deckblatt, so dass der jeweils eingesetzte Name und der Titel dagegen kaum ins Gewicht fielen, man konnte sie leicht übersehen, noch dazu, wenn es, wie bei Wanda, noch gar keinen Titel gab.

Und auch die zweifellos kostengünstige Reduktion auf ausschließlich zwei Farbvarianten bei den Einbänden, Beige und Hellgrün, war ein Problem. Das konnte leicht, so wie vorhin, zu folgenschweren Verwechslungen führen.

Doch das war nur die Oberfläche, waren Äußerlichkeiten.

Viel problematischer war doch, dass Wanda bis zu der Stelle, wo ihr richtiges Alter genannt wurde, seitenlang in der Emma-Paczensky-Biografie gelesen hatte, ohne auch nur einmal zu protestieren oder zumindest kurz aufzumerken, das war kein gutes Zeichen. Das konnte nicht nur an Wanda gelegen haben, obwohl die manchmal ihre Aussetzer hatte und dann vieles durcheinanderbrachte oder ewig ergebnislos nach einem bestimmten Wort suchte und darüber alles andere vergaß.

Oder hatte er bei Emma Paczenskys Erinnerungen vielleicht doch zu ausgiebig mit Versatzstücken gearbeitet, so dass Wanda ganz zwangsläufig durcheinanderkommen musste?

Sein Kollege Schulze, der weitaus mehr Routine hatte, schwor ja darauf, passgenau Fertigteile zu verwenden, bestimmte, in allen Biografien wiederkehrende Grundbausteine wie Einschulung, Abschlussball, erste Liebe, Hochzeit und so weiter. Das erhöhe den Wiedererkennungswert. Er meinte, man müsse einen Lebenslauf, damit der für andere überhaupt lesbar werde, erst einmal aus dem Wust des rein Privaten befreien, ihn entschlacken oder »entpersönlichen«, und ihm so eine allgemeinverständliche Form geben, sonst sei es wie früher beim Dia-Abend mit Bier und Salzstangen, wo nur Eingeweihte, also allernächste Familienmitglieder, verstanden hätten, worum es überhaupt ging, und der Rest habe im Finsteren gesessen – nein, große Linien, durchaus auch an historische Ereignisse geknüpft, alles andere ergebe sich dann schon fast von selbst.

Bei Gelegenheit musste Brose wahrscheinlich doch noch mal ernsthaft mit Schulze darüber sprechen, obwohl er wenig Lust dazu verspürte. Er hielt Schulze, der zwar langjährige Erfahrungen hatte, sprich: auf einige Regalmeter *LebensLauf*-Biografien zurückschauen konnte und sich selbst gerne als den »alten Hasen« der Berliner Memoirenschreiber-Szene bezeichnete, für einen intellektuell ziemlich übersichtlich ausgestatteten Kollegen.

»Na, Sie sehen heute aber nicht so zufrieden aus«, unterbrach die weiße Frau seine dunklen Gedanken.

»Stimmt«, sagte Brose, er lächelte müde, »könnte besser gehen. Das ist heute, glaube ich, nicht so mein Tag. Ich ...« Er verstummte – zeitgleich, wie auf ein geheimes Kommando, gingen ihre Blicke um etwa 45° zur Seite.

Mit dem Rücken zuerst schob sich neben ihnen ein Mann zur Eingangstür heraus. Sein schmaler Hintern hatte vorsichtig die Tür aufgestoßen, nach einer halben Drehung um die eigene Achse und kurzem Schwanken hatte der Alte beide Armkrücken wieder fest im Griff, nun stand er aufrecht vor ihnen.

Seine dicken Brillengläser funkelten im Sonnenlicht.

Aufmerksam nickte er der weißen Frau und dann, flüchtig, auch Brose zu. Sein kritisch-prüfender Rundumblick war an einer Bank im Halbschatten haften geblieben. Die steuerte er jetzt in wackeliger, zugleich entschlossener Gangart an.

Ein Tier auf vier Beinen, dachte Brose ihm hinterher: zwei Krücken plus zwei Beine. Allerdings, das sah er jetzt, der Mann zog ein Bein nach, berührte mit ihm kaum den Boden. Dreieinhalb, korrigierte Brose sich.

Der Mann trug ein dunkelblaues Jackett mit abgeschabtem Wildlederbesatz an den Ärmeln. Ein dickes Buch schaute aus der ausgebeulten Jackentasche hervor.

»Unser Herr Doktor«, verkündete die weiße Frau feierlich.

Skeptisch sah Brose dem Mann hinterher.

»Ja«, wiederholte sie.

Doch als er nachfragte, stellte sich heraus, Dr. Einhorn war gar kein Arzt, sondern, wie die weiße Frau sagte, »auch bloß ein Insasse«, der ebenfalls lebenslänglich habe, »so wie wir alle hier«.

Der Doktor hatte sich umständlich auf der Bank niedergelassen und seine Krücken so neben sich abgelegt, dass sich niemand zu ihm setzen konnte.

»Er braucht seine Ruhe. Er erforscht nämlich etwas«, flüsterte die weiße Frau, versonnen blies sie Rauch aus in Richtung der Bank.

»Ach, interessant – und was?«

»Das«, sagte sie, »ist unbekannt.«

Und als sie Broses erstaunten Blick bemerkte, erklärte sie ihm: »Wäre es bekannt, müsste er es ja nicht erforschen, nicht wahr?« Brose grinste: wieder eines von ihren Orakeln.

Er sah hinüber. Der Mann auf der Bank hatte sich jetzt in seine Lektüre vertieft – so tief, dass er nicht einmal den Spatz bemerkte, der direkt vor seinen Füßen gelandet war und in Erwartung einiger Brot- oder Kekskrümel gebannt zu ihm aufblickte. Konzentriert rückte er sich die Brille zurecht, dann blätterte er ein paar Seiten zurück.

Die weiße Frau schaute in ihre Zigarettenschachtel,

bemerkte, dass die leer war, und zerdrückte sie mit der linken Hand. Dann nahm sie die Zigarette aus dem Mund und kam ein Stück näher an Broses Ohr heran, unwillkürlich wich der zurück. Sie sah sich nach allen Seiten um. »Kommt Simone heute noch?«, wollte sie plötzlich von ihm wissen, sie hatte das geflüstert und guckte ihn groß und fragend an.

»Ich ... weiß es nicht«, sagte Brose leise, so als schämte er sich dafür, dass er das nicht wusste.

Sie nickte mitleidig, eine andere Antwort hatte sie ihm wahrscheinlich auch gar nicht zugetraut. Gründlich drückte sie die Zigarette aus und betrachtete nachdenklich die Asche.

»Na dann«, sagte sie zu ihm, und auf einmal war sie wieder so munter wie vorher und verschwand leichtfüßig durch die Glastür ins Foyer: »Bis Baldrian!«

Die weiße Frau hatte die leere, sorgfältig zerknüllte Zigarettenschachtel auf dem Fenstersims liegengelassen. Brose entzifferte den zerknitterten Aufdruck, dort stand es schwarz auf weiß: »Rauchen kann tödlich sein.«

Stimmt, dachte Brose, und Leben *ist* tödlich.

»Guck mal, und hier, hier steht ja sogar ein richtiger Vogelkäfig! Das gibt es doch gar nicht. Ist der nicht wunder-, wunderschön? Da wirst du richtig aufleben, Mutti. Nachmittags, nicht wahr, da kannst du dann immer hier unten sitzen und die Vögel beobachten. Und hockst nicht mehr so mutterseelenallein herum wie ... na, als du noch zu Hause ... also, als du noch in deiner alten, finsteren

Wohnung warst, meine ich. Die ist doch inzwischen sowieso viel zu groß für dich. Für wen willst du denn da noch den ganzen Tag lang Staub wischen, nicht wahr. Und hier, hier lernst du bestimmt auch jede Menge Leute kennen und du lebst dich sicher ganz, ganz schnell ein.«

Die Frau, Anfang fünfzig vielleicht, steckte prall in einem energischen lila Hosenanzug, sie trug eine überdimensionale Sonnenbrille, die sie jetzt im Foyer entschlossen hochgeschoben hatte. Ohne Pause redete sie auf ihre Mutter ein. Die hatte gar keine Chance, etwas zu sagen oder, vielleicht sogar, zu widersprechen. Mit gesenktem Kopf trabte sie widerstrebend hinter ihrer Tochter her und beschränkte sich auf ein Nicken, das man auch für ein Kopfschütteln oder einfach nur für ein nervöses Zittern halten konnte. Einmal wurde sie von ihrer Tochter ungeduldig an die Hand genommen und weitergezogen, zum Wochenspeiseplan: »Schau doch mal, was es hier nicht alles gibt. Lecker!«

Aus dem Hinterkopf der Alten spross ein zarter, graubrauner, vom vielen Liegen zerdrückter Babyflaum, der schon beim leisesten Lüftchen, wenn die Glastür geöffnet wurde und es leicht durch den Eingangsbereich zog, erzitterte.

Offenbar ein Neuzugang. Die Alte sah aus wie ein Kind, das von seiner Mutter zur Schule oder zum Kindergarten angemeldet werden soll, im Augenblick aber nur eines will: weg, bloß weg hier.

Ganz im Unterschied zu ihrer Tochter. Die schien restlos vom Heim überzeugt zu sein, fast hörte sie sich in ihrer Begeisterung so an, als würde sie am liebsten gleich selbst ins Seniorenpflegeheim einziehen wollen. Lediglich der Autoschlüssel in ihrer Hand, mit dem sie herumspielte, deutete an, dass es für sie noch ein Zurück gab, in eine andere Welt, in ein anderes Leben.

Sie waren in Begleitung von Frau Schwartze, der Chefin, die den beiden voranging, beziehungsweise, wenn sie irgendwo anhielten, um sie herumstöckelte, und ihnen alles zeigte, was hier im unteren Bereich vorzeigbar war.

Brose, der wie im RTL-Dschungelcamp inmitten immergrüner Topfpflanzen mit seiner Mappe in der Hand auf einem Sofa in der Wartezone des Foyers saß – hinter ihm stürzte ein norwegischer Wasserfall auf einer Fotomotivtapete in die Tiefe –, war im Rahmen dieser Besichtigungstour wohl eher als ein Fremdkörper zu betrachten, über dem ein unsichtbares Fragezeichen schwebte.

Trotzdem, als Frau Schwartze ihn hier herumsitzen sah, fragte sie ihn forsch im Vorbeigehen, ohne allerdings seine Antwort abzuwarten, denn da steuerten sie gerade die offene Tür zum Speiseraum an, wo noch vom Kaffeetrinken ein paar verlorene, verwitterte Gestalten herumsaßen, die schon wieder auf das Abendessen warteten: »Na, geht es gut bei Ihnen, geht es voran?«

Er nickte ihr neutral hinterher.

Eigentlich, dachte er, ist das hier wie im Hotel: Man hat ein Zimmer. Am Eingang gibt es eine Rezeption, dazu diese ewige Hotelfahrstuhlmusik in der Lobby. Man müsste der alten Dame einfach erklären, dass sie nur vorübergehend hier sein würde. Mit hochgezogenen Augenbrauen betrachtete er die Rückenansicht der lila Hosenanzugfrau – da schob sich von links ein elektrischer Rollstuhl ins Bild.

Schon ein paarmal war der hier im Eingangsbereich unauffällig herumgekurvt: auf Patrouillenfahrt, wie es schien. Sein Fahrer, ein dicker Mann, der den Rollstuhl vollständig ausfüllte und der trotz des beinahe sommerlichen Wetters eine graue Wollmütze trug, beobachtete genau, was im Foyer vorging. Als Frau Schwartze ihm vorhin »Hallo, Herr Krampe« zugerufen hatte, hatte der Mann wissend genickt, war dann abgedreht, Richtung Essenssaal, und für eine Weile von der Bildfläche verschwunden.

Jetzt parkte er in unmittelbarer Nähe des Empfangstresens, der um diese Zeit nicht besetzt war. Er hatte Brose genau im Blick. Unablässig starrte er herüber, was Brose schließlich, als er das partout nicht mehr ignorieren konnte, zur Andeutung eines Nickens veranlasste. Der Mann schüttelte unmerklich den Kopf, er schien enttäuscht zu sein, dann rollte er davon.

Doch Brose konnte sich beim besten Willen nicht um den Wollmützenmann kümmern.

Nachdem er Wanda kurz vor 12 den richtigen Text aufs Zimmer gebracht hatte, den sie nun erst einmal ganz allein lesen wollte, war er nach draußen gegangen.

Er war an einer Bank vorbeigekommen, deren Besatzung – zwei Frauen und ein Mann – hatte im Halbschatten vor sich hingedöst, ohne Notiz von ihm zu nehmen. Er hatte schon überlegt, ob er sie nicht ansprechen sollte, damit sie nicht das Mittagessen verpassten, doch dann hatte er es vorgezogen, das friedliche Bild nicht zu zerstören, und war weitergegangen.

Die Mittagspause hatte er am Kanal verbracht – als stiller Teilhaber der Natur, nur in Gesellschaft einiger Enten und eines Schwanenpaars, mit denen er dann sein mitgebrachtes Baguette geteilt hatte.

Jetzt, wieder zurück, versuchte er, sich auf das nächste Gespräch zu konzentrieren. Ihm blieben noch ein paar Minuten. Heute durfte es keinen weiteren Fehler mehr geben.

Er schaute noch einmal nach: Richtig, Termin war um 16 Uhr, Frau Förster, Erdgeschoss, Zimmer 19, am Ende des Gangs. Hier stand Brose, im Unterschied zu Wanda, allerdings noch ganz am Anfang. Zunächst galt es, zu sichten und zu sammeln.

Als er kurz darauf ihr Zimmer betrat, sah er, dass Frau Förster bereits alles, was ihr in Bezug auf ihr Leben wichtig zu sein schien, auf dem runden Tisch unterm Fenster ausgelegt hatte. Die Sonne des Spätnachmittags brach durchs Glas und brachte spärliches Licht ins Dunkel: Schräg, in dürren Strahlen fiel es auf braune und grüne Pappmappen sowie diverse Briefbündel. Blassrote Einweckgummis hielten sie, nach Jahrgängen sortiert, zusammen. Es roch einschläfernd nach vollendeter Vergangenheit.

Erwartungsvoll schaute Frau Förster Titus Brose an,

was der jetzt wohl mit dem Material anfangen würde. Ihre Augen, die sich zwischen Blau und Grau nicht genau entscheiden konnten, standen halb unter Wasser. Auf den ersten Blick sah es so aus, als hätten sie gerade ausgiebig geweint.

Doch Brose fing ganz anders an, er ließ die ausgebreiteten Erinnerungsstücke zunächst unbeachtet und versuchte, sich mit Frau Förster erst einmal grundsätzlich über den Sinn des Ganzen zu verständigen.

Anders ging es hier auch gar nicht.

Während einige Bewohner, als Iris vor ein paar Monaten im Speisesaal vor versammelter Heimbelegschaft das Biografieprojekt von *LebensLauf* vorgestellt hatte, sich sofort darauf eingelassen und im Vertragsformular das entsprechende Feldchen angekreuzt hatten, dass sie selbst zu hundert Prozent die Finanzierung übernehmen würden, waren es bei Frau Förster die Kinder gewesen, die ihre Mutter dazu gedrängt hatten, ihre Erlebnisse zu Papier bringen zu lassen. Sie hatten ein paar Tage später bei Iris im Büro angerufen.

Wanda hingegen wollte selbst ihre Erinnerungen aufbewahren. Und zwar, wie sie betonte, für ihre Enkel. Hörte man sie reden, konnte man den Eindruck gewinnen, sie hätte überhaupt nie im Leben Kinder gehabt, sondern ausschließlich Enkel.

Bei einem ersten Vorgespräch vor ein paar Wochen hatte Brose dann auch Frau Försters Tochter und ihren Schwiegersohn kennengelernt. Die beiden waren extra aus Braunschweig angereist. Nette Leute, mehr fiel Brose beim besten Willen zu ihnen nicht ein. Ihn irritierte nur, dass sie Frau Förster auch in deren Beisein immer nur als »unsere Oma«, beziehungsweise (der Schwiegersohn) sogar als »die gute Omi Hilde« bezeichneten.

Als er danach bei Frau Schwartze im Büro vorbeigeschaut hatte, um mit ihr die Terminplanung für die nächsten Wochen durchzusprechen, und er sie beiläufig danach gefragt hatte, hatte sie sofort genickt.

»Ja, das machen viele hier so, ein kleiner, ziemlich hilfloser Trick. Würde man von ›Mutter‹ oder ›Vater‹ sprechen, wäre klar, dass man als Nächstes selbst an der Reihe ist. ›Oma‹, das stellt gewissermaßen einen Sicherheitsabstand her.«

»Aber immerhin«, meinte Brose, »die geben doch für ihre ... «, er stockte kurz, »also für ihre Mutter, da geben die doch ordentlich viel Geld aus, damit ihre Erinnerungen schwarz auf weiß erhalten bleiben.« Fast hätte er gesagt: *für die Nachwelt erhalten bleiben*, doch das war hier wohl definitiv zu hoch gegriffen.

»Schön, dass Sie das so sehen, Herr Brose – ich sage meinen Leuten ja auch immer: Eine positive Grundeinstellung bei unserer Arbeit ist das A und O.«

Sie lehnte sich in ihrem Bürostuhl zurück und wippte leicht: »Was jetzt speziell die Frau Förster betrifft, da bin ich, offen gesagt, nicht so im Bilde.« Sie stellte das Wippen ein und hielt sich mit ihren schlanken, weißen Fingern an den grauen Kunststoffarmlehnen fest: »Aber es gibt auch Angehörige, die kaufen sich mit diesem *Lebens-*

Lauf-Angebot praktisch frei. Von Besuchen, zum Beispiel. Oder eben von der Verpflichtung, sich immer und ewig dieselben Geschichten anhören zu müssen. Ich meine, das kann man ja auch von niemandem verlangen, der noch berufstätig ist und den Kopf frei haben muss, oder? Aber es ist natürlich etwas anderes, wenn Sie das nun alles ein für alle Mal aufschreiben: wirklich, ein perfekter Service. Das kommt dann in ein Buch, das man sich zu Hause ins Regal stellen kann. Und damit hat es sich dann. Fertig. Sehen Sie, so ein Buch, das kann man zuklappen und wegstellen. Und gelegentlich auch mal den Staub darauf abwischen. Man kann sogar, wenn man das wirklich möchte, darin lesen, warum nicht. Die Augen kann man schließen. Aber die Ohren, die kann man ja nicht einfach so zuklappen, falls uns jemand immer und immer wieder dasselbe erzählt.«

Sie beugte sich über den Schreibtisch nach vorn: »Kommen Sie doch ruhig mal vorbei in unserer Biografiegruppe, alle vierzehn Tage, mittwochs.« Sie schaute kurz auf ihren Wochenplan. »Ah ja: Der nächste Termin ist ja schon morgen, von 16 bis 17:30 Uhr. Da bekommen Sie einiges, einiges zu hören, Herr Brose.«

Er nickte zwar und machte sich anstandshalber eine flüchtige, unleserliche Notiz im Kalender, doch er dachte natürlich im Traum nicht daran: Das ganz normale Pensum genügte ihm schon völlig.

»Jedenfalls – was die Frau Förster betrifft, sie ist ein bisschen … na ja. Sie werden schon sehen. Aber sonst: sehr nett. Viel Glück mit ihr!«

Glück, ja, das konnte Brose hier in Zimmer 19 tatsächlich gebrauchen. Sie kamen einfach nicht voran. Mal starrte Frau Förster nur apathisch mit wässrigen Augen aus dem Fenster. Dann wieder riss sie ungeduldig ein Briefbündel auf, weil sie dringend etwas suchte und es nicht fand. Lange hielten es die Gedanken nicht aus bei ihr im Kopf. Brose fragte sich, wie viele versunkene Word-Dateien, die niemand mehr öffnen konnte, am Grunde ihres Gehirns liegen mochten.

Auf der Suche nach Anhaltspunkten, die ihm eventuell nützlich sein und weiterhelfen könnten, blätterte Brose sogar ihre alten Terminkalender durch, die sie in einer leeren Dresdner-Christstollen-Dose aufbewahrte. Während er die verschiedenen Einträge überflog, betrachtete Frau Förster Canalettos Ölgemälde mit der bekannten Dresden-Ansicht auf dem Deckel. Um es besser sehen zu können, wischte sie die Dose mit einem ihrer vielen Taschentücher blank.

In den abgegriffenen schwarzen und blauen Kalendern tat sich ein merkwürdiges Koordinatensystem auf: Die Wochentage, genau durchstrukturiert nach den Eckpunkten von unaufschiebbaren Arzt- oder Friseurterminen, Urlaubsreisen, Familienfeiern und Geburtstagen (bei denen jeweils die betreffende Zahl eingetragen und dick unterstrichen war: *Annemarie – – – 75!*), hatten sich inzwischen zu verblassten, längst vergessenen 365 Kalendertagen eines für immer abgelaufenen Jahres verwandelt.

Brose hob seinen Blick von den Seiten.

»Sagen Sie mal, wer ist denn eigentlich dieser ... ja, hier, schon wieder ... dieser Herr Halske?«, fragte er Frau Förster. Die sah ihn groß an, klappte den Mund weit auf, dann sofort wieder zu, sie zuckte die Schultern und drehte störrisch den Kopf weg.

Ihm war aufgefallen, dass es in Frau Försters alten Terminkalendern regelmäßig Perioden gab, in denen mehrmals hintereinander eingetragen war: *Herrn Halske anrufen*, *Morgen H. anrufen!*, manchmal auch nur *Halske!!!* Dahinter stand eine achtstellige Berliner Telefonnummer.

Vielleicht konnte dieser Herr Halske ja Auskunft über die letzten Jahre »draußen« geben, als die Kinder von Frau Förster schon in Braunschweig gewohnt hatten, Frau Förster ganz allein ihre Zeit in der Tempelhofer Zweizimmerwohnung abgesessen hatte und der Kontakt zwischen ihnen fast abgerissen war. Ihre Kinder wussten kaum etwas aus dieser Zeit, und auch für Brose lag sie noch völlig im Dunkeln.

Gut, den könnte man ja mal anrufen und nachfragen.

»Moment, bitte«, sagte er zu Frau Förster und tippte rasch die Nummer ein; er kam sich sehr professionell dabei vor.

»Halske!«, schnarrte es im nächsten Moment forsch aus dem Mobiltelefon.

Brose war derart davon überrascht, ja: überrumpelt, dass ihm vor Schreck nicht einfiel, was er sagen sollte. Er konnte doch jetzt nicht einfach fragen, obwohl es genau das war, was er wissen wollte: Herr Halske, *wer sind Sie?* Außerdem war es unfair, jemanden vor solch ein unlösbares Rätsel zu stellen.

Es schwieg aus dem Mobiltelefon, Stille in der Luftleitung.

Brose fiel ein, dass er seit ein paar Wochen seine Nummer unterdrückte. Für diesen Halske war er also nicht einfach nur ein unbekannter Anrufer, sondern sogar einer, der sich nicht zu erkennen geben wollte. Verdammt, daran hätte er vorher denken sollen. Wirklich, absolut schlechte Karten für einen derartigen Spontananruf.

Die Halske-Stimme fragte dementsprechend ungeduldig und jetzt auch eindeutig abschließend gemeint »Hallo!?« ins Leere, und damit wurde die Verbindung dann auch beendet.

Brose steckte sein Mobiltelefon unverrichteter Dinge wieder ein. Kein so guter Einfall.

»Wenn das so wichtig für Sie ist: Ich kann ja mal meine Tochter fragen, wer dieser Halske ist«, schlug Frau Förster vor, sie griff nach dem kleinen grauen Apparat, der neben ihr auf dem Beistelltisch lag, flink tippte sie eine Nummer ein, die sie offenbar auswendig kannte, und hielt ihn sich ans Ohr.

»Sie ist noch nicht zu Hause«, verkündete sie nach einer Weile. Brose nickte, vorsichtig nahm er ihr die Fernbedienung aus der Hand und legte sie wieder auf dem kleinen Tisch ab.

Sicher war es ohnehin besser, er versuchte, so schwierig das auch war, direkt mit Frau Förster ins Gespräch zu kommen, ganz egal, wer nun dieser Halske war, und einen Gesprächsfaden mit ihr zu knüpfen, langsam Vertrauen aufzubauen. Inzwischen hatte die sich jedoch dem kleinen Bücherbord zugewandt, das neben dem Fenster stand. Ihr feuchtschimmernder Blick ruhte teilnahmslos auf den bunten Buchrücken.

»Sehen Sie nur mal, diese ganzen vielen Bücher hier«, sagte sie in einem leicht vibrierenden Tonfall, so dass es wie ein leises Jammern klang, »die hab ich alle mal gelesen.«

Brose horchte auf, aufmunternd nickte er ihr zu: Eventuell ließe sich ja über gemeinsame Lektüreerlebnisse ein geeigneter Gesprächseinstieg finden.

»Wissen Sie, das da, das bedeutet mir alles überhaupt nichts mehr. Ich schlage ein Buch auf, ja, dann halte ich es in den Händen, so wie früher, ich sehe zwar noch die Buchstaben, auch die einzelnen Wörter, aber ich bekomme das alles einfach nicht mehr richtig zusammen, verstehen Sie. Da wird nichts draus, das einen Sinn ergibt. Nein. Das war einmal.«

Ihr Blick ging zum Fenster hinaus.

»Oder man hat sich das alles nur eingebildet. Kann ja sein, vielleicht hatte das alles ja auch nie richtig einen Sinn.«

Broses Blick streifte die bunte Berg- und Talbahn der glänzenden Pappbücherrücken: Serienweise standen hier Bergdoktoren-, Liebes- und Heideromane. Verständnisvoll nickte er Frau Förster zu. Nein, einen Sinn hatte das alles wohl nie gehabt. Vergeblich hatte er übrigens nach historischen Romanen Ausschau gehalten, aus denen man wenigstens noch etwas hätte lernen können.

»Am ehesten noch«, setzte Frau Förster unvermittelt neu an, »die Natur! Also, ich meine, wenn von den Bäumen Regen tropft und eine Amsel singt, morgens, ganz früh, wenn es noch nebelig ist und man sich gar nicht wünscht, dass es sich lichtet. Ja, na ja, das werden Sie sicher irgendwann verstehen.«

Noch ehe Brose ihrem kühnen Gedankensprung hinaus ins Freie, in die grüne Natur, hatte folgen können, war Frau Förster abrupt aufgestanden. »Heute ist doch Dienstag, nicht wahr?«

Er nickte.

»Da muss ich jetzt los. Dienstags gibt es abends manchmal Hühnersuppe. Hühnersuppe ist gut für mich, sagt meine Tochter. Sie ruft nachher bestimmt wieder an. Das macht sie jeden Abend. Gehe ich also lieber schon mal und stelle mich an.«

Brose musste sich nun ebenfalls beeilen und hastig seine Siebensachen zusammenpacken (genaugenommen waren es nur drei: Olympus-Voicerekorder, Notizblock, Stift), um nicht allein im Zimmer von Frau Förster sitzenzubleiben, die schon in der offenen Tür stand und das kleine Seidentäschchen fest umklammert hielt, in dem sie ihre Ausgehutensilien – Brille, Taschentücher und Geheimfachschlüssel – verwahrte.

Mittwoch, 24. Mai

Spontan, nach einem kurzen, aber brunnentiefen Mittagsschlaf, den er wie immer auf dem Sofa im Wohnzimmer erledigt hatte, der diesmal jedoch zum Ende hin erstaunlicherweise von riesigen Giftspinnen bevölkert gewesen war, die ihn mit langen, klebrigen Fäden eingewickelt und schließlich aufgescheucht hatten, war Brose am Mittwochnachmittag um halb drei ins Auto gestiegen und hinaus Richtung *Altes Fährhaus* gefahren.

Die graue Ablagebox mit den Lebensläufen auf dem Rücksitz, war er mit seinem uralten Toyota zügig in die Zufahrt zur Bundesstraße eingebogen – seinen stummen Begleiter, der friedlich hinten stand, ihm zugleich aber gewaltig im Nacken saß, hielt er im Rückspiegel fest im Blick. Natürlich hatte Brose die Plastikbox mit einem Sicherheitsgurt angeschnallt, das machte er immer so, damit die sich nicht selbstständig machen konnte und ihm alles noch mehr durcheinandergeriet.

Vor die Wahl gestellt, ob er diesen sonnigen Nachmittag bei sich zu Hause, im dämmrigen Arbeitszimmer unter Kopfhörern am Schreibtisch zubringen sollte, um weiter an der längst überfälligen und äußerst langwierigen Verschriftung der vielstündigen Tonaufnahmen vom Ehepaar Lommatsch zu arbeiten, das unter dem Dach des *Alten Fährhauses* eine Doppelzimmer-Wohnung mit Blick zum Kanal bewohnte, oder nicht doch lieber Frau Schwartzes Einladung zum Treffen der Biografie-Gruppe folgen sollte, hatte er sich sofort, ohne lange zu überlegen, für Letzteres entschieden.

Der Fauxpas mit Wanda gestern lenkte ihn ab, er konnte sich nur schlecht konzentrieren. Den ganzen Vormittag über hatte er nichts Richtiges machen können, wahrscheinlich fühlte er sich deswegen so ausgelaugt, so völlig überarbeitet.

Die gut sortierten und vollständig, geradezu liebevoll dokumentierten Erinnerungen von Herrn und Frau Lommatsch ließen ihm keinerlei Gestaltungsspielraum. Während er sie aufgenommen hatte, hatten sie ihn schon derart genervt, dass ihm einmal sogar ein schlimmer Anfängerfehler passiert war: Nach einer kurzen telefonbedingten Unterbrechung war ihm gar nicht aufgefallen, dass die beiden schon längst wieder flott losgelegt hatten mit ihrem einstudierten, äußerst munteren, auf Dauer so unendlich einschläfernden Altes-Ehepaar-Duett, er aber seinen Rekorder noch gar nicht wieder auf Aufnahme gestellt hatte, was er dann mit einem unauffälligen Tastendruck auf *REC* nachholte; Lommatschs hatten es im Eifer ihrer Erzählung zum Glück gar nicht bemerkt.

Für diese Fehlstelle im Leben der Lommatschs, es waren circa acht bis zehn Minuten aus den 1980er-Jahren, umgerechnet also sicher ein paar Jährchen, die unter Umständen vielleicht sogar ziemlich wichtig für sie gewesen waren, musste er sich bei Gelegenheit etwas einfallen lassen, eventuell sogar eine kunstvolle Überbrückung bauen oder, wie Schulze das nannte, ein bisschen »zaubern«.

Wirklich, eine gute Entscheidung, fand er, als er in seine altbekannte Route zum *Alten Fährhaus* eingebogen war, stadtauswärts rollte und das durchgestrichene gelbe Berlin-Schild hinter sich ließ.

Passenderweise lief im Autoradio gerade Willie Nelsons guter alter Klassiker *On the road again*. Brose drehte lauter und pfiff leise mit. Da er aber bis auf die Titelzeile, in der es darum ging, dass da gerade wieder jemand auf der Straße war, den Text nicht verstand, konnte er, obwohl er es gerne getan hätte, leider nicht laut mitsingen.

Anfangs hatte er diesen Oldie-Privatsender nur mal so, probehalber, eingestellt, um sich mental auf die Atmosphäre im *Alten Fährhaus* vorzubereiten. Inzwischen war er, sehr zu Claudias Befremden, dabei hängengeblieben. Zumindest unterwegs gehörten die Oldies nun zum Standardprogramm für ihn, obwohl der flotte Jingle vor Nachrichten und Werbeblock ihm höllisch auf den Geist ging – und auch das Studioteam, das sich anhörte, als würde es permanent unter Drogen stehen; vor allem dieser ölige Gunnar, der heute wieder Dienst schob: »Ein munteres Hallöchen all euch Jungen und, vor allem, euch Junggebliebenen dort draußen! Wie heißt es so schön bei unserm guten Blacky alias Fuchsberger? Na klar, ihr wisst es: ›Altwerden ist nichts für Feiglinge.‹ Und ihr, ganz egal, wo ihr mir gerade zuhört, könnt sicher das eine oder andere Lied davon singen. Okay, tolle Überleitung war das jetzt zum nächsten Lied oder, neudeutsch: ›Song‹ ...«

Mit einem Knopfdruck brachte er Gunnar zum Schweigen.

Er war fast allein auf der Straße. Alles auf Grün. Über Nacht hatte die Chaussee sich in eine frühsommerlich blühende Allee verwandelt, die direkt an die Ostsee zu führen schien: In seinen Ohren rauschte es. Aber das konnte auch der Fahrtwind sein, er hatte die Scheibe der Fahrertür heruntergelassen, um keinen einzigen Atemzug Frühling zu verpassen.

Noch immer konnte er das genießen: einfach so, ohne Grenzkontrolle, ohne Schlagbaum, ohne überhaupt ein Ziel nennen zu müssen, die Stadt zu verlassen und hinaus ins Umland, in die Mark Brandenburg, zu fahren. Sollte er selbst einmal seine Erinnerungen aufschreiben (woran er natürlich nicht im Mindesten dachte): Das Gefühl dieser neuen Reisefreiheit war '89 ein wichtiger Zugewinn in seinem Leben gewesen, den man, obwohl er mit den Jahren zu einer Selbstverständlichkeit geworden war, keinesfalls vergessen durfte.

Herr und Frau Lommatsch behaupteten immer wieder von sich, in Ostberlin eingesperrt gewesen zu sein.

Das war, seines Erachtens, so nicht ganz korrekt: Eingesperrt war er, Titus Brose, gewesen: in Westberlin. Die ganze Zeit über. Die Lommatschs im Osten hatte man vielleicht ausgesperrt, das kann gut sein, aber das war schon ein Unterschied. Außerdem, und das stand in gewissem Kontrast zu ihrer Aussage: Beim Blättern in ihrem Familienfotoalbum war ihm aufgefallen, dass die Schwarz-Weiß-Menschen in Zeiten der Diktatur (vor '45 und danach im Osten) immer sehr zufrieden ausgesehen hatten, wahrscheinlich war ihnen auch gar nichts anderes übriggeblieben.

Bei diesem Thema musste er, das war fast unausweichlich, an diesen seltsamen Kay-Uwe denken, seine, wie er ihn intern immer bezeichnete, »größte menschliche Enttäuschung in der Wendezeit«. Das war jetzt fast dreißig Jahre her. Dieser Kay-Uwe musste inzwischen tatsächlich schon fünfzig sein. Unvorstellbar bei so jemandem. Brose jedenfalls konnte es sich nicht vorstellen.

Er selbst kam sich übrigens nicht annähernd so alt vor, wie er in Wirklichkeit war. Regelmäßig erschrak er deshalb, wenn ihm ohne Vorwarnung ein zerknittertes, spitzes Wolfsgesicht unter stahlgrauen Haaren finster und fremd aus einem Schaufensterspiegel oder aus der Untiefe einer schwarzen U-Bahn-Fensterscheibe entgegenblickte – das sich dann, beim zweiten Hinsehen, als sein eigenes herausstellte. Natürlich ahnte, nein: wusste er, dass – im Unterschied zu seinem Selbstbild – das Spiegelbild das richtige war, das, mit dem er auf offener Straße herumlief und das alle anderen zu sehen bekamen.

Inzwischen sah er so aus wie auf den Negativen seiner Jugendfotos, auf denen der blasse Jüngling Titus mit dem dunklen Haarschopf sich afrikanisch dunkelhäutig präsentierte, unter grauen, fast weißen Haaren.

Wie alt er wirklich war, das merkte er immer dann, wenn er an Ecken kam, die er von früher kannte, die er jetzt jedoch kaum noch wiedererkannte. Dieser Landgewinn im Osten hatte ihn persönlich einiges gekostet, sehr viel sogar, fast alles: sein ganzes altes Westberlin. Nie hätte er sich vorstellen können, dass es eines Tages wie Atlantis untergehen würde. Nein, das war ja nicht »eines Tages« passiert, nicht von heute auf morgen – ganz allmählich war das geschehen, bis nur noch ein paar stoische Relikte, die einfach vergessen hatten zu verschwinden, ihn daran erinnerten.

Vor ein paar Wochen hatte er in der Nähe vom Bahnhof Zoo zu tun gehabt und verwundert daran gedacht, wie er früher nach nächtlicher Transitfahrt dort im hellen Herzen Westberlins immer wieder aufatmend und mit Herzklopfen angekommen war – endlich Licht, Licht am Ende eines endlos langen Tunnels, der aus Grenzkontrollpunkten, Sichtblenden, schlafender DDR, dramatisch fliehenden Wolken, Zöllnern und Schäferhunden bestanden hatte und dessen Dunkelheit durch das fahle Licht, das die Peitschenmastlaternen diffus auf die Grenzanlagen geworfen hatten, nur noch dunkler geworden war.

Inzwischen war Bahnhof Zoo, ohne sich auch nur einen Millimeter von der Stelle bewegt zu haben, aus dem Zentrum der Stadt nach Westen gerückt. Es gab hier nun zwar alle möglichen Neubauten, Hochhäuser sogar, aber Broses alter Bahnhof, dem er nach langer Fahrt, die Stirn an der Scheibe, sehnsüchtig entgegengefiebert hatte, war das schon längst nicht mehr. Die Fernzüge hielten jetzt am Berliner Hauptbahnhof, mitten im Baustellenniemandsland der neuen Hauptstadt.

Auch mit seinem *Spandauer Boten* war es, trotz der vielen Krisen davor, erst nach 1990 so richtig bergab gegangen. Der Wirtschaftsprüfer, ein älterer Herr in Strickjacke und, wie sich herausstellte, langjähriger treuer Leser des *Boten*, hatte in seinem Abschlussbericht neben der allgemeinen Zeitungs- und Anzeigenkrise vor allem den Billiglohnkonkurrenzdruck aus dem Osten für das Scheitern verantwortlich gemacht.

Brose schaute nach vorn. Auf jeden Fall war dieser kleine, leichtsinnige Ausflug außer der Reihe besser, als einen ganzen Tag lang unter Kopfhörern zu sitzen, mit den Stimmen der Lommatschs im Ohr: seiner sonoren und ihrer aufgeregt dazwischenredenden.

Frau Lommatsch, die sich auf Halbsätze und hilfreiche Hinweise beschränkte (»Das solltest du vielleicht noch erwähnen, Kurt ...«), lieferte ihrem Mann jeweils das Stichwort für seinen nächsten Monolog, bei dem er, selbstbewusst zurückgelehnt, so dass Brose das Aufnahmegerät mit dem eingebauten Mikro immer wieder ein Stückchen in seine Richtung weiterschieben musste, die von seiner Frau erwähnten Einzelheiten, die Jahreszahlen, die Namen in einer Weise zusammenfasste und in einen größeren Zusammenhang brachte, als würde er einen lange vorbereiteten offiziellen Grundsatzvortrag ins Aufnahmegerät diktieren.

Was ihr gemeinsam verbrachtes Leben betraf, so beanspruchte Herr Lommatsch für sich ganz selbstverständlich – wie Brose aber fand: aus völlig unverständlichen Gründen – die uneingeschränkte Deutungshoheit.

Bei der Arbeit an dieser merkwürdig schiefen Doppelbiografie hatte Titus Brose nie auch nur im Ansatz das Gefühl gehabt, Federführer des Verfahrens zu sein; er war hier lediglich so etwas wie ein Erfüllungsgehilfe, ein Federhalter. Wie die Lommatschs wirklich tickten, das hatte er noch immer nicht begriffen.

Brose verlangsamte sein Tempo, er schaltete zurück in den dritten Gang. Leise heulte der Motor wegen dieser unerwarteten Zurücksetzung auf, es ruckte, synchron zuckte Broses rechter Mundwinkel.

Direkt bei der Ortsausfahrt Mögeln gab es eine Radarfalle. Zwar stand die auf der anderen Straßenseite und war somit nicht gefährlich für ihn, trotzdem, Brose war hier immer extrem vorsichtig.

Einmal – weil Claudia mit dem Abendessen auf ihn gewartet hatte und er sich hatte beeilen müssen – hatte die ihn auf der Rückfahrt strahlend vor Schadenfreude mit ihrem wachsamen, honigfarbenen Glasauge des Gesetzes (der StVO) angeblitzt. Zweieinhalb Wochen später hatte er ihr dann per Postbank-Überweisung seinen üppigen Tribut entrichten müssen. Dadurch beliefen sich die Kosten für dieses romantische *Candlelight-Dinner zu zweit*, das de facto ein äußerst bescheidenes Abendessen zu Hause war, gleich am Küchentisch, ganz ohne Kerzen, dafür aber mit zwei Hälften Pizza Margherita aus der Tiefkühltruhe, sowie für jeden ein Glas (0,2 l) Merlot, unterm Strich auf unglaubliche 120 Euro; die beiden Punkte in Flensburg gar nicht mitgerechnet.

Seitdem war diese unscheinbare grüne Stahlstange mit dem Starenkasten (plus Guckloch) oben, die sich schüchtern hinter einem Baum versteckt hielt, so etwas wie eine gute alte Bekannte für Brose, die Tag und Nacht am Straßenrand stand und geduldig auf ihn wartete, vielleicht auch insgeheim darauf hoffte, dass er wieder mal, weil er schnell nach Hause wollte, in Raserei geriet. Brose grüßte sie im Vorbeifahren mit lässig erhobenem Zeigefinger und ließ sie hinter sich.

Claudia hatte er einen Zettel hingelegt, dass es heute Abend später werden würde.

Immer noch beschäftigte ihn die Frage, wie das gestern hatte passieren können: wie es möglich gewesen war, die beiden Mappen zu verwechseln. Um solche Peinlichkeiten zukünftig zu vermeiden, müsste man wahrscheinlich einfach verschiedene, gut unterscheidbare Einbandfarben verwenden, selbst wenn das am Ende etwas teurer käme. Ob er nicht doch noch einmal mit Iris darüber sprechen sollte?

Allerdings, die Art, wie Iris sich in letzter Zeit immer mehr als Richterin über Ja und Nein, auch über ganz simple Detailfragen wie eben Beige oder Hellgrün für die Mappen, im Grunde genommen über alles, über Leben und Tod, aufgespielt hatte, fand er ziemlich übertrieben.

Besonders aber das mit den Mappen störte ihn, eigentlich noch mehr als die Frage: Leben oder Tod.

Brose wollte nicht ungerecht sein. Vermutlich, dachte er, hatte sie sich das als Chefin von *LebensLauf* im Laufe der Zeit auch erst angewöhnt. Wenn man sein Geld damit verdiente, die Lebensgeschichten mitteilungsbedürftiger Zeitgenossen aufzuschreiben, die tatsächlich einige Tausender dafür hinblätterten, ihre zunehmend löcheriger werdenden Erinnerungen eines Tages schwarz auf weiß und in gebundener Form (in einer Start = Gesamtauflage von acht bis zwanzig Exemplaren) in den Händen zu halten, vielleicht entwickelte man dann so einen etwas speziellen Blick.

Am Anfang hatte er Iris für ungeheuer vital, ungeheuer tatkräftig und entschlossen gehalten; immerhin hatte sie ja die Firma gegründet. Heute würde er sagen: Läuft es nicht so, wie sie es will, kann sie vor allem eines sein: ungeheuer …? Ihm fehlte das richtige Wort dafür. Na gut, dann konnte man das erst mal so stehen lassen: *ungeheuer* Punkt Punkt Punkt.

Tendenziell, das war seine ganz persönliche Meinung, neigte sie sogar zu einer gewissen – obwohl diese Verbindung sicher ein Feuer-Wasser-Widerspruch ist – wohldosierten Hysterie; aber Iris selbst war ja so ein Widerspruch.

Falls sie ihn übrigens danach fragen sollte, wo er sich während der Arbeitszeit herumtrieb und warum er heute nicht zu Hause am Schreibtisch saß: Ein Besuch in der Biografie-Gruppe des Heims war sicher nicht zu beanstanden, der ließ sich sogar unter Fortbildung abbuchen. Vielleicht konnte er dort ja sogar neue Kundschaft für *LebensLauf* requirieren, wer weiß.

Leise pfiff er vor sich hin, ein Fanfarenton unterbrach ihn.

Kurzer Seitenblick: Auf dem Display seines Mobiltelefons stand Iris. Ein letzter Pfiff, dann verstummte er. Seine Lippen: noch immer vom Pfeifen gespitzt, so als wäre er erstaunt. Doch er staunte nicht bloß, nein, richtig erschrocken war er, sofort fuhr er rechts heran. Als hätte er auf rein telepathischem Wege, indem er nur an Iris gedacht hatte, ihren Telefonanruf ausgelöst.

Iris hatte schon aufgelegt, er rief zurück.

Während er, das Telefon zwischen Ohr und Schulter geklemmt, auf den Verbindungsaufbau wartete, zog er aus der Klarsichtfolie, die im Türfach steckte, das aktuelle *LebensLauf*-Faltblatt, da konnte er sie beim Telefonieren wenigstens ansehen: Auf dem Foto hatte Iris (Typ: braves Mädchen) ihre kurz geschnittenen rotbraunen Haare links gescheitelt. Für ihr zartes, kleines Gesicht allerdings war die schwungvolle Designerbrille, wie er fand, ein paar Nummern zu groß, ein modischer Einrichtungsgegenstand, der dort nicht hinpasste, ein Fremdkörper ...

»Hallo, Titus!«, sagte das Foto lächelnd zu ihm und bedankte sich für seinen Rückruf.

Zuerst versuchte Iris immer, ihn auf Festnetz zu erreichen, wahrscheinlich auch, um zu überprüfen, ob er ordentlich an seiner Arbeit saß. Da sie ihn vorhin so nicht erwischt hatte, hatte sie sich nun per Mobiltelefon vergewissern wollen, dass die Terminverschiebung für das nächste Meeting bei ihm angekommen war. Ja, war sie. Das war die letzte E-Mail gewesen, die er zu Hause gelesen hatte. Statt Mittwoch: nächsten Dienstag also.

»Da können wir uns dann übrigens gerne auch noch mal mit der Frage Mappen- und Einbandfarbe beschäftigen; also, was du mir heute früh gemailt hast. Obwohl, so richtig Handlungsbedarf, das habe ich dir ja schon gesagt, sehe ich da eigentlich nicht, wenn man sich richtig konzentriert. Das kostet doch nur extra und – – – «

»Na ja, wenn du meinst«, antwortete er ausweichend, er sah aufmerksam in den Rückspiegel, damit er notfalls, zusätzlich zu den Warnblinklampen, schnell noch auf die Bremse treten konnte, um auch die Bremslichter aufleuchten zu lassen, falls jemand hier blindlings angerast kommen sollte; das hatte er auf dieser Strecke schon öfter erlebt. Auf der Gegenfahrbahn rumpelte ein langgezogener niederländischer Truck vorbei, der alles erzittern ließ.

»Wo bist du jetzt eigentlich?«, rief Iris verwundert, er konnte sie kaum verstehen.

Sicher, das Vorhandensein eines Mobiltelefons insinuierte eine gewisse Erreichbarkeit, vor allem unterwegs, trotzdem, ihre Frage kam ihm indiskret vor. Zwar gehörte das mobile Telefon längst zu seinem Alltag, aber noch immer hatte er sich nicht daran gewöhnt, durch diesen kleinen Apparat, diese elektronische Handfessel, an einer unsichtbaren langen Leine zu liegen. »Das neue Gefühl der Freiheit«, wie es ihm im Handy-Vertrag versprochen worden war, hatte sich bei ihm nicht eingestellt. Seine Alltagskompetenz war also, wenn man es genau nahm, im Hinblick auf moderne Telefontechnik in gewissem Sinne auch schon etwas eingeschränkt, oder, um eine exakte Bezeichnung zu verwenden: Pflegestufe 0.

Als es wieder ging, sagte er ihr, dass er auf dem Weg nach draußen sei, ins *Alte Fährhaus*, und –

»Ach«, unterbrach sie ihn, »ist heute nicht Mittwoch? Ich denke, du bist immer dienstags dort. Sag mal, Titus, wirst du mir jetzt auch schon langsam vergesslich?«

»Nein.«

Er erklärte ihr, dass er die Sitzung der Biografie-Gruppe besuchen wolle. – Kurzes, erstauntes Schweigen, damit hatte sie jetzt offenbar nicht gerechnet, eins zu null für ihn.

»Mensch, du«, sagte sie, »das finde ich aber richtig toll, wie sehr du dich da reinhängst.«

»Kein Problem«, sagte er mit gesenkter Stimme, er hatte keine Lust, aufzutrumpfen und seinen Punktsieg auszukosten, er sah ihr dabei fest in die Augen. »Weißt du, Iris, man braucht ja auch ein paar Kenntnisse, einen gewissen Hintergrund. Sonst könnte man genauso gut eine Maschine dort hinsetzen, die alles aufnimmt.«

»Stimmt. – Bist du eigentlich«, wollte sie auf einmal von ihm wissen, »schon mit den Lommatschs fertig?«

Sofort war sein sicher geglaubter Vorsprung wieder dahin. Um etwas Zeit zu gewinnen, hustete er sich energisch frei; tief atmete er durch, er stöhnte.

»… Ist in Arbeit«, sagte er schließlich mit gepresster

Stimme, und das klang nun tatsächlich nach Schwerstarbeit.

Um ihr nicht mehr in die Augen sehen zu müssen, steckte er unauffällig das Faltblatt zurück.

»Gut, sehr gut, Titus, die haben nämlich schon zweimal bei mir angerufen. Ich weiß, dass die dir inzwischen ziemlich auf den Zeiger gehen, aber da gibt es eine absolute Deadline, die wir unbedingt einhalten müssen, Goldene Hochzeit oder so was, glaube ich. Da wollen die ihrer versammelten Mannschaft die fertigen Exemplare präsentieren und sie dann feierlich allen überreichen. Immerhin, die haben ja fünfzig Stück bestellt, also: Das hat Dringlichkeitsstufe eins. Müsstest du bitte noch mal im Vertrag nachschauen, bis wann genau das fertig sein muss, ja?«

»Mach ich, ja.«

»Na dann, mach's gut. Und arbeite nicht zu viel.«

Mach ich nicht, keine Sorge, versicherte er ihr, als die Verbindung beendet war und er den Wagen wieder beschleunigte.

In Iris' Büro stand ein Spruch an der Wand, der jedem Besucher, betrat er den Raum, sofort ins Auge sprang: *Das Leben schreibt die schönsten Geschichten.*

Ja schön, konnte Brose da nur mit leichtem Kopfschütteln konstatieren, schön. Schade bloß, dass das Leben selbst nicht schreiben konnte. Orthografie – mangelhaft, Grammatik (die dem Ganzen ja einen gewissen Sinn, eine Struktur geben müsste) – höchst verwickelt und undurchsichtig. Von einer ordentlichen, gut durchdachten Gliederung oder Konzeption – einem Plan womöglich! – ganz zu schweigen. Und Schönschrift? Nur in den aller-, allerseltensten Fällen.

Daher mussten das Aufschreiben also Schulze und er erledigen, beziehungsweise: Seit Schulze mit seinem Reinickendorfer Großauftrag beschäftigt war, nur noch er allein.

Auf dem offiziellen Briefkopf von *LebensLauf* war oben links neben einer stilisierten Schreibfeder, die tatendurstig in einem Tintenfässchen steckte, in altertümlicher Schrift das Firmencredo abgedruckt – und zwar in einer Kurzfassung, sodass es jeder verstehen konnte: *Sie haben viel erlebt – wir schreiben Ihre Geschichte auf.*

Abgesehen davon, dass auch Brose nun schon einiges – nein: durchaus viel – mit *LebensLauf* erlebt hatte, verspürte er kaum eine Neigung, etwas von dieser gemeinsamen Geschichte aufgeschrieben vor sich liegen zu haben und das dann womöglich sogar noch zu lesen; insbesondere dann nicht, wenn es sich um ein Werk seines Kollegen Schulze, dieses alten Märchenonkels, handelte.

War es nicht so – das fragte sich Brose schon länger –, dass Schulze der zahlenden Kundschaft das Mikrofon bloß deshalb unter die Nase hielt, um in ausreichender Menge persönliche Daten, Fakten, Jahreszahlen von ihr zu erbeuten? Schlimm genug, dass kaum jemand das bemerkte. Im Gegenteil: Viele Kunden empfanden ja gerade die Arbeit mit Schulze als ausgesprochen angenehm, sie fühlten sich von ihm an die Hand genommen, weil der

»so gut zuhören konnte« und er sie mit seinem ständigen Nicken ermunterte. Vielleicht hörte Schulze aber gar nicht gut zu, sondern passte nur gut auf, damit er auch wirklich alle Felder der Standardbiografie, die ihm vorschwebte, ausfüllen konnte?

In seiner *LebensLauf*-Anfangszeit hatte Brose mal einen typischen Schulze-Gesprächseinstieg miterlebt: »Im Herbst des Lebens, da fallen die Blätter von den Bäumen. Wir wollen sie nicht achtlos liegenlassen, wenn wir durch die langen, bunten Alleen im Park spazierengehen, sondern das eine oder andere davon aufheben …«

Vor seinem geistigen Hühnerauge (nein, das strich Brose jetzt ganz ausdrücklich nicht!, das ließ er so stehen) sah Schulze unbeirrt, ausgehend von den Eckdaten, die er im Vorfeld erkundet hatte, den Lebenslauf ja schon fix und fertig vor sich, bevor er überhaupt mit der Arbeit begann. Der Rest war dann nur lästige Schreibarbeit. Das einzelne, ganz spezielle Leben, das per Bandmitschnitt noch Füllmaterial nachlieferte, wurde dabei lediglich zu einem Fallbeispiel.

Jetzt, als Brose das halblaut vor sich hin knurrte, fiel ihm auf: Fallbeispiel, das klang, wenn man »Fall« nur ein klein wenig stärker betonte als »Beispiel«, wie »Beispiel eines Falles«, oder womöglich auch wie: trauriges Exempel eines sehr, sehr tiefen Falles.

Im Allgemeinen verfügt jeder Mensch über *ein* Leben. Manche haben auch zwei, ohne dass man das gleich Doppelleben nennen müsste – andere sogar mehrere. Brose war sich, was ihn selbst betraf, da übrigens nicht mehr so sicher.

Als das kleine Lokal- und Werbeblatt, *Der Spandauer Bote*, bei dem er zuletzt Chefredakteur gewesen war, nach jahrelanger Agonie sein kümmerliches Vorstadtleben im Schatten von St. Nikolai ausgehaucht hatte und endgültig pleitegegangen war, hatte er zwar nicht auf der Straße gestanden, dafür aber wochenlang völlig platt zu Hause auf dem Sofa gelegen, den Blick starr zum Oval der stuckverzierten Zimmerdecke gerichtet; zu nichts mehr war er zu bewegen gewesen, weder geistig noch körperlich, seine Gedanken waren endlos im Kreise gegangen.

Da er es jedoch aus seinem Berufsleben gewöhnt war, stets automatisch nach einer brauchbaren Überschrift zu suchen, hatte er für seinen Zustand, genauer: für seine damalige *Lage*, auch bald einen absolut passenden Titel gefunden – und zwar, als er sich zu ungewohnter Zeit (nämlich zwölf Uhr mittags an einem ganz gewöhnlichen Werktag mitten in der Woche, den er aber nicht auf Arbeit verbrachte, sondern bei sich zu Hause) in der Küche zum Zwecke hastiger Nahrungsaufnahme kniend vor dem aufgeklappten Kühlschrank wiederfand: *Ohne Amt und ohne Würde*.

Die unscheinbare Zeitungsannonce, die Claudia ihm dann eines Tages unter die Zuckerdose des Kaffeegeschirrs geschoben hatte (aus Prinzip rührte er damals keine Tageszeitung mehr an, er las ausschließlich historische Romane, die in beruhigend weit zurückliegenden Burgen- und Raubritterzeiten spielten, oder eben, andere Ecke, völlig wirres, utopisches SF-Zeug – ganz egal, Hauptsache, die Gegenwart spielte darin keine Rolle!), diese

Annonce aus der Jetzt-Zeit, die Claudia ihm da diskret untergejubelt hatte, machte auf den ersten, schräg und skeptisch vom Sofakissen aus hingelinsten Blick eigentlich gar keinen so schlechten Eindruck, im Grunde genommen sah sie sogar, selbst in seinen müde zusammengekniffenen Augen, ganz vielversprechend aus.

LebensLauf? Das klang doch tatsächlich danach, seinem Leben einen neuen Sinn, einen anderen Lauf zu geben. Und die Stellenausschreibung schien haargenau auf ihn zugeschnitten worden zu sein: *Sie können schreiben und haben Spaß am Umgang mit Menschen? Dann sind Sie in unserem kleinen, jungen und dynamisch aufstrebenden Team genau richtig.*

Spaß am Umgang mit Menschen? Unbewegt sah Brose nach vorn. Klein – ja; aber *jung und dynamisch aufstrebend?* Du lieber Gott, da musste Schulze wohl gerade gefehlt haben oder auf Außeneinsatz gewesen sein. Er merkte, dass er unruhig wurde. Aber er hielt sich jetzt einfach am Lenkrad fest, ohne sich zu verkrampfen. Das Auto kannte ohnehin den Weg im Schlaf, in den letzten Monaten sind sie ihn oft genug gefahren.

Er brauchte nicht einmal seine altbewährten Atemübungen. Das war auch besser so. Die hatten ihm zwar schon oft geholfen, hörten sich nach einer gewissen Zeit aber immer etwas rätselhaft an, nach Scheinschwangerschaft oder Leistenbruch, was ihren therapeutischen Effekt erheblich minderte.

Im Büro musste er sowieso darauf verzichten.

Neulich, als Brose sein Nachmittagsformtief, das

pünktlich zwischen zwei und halb drei einen Haufen dunkler Wolken durch sein müdes Gehirn schob, mit Hilfe dieser stoßweise vollzogenen Frischluftzufuhr überwinden wollte, war gegenüber ein völlig fassungsloses Schulzegesicht neben dem PC aufgetaucht. Mit halboffenem Mund hatte Schulze zu ihm herübergestarrt; brüsk (oder brüskiert) war er aufgestanden, mit seinem Kaffeepott in der Hand in die Küche gestakst und dann ewig nicht wiedergekommen.

Und es war ja richtig: Auch Brose selbst stockte vor Schreck der Atem, wenn er diese hechelnden Geräusche hörte, die sein Inneres da hervorbrachte. Stockte ihm aber erst einmal der Atem, dann war natürlich jede sorgfältige Atemübung für die Katz.

Gleich kam das dunkle Wegstück, wo hohe Kastanien Spalier standen und das holprige Katzenkopfpflaster sich widerspenstig zur Straßenmitte hin aufbuckelte; da musste man aufpassen.

Und während es Brose wie immer an dieser Stelle heftig durchrüttelte, wurde ihm klar – schlaglochartig klar!, hätte er beinahe gesagt (doch das strich er sofort wieder) –, wie oft er in den letzten Monaten hier draußen gewesen war. Fast könnte er melancholisch werden. Er musste nur an die vielen Geschichten denken, die er im *Alten Fährhaus* zu hören bekommen hatte, bei Nescafé und krümeligem Diabetikerkuchen.

Beim täglichen Abtippen der Bandmitschnitte, wenn er alleine zu Hause saß und sich die jeweiligen Dateien

Seite für Seite mit Leben füllten, waren seine Klienten die einzige Gesellschaft, die er hatte. Er dachte darüber nach, was sich in ihrem Leben ereignet hatte, und darüber, was sich, vielleicht aus Zufall, nicht ereignet hatte – oder was, zumindest ihm gegenüber, einfach nur unausgesprochen geblieben war. Manchmal schweiften seine Gedanken auch ab, und er stellte sich vor, wie alles hätte gewesen sein können, wenn – – – ja, wenn.

Das Leben, so lautete sein erstes, vorläufiges Fazit, kostet viel Zeit.

Dementgegen stand Fazit Nr. 2 – ebenfalls noch provisorisch, aber auch nicht völlig verkehrt: Kaum hat man sich daran gewöhnt und ein bisschen eingelebt im Leben, hört es schon wieder auf.

Fazit Nr. 1, ein Satz, der sich natürlich erst einmal setzen musste, hatte er sich zur ständigen Erinnerung auf einem gelben Post-it-Zettel an seinen Büro-PC geklebt.

Vielleicht war ihm dieser Gedanke, anders formuliert, auch einmal von einem seiner Klienten zugeflüstert worden – egal: Blickte er von seinen langwierigen Abschreibarbeiten, bei denen die Zeit unmerklich, doch unaufhörlich im Stundenglas verrann, Halt suchend auf, hatte diese These etwas so unschlagbar Überzeugendes, dass sie zu seiner eigenen, zu seiner ganz persönlichen *Lebens-Lauf*-Wahrheit geworden war.

Selbst Schulze, den Kopf schräg zur Seite gelegt, war schon mehrmals vor diesem Zettel stehengeblieben, um dann sehr nachdenklich wieder an seinen Platz zurückzugehen.

Der Name *Altes Fährhaus* klang zwar verwunschen, in Wirklichkeit war dieses Altenheim, dessen klobige Umrisse Brose jetzt in der Ferne bereits wahrnehmen konnte, ein moderner Zweckbau, wie zufällig irgendwo im märkischen Wald abgestellt. Klopfte man im Vorbeigehen an die raue, toskanarot angestrichene Oberfläche der Außenwand, klang es verdächtig hohl, auch die beiden stolz aufragenden weißen Säulen am Eingang waren natürlich nur Attrappen.

Dass es mit dem Namen tatsächlich eine Bewandtnis hatte, erkannte man daran, dass das *Alte Fährhaus* am Wasser stand. Mit seiner kalten, schwarzspiegelnden Oberfläche teilte der Kanal, der gemächlich von rechts nach links durch das märkische Landschaftsbild floss, schnurgerade Wald und Feld.

Vorige Woche, als Brose in der Mittagspause unten am Wasser gesessen hatte, hatte er drüben am anderen Ufer eine von Brennnesseln überwucherte Bodenplatte gesehen. Dort musste früher, als es den Fährbetrieb noch gegeben hatte, ein kleiner Holzpavillon oder etwas Ähnliches gestanden haben, wahrscheinlich als Unterstand für die Wartenden gedacht. Und als er genauer hingeschaut hatte, hatte er an der Stelle, wo sich mittags immer die Enten sonnten, unter Wasser sogar noch die morschen Pfostenreste des ehemaligen Stegs zu erkennen geglaubt; doch da konnte er sich auch getäuscht haben.

Gleich würde er es geschafft und das letzte Holperstück bis zum Parkplatz passiert haben.

Die armen Stoßdämpfer seines weißen, schwer TÜV-geprüften Corollas knirschten noch einmal derart verzweifelt, dass er schon befürchtete, im letzten Moment würden sie endgültig ihren fernöstlichen Geist aufgeben. Wie durch ein Wunder hielten sie durch. Und er auch.

Nichts ist unmöglich.

Punkt 1 auf der Liste, noch vor der Biografiegruppe, die um vier begann: Wanda besuchen, wenigstens kurz. Die war aber nicht auf ihrem Zimmer. Gestrichen, beziehungsweise: vertagt.

Er ging zurück, Richtung Treppenhaus, durch die enge, nach Pipi und Zitronenreinigungsmittel riechende Kunstlandschaft des Heimflurs, vorbei an den ewigen Windmühlen, Brücken und ausgetretenen Wanderschuhen van Goghs, an Monets rot hingesprenkelten Mohnblumenfeldern und anderen, noch weitaus zwielichtigeren Exponaten künstlerischer Wandgestaltung.

Da sah er ganz hinten einen alten Zausel, wie der auf zwei Krücken im wehenden Bademantel als mobile Vogelscheuche den langen Gang entlangschwebte. Erst, als der Mann vor seinem Zimmer stand, umständlich versuchte, die Tür zu öffnen, und Brose ihn im Profil sah, erkannte er, dass es Dr. Einhorn war.

Kurz darauf stand Brose vor dem Aushang im Foyer, und er stand vor der Frage, wieso sich die Biografiegruppe nicht wie sonst im großen Aufenthaltsraum traf, sondern diesmal in der Heimbewohnerküche. Vielleicht ein

Druckfehler? Vor ein paar Wochen hatte er kurz, im Vorbeigehen, einen Blick durch die offene Tür geworfen: Diese Küche sah aus wie eine Puppenstube, die durch einen Zaubertrick auf den Maßstab einer normalen Küche vergrößert worden war.

Da noch Zeit war, ging er zu Frau Schwartze ins Büro, um sich bei ihr zu erkundigen. Die musste es schließlich wissen. Sie hatte die Betreuung der Biografiegruppe selbst übernommen, um, wie sie es nannte, »ihre Schäfchen« besser kennenzulernen.

»Oh, damit habe ich ja gar nicht gerechnet«, begrüßte sie ihn, sie war wirklich überrascht, dass Brose gleich heute zum nächstmöglichen Termin aufgetaucht war, und bot ihm einen Stuhl an. Ihr Blick streifte die Uhr: »Da können wir dann ja gleich zusammen rübergehen. Wir treffen uns diesmal nämlich ausnahmsweise mal in der Küche.«

»Ich weiß. – Wollen Sie denn da kochen?«

Insgeheim bereute Brose es schon, hierhergekommen zu sein. Hätte er sich doch lieber, wenn das wirklich so eilig war, wie Iris es vorhin angedeutet hatte, ganz stupide an die Lommatsch-Abschrift gesetzt.

»Nein, ach was, wo denken Sie hin. Es geht im engeren Sinn gar nicht ums Kochen.«

»Sondern?«

»Wir wollen uns einfach nur erinnern, an alte Rezepte, zum Beispiel.«

Sie bemerkte Broses skeptischen Blick, deshalb versuchte sie nun – nach einem erneuten Seitenblick auf die

Uhr –, ihm zumindest in kurzen Worten ihr Konzept zu erläutern.

»Die meisten hier können sich ja noch ganz gut an etwas erinnern, wenn es weit, sehr weit zurückliegt. Genau diesen Impuls wollen wir abrufen. Indem wir also beim Langzeitgedächtnis kleine Erfolgserlebnisse schaffen, erzeugen wir in puncto Erinnern eine positive oder, zumindest, keine völlig negative Grundstimmung. Sie müssen sich das vorstellen wie beim Memory. Man hat ein bestimmtes Bild vor Augen, und wir überlegen dann alle gemeinsam, wohin es gehören könnte. Das kann helfen, auch das Kurzzeitgedächtnis wieder etwas anzuregen. Oder, um es so zu sagen: Wenn wir bei unseren Leuten eine ›Es geht also doch‹-Einstellung erreichen, gelingt es denen vielleicht sogar, sich nicht nur an ein Kuchenrezept ihrer Mutter zu erinnern, das sie selbst nach sieben Jahrzehnten immer noch auswendig und fehlerfrei mit allen Zutaten herbeten können, sondern auch daran, wo sie, zum Beispiel, gerade eben, vor drei Minuten, ihre Lesebrille hingelegt haben.«

Nachdenklich sah sie auf ihre Hände.

»Erinnerungen, Herr Brose, die wohnen ja nicht nur im Kopf. Auch unsere Hände erinnern sich an etwas. Wenn man ein bestimmtes Gerät zur Hand nimmt, ein Nudelholz oder einen Quirl, da wissen die Hände dann auf einmal wieder, was damit anzufangen ist. Die Geräte müssen es in uns nur wieder wachrufen. Das werden wir nachher alles üben. Und selbst im Kopf, da gibt es einen Bereich«, ihr Zeigefinger tippte kurz die Nasenspitze an, »bei dem funktioniert die Erinnerung ganz ohne Worte. Man riecht etwas, und auf einmal kehrt man wieder zurück, zurück in eine Stadt oder in eine Wohnung, in der man vielleicht vor fünfzig Jahren mal gelebt oder gewohnt hat. Nur dieser eine, ganz bestimmte Geruch, vielleicht nach Zimt oder nach Bohnerwachs, kann so einen Flashback auslösen. Auch dazu habe ich etwas vorbereitet. Sie glauben gar nicht, Herr Brose, wie hilfreich so etwas sein kann. Es ist ein, wir nennen es – «, und für diese Kombination musste sie nun doch stimmlich etwas Anlauf nehmen, »seniorengerechtes Alltagsbewältigungstraining. – – – So, ich denke, jetzt müssen wir aber. Kommen Sie, bitte, hier ... Ach nein, fast hätte ich ja das Wichtigste vergessen.«

Sie ging noch einmal zurück und nahm eine durchsichtige Plastikfolie vom Schreibtisch, darin sah Brose einen Stapel handschriftlich ausgefüllter Formulare.

»Wenn ich Ihnen übrigens gleich mal einen guten Tipp geben darf, Herr Brose: Lassen Sie sich bloß nicht zu sehr einwickeln von unseren Herrschaften. Manche hören zwar auch wirklich schwer, aber – na, lassen wir das. Ich meine, Sie haben sicher auch schon einiges hier gesehen, oder? Alt und klapperig zu sein, klar, das ist zwar keine Schande, natürlich nicht, aber per se ist das auch noch kein besonderes Verdienst. Manchmal muss man hier schon gute, sehr gute Nerven haben.«

Sie schloss ihr Büro ab, rüttelte noch einmal energisch an der Klinke, dann gingen sie.

»Vergessen Sie bitte, was ich Ihnen gerade gesagt habe,

ja? Aber hin und wieder, da muss man sich etwas Luft machen, sonst geht es nicht. Ohne einen gewissen, ich sage mal: Sicherheitsabstand, Herr Brose, könnte ich das hier gar nicht machen. So, Schluss damit.«

Sie wedelte einladend mit der durchsichtigen Mappe, in der steckten die sogenannten Biografiebögen, jeder Heiminsasse musste so einen beim Einzug ausfüllen.

»Die brauche ich zum Abgleich«, erklärte Frau Schwartze ihm. »Ohne die wäre ich total aufgeschmissen. Sonst erzählen die Leutchen mir nachher in der Gruppe wieder das Blaue vom Himmel. – Hier entlang!« Die Folie unter den Arm geklemmt wie eine Klassenlehrerin mit Klassenbuch, so schritt Frau Schwartze nun voran. Und Brose, den Blick starr und ergeben auf ihren Hintern gerichtet, folgte ihr andächtig.

Schon von Weitem, als sie auf dem Weg zur Heimküche in den Seitengang einbogen, war deutlich ein undeutliches Gebrabbel zu vernehmen. Frau Schwartze nickte zufrieden, aufmunternd sah sie Brose an, dann betraten sie den Raum.

Die beiden jugendlichen Hilfspfleger aus der Demenz-Abteilung hatten in der Mittagspause den schweren Küchentisch so weit zur Seite gerückt, dass Platz für einen Stuhlkreis entstanden war.

Brose setzte sich neben Frau Schwartze.

Das alles hier, so erklärte sie ihm mit Blick auf die alten Küchengerätschaften, die an den Wänden hingen, in Schrankfächern lagen oder auf gedrechselten Wandborden standen, sei im Wesentlichen aus den Dingen des Hausrats bestückt worden, die die Heimbewohner bei ihrem Einzug mitgebracht hätten, die in ihren Zimmern aber leider keinen Platz mehr gefunden hätten. Manches davon seien auch Spenden, vom Förderkreis, zum Beispiel. Und einen Teil habe sie selbst besorgt, auf Trödelmärkten und in Antik-Läden.

Brose nickte, er schaute sich in der Runde um.

Wanda war nicht da. Schade, Brose hätte jetzt wirklich gerne gewusst, ob sie mit der Biografie, diesmal ihrer eigenen, klar gekommen war. Aber wahrscheinlich war es sowieso vernünftiger, das vertraulich unter vier Augen mit ihr zu klären; vielleicht blieb nachher, nach dem Abendessen, noch Zeit dafür.

Seltsam, je länger er sich umschaute, desto mehr hatte er den Eindruck, Frau Schwartze und er säßen an der Stirnseite dieses Rollstuhlkreises, gewissermaßen im Präsidium. Eigentlich doch eine Unmöglichkeit in einem Kreis?

Da bemerkte er: Frau Schwartze und er saßen aufrecht, deshalb wirkten sie so abgehoben, während die Mehrzahl der Insassen in sich zusammengesunken in ihren Rollstühlen kauerte oder auf den weißen Küchenstühlen hockte, schicksalsergeben, eine Beute der Schwerkraft.

Dr. Einhorn, der ihnen gegenübersaß, hielt sich tadellos gerade, unübersehbar überragte er die anderen, und er wurde wohl deshalb von Frau Schwartze auch ganz persönlich begrüßt: »Ah, der Herr Dr. Einhorn. Toll, dass

Sie heute mal zu uns gestoßen sind.« Militärisch knapp nickte der zurück. Er hatte sich umgezogen, trug statt des Bademantels jetzt ein gut sitzendes Jackett, eine blaue Krawatte sowie, passend dazu, ein seidenes Einstecktuch. Offenbar war er ein Neuling in der Biografie-Gruppe. Eine junge, rothaarige Pflegekraft hatte ihn hereingebracht und hier abgesetzt.

»Na, werden Sie das auch schaffen, Doc?«, hatte sie ihn leise gefragt und ihre Hand leicht auf seine Schulter gelegt, worauf er zuversichtlich die Augen zugedrückt hatte.

»Na denn, okidoki, Doc, halten Sie bloß schön durch. Nach dem Abendessen guck ich noch mal rein bei Ihnen. Ich hab heute wirklich megaviel zu tun.« Und als wollte sie das beweisen, war sie im nächsten Moment auch schon verschwunden, nur die Duftspur einer intensiv riechenden Handwaschseife oder eines parfümierten Desinfektionsmittels hinterlassend. Nachdem er tief eingeatmet und ihr hinterhergenickt hatte, beschäftigte der Doktor sich nun ausgiebig mit der Reinigung seiner Brillengläser.

Auf den ersten Blick sah es so aus, als würde er ins Glas beißen wollen, doch er hauchte die Brillengläser nur an. Mit einem blau-grau-weiß karierten Taschentuch versuchte er, sie blank zu polieren. Immer wieder hielt er zwischendurch das schwere, altmodische Brillengestell prüfend Richtung Fenster, kniff die Augen zusammen und kontrollierte den erreichten, ihn jedoch noch nicht völlig zufriedenstellenden Zustand. In immer schneller kreisenden Handbewegungen, das Gesicht abgewandt, wischte er die Gläser ab, bis er schließlich nach erneuter kritischer Sichtung mit dem vorläufigen Endergebnis einverstanden war. Dr. Einhorn setzte sich die Brille auf, entschlossen rückte er sie auf dem Nasenrücken zurecht, drückte sie sich fest ins Gesicht. Scharf, überaus scharf fixierte er Brose, der neben Frau Schwartze im Stuhlkreis saß: Was hatte dieser Mann eigentlich in der Biografie-Gruppe des Heims zu suchen? Gehörte der denn überhaupt hierher?

Gute Frage. Das wusste Brose im Moment auch nicht so genau.

Einhorn verschränkte die Arme vor seiner Brust: Das signalisierte unübersehbar Abwehr, ein geschlossenes System, kein Herankommen. Sein Stuhlnachbar sagte leise etwas zu ihm. Einhorn nickte, sah aber weiter unbeirrt geradeaus.

Einhorns Nachbar, ein kleiner drahtiger Mann in einem engen grauen Rollkragenpullover und ausgebeulter Cordhose, saß ebenfalls aufrecht, war aber bei Weitem nicht so groß wie Einhorn, deshalb stach er auch nicht so auffällig aus der Sitzgruppe heraus. Wäre sein Gesicht nicht so ordentlich in Falten gelegt gewesen, hätte man ihn von der Statur her für einen Jüngling halten können, der frühzeitig ergraut war.

»Hat vielleicht jemand die Frau Wendolin gesehen?«, fragte Frau Schwartze, nachdem sie einen Blick in die Runde geworfen hatte.

»Ja, vorhin im Park«, petzte jemand. »Lady Gaga, die hat es ja nicht nötig, die schwänzt einfach.«

»Na schön«, sagte Frau Schwartze. »Wir wollen heute also mal wieder unsere kleinen grauen Zellen, nicht wahr, ein wenig auf Trab bringen!«, begrüßte sie nun die versammelten Teilnehmer der Biografie-Gruppe. Zustimmendes Gemurmel. Jemand brabbelte: »... auf Vordermann bringen, jawoll.«

»Und nun fragt sich natürlich der eine oder die andere von euch, warum wir dazu wohl ausgerechnet in die Küche gegangen sind, oder?«

Man tat ihr den Gefallen, das heißt, man fragte sich das: zuckte also leicht die Schultern, schüttelte bedächtig, aber absolut nichtsahnend den Kopf, stöhnte leise auf oder schaute einfach nur groß aus dem Fenster ins Freie.

»Weiß es vielleicht jemand? Oder hat jemand wenigstens eine Idee?« Sofort meldete sich eine hauchdünne Frau in Strickjacke, sie stand auf.

»Ja, Frau Huber?«

»Wir sind heute in der Heimküche.«

»Richtig, das ist sehr richtig – die Frage lautete aber: Warum sind wir hier?«

»Weiß ich nicht!« Zutiefst erschrocken hatte Frau Huber das hervorgestoßen und sich dann gleich wieder hingesetzt, war untergetaucht, in der Hoffnung, dass niemand sie anschaute. Ihre runzligen Hände strichen ruhelos über ihren Faltenrock, dann wieder sah es so aus, als wollte sie sich mit den Krallen ihrer Fingernägel tief in den grauen Rockfalten vergraben.

Einhorns Sitznachbar schaute fragend zu ihr hinüber.

Auf seinen abgeschabten Cordhosenknien lag ein aufgeschlagenes Notizbuch, in das er nun etwas hineinschrieb.

Die Tür flog auf. In ganzer muskulöser XXL-Größe erschien die breite Rückenansicht eines jungen Pflegers.

»Mirko ...« Streng sah Frau Schwartze zur Tür.

»Jaaa«, sagte Mirko gedehnt, »ist schon klar.«

Er stemmte sich mit beiden Händen auf die Handgriffe an der Rückenlehne des Rollstuhls, das Fußteil ging in die Höhe, woraufhin der Rollstuhlinsasse – ein dürftiges Männchen in einem T-Shirt und mit schwarzer Baseballkappe versehen, das unbewegt nach vorn blickte – für einen Moment wie ein Trabrennfahrer im Sulky aussah. Jetzt streckte es, um einigermaßen den Überblick zu behalten, den Kopf nach vorn, gekonnt drehte Mirko den Rollstuhl auf den beiden großen Hinterrädern einmal um die eigene Achse und rollte ihn nun vorschriftsmäßig – vorwärts – in die Bewohner-Heimküche ein.

»Niemals schieben wir«, erklärte Frau Schwartze flüsternd Brose, »unsere Bewohner rückwärts. Das verstößt gegen unsere ethischen Prinzipien und gegen die Würde des Menschen. Ganz egal, wie viel wir gerade um die Ohren haben: Es handelt sich ja nicht um Frachtstücke. Sie müssen immer sehen, wohin die Reise mit ihnen geht.«

Das hereingerollte Männchen winkte aus dem Handgelenk lässig den versammelten Teilnehmern zu und wurde an seinen Platz gefahren, auf seinem T-Shirt stand, das war jetzt gut zu sehen: NOT MY DAY. Brose hatte sich über die große lilafarbene Armbanduhr gewundert, nun sah er, dass es ein Notfallpieper war. Der Neuankömmling schob sich seine schwarze Tarnkappe tief ins Gesicht und senkte den Kopf.

Nachdem die entstandene Unruhe sich soweit gelegt hatte, wollte Frau Schwartze neu ansetzen, da ging noch einmal die Tür auf. In einem elektrischen Rollstuhl kam ein korpulenter Mann hereingefahren, es war Herr Krampe, den Brose neulich im Foyer gesehen hatte. Das hellgrüne Hemd, das er heute trug, war kurzärmlig und ließ die kräftigen, weißbehaarten Unterarme sehen. Auf dem Kopf: nach wie vor die graue Wollmütze. Sie sah aus wie der Deckel einer altertümlichen Teekanne und hatte allem Anschein nach die Aufgabe, den Kopfinhalt warm zu halten.

Beinahe lautlos schnurrte der Rollstuhl quer durch das Rund des Stuhlkreises, mit direktem Kurs auf die letzte Lücke, in der Nähe des Fensters. Diese erwies sich allerdings als zu klein für das kompakte Elektrofahrgerät, links und rechts musste Platz gemacht werden. Umständlich bugsierte Krampe, die wulstige rechte Hand am Joystick, sein Gefährt zentimeterweise vor und zurück. Es dauerte eine Weile, bis der Rollstuhl seine endgültige Parkposition erreicht hatte. Dann, endlich, war es soweit, und es konnte losgehen.

Frau Schwartze klatschte in die Hände. Einige machten es ihr brav nach, sie aber schloss kurz, verneinend, die Augen, stumm schüttelte sie den Kopf. Das Klatschen verebbte.

»So, Herrschaften, wir konzentrieren uns jetzt bitte

wieder.« Aus ihrer Tasche zog Frau Schwartze einen Holzquirl hervor. »Was«, fragte sie, »macht man damit?«

»Kuchen«, schlug jemand vor und blickte entsprechend unternehmungslustig in die Runde.

»Ja, richtig, schon mal gar nicht so falsch. Danke. Aber das steht erst ganz am Ende. Man? Na? Richtig … man quirlt! Denn das ist ein: Quirl. Und das wiederholen wir jetzt mal alle: Man …«

»… quirlt«, kam es im Chor undeutlich aus den Mündern hervorgequirlt.

Frau Schwartze nickte. »Jawohl. Und wie geht das?«

Ohne lange eine Antwort abzuwarten, machte sie den Teilnehmern deutlich, fast überdeutlich vor, wie man richtig quirlte: »So geht das.« Und nun machte der Quirl seine Runde durch die Biografie-Gruppe. Es klappte ganz gut, nur einmal, kurz vor dem Fenster, fiel er herunter.

»Macht nichts«, sagte Frau Schwartze.

Frau Huber war schnell aufgestanden und hatte ihn einer korpulenten Frau in die Hand gedrückt, die den Quirl zwar stumm entgegennahm, Frau Huber jedoch nicht weiter beachtete, obwohl Frau Huber leise »Bitte schön, hier, Charlotte« zu ihr gesagt hatte. Charlotte sah stur geradeaus und quirlte kräftig die Luft um, synchron dazu mahlte ihr breiter Unterkiefer.

»Ist was, Herr Krampe?«, fragte Frau Schwartze.

»Nein, gar nicht«, sagte der Angesprochene, er zeigte seine dritten Zähne, sie blitzten tadellos. Herr Krampe hatte den Quirl von Charlotte erhalten, ihn wie einen hochgefährlichen Gegenstand betrachtet und weit von sich gehalten. Nachdem er ihn ein paarmal unschlüssig in seinen Händen gedreht hatte, gab er ihn weiter; seine Finger rieb er sich an einem Papiertaschentuch ab, das er danach auf den Boden fallen ließ.

Als Nächster war Dr. Einhorn an der Reihe. Der reichte das Gerät, ohne es überhaupt richtig angesehen zu haben, kommentarlos an seinen Sitznachbarn weiter, der sich mit einem »Na gut, dann wollen wir also mal« darauf einließ und die Übung absolvierte. Brose bemerkte, dass der Mann spöttisch das hölzerne Küchengerät betrachtete, aber er rollte den Quirl vorschriftsmäßig und ziemlich geschickt in seinen schmalen Händen hin und her, bevor er ihn mit einer leichten Verbeugung seiner Nachbarin überreichte.

Bei Frau Lemke hingegen war es schwierig.

Sie hatte Gicht in den knotigen Fingern, konnte den Quirl kaum halten. Die anderen schauten interessiert zu ihr hinüber, gespannt, ob sie das Ding jetzt vielleicht auch fallen lassen würde. Insgeheim freute man sich wohl schon auf etwas Abwechslung, auf Dauer war das Gequirle doch etwas langweilig geworden – da stand Frau Schwartze auf, ging zu Frau Lemke, hockte sich vor sie hin, und nun quirlten die beiden vierhändig: »Hin – und her, hin – und her! Gar – nicht schwer.«

Sie hatte, als sie aufgestanden war, Brose die Mappe mit den Biografiebögen in die Hand gedrückt.

Obenauf lag das Blatt von (NAME, VORNAME DES

BEWOHNERS): *Dr. Einhorn, Benno.* Und während Frau Schwartze mit Frau Lemke quirlte, begann Titus Brose, diskret die Einträge zu überfliegen.

GEBOREN: *Ja*

GEBURTSORT: *Damals Krummhübel, heute Karpacz (beide im Riesengebirge, beide unterhalb der Schneekoppe)*

LEBENSEINSTELLUNG: *Neutral*

RELIGION: *Heide*

WELTANSCHAUUNG: *Immer mal eine andere*

INTERESSEN / ~~HOBBYS~~: *Diverse*

SCHULISCHE AUSBILDUNG: *Genossen*

BERUFE DER ELTERN: *Spielt keine Rolle mehr (seit über dreißig Jahren Teil einer Friedhofsbelegschaft)*

LEHRE/AUSBILDUNG: *Alles abgeschlossen*

BERUFSLEBEN: *Auch abgeschlossen, eher wechselhaft*

Unauffällig wendete Brose das Blatt, auf der Rückseite ging es weiter.

FÄHIGKEITEN: – – –

BESONDERHEITEN/ÄNGSTE: *Horror vacuii (vgl. ggfs. Lateinwörterbuch oder auch »Internet«)*

UMFELD/VORLIEBEN: *zzt. Altes Fährhaus, Wald/ Schokopudding*

BISHERIGES WOHNUMFELD: *Zu Hause, ging aber nicht mehr, wegen der drei Treppen*

LIEBLINGSSPRUCH / LEBENSMOTTO:

1.) »Nur aus der höchsten Kraft der Gegenwart dürft ihr das Vergangene deuten; nur in der stärksten Anspannung eurer edelsten Eigenschaften werdet ihr erraten, was in dem Vergangenen wissens- und bewahrenswürdig und groß ist.

Gleiches durch Gleiches! Sonst zieht ihr das Vergangene zu euch nieder.«
(Friedrich Nietzsche, Unzeitgemäße Betrachtungen)
2.) »Jedes Hindernis gibt uns die Chance zu scheitern.«
(B. E.)
LEBENSLAUF: *Soweit gelaufen*
LEBENSLAUF/KRANKHEITEN: *Dipl.-Med. Huschke, FA f. Allgemeinmedizin (der hat Liste geführt!), ansonsten einfach mal bei der AOK nachfragen*
LEBENSLAUF/SCHLÜSSELSZENEN: *Geht keinen was an!!!*
LEBENSLAUF/FAMILIE/ANGEHÖRIGE ...

»Danke«, elegant zog Frau Schwartze die durchsichtige Mappe aus Broses Händen und setzte sich wieder an ihren Platz.

»So, jetzt haben wir unsere Finger locker gemacht. Nun wollen wir aber auch mal ein wenig in unsere Vergangenheit hinein– – –*schnuppern.*« Schnuppern, das hatte sie besonders betont, ihre Nase hatte sich dabei leicht gekräuselt. Vom Küchenbord nahm sie einige Dosen und Gläser und stellte sie in einer Reihe auf einem Tablett auf. Nun ging es also in eine neue Runde: Gewürznelken, Thymian, Fenchelsamen und so weiter waren am Geruch voneinander zu unterscheiden.

Unauffällig beobachtete Brose den Doktor. Der schien sich für die Riechproben ebensowenig wie vorhin für den Quirl zu interessieren, mit halboffenen, nein: halbgeschlossenen Augen sah er aus dem Fenster. Sein längliches Gesicht war leicht gebräunt, wahrscheinlich, weil er jetzt, im Frühjahr, oft draußen auf einer Bank saß, um zu lesen. Die weißen, etwas gelbstichigen, aber noch erstaunlich dichten Haare trug er zurückgekämmt. Entsprechenden Halt an den Seiten gaben ihnen die abstehenden Ohren, sie wirkten pergamenten und waren beinahe durchsichtig. Hinten waren die Haare nicht gestuft; daraus ergab sich eine gewisse künstlerische Note, à la Franz Liszt, die aber umgehend durch den schlichtblauen, ordentlich gebundenen Schlips kompensiert wurde, der die Bürgerlichkeit wiederherstellte.

Auffällig waren die stark ausgeprägten Geheimratsecken, die wegen der dichten Fülle des sie einrahmenden Haares umso deutlicher hervortraten, mit ihren scharf geschnittenen Linien gaben sie dem Gesicht etwas Mephistophelisches.

In diesem Augenblick sah Einhorn zu Brose herüber, ihre Blicke trafen sich. Brose war geistesgegenwärtig genug, den Kopf jetzt nicht abrupt wegzudrehen, vielmehr tat er so, als fixierte er einzig und allein schon seit längerer Zeit das Zink-Waschbrett, das direkt hinter dem Doktor an der Wand hing.

Vorhin hatte er sich noch darüber gewundert: ein Waschbrett in der Küche? Jetzt fiel ihm wieder ein, dass das bei seinen Großeltern in Hüsensiel auch nicht anders gewesen war. Bei niemandem in diesem kleinen Dorf hinterm Deich gab es damals ein Bad. Ein großer Waschzuber hatte in der verräucherten Küche seiner Großeltern neben dem schwarzen Eisenherd gestanden.

Brose ließ seine Blicke durch den Raum schweifen:

Offenbar war an dem Konzept von Frau Schwartze doch etwas dran. Als er das Nudelholz betrachtete und den Fleischwolf, der am Küchentisch angeschraubt war, sah er wieder ganz deutlich die flache, dunkle Küche seiner Großeltern in dem ebenerdigen reetgedeckten Haus an der Nordsee vor sich.

Er atmete tief ein. Als sein Blick auf das halbrunde Wiegemesser fiel, hatte er den Duft von frischer, gartennasser Petersilie in der Nase. Oder – beim Anblick der Schöpfkelle, die an einem Haken über dem Herd hing – den Geruch von Sauerampfersuppe. Die flotte Lotte, sie stand oben auf dem Küchenschrank, erinnerte ihn an den krummen Apfelbaum hinter dem Haus, ein verwachsener Boskop. Die Äste sahen wie verdrehte Arme aus. Äpfel mit einer rauen, dunkelroten Schale, fast wie Sandpapier, sie schmeckten süß-säuerlich.

Auch solche Vorratsbehälter aus weißem Steingut – ein Deckelchen obendrauf und vorn dekoriert mit dem verwaschenen Serienbild einer blauen Holländer-Windmühle –, wie sie hier in einer Reihe auf dem Regal standen, hatte es in der Küche seiner Großeltern gegeben. *Salz, Gries, Zucker, Zimmt?* Er hätte schwören können, dass man Zimt mit nur einem M schreibt.

Er bekam kalte Füße, das heißt: In der Erinnerung bekommt Titus kalte Füße, geht barfuß als Kind über die Steinfliesen des Hauses. Draußen hat sich der Nebel in flüchtigen Schwaden verzogen, letzte Reste von ihm hängen noch zwischen den Sträuchern, die am flachen Zaun stehen. Die leuchtend roten Punkte, das sind Beeren.

Ihm fiel auf, dass nur vorn, zur Straße hin, die eher ein Sandweg war, ein Zaun stand. Hinten, zur Wiese, war alles offen. Früher hatte er sich nie Gedanken darüber gemacht, jetzt wunderte er sich darüber.

Der Himmel im Osten färbt sich zartrosa. Im Schlafanzug steht Titus am Küchentisch, setzt die zerbeulte Milchkanne aus Aluminium an seinen Mund, riecht die Milch, schließt die Augen. Titus Brose leckt sich die Lippen.

Als er die Augen wieder öffnete, war Frau Schwartzes Schnupperkurs gerade beendet und das Tablett wohlbehalten zu ihr zurückgekehrt.

Sie begann nun damit, die Zutaten für Königsberger Klopse abzufragen. Das war überhaupt der zentrale Tagesordnungspunkt der heutigen Veranstaltung. »Wir setzen«, erklärte Frau Schwartze den Anwesenden, »rein aus der Erinnerung ein Kochrezept zusammen, das wir alle kennen.«

Es klappte zunächst ganz gut: Hackfleisch, Mehl, ein altes Brötchen, Eier, Kümmel, Milch, Kapern – das alles kam nach und nach zusammen, Frau Schwartze schrieb mit.

Nur bei den Sardellen schieden sich die Geister. Es gab dann sogar offenen Streit, weil man sich nicht einigen konnte. Das Meinungsspektrum reichte von einem erregten »Wieso das denn? Nie im Leben! Sardellen, so was gab es damals bei uns ja gar nicht« über ein neutrales »Warum eigentlich nicht?« bis hin zu einem, mit Bestimmtheit vorgebrachten: »Unbedingt, Sardellen, die machen doch überhaupt erst den Unterschied aus!«.

»Klopse oder, ich sag jetzt ganz einfach mal: ›Buletten‹, sind absolute Vertrauenssache. Da kann man ja nun wirklich, nicht wahr, alles Mögliche reintun.« Das hatte aus seinem elektrischen Rollstuhl heraus skeptisch Herr Krampe verkündet, und es gab niemanden, der ihm da – sicherlich auch mit Blick auf das Heimessen – ernsthaft widersprechen wollte.

Jemand gab zu bedenken, die jungen Leute heute, die wüssten ja überhaupt nicht mehr, wie man richtig kochte. Die schöben doch nur noch Fertigessen in die Mikrowelle. Einhelliges Stöhnen in der Runde. Immerhin, darauf konnte man sich jetzt einigen. Hier war man auf neutralem Gebiet.

»Und die Ohren, die haben sie auch dauernd zugestöpselt«, fügte Charlotte beleidigt hinzu, beim Thema Jugend hatte sie den Mund verzogen und wissend genickt.

Auch Brose nickte nun. Für einen Moment sah er das zukünftige Horrorbild dieses Seniorenheims vor sich, so, wie es in fünfzig, sechzig Jahren aussehen würde: lauter autistische, völlig verkabelte Zombies, die nach Jahrzehnten, die sie zugedröhnt unter Kopfhörern oder mit Ohrstöpseln verbracht hatten, ihrer wohlverdienten Ruhe, das heißt: der großen Stille absoluter Schwerhörigkeit, entgegendämmerten.

Einhorns Nachbar meldete sich zu Wort.

»Das«, flüsterte Frau Schwartze Brose zu, »ist Herr Bronkow, unser ältester Bewohner, hundertdrei.«

Sie nickte Bronkow zu. Der beugte sich konzentriert nach vorn. Die Fingerspitzen aneinandergedrückt, sprach er mit leiser, eindringlicher Stimme: »Ich schlage vor, dass wir dieses Thema hier und heute nicht weiter diskutieren. Erstens führt das viel zu weit und zweitens: Die Jugend, wenn ich das so sagen darf, ist unser natürlicher Verbündeter. Sie gehört *noch* nicht ganz zur Gesellschaft – und wir Alten, wie wir wissen: *schon* nicht mehr ganz. – – – Die meisten von uns jedenfalls.« Beim letzten Satz, den er sehr leise gesprochen hatte, hatte er kurz in die Runde geblickt und dann für einen kleinen nachdenklichen Augenblick innegehalten.

»Insofern, da gibt es also durchaus interessante Schnittstellen, Gemeinsamkeiten. Wir sollten uns deshalb vielmehr, und nun komme ich endlich zu drittens, vorrangig mit den Fragen beschäftigen, die wir tatsächlich hier an Ort und Stelle lösen können. Stichwort Heimbibliothek, Stichwort, und nun muss ich doch das leidige Dauerthema zum wiederholten Male ansprechen: pünktliche Rückgabe der Bücher. Morgen ab 15 Uhr bin ich übrigens wieder dort. – Danke.« Herr Bronkow lehnte sich zurück.

»Sagten Sie wirklich ... ›hundertdrei‹?«, flüsterte Brose ungläubig in Frau Schwartzes Ohr.

»Ja. Und Anfang Juli: hundertvier. Er ist im Heimbeirat aktiv, in der Küchenkommission arbeitet er auch mit, darüber hinaus betreut er, haben Sie ja eben gehört, die Bücherstube. Ein Unikum. Sie sollten sich unbedingt mal mit ihm unterhalten. Aber für ein *LebensLauf*-Buch hat er, glaube ich, gar keine Zeit.«

Als es nach Herrn Bronkows Redebeitrag einen Moment lang still im Raum gewesen war, fing eine Frau mit glasigen Augen, die bisher noch gar nichts gesagt hatte, auf einmal an zu sprechen. Erst sehr leise, so dass man sie kaum verstehen konnte, dann immer deutlicher.

»… Ja, und wie gesagt, dann auf einmal, auf einmal musste ja auch alles ganz schnell gehen. Los! Los! Los! Mein Bruder, der fand erst seine Mütze nicht. Ja, wo ist die denn nur? Und ich hab sie dann aber doch noch im letzten Moment gefunden, die lag nämlich im Schuppen auf der Bank, wo er sie liegengelassen hatte, als er noch mal bei den Karnickeln war, um sich zu verabschieden, die hatte so Ohrenklappen dran an beiden Seiten, nicht wahr, dass man sie zubinden konnte unten, es war ja auch sehr, sehr kalt damals. Zuerst sind wir dann also nach Königsberg rein. Zum Pillauer Bahnhof haben sie uns gebracht. Denn: Da war ja die Sammelstelle, wo wir … Also, auf dem Vorplatz. Ja, und wie wir dann, ich weiß jetzt gar nicht mehr, das muss so, ich denke …«

»Danke, Frau Adomeit.« Frau Schwartze beugte sich behutsam nach vorn. »Danke, erst mal soweit.« Sie hatte Frau Adomeits Biografiebogen aus der Mappe gezogen und ihn kurz überflogen.

»Ja, bitte schön, gern.« Frau Adomeit nickte, und ihr Mund verschloss sich wieder.

In ihr Heft machte Frau Schwartze sich eine flüchtige Notiz. *Flucht und Vertreibung*, las Brose, als er ihr über die Schulter schaute.

»Das kommt dann nächstes Mal dran«, erklärte sie ihm.

Brose sah Frau Adomeit an, die hatte jetzt die Augen geschlossen und sich zurückgelehnt. In ihrem Kopf musste eine unsichtbare Suchmaschine existieren, und nachdem pausenlos, ohne Ergebnis, an diesem Nachmittag Massen von Wörtern durch sie hindurchgelaufen waren, hatte es schließlich doch einen Treffer gegeben: bei den Königsberger Klopsen. An denen musste die Maschine sich festgehakt, den Begriff »Königsberg« herausgefiltert und Frau Adomeit damit das entsprechende Stichwort für ihren plötzlich hervorsprudelnden Erinnerungsfluss geliefert haben.

Durch diese unerwartete Wendung war auch Frau Schwartze etwas aus dem Konzept geraten, vielleicht war sie in Gedanken schon bei der nächsten Sitzung, jedenfalls wusste sie einen Moment lang nicht, wie weiter. Sie schob Frau Adomeits Bogen zurück in die Mappe, Brose hörte, wie sie leise etwas dabei sagte: *Kopfsalat?* Er war sich nicht sicher.

»Irgendwie«, sie zuckte die Schultern, »das muss ansteckend sein. Jetzt, jetzt habe ich ganz vergessen, wie es weitergeht.«

»Glücklich ist, wer vergisst.«

Das hatte Dr. Einhorn halblaut zu seinem Nebenmann, Herrn Bronkow, gesagt, der gerade dabei war, sein Notizbuch in der geräumigen Hosentasche zu verstauen. Einhorns Bemerkung war laut genug gewesen, so dass die anderen es hatten hören können, er schickte deshalb noch eine Erklärung nach: »*Fledermaus*, Johann Strauss.«

Jemand begann plötzlich eine Melodie zu summen.

Frau Schwartze nickte matt.

»Können wir nächstes Mal nicht vielleicht Kartoffelsalat machen?«, wollte Frau Huber wissen. »Bitte!«

»Oh ja«, rief jemand, »mit Wiener Würstchen.«

»Mal sehen«, sagte Frau Schwartze.

Sie blieb noch beim Vergessen und füllte damit die verbleibende Zeit bis zum Abendessen aus: Man könne schließlich nicht alles behalten. Indem wir manches – nicht alles! – vergäßen, bekämen wir den Kopf wieder frei für anderes. Vergessen sei so etwas wie Ordnung schaffen. Wir werfen weg, was wir nicht mehr brauchen, insofern sei das Vergessen durchaus auch wichtig, um den Überblick zu behalten.

Die versammelte Expertenrunde lauschte ihr andächtig.

Frau Huber nickte verständnisvoll, sie strich sich unentwegt den Rock glatt. Irgendwann, dachte Brose, wird auch noch die letzte Falte verschwunden sein – und dann?

Frau Schwartze dankte allen, die Sitzung der Biografiegruppe war damit für heute beendet. Als man hinausging, beziehungsweise: hinausrollte, sah Brose, wie Herr Bronkow zu Frau Adomeit ging, sich zu ihr hinunterbeugte und sie etwas fragte.

Brose fuhr jäh herum, lautlos war ein Rollstuhl von hinten dicht an ihn herangefahren und berührte ihn fast. »Wann reden wir?«, fragte Krampe, er sah Brose durchdringend an. »Geht es jetzt?«

»Ich weiß nicht«, schnell ging Brose im Kopf seine aktuelle Liste durch, »sind Sie denn überhaupt schon, also ich meine, für das *LebensLauf*-Projekt, sind Sie denn da schon registriert, also angemeldet? Meines Wissens …«

»Ach was.« Krampe ruckte unwirsch den Kopf zur Seite. »Spielt absolut keine Rolle. – Also?« Er bleckte die Zähne.

Frau Schwartze, die inzwischen die Kräuter ins Regal zurückgestellt hatte, trat mit der Biografiebogenmappe in der Hand an Brose heran.

»Jetzt nicht! Später. Ich melde mich«, flüsterte Krampe ihm noch schnell zu, bevor er in seinem Rollstuhl davonsurrte. Brose sah ihm verwundert hinterher. In Gedanken setzte er den Namen Krampe, mit einem mittelgroßen Fragezeichen versehen, auf seine Liste.

»Sie sind nicht von hier.«

Das war mehr Feststellung als Frage. Es gab darauf streng genommen also auch nichts zu antworten. Trotzdem, Brose sagte zu Einhorn, der sich etwas schwankend, aber standhaft neben der Heimküchentür aufgebaut hatte: »Ich komme aus Berlin.«

»Ach, aus Berlin. – Und, wenn ich fragen darf, Sie sind hier, um …?« Dr. Einhorn zog die rechte Augenbraue hoch.

Brose erklärte es ihm. Einhorn musste offenbar damals, als Iris das *LebensLauf*-Projekt im großen Essenssaal vorgestellt hatte, gefehlt haben.

»Biografien schreiben Sie also auf, mh-mh. Interessant.«

Ganz offensichtlich schien er nun jegliches Interesse

an Brose verloren zu haben. Seine Hände umklammerten fest die Krückengriffe. Er nickte Brose noch einmal zu, dann machte er sich auf den Weg, Richtung Speisesaal. Nach ein paar Schritten hielt er kurz inne, er drehte sich noch einmal um: »Aus Berlin, sagten Sie?«

»Ja.«

»Darf ich Sie was fragen?«

»Gerne.«

»Sie sehen ja, ich bin längst nicht mehr so mobil, wie ich es sein sollte. Kennen Sie vielleicht, rein zufällig, den Friedhof III der Jerusalems- und Neuen Kirche in Kreuzberg?«

»Ja, natürlich.«

»Wie? Den kennen Sie?«

Brose nickte.

»Ach«, sagte Einhorn erstaunt.

»Ja«, wiederholte Brose, ich bin gewissermaßen Experte, dachte er.

»Das ist ja schön, das ist … sehr gut. Es gibt da nämlich eine bestimmte Grabstelle. Ich müsste einfach mal wissen, wie es jetzt dort aussieht, ob die gepflegt ist und so weiter.«

»Das lässt sich sicher machen«, sagte Brose. »Vielleicht nicht gleich morgen, aber … Klar, ich verstehe schon: Das ist ja auch schwierig für Sie. Sie hier – und Ihre Angehörigen in Berlin begraben.«

»Angehörige …« Einhorn verzog leicht den Mund. »Nein, nein, so direkt ist das nicht, eher … Bekanntschaft.«

Brose nickte.

»Also, Mehringdamm 21. Sie gehen, wenn Sie dort sind, immer geradeaus, gelangen in die Abteilung 331, halten sich dann scharf rechts, Reihe 38.«

Brose notierte es sich.

»Es ist die Grabstelle 1 + 2.«

»Und der Name?«, fragte Brose.

»Chamisso.«

Brose schaute kurz auf: »Sie meinen ...«

»Ja, meine ich.«

»Adelbert«, sagte Brose leise und notierte sich auch das. Er versprach, das Grab aufzusuchen, aber er würde erst nach Pfingsten wieder im *Alten Fährhaus* sein; er komme meistens dienstags.

»Also gut«, sagte Einhorn, »Dienstag nach Pfingsten.«

Vorsichtshalber schaute Brose noch einmal in seinen Kalender, er sah, dass er den Dienstag nach Pfingsten einen Urlaubstag genommen hatte. Er würde also erst in drei Wochen wieder hier sein, ob es solange Zeit habe?

Einhorn zuckte die Schultern, dann nickte er. Da sie nun schon mal im Gespräch waren, wollte Brose von Einhorn wissen: »Und, wie fanden Sie das heute so?«

Einhorn sah ihn nachdenklich an: »Am besten wäre es übrigens, wenn Sie ein Foto machen könnten.«

»Ein Foto?«

»Ja. Vielleicht so ein Handyfoto, das genügt völlig. Ich muss nur wissen, wie dort der Zustand ist. Mehr nicht.«

»Hey, Doc! Da sind Sie ja. Kommen Sie, ich bringe Sie zum Essen.« Das war die rothaarige Pflegekraft, die den Doktor vorhin in die Heimküche gebracht hatte. Dr. Einhorn gab sich einen Ruck, und an ihrer Seite ging es nun zum Speisesaal. Bevor sie in den Hauptgang einbogen, wandte Einhorn den Kopf noch einmal um: »Wissen Sie eigentlich, wer Chamisso war?«

»Natürlich weiß ich das.«

Dienstag, 30. Mai

Natürlich wusste er das nicht.

Beziehungsweise: Er hatte nur ein Phantombild vor Augen gehabt, das wurde Brose klar, nachdem er kurz im Netz nachgeschaut hatte. Später schlug er gewohnheitsmäßig das große Goldschnitt-Universal-Lexikon auf und überflog zunächst den betreffenden Artikel, um sich danach, bei gründlicher Lektüre, mit Stift und Papier, ein paar Notizen zu machen.

Wenn er nun schon diesen Friedhof aufsuchte – das war für den späten Nachmittag geplant, nach dem Meeting –, wollte er doch wenigstens wissen, wessen Grab er dort fotografieren sollte. Es konnte ja durchaus sein, dass Einhorn, wenn Brose ihm die Fotos von der Grabstelle zeigte, ihn in ein Gespräch über diesen Chamisso verwickelte. Und was dann? Darauf sollte er vorbereitet sein.

Er betrachtete im Lexikon das Halbprofilbild des romantisch langlockigen Franzosen.

Vor langer Zeit hatte Brose sogar schon einmal ein Buch von ihm in der Hand gehabt, den *Peter Schlemihl*, die berühmte Geschichte von einem, der seinen Schatten verkauft oder verliert. Broses Vater, Studienrat Anselm Brose, hatte immer darauf geachtet, dass Titus nicht nur Jerry-Cotton-Hefte und Ritterromane las, sondern auch mal, wie er es nannte, »zu einem guten Buch« griff. Eines Tages hatte er ihm den *Peter Schlemihl* hingelegt, es war der Reprint einer alten Ausgabe aus dem neunzehnten Jahrhundert, mit Radierungen. Weit allerdings war Titus mit der Lektüre nicht gekommen, obwohl sein Vater ihm gesagt hatte, dass dieses Buch, eine Art Märchen, ursprünglich für Kinder geschrieben worden sei. Vielleicht, so hatte Titus damals gedacht, waren die Kinder früher einfach klüger als die im zwanzigsten Jahrhundert und, speziell, als er. Vor allem hatte er ausgiebig die Illustrationen betrachtet.

Auch bei der obligatorischen Abfrage, die ein paar Tage später erfolgt war, hatte er gleich zu Beginn passen müssen.

»Wohin«, so hatte es ihn sein Vater gefragt, »hätte der arme Peter denn reisen müssen, um kein Problem mehr mit seinem fehlenden Schatten zu haben?«

Titus hatte es nicht gewusst.

»Nun, zum Beispiel, nach Ecuador, das, wie du ja sicherlich weißt, seinen Namen dem Umstand verdankt, dass es am Äquator liegt. Und dort, wie du sicher ebenfalls weißt, steht die Sonne genau senkrecht über uns. Wir werfen also keinen Schatten.« Nun hatte er es also gewusst. Aber zu Ende gelesen hatte er die Geschichte trotzdem nicht.

Ansonsten hatte sich sein Vater, der Studienrat, vornehmlich mit Theodor Fontane beschäftigt. Dies hatte er mit einer stillen, ausdauernden Leidenschaft getan. Und eben dieser Vorliebe seines Vaters verdankte Titus auch sein Wissen über die Berliner Friedhöfe.

Im Herbst 1961, nach dem Bau der Mauer, hatte der Vater eines Sonntags seinen abgegriffenen Berliner Stadtplan auf dem Küchentisch, den er vorher mit einem energischen Schwung seines Unterarms von letzten Krümeln befreit hatte, in ganzer Größe vor dem achtjährigen Titus auseinandergefaltet und mit seinem Lehrerstift, der stets griffbereit links oben im Jackett steckte, ein kleines Stück des Grenzverlaufs zwischen West und Ost, zwischen Wedding und Mitte, rot nachgezeichnet: »Hier! Siehst du, hier.«

Es war jenes Teilstück gewesen, wo sich der Friedhofskomplex Liesenstraße befunden hatte. Ursprünglich aus vier Friedhöfen bestehend, war er durch die Mauer zertrennt worden: Während der Neue Dorotheenstädtische Friedhof im Westen verblieben war, befanden sich die drei übrigen nun hinter der Mauer, im Osten. Darunter auch der Friedhof der Französischen Gemeinde, auf dem Fontane begraben war. Dass Fontane, dieser noble Freigeist und unentwegte Wanderer durch die Mark Brandenburg, mit seinem Grab, seiner letzten Ruhestätte, nun endgültig nach Osten umgezogen war und er dort in der DDR wenn auch nicht mehr leben, so doch zumindest liegen musste, diese Vorstellung beschäftigte oder, vielmehr: beunruhigte Studienrat Brose sehr.

Als regelmäßiger Leserbriefschreiber hatte er in der Folgezeit verschiedenste Ideen über Verhandlungen mit der Ostseite entwickelt, die von einer partiellen Korrektur des Grenzverlaufs an dieser Stelle bis hin zu einem großangelegten Gebietsaustausch reichten. Einmal, unter Verweis auf § 168 StGB, schrieb er in diesem Zusammenhang sogar von einer empfindlichen »Störung der Totenruhe«.

Erst als ein anderer Leserbriefschreiber, ein Zeitzeuge, in einer kurzen Erwiderung darauf hingewiesen hatte, dass im Frühjahr '45 beim Kampf um Berlin gerade jenes Areal des Friedhofs, in dem Fontane begraben lag, durch starken Artilleriebeschuss völlig aufgewühlt und fast komplett zerstört worden war, ließ Anselm Brose von seinen diesbezüglichen Plänen ab.

So führten die Sonntagsausflüge von Familie Brose, die eher kulturhistorischen Streifzügen glichen, nun zu anderen, in der Westhälfte der Stadt gelegenen Friedhöfen, nach Tegel oder Mariendorf, wobei sich Titus, wahrscheinlich wegen des sprechenden Namens dieses Ortsteils, ein Friedhof besonders eingeprägt hatte, die parkähnliche Friedhofsanlage in *Ruhleben*. Sicher waren sie auch auf dem Friedhof am Mehringdamm gewesen. Wenn er den heute besuchte, würde er sich bestimmt wieder daran erinnern.

Wie er so gebeugt, mit dem Stift in der Hand, über

dem Lexikoneintrag saß und versuchte, sich auf Chamisso zu konzentrieren, machte die Zeit wenig später gleich noch einmal einen Sprung – aber einen wesentlich kürzeren diesmal, in die jüngere Vergangenheit.

Ohne dass er es bemerkt hätte, war Brose für einen Moment wieder zum Chefredakteur des *Spandauer Boten* geworden. Auf angenehme Weise fühlte er sich zurückversetzt – direkt auf seinen damaligen schwarzledernen Bürochefsessel, der nicht nur Chefsessel hieß, sondern tatsächlich auch einer war: *Modell Senator II*, stufenlos höhenverstellbar, ausgestattet mit einer bequemen Wippmechanik, der perfekte Untersatz für den dynamischen Entscheidungsträger.

Zwar hatte die Anschaffung dieses Chefsessels, der eigentlich viel zu groß für Broses enges Büro gewesen war, etliches gekostet und das entsprechende Budget weit überschritten; diese spontan getätigte Investition hatte sich aber bald schon bezahlt gemacht, da das imposante Sitzmöbel Titus Broses körpersprachliches Reservoir bei der Kommunikation mit seinen Mitarbeitern oder auch mit zufällig hereinschauenden Anzeigenkunden enorm bereichert hatte. Zwischen den beiden entgegengesetzten Polen »geduldig abwartend« und »zunehmend ungeduldig« hatte er nun stufenlos, ohne große Worte unmissverständlich die entsprechenden Signale an seine Umgebung aussenden können: Langsam wippend hatte er seinem Gegenüber noch etwas Zeit gelassen, während ein kurzes, schnelles Wippen auf unverzügliche Erledigung gedrängt hatte.

Falls er überhaupt etwas aus seiner Bürozeit vermisste, dann war es dieser Sessel.

Nein, da war noch etwas, das er vermisste. Im Gegensatz zu früher, beim *Spandauer Boten*, als er Tag für Tag mehr oder weniger wichtige Entscheidungen zu treffen hatte, ließ ihm seine jetzige Arbeit kaum eine Wahl; sein Entscheidungsspielraum war inzwischen darauf beschränkt, die fällige Arbeit lieber gleich (und ziemlich lustlos) zu erledigen oder sie auf später zu verschieben, in der vagen Hoffnung, sie würde vielleicht irgendwie von selbst fertigwerden, was sie dann erfahrungsgemäß aber doch nie tat.

Unmittelbar nach dem Kauf dieses überdimensionalen Sessels in einem Großmarkt am Westrand der Stadt hatte übrigens, das fiel ihm erst jetzt auf, unaufhaltsam der endgültige Niedergang des *Spandauer Boten* begonnen; ein Zusammenhang, über den er so bisher noch nie nachgedacht hatte.

Er sah auf die Uhr und konzentrierte sich nun endlich wieder ganz auf seine Notizen, verglich noch einmal das, was er aufgeschrieben hatte, mit dem Lexikonartikel:

Chamisso, Adelbert von, Dichter und Naturforscher, * Schloss Boncourt (Champagne) 30.1.1781, † Berlin 21.8.1838. C.s Familie floh in den Revolutionswirren nach Dtl.; 1796 wurde C. Page der Königin von Preußen, 1798–1807 war er preuß. Offizier. 1815–18 machte er als Naturforscher eine Weltumseglung mit (›Bemerkungen und Ansichten auf einer Entdeckungsreise‹, 1821; erweitert: ›Reise um die Welt mit *der Romanzoffischen Entdeckungs-Expedition‹, 1836). Nach der Rückkehr: Adjunkt am Botan. Garten in Berlin, später Vorsteher des Herbariums. Berühmt wurde C. durch die ebenso fant. wie realist. Märchennovelle von ›Peter Schlemihl‹ (1814), der seinen Schatten verkauft; hierin spiegelt sich u. a. C.s Vaterlandslosigkeit.*

Aha, dachte Brose etwas enttäuscht über diese schnelle und, wie er fand, ziemlich direkte Auflösung der Schlemihl-Geschichte – er kringelte ein schlankes Fragezeichen an den Rand seiner Notizen.

C.s Lyrik schloss sich an Goethe, L. Uhland und P. J. de Béranger an. In der Naturwissenschaft ist sein Name mit der Entdeckung des Generationswechsels der Salpen (Manteltiere) verknüpft ...

Manteltiere? Das sagte Brose jetzt nichts.

Dem kleinen Verweispfeil (→) folgend, wollte er sich in Bd. 14, *Mag bis Mod*, zumindest einen ungefähren Überblick über diese Manteltiere verschaffen, das gehörte ja noch zum Thema, stieß dann aber beim Blättern unversehens auf einen mehrseitigen Malta-Artikel.

Vor Jahren hatten Claudia und er dort einmal zu Ostern Urlaub gemacht, genauer gesagt nicht direkt auf Malta, sondern auf der etwas kleineren Nebeninsel Gozo, die mit einer Fähre zu erreichen war. Sie hatten, daran erinnerte er sich jetzt wieder, nachts, obwohl sie im Frühling dort waren, furchtbar gefroren, überallhin war die

Kälte gekrochen, die Bettdecken waren klamm gewesen. Das kleine, flache Steinhaus hatte sich als dunkle, immergrün eingefasste Gruft erwiesen, im Kampf gegen die allgegenwärtige Kühle und Feuchtigkeit war das funkensprühende elektrische Heizgerät im Schlafzimmer völlig machtlos gewesen und ...

Und wie so oft, wenn er im Lexikon blätterte, vergaß er darüber völlig die Gegenwart, geriet er in das geheimnisvolle Räderwerk der Zeitmaschine »Erinnerung«; erst im allerletzten Moment verließ er die Wohnung. Er hatte Glück, wenig Verkehr auf der Stadtautobahn, so dass er pünktlich das *LebensLauf*-Büro erreichte.

Sein Auto stellte er auf einem der beiden markierten *LebensLauf*-Parkplätze im Innenhof ab. Schulze, ein blauer Mittelklasse-Opel mit einer kleinen rostigen Delle rechts hinten, war bereits da. Und da er als Erster die Ziellinie der Hofeinfahrt passiert hatte, hatte er den Schattenplatz direkt unter der Kastanie bekommen. Dafür war er nun auch schon, wie Brose völlig neidlos konstatierte, mit einem weißlichgrünen, frisch breitgespritzten Taubenschiss auf seiner Kühlerhaube dekoriert worden.

In der Regel benutzten Schulze und er den Dienstboteneingang. Über die ausgetretenen Steinstufen einer schmalen Wendeltreppe, die sich im Innern eines Turmanbaus nach oben wand, gelangte man in den dritten Stock. Beim Aufstieg in dieser engen, nur mit kleinen Fensterluken versehenen und nach feuchtem Gemäuer riechenden Steinspirale musste Brose immer an Aschenputtels beschwerlichen Arbeitsweg denken. Er erreichte den kleinen Treppenabsatz und stand vor der Hintertür.

Im Gegensatz zu den hohen, geradezu auftrumpfenden Wohnungseingängen im vorderen Treppenhaus, in denen sich die Gründerzeit mit üppigen Drechselverzierungen und Oberlichtern aus buntem bleieingefassten Glas (gemütliche grünbraune Jagdmotive) innenarchitektonisch ein imposantes Denkmal gesetzt hatte, war diese schmale Hintertür absolut schmucklos, rein funktional. Sie führte zur Küche, im rückwärtigen Teil der Wohnung gelegen, ganz am Ende des Seitenflügels.

Iris hatte die große Friedenauer Altbauwohnung in einen Wohn- und in einen Bürobereich geteilt. Die vier Paradezimmer nach vorn waren ihr Privatreich, dort gab es ein separates Bad sowie eine kleine, kaum ernstzunehmende Küche. In dieser standen verstreut einige braune Tüten und Schraubgläser herum, größtenteils aus dem Reformhaus in der Schloßallee und aus dem Bio-Laden um die Ecke. Iris bevorzugte eine einseitig gesunde Ernährungsweise; sie war, wie Schulze es auf seine etwas abenteuerliche Art ausdrückte, »eingefleischte Vegetarierin«.

Das Büro von *LebensLauf* befand sich im Seitenflügel, Herz- und Verbindungsstück war das Berliner Zimmer, das, mit einem ovalen Tisch in der Mitte, auch als Konferenzraum diente. Am einzigen Fenster, das zum Hofschacht ging, standen sich Schulzes und Broses Schreibtische Stirn an Stirn gegenüber. Eifersüchtig teilten sie sich das bisschen Licht, das vormittags für circa zwei Stunden hereinfiel und den Staub filigran tanzen ließ.

Dieser Staub, den Brose manchmal sehnsüchtig verträumt von seinem Platz aus beobachtete, gehörte zur normalen Grundausstattung des Büros, daran konnte auch Frau Perschke aus Hellersdorf, die jeden Montag um sechs hier anrückte und resolut durch die Räume fegte, nichts ändern: Es lag einfach an den vielen Büchern, auf denen er lag und sich immer mehr breitmachte, so als hätte er ein unbegrenztes Bleiberecht.

In den schlichten Wandregalen standen alphabetisch aufgereiht die Belegexemplare von *LebensLauf*, jeweils ein Vorzeigestück war nicht eingeschweißt; das war wichtig, um potenziellen Kunden etwas vorweisen und in die Hand geben zu können, worin sie auch blättern konnten.

Zusätzlich gab es dort ein paar Regalmeter Bücher zur Zeitgeschichte, einen Grundbestand an klassischen Biografien sowie diverse Spezialnachschlagewerke; manchmal mussten Details, die in den Lebensberichten freihändig erwähnt worden waren, genauer abgeglichen werden. Mit dem Internet kam man in bestimmten Fällen nicht weiter. Die 1950er-Jahre, zum Beispiel, das hatte Brose erst hier mitbekommen, waren bisher nur äußerst lückenhaft digital aufbereitet, dort gab es weiße Flecken von erstaunlichen, fast antarktischen Ausmaßen.

In der ehemaligen Speisekammer wurden bis unter die Decke Papiere, Papierproben und Prospekte gelagert. Hatte Brose in diesem Lagerraum zu tun, hielt er sich meist viel länger als notwendig dort auf, er mochte den konzentrierten Geruch von Papier, Kleber, Druckerschwärze und inhalierte ihn süchtig, die Augen geschlossen.

Schulze brühte sich gerade einen Kaffee (türkisch).

Er empfing Brose, der vom raschen Aufstieg noch etwas atemlos in der Tür des Dienstboteneingangs stand, mit der Nachricht, dass Frau Havelka (so hieß Iris bei Herrn Schulze noch immer, obwohl er sie schon viel länger kannte als Brose) vorhin angerufen habe. Sie werde es heute definitiv nicht rechtzeitig zum Termin schaffen und später dann einfach dazustoßen. Brose und er sollten doch bitte schon einmal anfangen.

»Also«, sagte Schulze, »fangen wir doch schon mal an. – Bitte.« Den randvollen Kaffeebecher auf einer Untertasse balancierend, ging er voran durch den schmalen Flur, ins Berliner Zimmer. Und da Iris nicht da war, rückte Schulze als Dienstälterer nun an ihre Stelle. Es hätte nicht viel gefehlt, und er hätte Brose mit jovialer Hausherrengeste einen Stuhl in ihrem gemeinsamen Büro angeboten.

Brose achtete nicht weiter darauf, er stellte die Aktentasche auf seinem Schreibtisch ab und sah flüchtig die für ihn eingegangene Post durch: nicht der Rede wert. Hob er kurz den Blick, sah er sein Gegenüber, das sich, ab und zu am heißen Kaffee nippend, an Mappen und Papieren zu schaffen machte.

Schulze, ein untersetzter rothaariger Mann, dessen flaches Gesicht durch eine Vielzahl hellbrauner Sommersprossen bis zur Ausdruckslosigkeit weichgezeichnet war, arbeitete schon von Anfang an bei *LebensLauf*. In letzter

Zeit jedoch waren gewisse Veränderungen an ihm festzustellen, und die hingen höchstwahrscheinlich mit seinem aktuellen Auftrag zusammen.

Bisher hatte Brose ihn immer für eine graue Büromaus gehalten, einschließlich jener kleinen Eigenheiten und Macken, die einem erst mit der Zeit auffielen, die zwar störten, über die man jedoch grinsend hinwegsehen konnte – zum Beispiel die Flasche Pfefferminzlikör, die, obwohl Schulze sie in seinem stets sorgfältig abgeschlossenen Schreibtischseitenfach verwahrte, natürlich ein offenes Geheimnis war. Er hatte aber auch noch andere Marotten, und die gingen Brose schon erheblich mehr auf die Nerven. Da war etwa Schulzes Angewohnheit, gedankenversunken mit der Büroschere Jagd auf die kleinen, aus Nasenlöchern und Ohren sprießenden Härchen zu machen, wenn er sich unbeobachtet fühlte (also fast immer). Sicher war es dem Arbeitsfrieden dienlich, dass Brose den Großteil seiner Arbeit bei sich zu Hause erledigen konnte und oft auf Kundenbesuch war, so dass er nur zum wöchentlichen Meeting oder in Phasen der Endfertigung und bei der Übergabe hier auftauchen musste.

Die Arbeit, mit der Schulze im Moment so intensiv beschäftigt war, ging strenggenommen weit über das hinaus, was üblicherweise zum Geschäftsfeld von *Lebens-Lauf* gehörte. Durch sie war er dem stupiden Alltagsgeschäft entrückt, und das ließ er seine Umgebung, insbesondere Brose (wen auch sonst? Einen anderen gab es ja nicht), deutlich spüren.

Für ein mittelständisches Familienunternehmen in Reinickendorf, das schon in dritter Generation Tütensuppen und andere Fertiggerichte herstellte, und das mit dem Wechsel des Firmenchefs in den Ruhestand zum Jahresende seinen Betrieb einstellte (ein Nachfolger in der Familie hatte sich nicht gefunden, und die Übernahme der Produktionsstätten und des eingeführten Markennamens durch einen international agierenden französischen Lebensmittelgroßkonzern stand unmittelbar bevor), sollte eine Firmengeschichte verfasst werden. Es war der Wunsch des Patriarchen (des »Paten«, wie Schulze glaubte, den Chef vertraulich nennen zu dürfen), für kommende Generationen die Firmengeschichte schriftlich festzuhalten, so sollte zumindest ein würdiger Schlussstrich unter fast einhundert Jahre Geschäftstätigkeit gezogen werden. Am Rande eines Benefizkonzertes im Französischen Dom war der Firmenchef mit Iris in Kontakt gekommen. Die hatte diesen Auftrag an Land gezogen und ihn, obwohl auch Brose sich sofort sehr dafür interessiert hatte, Schulze zugeteilt.

Schulze hatte daraufhin Berge von Zeitungen vor sich aufgetürmt, Festschriften studiert, Teile der Firmenkorrespondenz durchgesehen und telefonisch ehemalige Mitarbeiter befragt. Beim vorletzten Meeting hatte er wesentliche Grundzüge, markante Eckpunkte oder, wie er es nannte, »die großen Linien« seiner Darstellung umrissen.

Es begann in den 1920er-Jahren mit der Tütensuppe und dem Brühwürfel als tapferen Helfern der Hausfrau,

Erfindungen, die wegen der damit verbundenen Zeitersparnis namentlich auch von der seinerzeit im Entstehen begriffenen Frauenbewegung lebhaft begrüßt worden waren. Die Verwendung derartiger Hilfsmittel galt als modern, sogar als fortschrittlich, auch wenn der damalige Werbespruch

In diesem kleinen Würfel steckt
Wonach die gute Suppe schmeckt!

aus heutiger Sicht schon ein klein wenig ranzig wirkte und salzig auf der Zunge zerkrümelte.

Die Kriegsjahre folgten, das heißt: Fronteinsatz des Suppenwürfels als eiserne Ration im Kochgeschirr des deutschen Soldaten, nun schon nicht mehr unter der Bezeichnung »Helfer der Hausfrau«, sondern vom OKW mit einer streng geheimen Kombination aus römischen Ziffern und Buchstaben versehen.

In den Jahren des Wirtschaftswunders, als man im Fortschrittsglauben, insbesondere im Glauben an die Kräfte der chemischen Industrie, immer neue Bestandteile in die Tütensuppen integrierte, die bedenklich weit über das hinausgingen, was üblicherweise verwendet wurde (getrockneter Fleischextrakt, Salz, Pfeffer und ein paar ausgewählte Gewürze), knüpfte man zwar in gewissem Sinne an die Arbeiten eines der Pioniere der Instantsuppen, des Chemikers und Brühwürfelerfinders Justus von Liebig an, dennoch kam es zu einer ersten Zerreißprobe zwischen Traditionalisten und Neuerern in der Firma, ein Konflikt, der auch für die weiteren Jahrzehnte bestimmend blieb, vor allem, als es in zermürbenden Diskussionen Mitte der 1970er-Jahre um die Frage des Selbstverständnisses ging: Gehören wir nun zum Bereich *Fast Food* – ja oder nein?

Die Leitsterne Maggi und Knorr, die lange Jahre weithin sichtbar am Firmament der Branche geleuchtet hatten, verblassten allmählich. Den Absprung zu Bio schließlich, Anfang der 1980er-Jahre, hatte man völlig verpasst. Und nun stand das Traditionsunternehmen in seiner ursprünglichen Form vor dem Aus.

Erstaunt waren Iris und Brose vor zwei Wochen Schulzes Ausführungen gefolgt. Das war bei Weitem das Beste, was Schulze jemals für *LebensLauf* zu Papier gebracht hatte. Beflügelt von Iris' Zuspruch, hatte Schulze inzwischen an seiner Geschichte weitergearbeitet, und nun schickte er Brose ein neues Kapitel als E-Mail-Anhang auf kurzem Dienstweg, das heißt: die knapp anderthalb Meter über den Schreibtisch, auf Broses Computer.

Nach einer kurzen Empfangsbestätigung, einem flüchtigen Nicken, scrollte Brose sich durch die fünfundzwanzig Seiten des Dokuments. Das betreffende Kapitel hieß *Am Scheideweg*, es handelte von den frühen 1960er-Jahren. Brose, nachdem er rein gewohnheitsmäßig einen Rotstift zur Hand genommen hatte, ging zurück an den Anfang und begann zu lesen.

»Ist was?«, fragte Schulze nach einer Weile irritiert; ihm war nicht entgangen, dass Brose fragend die Augenbrauen hochgezogen hatte.

»Nein, oder doch, ja, hier, auf Seite elf, vorletzter Absatz ... Gucken Sie mal. Also, ich finde die Formulierung

›… *gerieten wir mit unseren Brühwürfeln und Tütensuppen wieder in etwas ruhigeres Fahrwasser*‹ irgendwie missverständlich.«

»Wieso?«, fragte Schulze streng.

»Ich meine, Fahrwasser, Wasser … da denkt man bei Brühwürfeln doch unwillkürlich an Auflösung.«

»Mhm …« Schulze nickte. »Da mögen Sie recht haben, ja.«

Er überlegte einen Moment, dann besserte er kurzentschlossen die fragliche Stelle aus, halblaut diktierte er die neue Variante seinen über der Tastatur schwebenden leichtgekrümmten Zeigefingern: »… in eine etwas ruhigere Zeit.«

»Ja, ist besser so«, sagte Brose, er beugte sich über seine Papiere und wollte nun endlich damit beginnen, sich seiner Lommatsch-Abschrift zu widmen.

»Und – wie finden Sie es sonst?«

Brose atmete schwer aus, er fand, dass es Schulze in letzter Zeit mit seinem Reinickendorfer Tütensuppenimperium doch etwas übertrieb: »Interessant, natürlich. Ist aber auch traurig, nicht wahr, wenn so nach und nach all diese kleinen privaten Krauter aufgeben und von der Bildfläche verschwinden.«

»Ganz ja nicht. Der Name, immerhin, bleibt ja.«

»Als Gespenst vielleicht.«

»Traurig – kann schon sein. Aber so ist das nun mal.« Schulze hielt kurz inne: »Kollege Brose, Sie haben mich da überhaupt auf einen guten Gedanken gebracht: Das Motiv der Auflösung, natürlich, Moment, da bringe ich das dann hinten mit dem Wasser.« Sofort machte er sich dazu eine Notiz. Als er damit fertig war, sah er Brose fest in die Augen.

»Wissen Sie, dass das traurig ist: sicher, ja, meinetwegen. Vor allem aber ist es eines ...«, Schulze hielt kurz inne, »gesetzmäßig.«

»Gesetzmäßig?«, fragte Brose nach.

»Ja. – Kennen Sie eigentlich Karl Marx?«, fragte er Brose, was dieser mit einem Nicken und einem leisen »Nicht persönlich, aber dem Namen nach« quittierte.

Schon Karl Marx also habe seinerzeit diesen gesetzmäßigen Entwicklungsweg beschrieben. Und nun erklärte er Brose, wieso das Ende dieses kleinen Privatunternehmens unausweichlich gewesen sei.

Wenn die Konzerne, ihrer inneren Wachstumslogik folgend, immer größer würden und sie sich dazu massenhaft kleine Unternehmen einverleibten, sei es am Ende doch nur noch eine Frage der Zeit, bis es zu einem geradezu natürlichen Übergang vom privatkapitalistischen zum gesamtgesellschaftlichen Eigentum und schließlich zum Sozialismus komme. Dafür brauche es dann auch gar keine Revolution mehr. Bei solch einem Grad der Vergesellschaftung der Produktion, wie Marx es genannt habe, sei der Boden für eine nichtkapitalistische Gesellschaft ja schon bereitet. Das Privateigentum an Produktionsmitteln verschwinde dann praktisch von selbst.

»Sie glauben aber doch nicht ernsthaft, dass es wieder dorthin zurückgeht?«, fragte Brose grinsend nach. »Also, ich meine zurück zu Ihrem Sozialismus?« Brose lehnte sich in seinem Stuhl zurück, er steckte sich den Stift in den Mund und kippelte.

Schulze zuckte die Schultern. »Erstens war das nicht *mein* Sozialismus, ganz und gar nicht. Und zweitens: Ob ich das glaube oder nicht, das ist doch ganz egal, das spielt hier wirklich keine Rolle.« Und nun schwang er sich zu einem Satz auf, den Brose ihm so gar nicht zugetraut hätte (vielleicht war es ja auch nur ein Zitat), weit beugte sich Schulze nach vorn und sagte leise: »Das, wovon man glaubt, dass man es für immer hinter sich hat, liegt meistens noch vor einem.«

Broses Stuhl landete abrupt wieder auf allen vier Beinen.

»Außerdem, ich sage nur«, Schulze hielt kurz den Wirtschaftsteil der Zeitung hoch, den er neuerdings im Zusammenhang mit seiner Firmengeschichte immer besonders intensiv studierte, »gerade auf dem Weg, die unangefochtene Nr. 1 auf dem Weltmarkt zu werden: China, das, wohlgemerkt, *kommunistische* China!«

Dem ließ sich kaum widersprechen, Brose versuchte es auch gar nicht erst. Vielleicht hatte Schulze ja recht: Die gelbe Gefahr war inzwischen rot geworden, alarmierend rot, und das war womöglich die Zukunft der Menschheit: Billigprodukte und eine Massengesellschaft. Diesen Verdacht hatte er selbst übrigens auch schon manchmal gehabt.

In einer Motorklub-Zeitschrift hatte Brose vor einiger Zeit bei *Haargenau*, seinem Friseursalon in der Charlottenstraße, den Prüfbericht über einen Geländewagen chinesischer Fabrikation gelesen. Der Wagen war beim

Crashtest mit Tempo 50 (oder sogar nur mit 30?) gegen eine Wand gefahren worden, worauf sich der Frontteil bis zur Unkenntlichkeit zusammengefaltet hatte. Der Dummy, der am Steuer gesessen hatte und dessen Handschuhhände sinnloserweise noch immer das Lenkrad fest umklammert hielten, war kopfabwärts völlig zerknautscht gewesen, so dass er später wahrscheinlich nur unter großer Mühe und dem Einsatz schwerer Technik hatte aus dem Wrack herausgeschnitten werden können. Sein nach vorn abgeknickter Gummikopf lag final auf dem Lenkrad, das beim Aufprall mitsamt Konsole in die Höhe gedrückt worden war. Es sah so aus, als überlegte der Gummitestfahrer verzweifelt, wie ihm dieser verhängnisvolle Unfall nur wieder hatte passieren können.

Was Brose aber am meisten beeindruckt hatte: Während die passbildgroßen Farbfotos der Tester unter den jeweiligen Berichten normalerweise neutral bis gewinnend lächelten, war in diesem bedenklichen Ausnahmefall das Foto des Prüfergesichts schwarz-weiß gewesen, und es zeigte nur eines: bleiche Fassungslosigkeit.

Wahrscheinlich, dachte Brose, erlebte in solch einer Zukunftsgesellschaft (zumindest bei den Davongekommenen des rasant in fragilen Blechschachteln vollzogenen Straßenverkehrs) ja sogar die klassische Tütensuppe in ganz großem Stil ihre Wiederauferstehung? Dort passte sie als billiges Massenprodukt sicher genau hin. Er verzog den Mund: Ja, haargenau.

Um die historische Zuversicht und die Unverdrossenheit, mit der Schulze zu Werke ging, beneidete Brose ihn manchmal. Spätestens seit dem Ende des *Spandauer Boten* war derlei Optimismus ihm völlig abhanden gekommen. Während er, Brose, sich immer wieder in Einzelheiten vertrödelte, jedes noch so kleine Komma äußerst misstrauisch betrachtete und sich fragte, ob es dort, wo es stand, überhaupt hingehörte, hatte Schulze immer die große Linie vor Augen und sah dabei gern über Kleinigkeiten hinweg. Deswegen ging ihm das Schreiben auch so flott von der Hand.

Vor ein paar Monaten hatte Schulze ebenfalls mal draußen im *Alten Fährhaus* gearbeitet. Er hatte dort zwei Projekte betreut. Eines davon war termingerecht zum Abschluss gekommen. Allerdings war der Klient, ein Herr Wiczorek, unmittelbar nach Beendigung der Tonaufnahmen verstorben, was den Dokument- und Zeugnischarakter dieser Lebenserinnerungen ungemein erhöht hatte; sie hatten nun etwas von »letzten Worten«. Die Angehörigen waren sehr dankbar, sehr bewegt gewesen, als sie den schmalen, inzwischen postumen Erinnerungsband im Verlagsbüro in Empfang genommen hatten.

Das andere, auf Anregung von Frau Schwartze und mit Unterstützung des Heims vorangetriebene Pilotprojekt: *Erinnerungen eines Alzheimerpatienten. Fragmente* war allerdings nicht fertig geworden, schon nach zwei Sitzungen mit einem Herrn Kubiak oder Schubiak, Brose konnte sich nicht mehr genau an den Namen erinnern, war es ergebnislos abgebrochen worden. Schulze war zu ungeduldig, zu zielorientiert dafür gewesen. Das war ihm alles zu sehr durcheinandergegangen, ihm fehlte da der Zusammenhang, er hatte sich nicht länger auf dieses Chaos einlassen können.

Da die Chefin noch immer nicht gekommen war, erkundigte Schulze sich jetzt als Revanche für das kollegiale Korrekturlesen vorhin nach dem Stand von Broses Arbeiten.

Aufmerksam hörte er Brose zu. Der wollte vor allem wissen, was es mit den »Überbrückungen« auf sich hatte, von denen Schulze schon des Öfteren so nebulös gesprochen hatte, und wie man sich das praktisch vorstellen musste. Ob er da eventuell mal ein Beispiel parat habe? Bei Familie Lommatsch sei ihm nämlich vor einiger Zeit ein blöder Fehler unterlaufen: Nach einer kurzen Unterbrechung durch das Telefon habe er sein Aufnahmegerät zu spät wieder eingeschaltet, so dass in ihrem Lebensbericht eine Lücke von etwa zehn Minuten entstanden sei.

Schulze nickte. »Ja, Lommatsch, Lommatsch, der Name sagt mir was. Ein Ehepaar, nicht wahr? Ganz oben. Aber ein Fehlstück, das würde ich nicht so tragisch nehmen. Es erhöht doch eher die Spannung, wenn es immer mal kleine Sprünge gibt. Was zählt, lieber Herr Brose, ist das Ergebnis. Und noch einmal neu starten, nachfragen? Nein, der Erzählfluss bringt dann ganz andere Sachen nach oben. Da fangen Sie wieder ganz von vorn an. Sprechen Sie das offen an, dass ein Teilstück fehlt, technische Gründe oder so, und Sie werden sehen: alles kein Problem.«

Schulze war aufgestanden, nachdenklich – ein Feldherr,

der seine Truppe inspiziert! – schritt er die Regalwand ab, zog da und dort ein Exemplar heraus, öffnete es, las darin (oder tat zumindest so) und stellte es entweder wieder zurück an seinen Platz oder legte es bedächtig auf den Stapel, der auf Broses Schreibtisch in die Höhe wuchs. Versonnen mit den Fingerspitzen über Buchrücken und Einbände streichend, sie fast streichelnd, hatte Schulze diese Bände, als wären es seine eigenen Werke, auf Broses Tisch abgelegt. Hinter dem Bücherberg hörte Brose nun Schulzes Stimme: »Schauen Sie sich das doch einfach mal in aller Ruhe zu Hause an. Und wenn Sie Fragen haben – bitte, gerne.«

Voller Tatendrang hatte Schulze sich wieder seiner Tütensuppengeschichte zugewandt, während Brose lustlos im Lommatsch-Text herumstocherte.

»Gibt es eigentlich«, fragte Schulze, ohne von seinen Papieren aufzusehen, »den Herrn Krampe noch?«

»Einen Dicken? Im elektrischen Rollstuhl? – Ja, gibt es, gibt es noch.«

Schulze sagte zunächst nichts weiter dazu, schien aber sehr zufrieden darüber zu sein, dass er inzwischen in die Abteilung Tütensuppen/Brühwürfel gewechselt war.

»Wissen Sie, Herr Brose, im Unterschied zu draußen, also zum *Fährhaus*: Das Schöne an dem Reinickendorfprojekt ist, dass ... Also wenn ich, zum Beispiel, mit dem Paten spreche, ja – toll, einfach toll. Ich unterhalte mich eben sehr gerne mit intelligenten Menschen.«

Brose nickte verständnisvoll. Ja, dachte er, und genau deswegen führe ich am liebsten Selbstgespräche.

Hin und wieder hob er unauffällig den Blick und schaute zu Schulze hinüber. Wie üblich: In unregelmäßigen Abständen zuckte dessen linkes Augenlid. Und immer wenn man glaubte, es sei vorbei damit, zuckte es wieder. Soweit Brose das beurteilen konnte, war Schulze, zumindest partiell, ein Alkoholiker.

Der Arbeitstag begann bei ihm mit einem tiefen Schluck. Dabei blieb es dann aber auch. Es war eine Flüssigkeit, die man auf den ersten Blick hätte für Wasser halten können, zumal er sie sich aus einem halbvollen Wasserglas verabreichte, wenn Schulze nach Absetzen des Glases nicht immer so erleichtert »Ahhh...« stöhnen würde. Die Pfefferminzbonbons, die er sich sinnigerweise danach einwarf, legten eine richtige, falsche Fährte: Pfefferminzlikör, Pfefferminzbonbons – die Spuren wurden auf diese Weise raffiniert verwischt.

Vielleicht war das ja ein Relikt aus Schulzes Zeit als Lehrer. Auf die Frage, was er denn damals, vor 1989, unterrichtet habe, hatte Schulze ihm vor einiger Zeit geantwortet: »Ich war Berufsschullehrer, ESP.« Das sagte Brose nichts.

»Im KWO.«

Auch das sagte Brose nichts.

»Kabelwerk Oberspree.«

»Ach so.«

Dann war wieder Stille gewesen.

Auf der Fahrt nach draußen ins *Alte Fährhaus* hatte Brose letzte Woche im Autoradio einen Bericht über Alkoholiker und deren durchgeplantes Leben gehört –

damit hatte es bei Schulze wahrscheinlich noch eine ganz eigene Bewandtnis.

Im Gegensatz zur landläufigen Vorstellung – das war die paradoxe Ausgangsthese dieses Beitrages gewesen – führten Alkoholiker ein extrem geregeltes, kontrolliertes Leben. Anders ginge es gar nicht. Sie könnten nie einfach nur so, wenn man das in diesem Zusammenhang überhaupt so sagen durfte, fidel »ins Blaue hinein« leben – im Gegenteil, immer müssten sie einen Schritt voraus denken: Wo bekomme ich die nächste Flasche her? Komme ich mit meinem Vorrat noch über den Abend, noch über das Wochenende? Gibt es irgendwo in der Nähe einen Spätkauf oder eine andere Tankstelle?

Während die übrige Menschheit sorglos und unbeschwert vor sich hin leben könne und von Zufällen geleitet werde, habe der arme Flaschenteufel notwendigerweise stets eine exakte Karte seiner Umgebung fest im Blick, die ihm, nüchtern betrachtet, verrate, wie er an sein lebenswichtiges Elexier, das Feuerwasser, herankommt.

Schulze, wenn er morgens zur Arbeit kam, machte jedoch nie auch nur im Ansatz den Eindruck, er habe die Nacht durchgezecht. Wie es aussah, hatte er die Sache ganz auf seinen morgendlichen Pfefferminzlilör fokussiert und damit das Alkoholproblem soweit unter Kontrolle gebracht.

Den Preis dafür mussten allerdings andere bezahlen, seine *LebensLauf*-Klienten! Schulze kontrollierte nicht nur seinen Alkoholkonsum, sondern auch alles andere: Es war seine Manie, alles und jedes nach Plan abzuarbeiten. Sein notorisches Bestreben, Ordnung in die Lebensläufe zu bringen, ließ ihn sofort nervös werden, wenn es Abweichungen gab; diese korrigierte er dann sofort. Bei seinem ausgeprägten Hang zur Systematik nahm er es geradezu persönlich übel, wenn ein Lebenslauf eigene Wege ging. »Folgerichtig« – das war das geheime Schlüsselwort seiner Vorgehensweise, und er ruhte nicht eher, bis er eine Art Folgerichtigkeit zu erkennen glaubte.

Da von der Chefin noch immer nichts zu sehen war, erzählte Brose von seinem Besuch in der Biografie-Gruppe des Heims, und wie es dort so chaotisch durcheinandergegangen war, etwa beim Zusammensetzen der Kochrezepte.

Kochrezepte? Schulze horchte kurz auf, ob es da nicht eventuell einen verwertbaren Zusammenhang mit seinem aktuellen Tütensuppenprojekt gab. Gab es nicht, wie er bald merkte. Da ging es wohl eher um grundsätzliche Fragen des Erinnerns.

»Sie müssen sich das etwa so vorstellen, Herr Schulze, wie beim Memory. Man hat ein bestimmtes Bild vor Augen, und dann überlegen alle gemeinsam, wo es hingehören könnte.«

Schulze nickte Brose verständnislos zu. »Das ist sehr interessant, was Sie da sagen«, murmelte er.

Vorn wurde die Wohnungstür aufgeschlossen. Absatzgeklapper im Flur. Im Vorbeigehen wurde ein Anrufbeantworter auf laut geschaltet. Innehalten der Schritte. Ein Bügel fiel scheppernd zu Boden. Piepton. Eine Stimme vom Band sagte etwas und gab dann für den Rückruf eine Telefonnummer durch. Der Bügel wurde aufgehängt, es raschelte. Wieder Schritte. Die Chefin kam.

Spät am Nachmittag streifte Brose über den Friedhof; nicht ziellos, nein, er suchte ja Abt. 331, Reihe 38 und zählte die abgeschrittenen Reihen ab, Hauptweg nach hinten, den dritten Weg nach rechts.

Vorhin hatte es kurz, aber heftig, geregnet. Winzige Perlen hingen an den Sträuchern, ein silberner Glanz lag hauchzart über dem Grün; es dampfte. Ein Spatz, vor Freude flügelschlagend, badete tropfnass in einer Pfütze, glitzernde Mini-Fontänen stiegen von ihm auf. Das Leben auf dem Friedhof war schön.

Eine blühende Oase inmitten der grauen Häuserwüste, dachte Brose für einen Moment gerührt, und ... – Stopp, genau das hatte er doch vorhin mit unerbittlichem Korrektorenblick in Schulzes Text bemängelt: diese etwas zu blumig geratene Oasenstelle, in der es um die meditativen Spaziergänge des Reinickendorfer Tütensuppenchefs gegangen war, die er jeden Tag »zur inneren Reinigung«, kurz nach sieben, mit seinem Spitz unternommen hatte: ein morgenfrischer Rundlauf mehrmals um den Schäfersee, im Hinterland der vielbefahrenen Residenzstraße.

Brose konnte sich übrigens doch nicht mehr daran erinnern, früher schon einmal hier, auf diesem Friedhof, gewesen zu sein. Aber egal, er schaltete sein Gehirn ab, er vergaß alles und ließ sich jetzt ganz auf seine Umgebung ein, er genoss es einfach, den Vögeln zuzuhören, die aufgeregt durcheinanderredeten, so ging es schließlich auch.

Er ging den Weg hinunter und dann stand er vor der gesuchten Grabstelle.

Es war ein flach liegender rötlicher Stein, der frischgewaschen vor Nässe glänzte: *Adelbert v. Chamisso und seine Frau Antonie, geb. Piaste*, lagen hier im steinernen Ehebett. Sie war ein Jahr vor ihm gestorben, im Mai 1837. Umstellt war die Begräbnisstätte von vier grünangestrichenen gusseisernen Pfosten, die eisern Wache hielten, oben waren sie jeweils mit einem Kreuz versehen. Zwischen ihnen hingen schwere Absperrketten. Auf einem kleinen, ebenfalls rötlichen Stein, vorn links neben der Grabstelle, war der amtliche Hinweis zu lesen, dass es sich um ein Ehrengrab des Landes Berlin handelte. Blumensträuße standen in schmutzigbraunen Gläsern, auch ein verwelkter Kranz lag herum. Den schob Brose mit der Fußspitze beiseite, bevor er alles fotografierte.

Dann ging er weiter. Durch ein Tor gelangte er in einen anderen, von Efeu überwucherten Teil des Friedhofs. Dort, nachdem er die Holzstreben flüchtig mit seinem vorletzten Tempo abgewischt hatte, setzte er sich auf eine Bank. Sein Blick fiel auf eine schwarze Grabstele aus Marmor:

Unvergessen!

stand in ausgeblichener Goldschrift darauf, darunter ein Name, Anfangs- und Enddatum, beide im neunzehnten Jahrhundert, die absolute Kurzfassung einer Biografie.

Dieser *Geh.-Rath* war ungeachtet der trotzigen Devise

auf dem Stein bestimmt längst vergessen worden. Nach fast anderthalb Jahrhunderten gab es ja auch niemanden mehr, der sich an ihn erinnern könnte. Brose sagte der Name jedenfalls nichts. Und Platz für zusätzliche Informationen, die eventuell ein paar Anhaltspunkte hätten liefern können, war auf solch einem schmalen Grabstein ja sowieso nicht.

Unvergessen ... Ihm fiel ein, dass er heute im Büro wieder sein Passwort für die DB-Fahrkartenbestellung vergessen hatte – dabei war es so einfach gewesen! Er wollte in seinem Kalender nachschauen, wo er es an einem geheimen Ort, und zwar im Feld von Claudias Geburtstag, notiert hatte, doch der lag zu Hause. Also musste er sich ein neues ausdenken.

In letzter Zeit hatte er damit begonnen, immer wenn ihm der Computer halb höhnisch, halb mitleidig die hochnotpeinliche Frage »Passwort vergessen?« stellte und er ein neues brauchte (was viel zu oft vorkam), aus merktechnischen Gründen in seine neugewählten Passwörter verschiedene markante Daten aus seinem Leben einzubauen, die er niemals vergaß.

Er rekapitulierte schnell die aktuelle Liste.

Und auf einmal sah er seinen eigenen Grabstein vor sich stehen, unter dem Namen, in Stein gemeißelt: sämtliche Passwörter, Geheimzahlen, Benutzernamen, Zugangscodes, WLAN-Namen, Kennwörter, die jemals von ihm benutzt worden waren, zumindest die, an die er sich noch erinnern konnte; auf jeden Fall wären sie dann für immer sicher aufbewahrt – *unvergesslich!*

Titus Brose
1953 – ... (???)

AMAZONAS 007
5591
Fips-9-60
ZITADELLE-321
Andronicus-123
Hüsensiel 12

Vor solch einem Grab konnte ein zukünftiger Besucher doch lange tief ergriffen verharren und über ein vergangenes Leben rätseln. Vielleicht kam ja jemand darauf, dass *AMAZONAS 007* nicht nur – naheliegenderweise – ein Passwort im modernen Internetversandhandel war, sondern auch für ein gewisses Abenteurertum (tropischer Regenwald, Krokodile!, James Bond) seines ehemaligen Benutzers stand? Aus der vierstelligen Bankgeheimzahl konnte man, las man sie verkehrt herum, Claudias Geburtsjahr erfahren. Brose musste, wenn er vor dem Bankautomaten stand und ihm der PIN entfallen war, nur an Claudia denken, daran, wie sie morgens, bevor sie losging, im Flur vor dem Spiegel stand, um noch schnell mit ein paar Handgriffen die Spuren des Alters in ihrem Gesicht zu kaschieren, zu überschminken, »ein paar Fassadenarbeiten«, wie sie das nannte, schon hatte er die Gedankenkette zusammen: Alter-Spiegel-Spiegelschrift = von hinten nach vorn lesen, und sofort wusste er wieder die Nummer.

Unvergesslich für ihn auch Anschaffungsmonat und -jahr seines ersten (und einzigen!) Wellensittichs: Fips, dessen Name nun ebenfalls der Nachwelt erhalten bleiben würde, er hatte ihn von seinen Eltern zum ersten Schultag der zweiten Klasse geschenkt bekommen. In der fünften Klasse war er dann aber an einem sonnigen Frühlingstag durch das offene Küchenfenster für immer in die Freiheit davongeflogen.

ZITADELLE verwies, zumal in Berlin, natürlich direkt auf Spandau und somit auf den *Spandauer Boten*. *Andronicus-123* als WLAN-Name? Klar, wenn man Titus hieß (man konnte auch an den gleichnamigen Nebel denken), und mit *123* war die Sache dann, eins zwei drei, schnell und zuverlässig zu Ende gebracht. Was Bahnkartenbestellungen im Internet betraf, da musste er seit heute Vormittag nur an seine ersten Bahnreisen zu den Großeltern denken, nach Hüsensiel, dort hatten sie im Deichweg 12 gewohnt.

Solch eine verschlüsselte Grabinschrift wäre für das einundzwanzigste Jahrhundert doch unbedingt zeitgemäß, sie hätte etwas sehr Persönliches, diese Codenamen und Geheimziffern hatte er sich ja selbst, höchstpersönlich, ausgedacht. Sie hatten etwas mit ihm und mit seinem Leben zu tun, verrieten mehr über ihn als sein wirklicher Name. Den Familiennamen hatte er sich schließlich nicht aussuchen können, und sein Vorname verriet höchstens etwas über seine Eltern, speziell über seinen Vater, Anselm Brose, der Latein- und Geschichtslehrer gewesen war.

Man musste diese Schlüsselwörter dann auch nicht mehr verstecken, jeder dürfte sie lesen, das machte überhaupt nichts, die Tür stand ja offen, dahinter war nichts mehr.

Postum hätten all diese Geheimkürzel und Chiffren jedenfalls endlich einen Sinn, den man entschlüsseln konnte oder auch nicht; zumindest standen sie für schöne Erinnerungen. Zu Lebzeiten aber hatten ihm dieser ganze umständliche Verschlüsselungskram und die Sicherheitsvorkehrungen kaum etwas genutzt. Seine Privatsphäre hatten sie nie richtig geschützt.

Als er sich vor einigen Wochen an die Abschrift der Emma-Paczensky-Aufnahmen gemacht hatte, war er wegen der Schreibweise einer speziellen Rosensorte, die von ihr mehrfach erwähnt worden war, unsicher gewesen, sicher hatte das auch an ihrer undeutlichen Aussprache gelegen.

Diese Rose hatte sie erfolgreich in ihrem Gartenfleckchen der Kleingartensparte *Freie Scholle* gezüchtet, nachdem sie aus dem Hutgeschäft ausgeschieden war und endgültig, für den Rest ihres Lebens, genug gehabt hatte von all den Applikationen aus aufgenähten Stoff- oder Seidenblumen. Sie hatte es nun endlich wieder mit richtigen Blumen zu tun haben wollen, mit Blumen, die blühten und rochen, die verwelkten.

Statt im Lexikon, das griffbereit im Regal stand, nachzuschlagen, hatte Brose natürlich den schnellen, bequemen Weg gewählt und gleich im Internet nachgeschaut. Das hätte er besser nicht tun sollen. Nun wusste er zwar, wie man die Sorte *Ghislaine de Féligonde* richtig schrieb, aber fand nun auch regelmäßig, wenn er seinen Posteingang öffnete, Rosen-Angebote von diversen Gartengroßhandelsversandzentren.

»*Auf mich soll's rote Rosen regnen*«, hatte er vorletzten Donnerstag entnervt vor sich hin gesummt, weil er sich genau erinnerte, dass er Safari zurückgesetzt und dieses stachelige Rosenzeug schon x-mal als unerwünschte Werbung markiert und in den virtuellen Papierkorb verfrachtet hatte.

»Alles in Ordnung bei Ihnen da drüben?«, hatte Schulze beiläufig nachgefragt, ohne von seinem Brühwürfelbilanzordner des Jahres 1965, der ihn im Moment wegen eines merkwürdigen Knicks in der Statistik brennend interessierte, aufzuschauen.

»Jaaa – und wie.« Und ab damit in den Müll!, hatte Brose gedacht, als er diese neuerliche, brandaktuelle Rosen-Werbebotschaft löschte.

»*Für*«, sagte Schulze auf einmal.

»Was? Wie bitte?«

»Es muss heißen: *Für ... für* mich soll's rote Rosen regnen.«

»Jetzt, wo Sie es sagen ...«, Brose nickte. »Stimmt.«

Früher hatte Brose das Internet für eine Luftnummer gehalten, eine flüchtige, windige Erscheinung. Wenn dort etwas veröffentlicht wurde, hatte er das nie richtig ernstgenommen. Um so mehr erstaunte ihn inzwischen das phänomenale Gedächtnis dieser modernen Technik, das unterschied das Netz, in dem alles hängen blieb, von der Mehrzahl seiner *LebensLauf*-Klienten.

Inbesondere waren es ein paar Uraltbeiträge aus dem *Spandauer Boten*, die ihm das gnadenlose Erinnerungsvermögen des Internets so suspekt machten: Liebend gerne hätte er die endlich dem Vergessen überantwortet, doch aus ihm unbegreiflichen Gründen standen die nun schon ewig und drei Tage im Netz. Sie klebten an ihm wie ein alter Kaugummi am Schuh.

Wenn Brose im *Spandauer Boten*, seligen Angedenkens, einen Artikel publiziert hatte, konnte man den schwarz auf weiß lesen. Natürlich war klar, die aktuelle Ausgabe würde bereits in den nächsten Wochen im Altpapier landen, um irgendwann später vielleicht einer wundersamen Wiederauferstehung als WC-Papier entgegenzusehen, das eines Tages dann für immer in den gurgelnden Orkus hinabgespült wurde. Die Sache war vergessen – trotzdem, Brose konnte sich sagen, dass es ja noch die finsteren Katakomben der Archive gab, in denen alle Jahrgänge des *Spandauer Boten* vollzählig abgestellt waren. Zugleich war es gut zu wissen, dass kaum jemand ohne Not in die dunklen Archivkeller hinabstieg.

Brose hatte nasse Füße bekommen. Blick auf die Uhr, er stand auf, es wurde Zeit für ihn.

Durch das Friedhofstor trat er hinaus auf die Straße – und in eine andere Welt: Aus der dunkelgrün bemoosten Ruhe des Jenseits kehrte er zurück ins schnelle, laute Diesseits. Fast jedoch wäre er im allernächsten Moment auf kürzestem Wege wieder zurückbefördert worden, endgültig, und zwar durch einen Rechtsabbieger, Mehringdamm-Ecke-Blücherstraße; Brose, obwohl er

Grün gehabt hatte, hatte geistesgegenwärtig zurückspringen müssen, sonst wäre er unter die Räder dieses weißen Kastenwagens gekommen. Völlig unbeeindruckt davon dieselte der eilig weiter: Richtung Heilig-Kreuz-Kirche! Das passt ja, dachte Brose ihm wütend hinterher, das passt: heiliges Kreuz noch mal.

Und da es diesem Flitzer schon nicht gelungen war, Brose auf freier Strecke plattzumachen, hatte er ihm wenigstens noch mit seinem rechten Hinterrad als Andenken an ihre Beinahe-Karambolage einen kräftigen Spritzer aus einer farbenfroh ölig-schimmernden Dreckpfütze spendiert.

Brose starrte erst auf seine nassen Hosenbeine und dann entgeistert zum roten Backsteinbau der Kirche, hinter dem sich sein potenzieller Mörder gerade in die Unsichtbarkeit verflüchtigt hatte. Um Haaresbreite hätte der es doch tatsächlich geschafft, *plötzlich und unerwartet* die Leerstelle auf Broses imaginiertem Grabstein mit den noch fehlenden Zahlen, dem Datum – Brose schaute kurz auf seinem Mobiltelefon nach – ah ja: dem 30.5., auszufüllen.

Langsam ging er zum Auto.

Seinen Geburtstag ignorierte er meist. Jetzt wurde ihm klar, dass er schon oft – genau genommen: über sechzig Mal – im großen Roulette des Lebens jedes Jahr einmal, an einem bestimmten, ihm vom Schicksal vorbestimmten Tag, seinen zukünftigen Todestag erlebt – und überlebt! – hatte, ohne auch nur zu ahnen, welcher von den 365 Tagen es nun eigentlich war.

Komisch, er bekam das Auto nicht auf. (Aber er stand ja auch, den Kopf zur Seite geneigt, etwas gedankenverloren, vor einem falschen.)

Abends im Bett hatten Brose und Claudia sich noch kurz über die Ereignisse und Neuigkeiten des Tages ausgetauscht.

Bei ihr war das vor allem der Ärger mit einer Referendarin gewesen, die schon ein paar Mal negativ aufgefallen war. Heute hatte sie ihre Pausenaufsicht geschwänzt und auf diese Weise eine Prügelei auf dem Schulhof verpasst, bei der es, wie Claudia sich ausdrückte, »einen hohen Anteil an Migrationshintergrund auf beiden Seiten« gegeben hatte und, völkerverbindend, im Resultat etliche blutende Nasen.

Vom Lehrerzimmerfenster aus, mit der Kaffeetasse in der Hand, hatte Claudia das zunächst sprachlos beobachtet, war kurz darauf nach unten gerannt und rigoros eingeschritten, hatte die »blöden Prügelknaben« an Ärmeln und Beinen auseinandergerissen. In der Mittagspause hatte sich dann ihre Direktorin im Lehrerzimmer vor versammeltem Kollegium bei ihr bedankt.

»Ist doch toll«, sagte Brose.

»Ja, klar, und was ist nun der Dank? Sagt die Seifert doch zu mir: So und so, couragiertes Auftreten, sehr beeindruckend, ob ich nicht als erfahrene, überaus durchsetzungsfähige Pädagogin zur Unterstützung der Klassenlehrerin 9b mit auf Klassenfahrt gehen würde, in die Lüneburger Heide? Nächsten September.«

»Und, machst du?«

»Ich? Mit der 9b! Mensch, du, die haben da richtig Problemfälle. Ausgerüstet sind die wie ein Nahkampfbataillon, die ziehen sich gegenseitig ab, so schnell kannst du gar nicht gucken. Nee, du, das muss ich mir nicht mehr antun, wirklich nicht. Wieder in die Jugendherberge! Schon wie das da riecht. Und nachts schleiche ich dann mit der Taschenlampe durch verranzte Schlafsäle und sammle Bierbüchsen ein. Oder Schnapsflaschen. Hab ich der Seifert auch so gesagt. ›Hab ich mir schon gedacht, liebe Kollegin Brose‹, hat sie gesagt und so süß gelächelt, wie die das immer macht, wenn sie sauer ist: ›Aber einen Versuch wert war es ja, nicht wahr?‹ Und dann ist sie abgedackelt.«

Claudia drehte sich auf ihre Einschlafseite, so dass sie sich jetzt nicht mehr, die Hände unterm Kopf verschränkt, mit der Zimmerdecke unterhielt, sondern Titus direkt ansah.

»Ich kann dir gar nicht sagen, wie ich mich darauf freue, wenn ich das alles mal hinter mir habe. Dann ... – Du, wir müssten übrigens auch mal wieder richtig Urlaub machen, oder?«, fiel ihr auf einmal ein.

»Stimmt.«

»Usedom?«

»Warum nicht.«

Von seinem Kurzausflug heute nach Gozo, der Pauschalreise im *Brockhaus*, erzählte Brose ihr nichts, sonst dachte sie womöglich noch, er sei tagsüber nicht genug ausgelastet.

»Und bei dir?«, fragte sie und gähnte.

»Ich? Ich war heute auf dem Friedhof.« Und da er ahnte, dass sie das falsch verstehen würde – schließlich nannte sie das *Alte Fährhaus* immer seinen »Friedhof der Halbtoten« –, fügte er rasch hinzu: »Nein, nicht draußen im *Fährhaus*, auf einem richtigen Friedhof, in Kreuzberg.«

»Und – was wolltest du da?«

»Ich habe das Grab von Chamisso besucht.«

»Von Chamisso? Ach. Und warum?«

Brose erzählte ihr von Einhorn.

»Ganz schön illustres Publikum habt ihr da draußen.«

Brose nickte.

Sie schwiegen einen Moment.

»Wir haben, glaube ich, irgendwo einen Roman stehen, also: über ihn. Stammt noch von den Eltern, müsstest du mal gucken, im Flurregal, falls es dich interessiert. Hab ich aber nie gelesen.«

Eigentlich kannte sich Brose in ihrem Bestand historischer Romane bestens aus – na gut, dachte er, in die Wiedervorlage für morgen früh. Auch er war jetzt müde.

»Was macht eigentlich dein Kollege ... Müllermeier ...?«

»Schulze meinst du.«

»Ja, genau, der. War der nicht auch mal Lehrer?«

Offenbar haderte sie noch immer mit ihrem Lehrerinnenschicksal. Wenn Brose sie ärgern wollte, musste er am Abend, wenn sie nach Hause kam und er noch an seinem Computer saß, nur in den Flur hinausrufen: *Und – wie war's heute in der Schule?* Das hörte sich dann immer so an, als wäre sie eine ewige Sitzenbleiberin, ein langsam grau werdendes Schulkind, das erst mit Eintritt ins Rentenalter die Schule verlassen durfte.

»Ja, Schulze, der war Berufsschullehrer, stimmt. Aber drüben, im Osten.«

»Und hat er dir mal erzählt, wie er so klargekommen ist?«

Brose schüttelte den Kopf. »Nur so Andeutungen. Aber ich glaube, er hat eine lange Karriere hinter sich – als Alkoholiker.«

»Sollte ich vielleicht auch mal versuchen. Aber ist sicher schon zu spät dafür.«

Brose schaute auf die Anzeige seines Funkweckers: 23:32.

»Eine abgebrochene Karriere, Claudia.«

»Ach«, fragte sie erstaunt, »ist er denn jetzt trocken?«

»Na ja, weiß ich nicht so genau, ich würde mal sagen: halb, halbtrocken.«

»Halbtrocken«, wiederholte Claudia schläfrig, er sah sie müde lächeln, »– süß.« Sie drehte sich noch einmal kurz zu ihrem Nachttisch um und knipste das Licht aus.

Dienstag, 13. Juni

Zur Einlieferung ihrer Mutter hatte die lila Hosenanzugfrau, die Brose vor ein paar Wochen im Foyer beobachtet hatte, heute Verstärkung mitgebracht: ihren Mann und ihre Tochter.

Vom Eingang aus, wo Brose noch schnell eine Zigarette rauchte, bevor er seinen Termin mit Einhorn hatte, sah er die Prozession, wie die sich vom Parkplatz aus in Bewegung setzte. Der Abwechslung halber oder zur Feier des Tages war der Hosenanzug der Frau diesmal allerdings nicht lila, sondern in einem ernsten Dunkelblau, fast Schwarz, gehalten. Die Sonnenbrille trug sie wieder hochgeschoben. Sie unterhielt sich mit ihrem Mann, über den Kopf ihrer Mutter hinweg. Die alte Dame hatten sie, während die Zuführung erfolgte, in ihre Mitte genommen. Mit beiden Händen hielt die neue Insassin die

Griffe ihrer grauen Lederhandtasche umklammert. Von fern sah es so aus, als trüge sie Handschellen und wäre soeben in Polizeigewahrsam genommen worden. In gesammelter Verwirrung schaute sie um sich.

Mit deutlichem Abstand, der offenbar Missbilligung ausdrücken sollte, folgte ihnen die Tochter, beziehungsweise die Enkeltochter der alten Dame. Sie war im Teenageralter: ausgiebig gepierct, mit einer schrägen Modefrisur. Die schwarzen Strumpfhosen unter dem knapp sitzenden Rock waren planvoll an mehreren Stellen zerlöchert, ihre halbhohen Wildlederstiefel schlappten über den staubigen Vorplatz.

Feierlich, wie eine Urne, trug sie eine immergrüne Topfpflanze vor sich her. Die gehörte wahrscheinlich ihrer Oma und sollte wohl ebenfalls mit hier einziehen, damit die alte Dame ein bisschen vertraute Gesellschaft hatte.

Brose kniff die Augen zusammen, er wollte sehen, ob nicht ein Kleeblatt und ein rosa Glücksschwein aus Pappe im Blumentopf steckten: Ihm schien es so, doch er konnte es auf die Distanz nicht genau erkennen.

»Tja, ein ständiges Kommen und Gehen hier.« Die weiße Frau schnipste ihr Feuerzeug an. Doch sofort, nachdem sie den Rauch ausgeblasen hatte, korrigierte sie sich: »Ein Gehen und Kommen.«

Irritiert schaute Brose sie von der Seite an.

»Erst muss ja ein Zimmer frei werden, nicht wahr, erst muss ja jemand gehen, bevor wieder jemand Neues hereinkommt. So herum: erst gehen, dann kommen.«

»Kommen Sie.«

Einhorn hatte sich, als er gesehen hatte, dass es Brose war, andeutungsweise aus seinem Sessel erhoben. Dann ließ er sich wieder zurücksinken und schnaufte aus. Ungelenk schob er ein Kissen im Rücken zurecht, mit der anderen Hand wischte er durch die Luft; sein ausgestreckter Zeigefinger beschrieb einen ungefähren Halbbogen, der dort endete, wo ein Stuhl stand – der Besucherstuhl offenbar, auf dem Brose, so hatte er es verstanden, nun Platz nehmen sollte; er kam sich vor wie ein Angeklagter.

Als er sich gesetzt und damit begonnen hatte, in den Fächern seiner Aktentasche herumzuräumen, um die Klarsichtfolie mit den Friedhoffotos zu finden, sah er sich unauffällig im Zimmer um. Es unterschied sich grundlegend von allen anderen Zimmern im *Alten Fährhaus*; ein Wunder, dass man Einhorn das erlaubt hatte. Schon der dicke mongolische Teppich, den man Wanda (wohl ausschließlich wegen ihres Rheumas) gestattet hatte, war eine absolute Ausnahme – sonst gab es aus Sicherheits- und Hygienegründen nur pflegeleichte blanke Linoleumböden.

Einhorns Zimmer aber war ein geradezu exterritoriales Gebiet, im Grunde war es kein Heimzimmer, sondern ein Arbeitskabinett mit einem hohen Bücherregal an der Wand, etlichen Bücherkartons und -kisten sowie einem vollbeladenen Schreibtisch, der in der Ecke beim Fenster stand und auf dem sich links und rechts neben einem Uralt-Computer Bücher und Mappen den Platz streitig machten. Ohne das obligatorische Pflegebett wäre niemand auf die Idee gekommen, sich hier in einem Seniorenheim zu befinden.

Interessiert war Einhorn Broses Rundumblicken gefolgt. Als ihm schien, dass Brose sich lange genug umgesehen hatte, beendete er die Besichtigung, indem er sich nach vorn beugte und die Hand ausstreckte: »So, die Fotos jetzt bitte!«

Brose, der die Bilder ausgedruckt hatte, reichte sie Einhorn. Wortlos nahm der sie entgegen und betrachtete sie eingehend.

»Kein Kranz?«, wollte er wissen.

Brose zuckte die Schultern.

Woher wusste denn Einhorn, dass dort ein Kranz gelegen hatte? Er bat Einhorn um die Ausdrucke und tat so, als würde er nun selbst nachschauen wollen. Dabei wollte er nur kontrollieren, ob er den verwelkten Kranz auch ordentlich aus dem Bild entfernt hatte. Ja, hatte er: Unauffindbar für den Betrachter, lag der ein Stück außerhalb des rechten Bildrandes.

Einhorn, mit Blick zum Apotheken-Wandkalender (*Wildkräuter unserer Heimat*): »Komisch, kann eigentlich gar nicht sein.« Und im nächsten Moment: »Na ja, kann alles sein. Vielleicht weggeräumt, weil er schon verwelkt war. Die Bilder darf ich doch behalten?«

»Ja, sicher. Deswegen habe ich die Ihnen ja ausgedruckt.«

»Sie können sie dort auf den Schreibtisch legen.«

Leicht gesagt: Brose musste erst einen freien Platz suchen. Die auf der Tischplatte gestapelten, mit zahlreichen gelben und grünen Post-it-Zetteln versehenen Bücher und wissenschaftlichen Broschüren behandelten allesamt, wie Brose jetzt sah, die Geschichte der Eisenbahn. Brose legte die Klarsichtfolie auf einem der hohen, wackeligen Stapel ab.

»Eine ganz entscheidende Frage«, hörte er Einhorn aus dem Hintergrund sagen, »ist doch, zum Beispiel, wieso die Eisenbahn in Russland eine andere Spurbreite als in Europa hat, nicht wahr?«

»... Ja.«

Veblüfft wandte Brose sich um. Er wusste das zwar, hatte sich aber noch nie Gedanken darüber gemacht – wozu auch. Vor allem fragte er sich, wieso Einhorn jetzt auf einmal mit ihm über die Eisenbahn in Russland sprechen wollte; gerade hatte er sich doch noch für den Zustand von Chamissos Grab interessiert.

»Ich vermute«, sagte Einhorn, »es liegt an der Troika, dem traditionellen russischen Pferdegespann mit drei Pferden.«

»Aha.«

»Während man in Europa üblicherweise zwei Pferde vorspannte und die Wege entsprechend schmaler waren, waren es in Russland drei Pferde. Deswegen brauchte man dort eine andere Spurbreite.«

Das war sicher alles sehr interessant, aber ...

Einhorn drehte sich in seinem Sessel zur Seite, so dass er Brose nun frontal zugewandt war.

»Eigentlich müsste ich mich auch noch einmal intensiv

mit der Kalenderfrage beschäftigen. Ich weiß nicht, ob Sie das wissen oder ob Sie das überhaupt interessiert: Aber die Umstellung vom Julianischen Kalender auf den Gregorianischen in Russland erfolgte relativ spät, erst 1918. Wenn man sich das vorstellt: Im normalen Leben entscheidet sich so vieles in einem einzigen, einem winzigen Moment. Wenn man den verpasst ... Und dort? Dort fehlen fast zwei Wochen. Das holt man wahrscheinlich nie mehr auf.«

»Sie sind vielseitig interessiert, Herr Dr. Einhorn.«

»Nein, nicht vielseitig. Mich interessiert eigentlich nur eines. – Danke übrigens noch mal für die Fotos.«

War es das jetzt?

Die Art, wie Einhorn mit ihm geredet und ihn dabei gemustert hatte, hatte Brose an seinen Vater erinnert. Auch der hatte es an nützlichen Belehrungen, egal, zu welcher Frage, nie fehlen lassen. Scheinbar zusammenhangslos – das war das Überraschungsmoment! – hatte Anselm Brose immer wieder ganz unterschiedliche Themen aufs Tapet gebracht und nebeneinandergestellt. Die Aufdeckung des tatsächlichen, dem naiven Betrachter natürlich verborgenen Zusammenhangs war dann Teil der Übung und, glückte sie, schließlich die Lösung selbst gewesen.

Insofern konnte Titus Brose sich entspannt zurücklehnen. Diese Art der gehobenen Konversation zwischen Lehrer und Schüler war ihm nicht unbekannt. Er wandte den Kopf hinüber zum vollen Schreibtisch: »Ich habe gehört, Sie erforschen etwas?«

»Wer behauptet denn so was!«

»Das wird erzählt.«

»Ach, hier wird so viel erzählt den ganzen Tag lang, ich kümmere mich gar nicht mehr darum.«

Ärgerlich ruckte er die Brille zurecht. »Ich müsste so vieles tun. Aber alle naselang klopft es, mal soll ich zur Biografiegruppe, mal zum Vortrag über Sennerhütten in den Alpen oder zum Korbflechten, dann wieder zum Gehirnjogging. Neulich sogar zum Bastelnachmittag! Ich habe dreimal die Schere fallen lassen, dann hat man mich endlich damit in Ruhe gelassen. Obwohl, das war gar keine Schere, ganz stumpf war die. Vorn, wo sie spitz sein sollte, war sie rund. Was für ein Blödsinn. – Und ich, ich komme zu nichts. Ich erforsche übrigens gar nichts mehr, ich beobachte nur noch.« Um dies zu unterstreichen, kniff er die Augen zusammen. »So vergeht die Zeit hier.«

Er ließ eine lange Pause. Die unaufhaltsam verrinnende Zeit kam so zu ihrem effektvollen Auftritt, den sie, da weder Einhorn noch Brose etwas sagte, in aller Stille genoss.

Einhorn kratzte sich nachdenklich an der Nase: ein markanter Haken, groß, hervorspringend, mit einigen roten und bläulichen Einsprengseln geplatzter Äderchen versehen.

Ihr kühner Schwung schien von Natur aus eigens dafür ersonnen und erschaffen worden zu sein, ausreichenden Halt für Einhorns Brille zu geben: das dunkelbraune, sehr wuchtige Horngestell eines in die Jahre gekommenen

Kassenmodells. Ohnehin an herausragender Stelle im Gesicht positioniert, machte sie durch ihre stabile Konstruktion den Eindruck, als sei sie so etwas wie ein spezieller Ausguck. Sie hatte solch ein ehrwürdiges Alter erreicht, dass sie inzwischen schon wieder als topmodern anzusehen war. Auf einer unsichtbaren Bahn schien sie die Zeit überholt oder sogar überrundet zu haben, ein später Triumph, nachdem sie jahrzehntelang im Zeitalter randloser Brillen und dünner, klapperiger Metallgestelle eine einzige Unmöglichkeit gewesen war oder zumindest ein trauriges Außenseiterdasein gefristet hatte.

Als hätte er in Broses Gedanken gelesen, schob Einhorn mit der Zeigefingerspitze die Brille hoch.

»Neulich, da sagten Sie doch, dass Sie Chamisso kennen?«

Brose blickte auf. Kam jetzt doch noch die peinliche Examination, die er befürchtet hatte?

»Kennen … das ist vielleicht etwas zu viel gesagt. Den *Schlemihl* natürlich. Und …«

Einhorn nickte verständnisvoll.

»Was übrigens die Eisenbahn betrifft, Chamisso hat eines der ersten deutschen Eisenbahngedichte geschrieben, *Das Dampfroß*.«

»Oh, das kenne ich leider nicht.«

»Macht nichts. Kennt kaum einer.«

»Aber gab es zu dieser Zeit denn überhaupt schon richtige Eisenbahnen?«

»Sehr richtig, sehr gute Frage, Herr …?«

»Brose.«

»Richtig, Herr Brose .... – Das war tatsächlich eine der ersten Eisenbahnen Deutschlands, mit der er fuhr. 1837, da war er schon schwerkrank. Mit der Postkutsche ist er extra von Berlin nach Leipzig gereist, um dort an einer der Pionierfahrten der sächsischen *Eisen Bahn* teilzunehmen. Seinem Freund Fouqué hat er darüber berichtet, später, in einem Brief, am 13. Januar 1838.« Auswendig, mit halbgeschlossenen Augen, sagte Einhorn nun auf, was in diesem Brief stand: »*Im Herbst war ich, votum solvens, in Leipzig, die Eisen Bahn mit vorgespanntem Zeitgeist zu befahren. – ich hätte nicht ruhig sterben können, hätte ich nicht vom Hochsitze dieses Triumphwagens in die sich entrollende Zukunft hinein geschaut.*«

Einhorn schaute aus dem Fenster. »Ja, und sieben Monate später, im August 1838, war er dann tot.«

Aufmerksam hatte Brose ihm zugehört. Es war ihm nun zwar peinlich – bloß gut, dass sein armer Vater das nicht mehr miterleben musste! –: »Herr Einhorn ...«

»Ja?«

»Wie würden Sie das eigentlich genau übersetzen: *votum solvens?*«

»Das? *Ein Gelübde erfüllend* oder, meinetwegen auch etwas simpler: *wie versprochen.*«

»Ach so.« Brose nickte.

»Wenn ich Sie nun, Herr Dr. Einhorn, einfach mal als Chamisso-Experten, quasi als Wissenschaftler ...«

»Früher, das war ich früher mal, Chamisso-Experte. Oder ich habe es zumindest geglaubt, ja. Je länger ich mich mit ihm beschäftige, ... ach, lassen wir das.«

»Trotzdem, Sie, als Wissenschaftler«, setzte Brose noch einmal neu an, »Sie haben doch sicher ein sehr bewegtes, ein sehr interessantes Leben hinter sich.«

»Wollen Sie etwa meinen Nachruf schreiben?«, fragte Einhorn belustigt, zum ersten Mal lächelte er. »Oder hat man Sie damit beauftragt?«

»Nein, gar nicht, ich bitte Sie.« Brose hatte sofort beide Hände erhoben. »Aber wäre es nicht reizvoll … Also, stellen Sie sich mal vor: *LebensLauf*, zum Beispiel, wir arbeiten nun schon lange …«

»Ach, Sie meinen diesen ganzen Biografiekram, von dem hier neuerdings alle reden und geradezu infiziert sind. Tut mir leid, aber nein: absolut nichts für mich. Nichts erlebt, beziehungsweise: so gut wie nichts. Punkt.«

Das, dachte Brose, muss man auch erst mal hinbekommen: *nichts* erlebt zu haben. Schön!

Doch so einfach wollte er sich von ihm nicht abschütteln lassen. Immerhin, mit den Fotos war er ja in eine gewisse Vorleistung gegangen, Einhorn konnte ihn jetzt nicht völlig auflaufen lassen. Etwas, das er lange nicht mehr gespürt hatte, war in Brose auf einmal wieder wach geworden: wenn schon nicht Jagdfieber, so doch zumindest Ehrgeiz. War er zunächst auch ganz froh gewesen, dass er hier einmal nicht sein *LebensLauf*-Standardprogramm mit den üblichen Erkundigungen zur Biografie hatte abspulen müssen: Das wollte er nun doch wissen, was Dr. Einhorn mit Chamisso zu tun hatte. Oder ob das vielleicht nur eine Altersmarotte von ihm war?

Als er nun vorsichtig damit begann, Einhorn zu befragen, merkte er, dass dieser, im Unterschied zur normalen *LebensLauf*-Kundschaft, nur sehr einsilbig über sein Leben Auskunft gab. Im Grunde beschränkte er sich völlig auf das Berufsleben; so viel (oder genauer: so wenig) erfuhr Brose über Einhorns Wissenschaftlerlaufbahn:

An der Humboldt-Universität hatte er Wissenschaftsgeschichte studiert, vor allem Geschichte der Naturwissenschaft und Technik. Nach seiner Promotion war er im Herbst 1964 wissenschaftlicher Mitarbeiter am Märkischen Museum geworden. Dort wurde er vorwiegend als Fachberater bei verschiedenen Ausstellungen eingesetzt, manchmal machte er auch Spezialführungen. Außerdem kümmerte er sich um die Nachlässe von Berliner Wissenschaftlern und Industriepionieren.

Anlässlich des 200. Jahrestages der Flucht aus Frankreich sollte Einhorn für das Jahr 1992 eine Sonderausstellung über Chamisso vorbereiten: *Der Beginn einer Weltreise*. Da Chamisso Kustos am Königlichen Herbarium in Berlin gewesen war, gab es im Museum auch genügend einschlägiges Material. Chamisso selbst hatte zwar stets 1790 als das Jahr seiner Flucht aus Frankreich angegeben, seine Biografen ließen jedoch in diesem wichtigen Punkt nicht mit sich reden, sie gingen und gehen immer noch unbeirrbar vom Mai 1792 aus.

So oder so, im Spätsommer 1990, als Einhorn gerade mit den ersten Vorarbeiten für die Ausstellung begonnen hatte, kursierten verschiedene Pläne zur Neuordnung der Berliner Museenlandschaft. Man hatte ganz andere Probleme, und die Materialien wanderten zurück ins Depot.

1996, zum Ausscheiden Einhorns aus dem Museumsdienst, erinnerte man sich wieder an dieses Projekt. Jetzt sollte unter dem Titel *Chamisso in Berlin* der 200. Jahrestag seines Eintritts in den preußischen Dienst zum Anlass für eine Sonderausstellung genommen werden. Einhorn machte sich also wieder an die Arbeit, holte die alten Sachen aus dem Depot hervor, schrieb Texte für die Schrifttafeln. Er ging auch oft, nach Dienstschluss, durch die leeren Ausstellungsräume und stellte sich alles ganz genau vor.

Ihm war eine junge Museumsmitarbeiterin an die Seite gestellt worden. Sie war gerade frisch aus den USA zurückgekommen, wo sie ein museumspädagogisches Praktikum an den *Smithonian*-Museen in Washington, D. C. absolviert hatte.

In der Konzeption zur Ausstellung, die mit der Leitung des Hauses abgestimmt worden war, hieß es, sie solle »zeitgemäß, besucherfreundlich, interaktiv und nach modernsten Maßstäben« gestaltet werden. Ohne vorher jemanden um Erlaubnis gefragt zu haben, hatte seine Mitarbeiterin dann die wunderschöne, leicht verblichene alte Haack-Weltkarte, die im Gang zum Depot hing, von einem der Haushandwerker buchstäblich zerlöchern lassen, so dass – interaktiv! – die Besucher auf Knopfdruck rote, grüne und blaue Lämpchen anschalten konnten, die die verschiedenen Reiserouten Chamissos zeigten und als Laternen seine verschlungenen Lebenswege beleuchteten.

Geschichte zum Anfassen, sie nicht in Worten, sondern an-

hand von Objekten zu erzählen, so lautete das museumspädagogische Credo seiner jungen Mitarbeiterin. Auf große Texttafeln jedenfalls, an deren Ausarbeitung Dr. Einhorn sich damals gerade gemacht hatte, sollte zugunsten einer Visualisierung und »Inszenierung« weitgehend verzichtet werden.

Einhorn hatte sich erhoben, eine seiner Krücken ergriffen und war damit zum Schrank getappt. Aus einer Mappe zog er einen Flyer hervor und warf ihn Brose zu, der dieses Flugobjekt, bevor es zu Boden fiel, geschickt auffing.

»Waren das Chamissos Stiefel?«, wollte der wissen. Sein Blick war im Ausstellungsflyer an einem Foto hängengeblieben, das ein Paar alter Lederstiefel zeigte, die verstaubt in einer Glasvitrine standen.

»Ich denke, Sie kennen den *Schlemihl*?«

Ehe Brose etwas sagen konnte, erklärte Einhorn ihm nun — und dabei wechselte er in einen Museumsführertonfall —, dass es sich um ein altes Märchenmotiv handele, das schon bei Goethe vorgekommen und das auch von Chamisso aufgegriffen worden sei: Mit Siebenmeilenstiefeln begab sich Schlemihl auf seine Weltreise. Und die Zahl Sieben? Sieben Meilen waren früher der übliche Abstand zwischen zwei Poststationen, wo die Pferde getränkt oder gewechselt wurden, die Reitstiefel des Postillions berührten also nur etwa alle sieben Meilen den Boden. Sie stehe daher symbolisch für eine extrem schnelle Fortbewegung.

»Aber gut, dass Sie gefragt haben. Wenn man das nicht

weiß, sagt einem eben auch ein Paar alter Stiefel nichts. Die hatte meine Mitarbeiterin übrigens aus dem Fundus der Staatsoper besorgt. Da haben Sie die Grenzen so einer ›Inszenierung‹: Statt, wie man es kennt, sich ganz simpel vor eine Schautafel zu stellen, um etwas zu lernen, sollte man es hier plötzlich, wer weiß woran, *sehen*.«

»Ah, sehen Sie«, rief Brose begeistert, »genau so einen hatte ich auch mal.« Auf dem Foto daneben war einer Schaufensterpuppe ein verwaschener Parka übergestreift worden, ganz offensichtlich stammte der aus einem US-Militärshop.

»Sie werden das vielleicht nicht wissen, Herr Dr. Einhorn, aber in den Sechziger-, Siebzigerjahren liefen bei uns in Westberlin alle … also, zumindest ziemlich viele in solchen Parkas herum«, erklärte er Einhorn, er war froh, dass nun auch er mal ein paar historische Details beisteuern konnte.

Einhorn nickte.

Titus Brose hatte seinen Parka jahrelang hingebungsvoll getragen, bis schließlich alle Ausbesserungsversuche völlig sinnlos geworden waren, so dass der nicht mal mehr für die Altkleidersammlung in Frage kam, sondern direkt im Hausmüll landete.

»Aber, ich meine: Man fragt sich natürlich: Was hat so ein Parka in einer Chamisso-Ausstellung zu suchen. Das ist schon ziemlich schräg, oder?«

»Überhaupt nicht, Herr Brose, überhaupt nicht. Das, zum Beispiel, ist für mich völlig in Ordnung gewesen. 1836, da hat Chamisso den Begriff ›Parka‹ ja überhaupt erst in die deutsche Sprache eingebracht. Den hatte er auf seiner Weltreise aufgeschnappt. Stammt aus der Sprache der Inuit. Parqaaq bedeutet bei denen ›Hitze‹.«

Einhorn nahm das Faltblatt wieder an sich.

»Trotzdem, je länger ich darüber nachdenke: Man müsste Chamissos Leben noch einmal ganz neu, ganz anders erzählen. Das Wesentliche haben wir damals nicht erfasst, das liegt überhaupt nicht an den Stiefeln oder an diesem Parka. Etwas ganz Entscheidendes muss ich seinerzeit völlig übersehen haben. Erst hier, auf den letzten Metern, habe ich das begriffen. Aber jetzt ist es schon zu spät dafür.«

Skeptisch schaute er Brose an, dann erhob er sich, bewegte sich wankend zum Schreibtisch und schob den Flyer wieder in die Mappe. »Wie gesagt: nicht viel erlebt. Aber wer weiß«, sagte er, den Blick jetzt zur Tür gerichtet, »vielleicht erlebe ich ja noch was, vielleicht kommt ja doch noch was ...«

Ohne vorher angeklopft zu haben, war eine Pflegekraft ins Zimmer gekommen: *Melanie* stand auf dem Schildchen. Sie nickte Brose flüchtig zu und gab Einhorn eine Tablette, die er vor dem Essen einnehmen musste.

Einhorn, wieder in seinem Sessel, warf sich achtlos die zweifarbig knallbunte Hartkapseltablette ein, reflexhaft verzog er das Gesicht und spülte sie widerwillig hinunter. Unterdessen bestückte Melanie aus ihrer Vorratstasche Einhorns übersichtliche Medikamentenbox neu.

Sie hatte strubbelige rote Haare und war noch keine dreißig Jahre alt. Die beiden Schneidezähne oben standen hasenhaft etwas auseinander. Insgesamt war sie eine, wie Brose fand, sommersprossige, zeitgemäße Inkarnation des altbackenen Begriffes »proper«. Der hellblaue Pflegerinnenkittel, den sie trug, war gestärkt. Ihre enganliegenden weißen Leinenhosen endeten weit oberhalb der Knöchel und ließen ein Stück ihrer Unterschenkeltätowierung sehen – im ersten Moment hatte Brose angenommen, es handele sich dabei um Verbrennungen 2. bis 3. Grades oder um einen gefährlichen Hautausschlag. Ihre nackten, sonnenstudiogebräunten Füße steckten in Pantoletten, in denen sie den Gang abklapperte, wenn sie das Medikamentenwägelchen vor sich herschob.

»Ich kann Sie jetzt nicht zum Essen bringen, Doc. Erst später, ich muss noch mal nach oben, in die Drei.«

»Danke, Melanie, ich komme schon klar.«

»Aber Sie haben ja Besuch heute.« Ihr Blick streifte fragend Brose: »Vielleicht …?«

Zwar war bis zu seinen Nachmittagsterminen, Herrn Pätzold und einer Frau Poggenpuhl, noch reichlich Zeit, aber eigentlich hatte sich Brose in der Mittagspause an den Kanal setzen wollen, um dort noch zu arbeiten. Trotzdem, er nickte.

»Supi.« Melanie war hochzufrieden. »Da müssen Sie einfach nur sagen: ›1 x Besucheressen‹, das können Sie dann direkt bei jemandem von der Küche abrechnen, wer da eben gerade so rumschwirrt.«

Melanie war gegangen, Einhorn hatte sich schwerfällig aus seinem Sessel erhoben, die Krücken ergriffen und war zum Spiegel gewankt, kurzer Kontrollblick: Mit den

Schultern ruckelte er das Jackett einigermaßen zurecht, zog das seidene Einstecktuch ein Stück heraus, so dass es als blau-grün glänzender Streifen sichtbar wurde. Da kein Kamm zur Hand war, brachte er die Haare mit den Zinken seiner gekrümmten Finger in eine gewisse Ordnung. Gut, so ging es: Es konnte losgehen. Als sie draußen auf dem Gang standen, sagte Einhorn zu Brose: »Stopp, Moment noch.«

Er hob eine seiner Krücken in die Höhe und wummerte damit an die Tür gegenüber, die sofort aufging. Startbereit stand ein kleiner, schmächtiger Mann im halbdunklen Eingangsbereich seines Zimmers, er hielt sich an den Handgriffen eines Rollators fest.

»Auf dann«, schnarrte Einhorn. »Raubtierfütterung!«

»Klar, komme.« Der kleine Mann schob sich am Rollator nach draußen und schloss hinter sich die Tür. Im nächsten Moment setzte er sich wieder in Bewegung. So etwas hatte Brose noch nicht gesehen: Dieser Mann – »Borkowski, Rolf, Diplom-Ingenieur, wir spielen manchmal zusammen«, so hatte es Einhorn Brose halblaut im Telegrammstil mitgeteilt – schien fest mit seinem Rollator verwachsen zu sein. In der Fortbewegung, die erstaunlich schnell vonstatten ging, bildeten beide eine gut geölte Mensch-Maschine-Einheit; schwer zu sagen, wo das eine anfing und das andere aufhörte. Das lag wohl daran, dass Herr Borkowski seinen Rollwagen extrem eng am Körper führte, es kaum einen nennenswerten Abstand zwischen ihnen gab. Dadurch konnte er zwar nur kleine Schritte machen, was er jedoch durch eine deutlich erhöhte Frequenz kompensierte. Wie aufgezogen schnurrte er den Gang hinunter.

Weder Brose noch Einhorn kamen da mit. Sie waren gerade erst beim üppig wuchernden Mohnblumenfeld (Monet) in der Mitte des Gangs angelangt, als Rollator-Rolf schon scharf rechts zum Fahrstuhl abbog.

Von der anderen Seite des langen, dunklen Flurs kam ihnen Frau Adomeit entgegen, Brose erinnerte sich an sie, aus der Biografiegruppe. Im Unterschied zu Borkowski schob sie ihren Rollator wie einen Kinderwagen weit vor sich her. Leise summte sie etwas. Es klang wie ein Einschlaflied.

Am Fahrstuhl mussten sie dann alle warten.

Von der 3 sprang die Anzeige auf die 2, es machte *Plink* und die Tür schob sich auf. Die Kabine war schon fast voll.

Links an der Tür, gestützt auf einen hellbraunen Plastikspazierstock, stand ein korpulenter Mann in grauer Freizeitkleidung. Seine Puschelhosen waren derart ausgebeult, dass Brose unwillkürlich an den altertümlichen Begriff »Beinkleider« denken musste. Ungefähr dort, wo bei einer normal sitzenden Hose der Schrittbereich war, wies das sonstige Grau in Grau dieser Freizeithose eine eingetrocknete wolkig-blassgelbe Verfärbung auf.

Insgesamt, so hatte Brose den Eindruck, achteten die Frauen hier im Haus etwas mehr auf sich.

Brose kannte den Puschelhosenmann nicht; im dritten Stock hatte er bisher nur selten zu tun gehabt, genau genommen: bloß mit den Lommatschs. Trotz des Gedränges beim Einstieg wich der Mann an der Tür nicht von der Stelle, behauptete entschlossen seinen guten Startplatz. Seine Krücke hatte er weit entfernt von sich aufgesetzt; es sah aus, als würde er die Einsteigenden kategorisch abwehren oder ihnen zumindest ein Bein stellen wollen, und sei es auch bloß sein drittes, aus hellbraunem Plastik.

Brose bemerkte, wie Borkowski, unbeeindruckt davon, den grauen Türsteher umkurvte und sich geschickt an den anderen vorbei bis nach hinten vorarbeitete, wo er, als er an der Rückwand der Kabine angekommen war, die Handbremse anzog und sich mit halber Körperdrehung auf der schmalen Sitzfläche niederließ.

Für eine Nachzüglerin, die laut »Hallo! Halt! Ich doch auch noch!« über den Flur gerufen hatte, musste die Tür mit einem in der Nähe befindlichen Knie blockiert werden. Da es mit der Abfahrt also noch dauerte, machte Borkowski es sich auf seinem provisorischen Sitz bequem: die Arme angewinkelt, die Unterarme locker auf den Handgriffen abgelegt.

»Wir haben alle Platz hier«, sagte eine Frauenstimme aus dem Inneren der Fahrstuhlkabine, »nicht drängeln.« Und die Stimme der Nachzüglerin bat von außen: »Treten Sie doch bitte noch ein Stück durch!« Auf Borkowskis Lautsprecherdurchsage aus dem Off – »Zurückbleiben bitte! Die Türen schließen!« – gab es nur ein müdes Lächeln, man merkte, diese Ansage machte er nicht zum ersten Mal.

Brose, der einen leichten Hang zur Klaustrophobie

hatte und zum ersten Mal den Fahrstuhl im *Alten Fährhaus* benutzte, wunderte sich, wie geräumig die Kabine war. »Sehr komfortabel hier«, meinte er.

»Ja«, sagte Einhorn. »Wegen der Särge.« Er sah geduldig nach vorn und wartete darauf, dass es endlich losging. Die Tür schob sich zu, in konzentriertem Schweigen rauschte man abwärts.

Als der Fahrstuhl mit einem neuerlichen *Plink* im Erdgeschoss angekommen war und die Tür wieder aufging, versperrte der Krückstock des grauen Mannes abermals gebieterisch den Ausgang. Erst nachdem er seinen schweren Körper mit einigen Hüftschwüngen umständlich hinausbugsiert hatte, war der Weg nach draußen für die anderen frei. Doch auch auf dem Gang schritt er (wie der eigensinnige Kapitän eines bei schwerer See schlingernden Piratenschiffes) in derart weit ausgreifender Gangart voran, die Krücke immer einen halben Meter neben sich aufsetzend, dass auf dem Weg zum Speisesaal kein Vorbeikommen an ihm war. Der Zweck der Sache war klar: die anderen auszubremsen, ihnen sein Tempo aufzunötigen, Erster zu sein.

Allein Borkowski glückte es schließlich, hinter der grünstacheligen Topfpflanzenecke, die undurchsichtig in einer Nische neben dem Schwarzen Brett wucherte, eine geeignete Lücke zu erspähen und den grauen Mann in einem überraschenden Manöver zu überholen. So war er als Erster am Eingang zum Speisesaal. Auch Brose und Einhorn bogen nun dort ein: Es roch gut nach schlechtem Essen.

Borkowski winkte ihnen zu. Er hatte an einem Vierertisch rechts neben der Tür Platz genommen. Wie zum Hohn für alle, die sich schwerfällig hereinschleppten, drehte sich Degas' Tänzerin traumhaft federleicht über dem weißen Klavier hinten in der Ecke. Drei Essen standen heute zur Auswahl: Hackbraten, Falscher Hase, sowie, für Vegetarier, frischer Salat der Saison. Der Salat entfiel, den hatte Brose bereits beim Hereinkommen auf einem der Servierwagen in Augenschein genommen und sofort aussortiert.

Blieben der Hackbraten und der Falsche Hase.

Brose entschied sich, einem leeren Bauchgefühl folgend (er hatte heute kaum gefrühstückt), für Ersteren, der sich dann allerdings, wie er bald bemerkte, nur dem Namen nach vom Falschen Hasen unterschied, den Einhorn und Borkowski gewählt hatten.

In der Mitte des Tischs stand ein kleiner Pappaufsteller. Zwischen wirr herumschwirrenden Marienkäfern warb eine verwackelte Buchstabengirlande: *16 Uhr: Sitztanz im Saal. Alle sind herzlich eingeladen!*

Na, dachte Brose, wenigstens haben sie nicht noch geschrieben: *Das Tanzbein darf geschwungen werden.* Grinsend tippte er mit dem Zeigefinger auf das Schild.

»Dem Sitztanz«, erklärte Einhorn, und auf einmal sah er Brose sehr streng an, »dem Sitztanz verweigere ich mich. Und zwar aus ganz grundsätzlichen Gründen. Alles hat seine Grenzen.«

Bewundernd schaute Borkowski von seinem Teller auf, ein neidischer Seitenblick auf seinen rebellischen Nachbarn, dann senkte er ergeben den Kopf und aß schweigend weiter.

Wenn Essen, wie es hieß, »der Sex des Alters« war, dann —— ja, was dann? Ausschweifungen oder sogar Exzesse waren hier nicht zu befürchten.

Zutiefst ratlos betrachtete Brose das Stück Hackbraten, das es sich in der braunen Fertigsoße auf seinem Teller gemütlich gemacht hatte und nun allem Anschein nach darauf wartete, sich von Brose einverleiben zu lassen. Der zögerte noch. Unschlüssig schob er die Scheibe mit der Gabel in der dunklen Soße hin und her. Er konzentrierte sich zunächst ganz auf das lauwarme Feinfrostgemüse, Erbsen und Möhren; die zerkochten Kartoffeln ließ er ganz beiseite.

»Die tun uns hier was ins Essen«, erklärte ihm kauend Borkowski, er lächelte bitter. »Möchte nur mal wissen, was.«

»Salz«, sagte Einhorn von der anderen Seite, »ist es jedenfalls nicht.« Im nächsten Moment jedoch schnappten seine dritten Zähne schon wieder zu, scharf und unnachgiebig.

Von einem Tisch in der Mitte des Saals wurden sie beobachtet. Dort saß ein kleiner, kugeliger Mann – allein. Er trug eine knapp sitzende, bis oben hin zugeknöpfte blaue Hausjacke, aufmerksam schaute er zu ihnen herüber. Den rechten Mundwinkel hatte er, so schien es Brose, abschätzig nach unten gezogen. Wahrscheinlich hatte er am Essen etwas zu mäkeln.

»Schmeckt's, Doc?«

Melanies Hand streifte kurz Einhorns Schulter. Der hatte gerade den Mund voll, konnte daher nur ein schwer deutbares »Mmm ...« von sich geben.

Über die Schulter nickte sie Brose zu: Okay, das mit dem Besucheressen hatte also geklappt. Dann ging sie weiter zu dem Mann in der blauen Hausjacke. Nein, am Essen konnte es nicht liegen, dass er so missmutig aussah: Der Mann aß sehr hastig und mit geradezu unmäßigem Appetit. Er benutzte dazu aber ausschließlich die linke Hand – die rechte hatte er ordentlich wie eine Prothese neben dem Teller auf dem Tisch abgelegt.

Brose sah, wie Melanie im Vorbeigehen das fettig glänzende Kinn des Mannes mit einer rasch aus ihrer Kitteltasche gezückten Papierserviette abtupfte, und nun bemerkte er, dass aus dessen rechtem Mundwinkel beharrlich in einem Rinnsal die braune Fertigsoße wieder herauslief.

Jetzt erst kapierte er, was mit dem Mann los war. Er nickte dem Schlaganfallpatienten freundlich zu. Der nickte zurück, ohne den schiefen Mund zu verziehen.

»Na, wenigstens ereilt die Vegetarier heute wieder ihre gerechte Strafe.« Borkowski grinste hinüber zum Nebentisch. Dort saßen Wanda und Emma Paczensky, sie unterhielten sich angeregt, beziehungsweise es war Wanda, die sich mit Frau Paczensky unterhielt und sie ausfragte: Es ging um ein Kostümfest in der Kleingartenanlage, in der Emma Paczensky jahrzehntelang eine Parzelle bewirtschaftet hatte; für den alljährlichen Sommerball hatte sie dort immer die Kleider genäht. Im Wesentlichen beschränkte sich Frau Paczensky im Gespräch mit Wanda auf ein Nicken oder Kopfschütteln. Sie wusste beim Sprechen oft nicht, wohin mit ihrer Zunge, die viel zu groß war für ihren kleinen, eingefallenen Altfrauenmund. Das war Brose schon aufgefallen, als er die Aufnahmen mit ihr gemacht hatte; irritiert von diesem Anblick, hatte er ihr damals kaum richtig zuhören können, sondern immer wieder nur auf die ziellos in ihrem Mund herumirrende dicke, lila Zunge gestarrt.

Solche kleinen Aussetzer passierten ihm in letzter Zeit manchmal, es war ein Rückfall in seine Schulzeit. Sein Trick damals hatte darin bestanden, dem Lehrer immer gebannt an den Lippen zu hängen, bis die sich nach einer Weile nur noch tonlos wie im Stummfilm bewegten. Fest und zuversichtlich hatte der kleine Titus zwar nach vorn geblickt, innerlich aber – während in der Ferne binomische Formeln oder irgendein Satz des Thales verhandelt wurden – war er ganz, ganz weit weg gewesen. Hieß es dann: »Ihr lernt nicht für die Schule, sondern für das Leben«, stellte Titus sich höchstens bekümmert vor, was für ein tristes Leben das wohl einmal werden würde, wenn man dauernd Gleichungen mit lauter Unbekannten lösen musste.

Brose strich sich über die Augen, er schaute zum Nebentisch. Das Essen selbst nahm Wanda und Emma Paczensky nicht zu sehr in Anspruch. Wie nebenbei stocherten sie in ihren gläsernen Salatschalen herum. Der frische »Salat der Saison« bestand hauptsächlich aus immergrünem Eisbergsalat, der praktischerweise das ganze Jahr über Saison hatte. Die Vegetarier im Heim wurden täglich damit abgespeist, *Essen 3* zog sich als Konstante durch alle Tagesspeisepläne. Tomaten, wahrscheinlich aus Holland, die im Großküchenkühlschrank auch noch ihren letzten Geschmacksrest eingebüßt hatten, lagen in dünnen Scheiben darauf, ein paar gelbe Maiskörner hellten das Ganze zumindest optisch ein wenig auf. Ebenso die getrocknete Petersilie aus dem eckigen Plastikbehälter, die großflächig darübergestreuselt worden war und deren Mindesthaltbarkeitsdatum wahrscheinlich weit über dem der meisten Heimbewohner lag.

Bei ihnen am Tisch saß Frau Huber, Lore Huber. Sie sagte nichts, und sie aß fast nichts. Schweigend pickte sie mit der Gabel im Grünzeug herum.

Zwei Tische weiter entdeckte Brose Herrn Krampe, der ihm quer durch den Saal stumme Zeichen machte, die er nicht deuten konnte. Deshalb nickte er nur kurz zurück.

Mehr Zuspruch als der Salat fanden bei den übrigen Heimbewohnern, das war nicht zu übersehen, und man konnte es auch riechen, die Wahlessen 1 und 2. Brose, wenn er am Wochenspeiseplan vorbeikam, hatte sich schon immer darüber gewundert, wieso es hier konsequent ein derart schweres, ungesundes Essen gab.

Seine Vermutung war: 1.) Klar: Das führte zu Übergewicht. 2.) In Kombination mit schwachen Knien und maroden Gelenken zwang das die Heimbewohner früher oder später unweigerlich in den Rollstuhl. Die so entstandene Minimierung der Bewegungsfreiheit reduzierte selbstverständlich auch den durchschnittlichen Pflegeaufwand, die Sitzenden mussten mangels Mobilität nicht mehr unter ständiger Beobachtung (Bewachung!) stehen. Am besten sollten die Heimbewohner wohl den ganzen Tag in ihren Rollstühlen sitzen. Bewegten sie sich selbstständig, würde das nur zu erhöhter Sturzgefahr führen, dagegen konnten auch die regelmäßig im Speisesaal stattfindenden Veranstaltungen zur Sturzprävention nicht viel ausrichten. Insbesondere, und das war der Klassiker unter den Kollateralschäden, war hier der berühmte Oberschenkelhalsbruch zu befürchten. Kontrollierter Sitztanz oder Gymnastik unter Anleitung schienen als altersgerechtes Bewegungsangebot völlig zu genügen.

Brose war froh, dass seine Rente vermutlich niemals dafür reichen würde, das Ende in solch einem Seniorenheim verbringen zu müssen.

Ob er mit der Schwartze mal über den Speiseplan reden sollte? Besser nicht. Wahrscheinlich war er hier einem der streng gehüteten Betriebsgeheimnisse des *Alten Fährhauses* auf der Spur, dessen Offenlegung ihn nur ihre Sympathie kosten würde. Aber vielleicht sollte er wenigstens diesen Bronkow mal ansprechen? Der war doch schließlich in der Küchenkommission.

»Ach Gott, und da drüben, da reden sie nun schon wieder endlos über ihre Krankheiten.« Einhorn, offensichtlich verfügte er über ein gutes Gehör, sandte den Giftpfeil eines Blickes Richtung Tisch 4. »Ist das nicht krank?«, fragte er, ohne eine Antwort von seinen Tischgenossen zu erwarten.

Brose schluckte ein letztes farblos schmeckendes Stück vom Hackbraten hinunter. Seinen Teller – halbleer oder halbvoll? – schob er weit von sich, er nahm eine Papierserviette aus dem Blechhalter und betrachtete nachdenklich die Essensreste.

»Eine Hose«, so hatte er es heute früh mit gepresster Stimme Claudia verkündet, »muss sitzen wie ein Colt.«

Verständnislos hatte sie aufgeblickt und ihn über den Heftrand fragend angeschaut, sie hatte erst zur Dritten gemusst und noch im Bett gefrühstückt: »Das heißt?«

»… Locker.«

Befreit ausatmend hatte er den Dorn des Gürtels schließlich zwei Löcher weiter einrasten lassen und im selben Augenblick wie hypnotisiert auf das Teewurstbrötchen gestarrt, von dem Claudia gerade achtlos, wieder in ein Schulheft vertieft, abbiss.

Borkowski war inzwischen mit dem Kompott fertig geworden: »Na, heute Nachmittag 'ne kleine Partie?«, fragte er Einhorn unternehmungslustig.

»Eher nicht.«

»Ah, da gehen Sie also doch mal zum Sitztanz, was?«

Angewidert schaute Einhorn den feixenden Borkowski über den Brillenrand an.

»Der Herr hier«, und mit der Messerspitze wies er auf Brose, »will mir helfen, mein Archiv zu ordnen.«

Brose hielt den kleinen Löffel bewegungslos vor dem staunend geöffneten Mund: »Herr Dr. Einhorn …«

»Ja?«

»Also eigentlich, ich habe zu tun.«

»Ich weiß. Deswegen bin ich Ihnen ja auch sehr dankbar. Nehmen Sie noch mein Kompott? Da, bitte. Ist mir zu süß. Darf ich wahrscheinlich auch gar nicht.«

»Aber um halb vier, da habe ich einen Termin.«

Und davor hatte er sich eigentlich noch mit seinem Laptop an die frische Luft, an den Kanal, setzen wollen. Sein heutiger Nachmittagstermin um halb vier war Herr Pätzold. Dessen Angehörige hatten ihm zum achtzigsten Geburtstag einen Gutschein für eine *LebensLauf*-Biografie geschenkt. Und danach sollte es ein »Anbahnungsgespräch« mit Frau Poggenpuhl im zweiten Stock geben. Brose wollte sich einen ersten Eindruck von ihr verschaffen.

»... halb vier?«, hörte er Einhorn fragen. »Na schön.«

Dann wandte der sich zu Borkowski um: »Gut, Rolf, kurz nach halb. Aber nur eine Runde, hören Sie: eine! Mehr ist heute nicht drin, definitiv nicht.«

»Eine Runde! Wenn Sie aber wieder verlieren, es gibt keine Revanche.« Borkowski erhob sich. Zu Brose, der ihm helfen wollte, sagte er: »Lassen Sie mal, das schaffe ich schon. Ich parke immer draußen. Ist mir hier zu eng, hier habe ich gar keinen richtigen Wendekreis für meinen Wagen.« Am hölzernen Handlauf des Wandgeländers zog er sich, Schrittchen für Schrittchen zwar nur, aber trotzdem sehr behände, Richtung Tür.

»Na dann, kommen Sie«, drängte Einhorn, »wir haben zu tun. Keine Zeit verlieren.«

Als die spontan anberaumte Unterredung mit Dr. Einhorn, der deswegen heute extra auf seinen Mittagsschlaf verzichtet hatte, beendet war, stand Brose noch einen Moment lang am Flurfenster, er schaute hinaus in die tiefgrünen Wipfel der alten Eichen. Er dachte an seinen Vater.

Benno Einhorn und Anselm Brose waren zwei typische Berliner, das heißt: Beide waren sie nicht von hier. Der eine kam aus dem Riesengebirge, der andere von der Küste. Und sie verband eine Obsession für Friedhöfe. Vielleicht war das bei Zugezogenen so: Wenn man dauerhaft in einer neuen Umgebung Wurzeln schlagen wollte, genügte es nicht, sich nur in der Gegenwart zu orientieren – früher oder später musste man auch die Vergangenheit erkunden. Nichts war dafür besser geeignet als ein Gang über die Friedhöfe.

Doch während die Ost-West-Grenze, die Brose sen. von Fontanes Grab getrennt hatte, inzwischen gefallen war, was dieser aber nicht mehr erlebt hatte, so dass die Mauer in der abgeschlossenen Welt des Anselm Brose noch immer Bestand hatte und dort auch noch in alle Ewigkeiten stehen würde, tat sich zwischen Einhorn und Chamissos Grab eine andere Grenze auf, die für ihn ebenso unüberwindlich war, die er jedenfalls nicht mehr ohne Weiteres passieren konnte: die Altersgrenze.

Einhorn schien in einem Zwiespalt zu stecken: Zwar brauchte er Hilfe, das war nicht zu übersehen, er konnte sich ja kaum mehr bücken, etwa um Papiere aus den unteren Schrankfächern hervorzuholen, andererseits ließ er sich nicht gern in die Karten schauen.

Das hatte Brose daran gemerkt, wie Einhorn den Blick ins Innere seines Schrankes immer wieder mit dem Rücken versperrt hatte. Dennoch, in den Fächern hatte Brose, übereinandergestapelt, ganze Konvolute von Papieren gesehen, alles, wie es schien, ohne jegliche Ordnung. Deshalb hatte er vorgeschlagen, zur Sichtung erst einmal alles auszuräumen und auf verschiedenen Stapeln abzulegen. Doch davon wollte Einhorn nichts wissen.

»Das hier«, so hatte er mit Blick in das Schrankinnere gesagt, »hat sich einfach so angesammelt, das ist mehr oder weniger Makulatur. Meine Forschungsergebnisse, die hab ich ganz woanders.«

So waren es im Wesentlichen nur Papptafeln mit Jahreszahlen und kurzen Beschriftungen gewesen (wahrscheinlich noch aus Beständen des Märkischen Museums), die ausgebreitet vor ihnen auf dem Fußboden gelegen hatten, ein großes Puzzle. Was die Materialien selbst betraf, die geordnet werden sollten, antwortete Einhorn vorerst nur sehr einsilbig: »Das kommt dann später. Meine Ausarbeitungen habe ich alle in meinem Koffer.« So kamen sie natürlich nicht weiter. Vor allem hatte Brose das System nicht begriffen. Ihm war aufgefallen, dass Einhorn die Tafeln so sortieren wollte, dass es mit dem Tod Chamissos, also mit dem Ende, begann. Als er Einhorn danach gefragt hatte, war dessen Antwort auch hier wieder kurz und knapp ausgefallen: »Das werden Sie schon noch sehen. Alles eine Frage der Zeit.«

Immerhin, Einhorn hatte ihm die Kopie eines Textes aus der Erstausgabe von Chamissos Werken überlassen, *Einzelne Züge zur Charakteristik Chamisso's*, 2. Aufl., Bd. 6, Weidmann'sche Buchhandlung, Leipzig 1842; gern hätte Brose darin geblättert, um sich ein Bild zu machen, doch nun stand unwiderruflich Pätzold auf dem Terminplan.

Bei Herrn Pätzold war vor der ersten regulären Zwei-Stunden-Sitzung unbedingt noch ein Probelauf nötig. Das war Brose klargeworden, als er sich letztes Mal mit ihm getroffen hatte. Diesmal hatte Herr Pätzold sich intensiv auf ihr Gespräch vorbereitet, so intensiv, dass er sich in einem Schulrechenheft zahlreiche Notizen gemacht hatte. Er wollte alles richtig machen, und er machte alles falsch, war unsicher, hielt sich an seinem Heft fest, und als er dann sogar die Ziffern seines Geburtsdatums stockend vom Blatt ablas, stoppte Brose die Aufnahme.

»Herr Pätzold, das ist doch hier kein Verhör.«

»Aber es möchte schon alles korrekt sein, nicht wahr.«

»Ja, sicher, das ist richtig, aber ...« Aber so wurde das nichts! Wenn Brose sich eine Zweihundert-Seiten-*Lebens-Lauf*-Biografie in diesem spröden Nachrichtensprecherstil vorstellte, nein: unlesbar und absolut unvorstellbar. Hilfesuchend verdrehte Brose die Augen nach oben: An der Lampe hing eine schwarz-gelbe Biene Maja aus Sperrholz. Selbstverliebt und zeitlos drehte sie sich langsam an einer unsichtbaren Angelsehne um die eigene Achse.

Brose begann noch einmal ganz von vorn, sie führten nun eine beinahe zwanglose Unterhaltung. Den Rekorder hatte er, so dass es Pätzold gar nicht bemerkt hatte, völlig unauffällig, getarnt durch eine Blumenvase, auf dem Tisch platziert.

Der nächste Termin, 17 Uhr, war auf Initiative von Frau Schwartze zustande gekommen, die gemeint hatte, ein autobiografisches Projekt könne für Frau Poggenpuhl im Moment sehr hilfreich sein, Geld jedenfalls spiele hier überhaupt keine Rolle.

Als Frau Poggenpuhl ihm in ihrer Zimmertür gegenüberstand, erinnerte sich Brose sofort daran, sie schon öfter im Haus gesehen zu haben. Sie war ihm aufgefallen, natürlich, eine auffällige Erscheinung: hochgewachsen, schlank.

Dezent in modischen Erd- und Schlammfarben gekleidet, sah sie aus wie ein Vorzeigemodel (75 plus) aus einer Seniorinnenzeitschrift für Handarbeit und Strickmoden – so dass er diese graugelockte Frau oder, besser gesagt, Dame spontan unter dem Begriff »apart« abgespeichert hatte.

Rein äußerlich machte sie auch heute wieder einen tadellosen, völlig intakten Eindruck. Sie bat ihn herein. Auf dem runden Tisch standen eine Kaffeekanne, Porzellangeschirr und eine Schale mit Keksen. Wie es wirklich um sie stand und was in ihrem Kopf vorging, beziehungsweise was dort drin weder vor noch zurück ging, das merkte Brose erst, als er versuchte, mit ihr zu sprechen.

»Wie geht es Ihnen, Frau Poggenpuhl?«, fragte er sie,

und noch während er das fragte, fiel ihm ein, das war ja grundfalsch: Frau Schwartze hatte ihm neulich erklärt, dass am Anfang, um Sicherheit zu gewinnen, statt einer offenen unbedingt eine geschlossene Frage stehen sollte.

Normalerweise würde man die eben von ihm gestellte Frage flott und ohne nachzudenken mit einem »*Alles bestens*« oder »*Ich kann nicht klagen*« beantworten, beziehungsweise sie natürlich *nicht* beantworten, sie also einfach reflexhaft abschmettern. War man aber nicht mehr ganz klar im Kopf und musste langsam versuchen, den Sinn der Frage auch tatsächlich zu erfassen, wurde es schwierig, man wurde in ein irritierendes Labyrinth verschiedener Antwortmöglichkeiten geschickt. Entsprechend verunsichert schaute Frau Poggenpuhl Brose nun auch an. Sie schien wirklich ernsthaft darüber nachzudenken.

Also, noch einmal von vorn – und diesmal richtig, mit einer geschlossenen Frage, bei der die Zahl der Antworten (*Ja/Nein/Weiß ich nicht*) begrenzt und überschaubar war.

»Geht es Ihnen gut, Frau Poggenpuhl?«
»Ja.«
Na ja.
Sie gab sich nun zwar alle erdenkliche Mühe, auch seine nächste, noch ganz unverbindliche Aufwärm- und Eingangsfrage, was sie denn heute schon alles gemacht habe, zu beantworten und ihm zu erklären, wo sie am Vormittag gewesen war, doch sie bekam die losen Fäden nicht zusammen, verhedderte sich darin.

»... also da, wo, also wenn man da hingeht, reingeht, und sie einen zunächst alles Mögliche, nicht wahr? Da fragen sie. So: ob ... und so, na ja, und so weiter, Sie wissen schon. Dann wartet man, und das, das dauert aber, das ... ich sage Ihnen, das Warten ... ich meine, so viel zu tun hab ich ja eher nicht mehr, aber ... Jedenfalls, da, da gab es auch so einen Tisch, nicht, also aus Glas, so einen ... rund, ganz rund war der, na so ... rund eben, jedenfalls aus Glas, da lagen also lauter ... na wo da so Bilder drin, Fotos eben, bunte, drin sind, Fo... *Focus* heißt das, ja ...«

»Frau Poggenpuhl – kann es sein, dass Sie heute vielleicht beim Arzt waren?«

»Ja«, sagte sie ungeduldig, »sag ich doch die ganze Zeit.«

Brose nickte. »Gut, und da haben Sie dort also eine Zeitschrift, den Focus, nehme ich an, gelesen.«

»Mhm, kann schon sein.«

»Könnten Sie sich denn eventuell vorstellen, dass wir beide uns mal ganz ausführlich und in aller Ruhe miteinander unterhalten?«

»Wir beide?«

»Ja.«

»Und worüber?«

»Na, über Ihr Leben, zum Beispiel.«

»Über mein Leben zum Beispiel ...« Sie sah ihn unschlüssig an, zuckte die Schultern und nickte: »Wenn Sie, also, also wenn so ...«

»Sie können sich das ja mal überlegen.«

Brose versprach, in der nächsten Woche wieder bei ihr vorbeizuschauen. Diese Sache musste er erst noch einmal mit Iris abklären. Und mit der Schwartze natürlich auch: Wer weiß, was die sich dabei gedacht hatte. Nicht viel wahrscheinlich.

Er klopfte zwei Zimmer weiter, bei Wanda.

Von außen hörte er, dass sie gerade fernsah, eine Tiersendung: *Affe, Pelikan & Co.* oder so. Als er ins Zimmer kam, drückte sie den Ton weg. Die junge Zoopflegerin hielt lächelnd ein Affenbaby auf dem Arm, stumm bewegte sie ihre Lippen auf dem Bildschirm.

»Ich will Sie gar nicht lange stören, Wanda.«

»Ach was, Sie stören doch nicht.«

»Nur ganz kurz: Haben Sie denn jetzt mal in Ihren Erinnerungen geblättert?«

»In meinen Erinnerungen? Ja.«

»Und? Stimmt denn jetzt alles? Ist jetzt alles richtig?«

Sie sah ihn fragend an. »Ja.«

Trotzdem, in Broses Ohren klang es wie ein »*Ja, aber...*« Ihm schien es so, als hätte er ein unausgesprochenes Bedauern in ihrer Stimme gehört. »Ja, dann könnten wir jetzt ja eigentlich so langsam zur Unterschrift kommen.«

»Natürlich.«

Wanda nahm seinen Stift und unterschrieb, im Ganzen zwar etwas krakelig und alles in Großbuchstaben, aber ihr Name war deutlich zu erkennen. Sie schob Brose das Blatt über den Tisch zurück. Damit konnte der Text in den nächsten Tagen vervielfältigt und gebunden werden.

Brose hatte vergessen, einen Piccolo mitzubringen. Der Abschluss ihres gemeinsamen Projekts wäre ein guter Anlass gewesen, mit ihr anzustoßen. Gut, das konnte man immer noch nachholen, wenn er ihr die fertigen Exemplare brachte.

»Alles in Ordnung bei Ihnen?«

Sie nickte.

»Na, nächstes Mal stoßen wir darauf an, ja?«

»Ja«, sagte sie und stellte lächelnd den Fernseher wieder laut.

Danach, letzte Station des Tages, war er noch kurz bei den Lommatschs gewesen, um einige Stellen mit ihnen abzuklären, die er akustisch nicht richtig verstanden hatte.

Und diskret hatte er versucht, doch noch etwas über das Fehlstück aus den späten 1980er-Jahren in Erfahrung zu bringen, aber Wesentliches war dabei nicht zutage getreten. Egal, sicher konnte man das auch vergessen. Wenn man glaubte, alles richtig gemacht zu haben, dann stempelte eine *LebensLauf*-Biografie ohnehin nur noch einmal halbamtlich das Leben ab, auf Einzelheiten zwischen den Buchdeckeln kam es da weniger an.

Er stieg die Treppen aus dem Dachgeschoss hinunter und fragte sich, und das fragte er sich nicht zum ersten Mal, warum eigentlich gerade die Leute, die wirklich interessant waren, keinerlei Wert auf eine Biografie legten, sondern immer nur die anderen?

Die Aktentasche in seiner Hand war schwerer als heute früh. Jetzt fiel ihm wieder ein, warum: Einhorn hatte ihm außer der Kopie noch ausgewähltes Chamisso-Material, ein paar Bücher und Broschüren, mitgegeben.

»Ich bin der Karl.« Eine Hand schob sich Brose, als er unten aus der Tür ins Freie, in die Dunkelheit, trat, von der Seite entgegen.

»Herr Bronkow ...«

»Richtig. Karl oder meinetwegen auch ›Herr Bronkow‹ – ganz wie du willst. Na, schon richtig warm geworden bei uns? Du, wir sollten unbedingt mal miteinander reden.«

Brose nickte, ihm war eingefallen, dass er Bronkow eigentlich wegen des Speiseplans hatte ansprechen wollen.

»Moment«, Karl zog einen dicken, abgegriffenen Taschenkalender aus seiner ausgebeulten Hosentasche hervor, hielt ihn schräg nach oben in das bisschen Licht, das aus dem Foyer nach draußen fiel; seine Augen, zwei Suchscheinwerfer, auf den Kalender gerichtet, blätterte er sich Seite für Seite vor, alle waren randvoll beschrieben.

»Nee du, die nächste Zeit, da ist es ganz schwierig bei mir, aber wir behalten das mal fest im Blick, ja.« Karl blickte Brose fest in die Augen. Und im nächsten Augenblick war er ebenso plötzlich, wie er aufgetaucht war, wieder verschwunden.

Dass Chamisso nicht nur ein berühmter Dichter, sondern auch ein bekannter Naturforscher gewesen war, sprach sehr für ihn. Zudem war er, zu jenen Zeiten noch ein Wagnis, ein Weltreisender gewesen – und dabei hatte er zwangsläufig mehr zu Gesicht bekommen und betrachten müssen als immerzu nur den eigenen Bauchnabel.

Stadteinwärts: kaum Verkehr um diese Zeit. Brose bemerkte, dass er extrem langsam fuhr. Warum? Natürlich, er hatte keine Lust, nach Hause zu kommen. Ihm stand eine Nachtschicht mit Familie Lommatsch bevor, Endredaktion ihres Textes, der ihn bis weit in die frühen Fünfzigerjahre zurückführte. Seltsam, obwohl Mauer und DDR längst Geschichte waren und das alles schon eine ganze Ewigkeit zurücklag – nachträglich, durch die *LebensLauf*-Arbeit, wurde er fast noch so etwas wie ein Ostexperte, ein Experte für etwas, das es nicht mehr gab.

Und dann noch dieser komische Karl vorhin, der wie ein Springteufel aus der Dunkelheit aufgetaucht war. Früher, in Ostberlin, soll der, das hatte die Schwartze ihm gesteckt, ein hoher Funktionär gewesen sein. Am Horizont zeichnete sich undeutlich schimmernd bereits die Silhouette der Stadt ab und in der Ferne – ganz gleich, aus welcher Richtung man sich Berlin auch näherte – unübersehbar der Fernsehturm am Alex. Er stach in den abendlich geröteten Himmel über der Stadt, wie ein warnend hochgestreckter Zeigefinger. Brose hatte ihn schon immer für einen aufmerksamen Wach- und Kontrollturm des Ostens gehalten.

Ihm fiel wieder ein, dass er es ja schon einmal, vor langer Zeit, mit einem Dichter zu tun gehabt hatte. Der wollte sich mit ihm an der Weltzeituhr treffen, am Alex; das war noch zu DDR-Zeiten gewesen. Allerdings war der weder, soweit Brose das beurteilen konnte, ein richtiger Dichter gewesen noch ein Naturforscher. Und von Weltreisen: ganz zu schweigen. Gut, für Letzteres konnte dieser Kay-Uwe ja nichts. Trotzdem, je länger er darüber nachdachte, desto klarer wurde ihm, dass das Schicksal als einen ersten Vorboten des Unglücks, des bevorstehenden Untergangs seiner alten Welt, des bunten Westberlins, ihm damals wahrscheinlich ausgerechnet diesen seltsamen Kay-Uwe geschickt hatte.

Kay-Uwe war ein entfernter, genauer gesagt: ein ziemlich entfernter Verwandter von Claudia. Er wohnte am entgegengesetzten Ende der Stadt; das heißt, damals, als die Mauer noch stand, am anderen Ende der Welt – in Berlin-Lichtenberg.

Trotzdem, auch dort, im fernen Osten der Stadt, wo Berlin schon allmählich aufzuhören begann und wo es hinter den Betonwänden der Neubaugebiete unvermittelt in die sibirische Tiefebene überzugehen schien, musste ihm zu Ohren gekommen sein, dass Claudia aus Spandau mit einem Mann verheiratet war, der Journalist war, aus seiner Sicht also: Westjournalist. Und so hatte er eines Tages im Frühherbst 1988 bei ihr angerufen und sie in einem von Knacktönen akustisch interessant untermalten Telefonat, das sich anhörte, als würde es direkt vom Mond aus geführt werden, dringend darum gebeten, ein Treffen mit ihrem Mann zu arrangieren. Im Osten natürlich, anders gehe es ja nun mal nicht. Als Treffpunkt hatte er die Weltzeituhr vorgeschlagen, am Alex.

Als Claudia ihm damals von diesem Anruf erzählte, sagte sie, der junge Mann, den sie persönlich gar nicht kannte und von dessen Existenz sie nur deshalb wusste, weil manchmal bei Familienfeiern der Vollständigkeit halber pietätvoll auch all diejenigen mit aufgezählt wurden, die leider wieder fehlen mussten, weil sie in Ostberlin oder in der DDR lebten – dieser junge Mann also, ein Kay-Uwe, habe sehr geheimnisvoll am Telefon geklungen, fast ein wenig konspirativ. Zum Beispiel habe er das Wort »Weltzeituhr« ganz merkwürdig ausgesprochen und zwischen den drei Einzelteilen »Welt–«, »Zeit–« und »Uhr–« jeweils eine lange, gedankenschwere Pause gelassen.

Brose fand das interessant.

»Pass bloß auf, Titus, dass du da nicht in was reingezogen wirst«, hatte sie ihn eindringlich gewarnt.

Brose hatte nichts erwidert.

Es war dann sogar noch zu einem Streit gekommen, weil Claudia ihm plötzlich vehement ein Treffen mit diesem mysteriösen *wie-hieß-er-noch-gleich, ach ja*: Kay-Uwe auszureden versucht hatte, Brose aber entschlossen gewesen war, dieses Risiko auf sich zu nehmen. Ihn interessierte ganz einfach, was dieser junge Mann aus dem Osten von ihm wollte. Womöglich wartete dort drüben endlich mal das auf ihn, was in den großen, überregionalen Zeitungen und Illustrierten immer wieder für Aufsehen sorgte, eine »Story«.

Und außerdem, so hatte er Claudia auf ihre plötzlichen Zweifel und Vorbehalte entgegnet, sei das doch kein Verwandter von ihm, sondern einer von ihr.

Beim Thema Verwandtschaft und bei den gegenseitigen diesbezüglichen Anschuldigungen und Aufrechnungen, die nun folgten und die weit in die Vergangenheit zurückreichten, bis hin zu dubiosen Vorkommnissen aus den frühen Achtzigerjahren (zum Beispiel jener missglückte Ausflug zu Claudias Tante Adelheid nach Goslar), Dingen also, die nach menschlichem Ermessen schon längst hätten verjährt sein müssen, hatte sich ihr Disput dann endgültig festgehakt. Claudia war in ihrem Zimmer verschwunden, um Schularbeiten zu korrigieren. Auf ihrem Schreibtisch lag und liegt immer ein beruhigend hoher Stapel Hefte, zu dem sie sich im Zweifelsfall zurückziehen konnte. Darum beneidete Brose sie manchmal.

Nach einer Schweigeminute, die fast den ganzen Abend lang angedauert hatte und in die nur manchmal ein einsames Türenschlagen gefallen war, hatten sie sich in der Küche bei einem abschließenden Glas Merlot darauf geeinigt, dass Verwandtschaft Schicksal sei, niemand könne etwas dafür, niemandem sei daraus ein Vorwurf zu machen, persönlich schon gar nicht.

Im Laufe des späteren Abends und schließlich auch noch im Bad waren Claudia sporadisch jedoch immer neue Einzelheiten eingefallen, bizarre Szenen zu Entführungen und Menschenraub, die sie aus Fernseh-Politmagazinen (*Hilferufe von drüben*) und Agentenfilmen aus der Schwarz-Weiß-Ära des Fernsehens kannte.

Brose, die Zahnbürste im Mund, hatte zu alldem nur stoisch den Kopf geschüttelt und mit kühn zusammengekniffenen Augen in den Badspiegel geblickt. Das schreckte ihn nicht, im Gegenteil. Er wusste, er würde sich dieser Aufgabe stellen, stellen müssen, lange gurgelte er mit der Odol-Lauge und spie sie zu allem entschlossen ins Waschbecken.

Jemand, der sich vertrauensvoll an ihn, den Journalisten aus dem Westen, einen Mann der Öffentlichkeit, gewandt hatte, den würde er nicht im Stich lassen, dem würde er nicht die vielleicht letzte Hoffnung nehmen. Auch drüben nicht. Gerade drüben nicht! Mit dieser Gewissheit stieg er feierlich in seine Schlafanzughosen und dann ins Bett.

Schließlich ging es hier um ganz andere Kaliber als um eine lächerliche Lokalberichterstattung vom Spandauer Kleingärtnerfest oder um einen Vierspalter über die Neueröffnung eines Autohauses an der Nonnendammallee – mit Rede des Wirtschaftsstadtrats und anschließendem Häppchen- und Sektempfang.

Als er an diesem Abend neben einer nichtsahnenden Claudia im Bett lag, betrat er eine Parallelwelt: Dort, am Alexanderplatz, kamen aus der Dunkelheit zwei Männer in kastenförmigen Ledermänteln auf ihn zu, einer von den beiden zeigte ihm eine ovale Blechmarke, die er aber, als Brose sie genauer in Augenschein nehmen wollte, schnell wieder wegzog und in der Manteltasche verschwinden ließ; der andere sah sich aufmerksam um, dann verhafteten sie ihn.

Warum? Ganz egal. Einfach so. Gründe mussten sie ja keine angeben. Er saß mit Handschellen im abgedunkelten Fond eines Autos russischer Fabrikation und wurde weggefahren. Wohin? Nach Osten wahrscheinlich, Richtung Sibirien.

Jetzt aber, fast dreißig Jahre später, beschleunigte Brose und fuhr mit seinem Toyota genau in die entgegengesetzte Richtung: nach Westen, vom *Alten Fährhaus* zurück nach Spandau, nach Hause.

»Vögel«, knurrte er gegen den Motorlärm an, »Vögel!!!«

Bevor er heute den ganzen Abend, wahrscheinlich bis spät in die Nacht, über der Endredaktion des Lommat'schen Familienepos saß, das Freitag druckfertig vorliegen musste, wollte er unbedingt nachsehen, ob es Kay-Uwes konspiratives Buch noch gab.

Sofort, als er die Wohnung betreten hatte und ein paar Schritte am Flurregal entlanggelaufen war, fiel ihm der buntglänzende Buchrücken ins Auge. Als er *Berlin, Hauptstadt der DDR* aus dem Regalfach gezogen und aufgeschlagen hatte, flatterte ihm ein hellblaues, seidiges Blatt Durchschlagpapier entgegen. Es las es vom Boden auf – und begann zu lesen. Mit den Jahren war die matte Schreibmaschinenschrift sichtlich ergraut.

Claudia, die in ihrem Zimmer Hefte korrigiert hatte, stand in der offenen Tür.

»Kannst du dich noch erinnern?« Brose hielt das Buch hoch. Sie verdrehte die Augen. »Be-tong«, sagte sie. »Und, weißt du noch, ich hatte dir damals den Tipp mit dem Kaffee gegeben.«

»Stimmt.«

»Willst du einen Tee? Steht in der Küche. Aber mach

nicht zu lange, ja? Wenn du unausgeschlafen bist, bist du morgens immer unausstehlich, absolut unausstehlich.«

»Und sonst?«

»Sonst?« Sie lächelte ihn an: »Sonst – nur relativ.« Damit verschwand sie wieder. Brose holte sich den Tee. In seinem Arbeitszimmer setzte er sich vor den Computer, doch er schaltete ihn noch nicht ein. Er lehnte sich im Bürostuhl zurück, wippte leicht und schloss die Augen.

Er war damals doch nicht, obwohl er sich das fest vorgenommen hatte, nach Ostberlin gefahren. Ganz unerwartet war auf einmal Kay-Uwe aufgetaucht: und zwar in Westberlin. Vom Bahnhof Zoo aus hatte er angerufen. Ihm war ein dreitägiger Westberlin-Besuch in einer »dringenden Familienangelegenheit« bewilligt worden, von der dann später allerdings, als sie sich zum ersten Mal gegenüberstanden und Brose ihn mitfühlend danach befragt hatte, nicht mehr die Rede gewesen war. Kay-Uwe hatte nur lächelnd abgewunken.

Sie hatten sich in der Spandauer Altstadt getroffen, vor einem Kellerlokal. Obwohl Brose sich Kay-Uwe ganz anders vorgestellt hatte, hatte er ihn schon von Weitem erkannt, er konnte sich auch nicht erklären, warum. Den *Spandauer Boten*, das vereinbarte Erkennungszeichen, hatte er gleich wieder wegstecken können.

Nach einer kurzen Begrüßung – Kay-Uwe bedankte sich, dass es so spontan mit dem Treffen geklappt hatte, und Brose richtete schöne Grüße von Claudia aus – stiegen sie die ausgetretenen Stufen zum Lokal hinab,

Brose voran, er kannte sich hier aus, Deutsche Küche mit leichtem Balkaneinschlag: Paprika, Tomaten, viel Knoblauch. Manchmal, wenn abzusehen war, dass es abends wegen der Redaktionssitzung im *Spandauer Boten* oder einer komplizierten Drucklegung später werden würde, aß er in diesem Lokal zu Abend. Einen freien Zwei-Personen-Tisch unter einem der Kellerfenster, durch dessen Butzenscheiben warmes Licht auf das Tischtuch fiel, hatte Brose schon vom Eingang aus anvisiert und diesen auch zielsicher angesteuert, doch Kay-Uwe bedeutete ihm mit einem Seitenblick, dass sie lieber einen Tisch weiter hinten nehmen sollten: in einer verschwiegenen Nische unter dem Kellergewölbebogen, hinter einem schmiedeeisernen Gitter, an dem verstaubt kupferne Weinblätter und Trauben herabhingen. Dort hinten roch es zwar nach Küche und tendenziell auch ein wenig nach Reinigungsmitteln und Toilette, dafür waren sie ungestört.

Kaum hatten sie sich hingesetzt, zog Kay-Uwe aus seiner Umhängetasche einen Foto-Bildband hervor, *Berlin – Hauptstadt der DDR*, und legte ihn feierlich auf den Tisch. Brose war überrascht, damit hatte er nicht gerechnet. Gerade wollte er sich für den exotischen Bildband interessieren, dessen Einbandfoto zwar bunt war, dessen Farben jedoch auf beruhigende Weise derart verwaschen oder verblichen waren, dass es keineswegs wie eine grelle, aufdringliche Reklame für die »Hauptstadt der DDR« wirkte, da nahm Kay-Uwe ihm das dicke Buch schon wieder weg. Vorsichtig, mit einem Taschenmesser, löste er etwas, das zwischen Schutzumschlag und Buchdeckel eingeklebt war, und zog dann mit triumphierendem Blick einige maschinenbeschriebene Blätter hervor, es waren blasse, x-te Kopien auf hellblauem Durchschlagpapier. Er reichte sie Brose über den Tisch.

»Das Original«, sagte er vertraulich, »liegt bei Freunden, an einem absolut sicheren Ort.«

Brose nickte ernst, klar.

»Die ganze Sammlung heißt übrigens«, Kay-Uwe ließ eine kleine Pause, damit Brose verstand, dass das doppelsinnig gemeint war, »*Mauersegler.*«

»Ah ja.«

»Es sind Gedichte.«

Gedichte also ... Brose hatte genickt. Und diesmal sehr ernst. Der Gedanke an eine Story hatte sich augenblicklich verflüchtigt, zurückgeblieben war ein ratloser Lokalblattredakteur, der kurz überlegte, ob er Kay-Uwe nicht sagen sollte, dass Lyrik nun wirklich nicht in sein Ressort fiel, doch er bemerkte den brennenden Blick, der auf ihn gerichtet war. Nein, er durfte diesen Kay-Uwe jetzt nicht enttäuschen.

Gerade wollte er beginnen zu lesen, da legte sich Kay-Uwes Hand auf seinen Unterarm: »Vielleicht doch besser, ich lese es laut vor. Es kommt auf die Betonung an, bei jedem einzelnen Wort.« Und dann begann Kay-Uwe vorzulesen, nein: vorzutragen. Den Umständen entsprechend konnte das natürlich nur halblaut geschehen, beziehungsweise sogar extrem leise, so leise, dass Brose Mühe hatte, alles zu verstehen. Er verstand auch nicht alles. Dafür verstand er allmählich, dass Claudia wahrscheinlich doch recht gehabt hatte.

Bei seinem Vortrag setzte Kay-Uwe sehr viel Mimik ein.

»*wieder steh ich hier und frage
mich* ...«

Kay-Uwe ließ eine Pause, hob den Blick vom Blatt und schaute Brose fest in die Augen:

»... *und ich frage dich* ...«,

worauf er den Blick wieder aufs Blatt senkte,

»... *vögel fliegen über hohe mauern,
warum nicht auch ich?*«

Brose hatte mitfühlend genickt. Doch der Redakteur in ihm, dessen Rotstift inzwischen unsichtbar, aber unnachgiebig zwischen Zeige- und Mittelfinger zu wippen begonnen hatte, dachte: Ja, ganz einfach, wahrscheinlich, weil du kein Vogel bist.

Dieser Kay-Uwe war unglaublich mager. Eine Art Bärtchen umfusselte unkontrolliert sein schmales Gesicht, dünne, blonde Korkenzieherlocken kringelten sich die knabenhafte Stirn hinunter. Um den Hals hatte er ein salz-pfeffer kariertes Palästinensertuch geschlungen. Auf der kleinen spitzen Nase, die rot war, saß, leicht verbogen, eine runde Nickelbrille. Durch deren Gläser traf Brose ein funkelnder Blick.

Brose streckte seine Hand aus: »Wissen Sie, Kay-Uwe, ich lese es, glaube ich, doch lieber selbst. Ich bin mehr so, würde ich sagen, der visuelle Typ, schon rein von Berufs wegen.«

Kay-Uwe reichte ihm stumm die Blätter.

»Sie schreiben alles klein?«, fragte Brose erstaunt.

»Ja, klar. Konsequent. Warum soll das eine größer und wichtiger sein als das andere? Das ist reine Konrad-Duden-Willkür. Damit wird man schon in der Schule kirre gemacht.«

Es war in jedem Fall einfacher, alles still für sich zu lesen. Beim Zuhören hatte Brose Schwierigkeiten gehabt, weil er nicht wusste, wie und, vor allem, wohin er gucken sollte, wenn Kay-Uwe den Blick gehoben und ihn so durchdringend angeschaut hatte.

Einmal hatte Brose sogar aus tiefstem Herzen aufgeseufzt, Kay-Uwe musste sich da verstanden gefühlt haben, er hatte ernst genickt und mit erregt-gepresster Stimme seinen Vortrag fortgesetzt. Dabei hatte Brose nur seufzen müssen, weil ihm eingefallen war, dass er bis spätestens um vier die endgültige Überschrift für seinen Artikel über die neue Eigenheimsiedlung am Rande Spandaus der Druckerei durchgegeben haben musste. Die Uhr lief, und die Zeit rannte ihm davon, während er hier mit Kay-Uwe festsaß.

Als Brose mit seiner stillen Lektüre fertig war und die Blätter gedankenverloren abgelegt hatte, kam der jugoslawische Kellner. Schon die ganze Zeit hatte der im Hintergrund, beim Kassentisch, herumgelungert und darauf gelauert, endlich die Bestellung aufnehmen zu können.

Brose war erleichtert, dass er sich jetzt erst einmal damit befassen konnte, eine Gnadenfrist. Er hielt sich lange mit der Karte auf, studierte sie, als sähe er sie heute zum ersten Mal, dabei kannte er sie auswendig. Kay-Uwe tippte blind auf irgendetwas, darauf kam es jetzt nicht an. Es gab Wichtigeres, hier und jetzt. Auf Anraten Broses bestellte er ein alkoholfreies Bier, so etwas kannte er noch gar nicht. Und auch Brose wollte jetzt lieber nüchtern bleiben.

Dann war der Kellner gegangen, sie waren unwiderruflich wieder allein, und Brose musste nun etwas zu dem Gedicht sagen. Er überflog noch einmal den Text. Mit Blick auf die Reime, besonders zum Ende hin, sagte er: »Sie riskieren viel damit.«

Kay-Uwe schloss die Augen, er nickte: »Ja.«

Am Ende des Gedichts, nach einem Ausflug ins Märchenreich, wo Rosengestrüpp und Stacheldraht sich heillos verheddert hatten und jemand (nicht ganz klar, wer) gefragt hatte: »*wer weckt dich aus dem schlafe?*«, hatte der Verfasser sich in einen Vogel verwandelt, aufgeschwungen und verkündet:

»*... fliege ich davon,
unter mir: beton, beton.*«

Ob nicht *ein* Mal Beton genügen würde?, hatte Brose behutsam nachgefragt.

»Warum? Da ist so massenhaft Beton verbaut, ganze Neubaugebiete. Erst hatte ich es sogar drei Mal.«

»Dreimal? Ach so, mh-mh, na dann. Aber der Reim: ›davon/beton‹? Ich weiß nicht, meines Erachtens stimmt der nicht ganz. Oder wie sprechen Sie drüben ›Beton‹ aus?«

»Beton, ganz normal. Warum?«

»Betonggg«, wiederholte Brose überbetont, und er nickte. »Sehen Sie, das meine ich. Da müsste man es doch, wenn es sich auf ›davon‹ reimen soll, ganz anders aussprechen, eher ›Betonnn‹, oder?, ›davon/Betonn …‹ Hören Sie nicht, wie das knirscht?«

Erleichtert hellte sich Kay-Uwes Gesicht auf: »Genau! Das soll es ja. Das muss es. Es muss knirschen. Es darf auf keinen Fall gefällig sein. Oder – ist es das etwa?«

»Nein, nein«, beeilte sich Brose zu versichern, »gefällig, in dem Sinne, ist das nicht, ganz und gar nicht, im Gegenteil.«

Er blätterte zurück auf Seite eins: »Oder hier, gleich am Anfang, muss da nicht in der zweiten Zeile das ›Ich‹ weg: ›*wieder steh ich hier und frage / mich und ich frage dich …*‹«

»Das ›Ich‹ soll weg?«, fragte Kay-Uwe ungläubig, aber plötzlich sehr scharf nach. »Das ›Ich‹ muss bleiben.« Kay-Uwe ließ sich auf Broses Kommentar nicht weiter ein, er schien Erfahrungen mit dieser Art von Kritik zu haben. Sein Gegenüber wusste offenbar nicht, was Zensur war.

»Ich weiß«, sagte Kay-Uwe, »ich mute Ihnen einiges zu.«

Brose nickte. Zum ersten Mal fühlte er sich von Kay-Uwe verstanden. Der nahm einen tiefen Schluck des alkoholfreien Biers, sofort verzog er bitter den Mund.

Dennoch, völlig kampflos wollte Brose nicht aufgeben.

»Auf Seite zwei schreiben Sie ...«, Brose las die beiden Zeilen noch einmal halblaut vor, während Kay-Uwes Lippen synchron die Wörter mitformten: »›... *grau liegt im regen die straße / sozialismus ist nur eine hohle phrase!*‹«

Fragend sah Brose Kay-Uwe an.

Fragend schaute Kay-Uwe zurück. Verständnislos zuckte er die Schultern.

Gut, dachte Brose, gut, soll es meinetwegen knirschen, aber ... »Aber ... dieses ›hohle Phrase‹. Phrasen sind von Natur aus hohl, das muss man nicht doppeln, das ist wie, wie soll ich sagen ... wie ›tote Leiche‹.«

»Ja, und?«, fragte Kay-Uwe. »Was ist daran schlimm?«

»Da müsste es ja«, sagte Brose, »laut Sprachlogik, auch das Gegenteil davon geben, also«, und hier senkte er seine Stimme siegessicher, »›lebendige Leichen‹, oder?«

»Ja klar, die gibt es ja auch.«

Das Essen kam: großer gemischter Salat, mit Putenbruststreifen. Kay-Uwe griff zur Gabel. »Ich lasse mich nicht verbiegen«, sagte er. Brose sagte nichts, er nickte nur.

»Drüben, im Osten, da habe ich mit meinen Texten doch sowieso keine Chance. So was wird doch dort überhaupt nicht gedruckt.«

Während er einen herablaufenden Tropfen am Bierglas mit dem Finger auffing, dachte Brose einen Moment lang voller Mitgefühl an den unbekannten Zensor, drüben in Ostberlin: Mensch, der saß doch genauso in der Klemme. Ergebnislos stocherte er in seinem bunten Salat herum und schob die zähen Putenbruststreifen schließlich zur Seite, ein besonders pappiger Kamerad diesmal. Ob Puten eigentlich fliegen können? Über hohe Mauern ... Wahrscheinlich nicht.

»Und«, fragte Kay-Uwe, er musste in Broses düsteren Gedanken gelesen haben, »was wird nun mit meinen Gedichten?«

»Ich werde«, sagte Brose und ließ den Zahnstocher sinken, »sehen, was sich machen lässt.« Und mit väterlich besorgter Stimme fügte er hinzu: »Aber mit solchen Texten, da verbauen Sie sich drüben vielleicht Ihre Zukunft, Kay-Uwe. Ist Ihnen das klar?«

»Die hab ich dort sowieso nicht.«

»Wollen Sie eigentlich hierbleiben?«, fragte Brose auf einmal. Er wusste selbst nicht, warum. Wahrscheinlich, dachte er, gehört sich das so.

Kay-Uwe schüttelte trotzig den Kopf.

»Gut«, sagte Brose erleichtert, »sehr gut.« Das war ihm jetzt sogar sympathisch. Ja klar, man musste diesem jungen Mann schon irgendwie helfen. Wenn der nie seine Texte veröffentlichen durfte, dann ...

»Wie gesagt, ich werde sehen, was ich da machen kann.«

Das klang komplizierter, als es in Wirklichkeit war. Er selbst musste das entscheiden. Gedichte wurden normalerweise in einem Lokal- und Werbeblatt wie dem *Spandauer Boten* nicht abgedruckt, allenfalls in der Leserbriefspalte auf der letzten Seite, neulich etwa: der gereimte Bericht eines Besuchers vom Spandauer Zitadellenfest. Oder auf den Annoncenseiten, wo manchmal in einem kleinen blumenumrankten Kasten Sachen auftauchten wie: *Gruß dem Jubilar: Kaum zu glauben, aber wahr / unser Klaus wird 60 Jahr! Deine Anglerfreunde.*

Während des Essens hatte Kay-Uwe von seinem Leben im anderen Teil der Stadt erzählt, das hatte Brose viel mehr interessiert als die Gedichte. Gern hätte er Näheres darüber erfahren und sich noch länger mit Kay-Uwe unterhalten. Doch er musste los.

Rasch fuhr er sich mit der Serviette über den Mund, dann sagte er zu Kay-Uwe: »Also ich denke schon, wir bringen das.« Kay-Uwe sagte nichts, er nickte nur. Etwas anderes schien er nicht erwartet zu haben.

»Ja. Aber ich würde vorschlagen: nicht unter Ihrem vollen Namen. Nur: ›K.-U.‹ oder, meinetwegen, ›Kay-Uwe‹ ... – das genügt. Und: Das erhöht die Wirkung.«

»Meinen Sie?«

»Ja, unbedingt.«

»Na gut, Sie kennen den Markt besser.«

Zwar glaubte Brose nicht, dass die Behörden in Ostberlin auch den *Spandauer Boten* im Visier hatten und nach Dissidenten-Literatur durchforsteten, aber man wusste nie. Womöglich gab es auch unter seinen Lesern das eine oder andere schwarze Schaf, das so etwas sofort nach drüben meldete. Und dann?

Er dachte kurz darüber nach, ob er, wenn er das druckte, redaktionellerseits nicht noch etwas Erklärendes beisteuern sollte – nein, die Sache sprach für sich: *vögel fliegen über hohe mauern* ...

Brose sah sich nach dem Kellner um, der brauchte

diesmal ewig für eine richtige Rechnung mit Bewirtungsbeleg.

»Wie sieht es eigentlich mit dem Geld aus?«, hörte er Kay-Uwe fragen.

»Entschuldigen Sie«, sagte Brose, sofort klappte er die Brieftasche auf, die er mit Blick auf den Kellner schon in der Hand hielt. »Natürlich, entschuldigen Sie bitte, wie unaufmerksam von mir: Sie brauchen sicher etwas Geld. Kann ich Ihnen vielleicht ...«

»Nein, nicht so, das meine ich nicht ... Ich meine: Honorar?« Kay-Uwe blinzelte verschwörerisch: »Ohne Moos – nix los.«

Honorar? Brose sah ihn groß an. Im Anzeigenteil mussten die Kunden, wenn sie dort, zum Beispiel, so ein Klaus-60-Ding abdrucken lassen wollten, natürlich einiges dafür hinlegen. Und Leserbriefe, die wurden grundsätzlich nicht honoriert. Gut, dachte Brose, dann mache ich es eben wirklich hinten, bei den Leserbriefen, plus minus null, und ich überlege mir was.

Brose musste jetzt wirklich los. Sein Blick fiel auf den Bildband.

»Schenk ich Ihnen«, sagte Kay-Uwe. Mit spitzen Fingern schob er den Prachtband über den Tisch.

»Oh, danke. Vielen Dank, sehr nett. Kommen Sie doch morgen einfach mal in der Redaktion vorbei, ja? Das mit dem Honorar, das kläre ich bis dahin ab.« Er hatte keine Ahnung, wie er das machen sollte. Als er bezahlt hatte, reichte er Kay-Uwe sein Kärtchen und schob ihm diskret einen Zwanzigmarkschein über den Tisch.

Am Abend hatte er sich lange mit Claudia über sein Treffen mit diesem komischen Vogel Kay-Uwe unterhalten. Eigentlich hätte er ihr gern diese Texte aus ihrem Verwandtschaftsumfeld gezeigt, aber er wollte nicht wieder Streit riskieren, Verwandtschaft war ein Minenfeld, das man nicht unvorsichtig betreten sollte – ein unachtsamer Schritt, ein falsches Wort, schon konnte alles in die Luft fliegen, *vögel fliegen* ..., und so weiter. Vor allem hatte Brose die Frage beschäftigt, wie er das Honorarproblem lösen sollte, ohne damit einen Präzedenzfall zu schaffen.

»Aber ihr zahlt doch nie Honorare«, hatte Claudia gesagt.

»Eben.«

Im Bett hatte dann sie schließlich den rettenden Einfall: »Vielleicht in Naturalien? Du, das ist drüben, habe ich gehört, durchaus üblich so. Eine Art Tauschhandel, also *Autoreifen gegen Urlaubsplatz.*«

Wie in der Steinzeit, hatte Brose gedacht und leise: »Be-tong, Be-tong« gesagt.

»Was ist?«

»Ach nichts, ich bin müde.«

»Be-tong?«, hatte sie verständnislos wiederholt und mitfühlend die Hand auf seine Stirn gelegt, sie aber sofort, als hätte sie sich verbrannt, wieder zurückgezogen. »Ja, besser, du schläfst jetzt.«

Brose riss weit die Augen auf, er musste munter bleiben. Der Jasmintee schimmerte ölig im Glas, er war kalt geworden. Schon kurz nach halb zehn. Nebenan hörte er Claudia, sicher war sie bald mit ihren »Schularbeiten« fertig. Und er, er hatte mit der anstehenden Lommatschsache noch nicht einmal begonnen.

Unschlüssig schlug er die beigefarbene Mappe auf, die er sich schon bereitgelegt hatte: *Das Uhrwerk des Lebens*. Der Titel war ein Vorschlag von Herrn Lommatsch gewesen; aber gut, warum nicht. Er blätterte sich zunächst durch den Bildteil, lange betrachtete er die Fotodoppelseite mit den Aufnahmen des Wochenendhäuschens. Auch im Leben der Lommatschs hatte der Tauschhandel, so wie damals bei Kay-Uwe, eine entscheidende Rolle gespielt, besonders beim Bau dieser Datscha.

Kurt Lommatsch, ein Uhrmachermeister, war Inhaber eines kleinen Uhren & Schmuck-Geschäfts in Berlin-Weißensee gewesen. Während er sich um den Verkauf und die Reparatur der Uhren gekümmert hatte, war seine Frau, Lotte, für den Schmuck zuständig gewesen. »Ich«, so hatte sie es gleich bei ihrer ersten Sitzung kokettverschämt Broses Aufnahmegerät anvertraut, »ich bin immer das Schmuckstück der Familie gewesen.«

Brose wusste schon jetzt, dass er nachher beim Korrekturlesen unzufrieden darüber sein würde, dass es ihm nicht gelungen war, die merkwürdige Schieflage zu beseitigen, die es in Zusammenhang mit ihrem Großbauprojekt Wochenendhaus zwischen Bild – Lommatschs hatten ja auf einem Fototeil bestanden – und Text gab: Gemessen an dem Platz, den der Bau dieser Datscha in ihrem Leben eingenommen hatte, hatte sich Brose, als er ihren Bericht gehört hatte, zwar keinen Palast darunter vorgestellt, zumindest aber doch ein respektables Häuschen. Als es dann an die Auswahl für den Bildteil ging, konnte er nur staunen: Auf den Fotos, die vom ersten Spatenstich bis zur Fertigstellung Zeit genug gehabt hatten, von schwarz-weiß zu bunt zu wechseln, war am Ende, als Resultat jahrelanger Arbeit, ein bescheidener, kleiner Pappbungalow zu sehen gewesen, mit einer schmalen Terrasse davor, auf der Kurt und Lotte Lommatsch in Campingstühlen saßen und Kaffee tranken.

Und selbst für diese komische Freizeithütte hatte Lommatsch seine Beziehungen spielen lassen müssen. Dass er aber überhaupt Beziehungen gehabt hatte und *ins Spiel* gekommen war, das verdankte er einem glücklichen Umstand.

Seit Anfang der Siebzigerjahre galt es, soweit Brose Lommatschs Erzählungen richtig verstanden hatte, im Osten als ausgesprochen schick, in den eintönigen Schrankwänden der eintönigen Betonneubauviertel mittels alter Uhren für ein wenig nostalgische Abwechslung zu sorgen. Vielleicht waren Antikuhren auch deshalb so beliebt, weil sie schon in ganz anderen Zeiten getickt und die Stunden gezählt hatten. In Antiquitätengeschäften gab es zwar Uhren verschiedener Altersgruppen und in diversen Ausführungen, als Wand-, Stand-, Tisch- oder auch Kaminuhren, dort waren sie aber, wenn sie nicht ohnehin für Devisen in den Westen gingen, unverschämt teuer. So hatte Kurt Lommatsch sich darauf verlegt, zu Haushaltsauflösungen zu fahren und für wenig Geld alte, defekte Exemplare aufzukaufen, die er dann, Stück für Stück, nach Feierabend wieder instand setzte.

Im An- und Verkaufladen am Rosenthaler Platz war er als Stammkunde bekannt gewesen, man wusste dort schon, dass er sich für Uhren, egal, in welchem Zustand, interessierte, auch Zahnradsätze, Uhrenschlüssel oder herrenlose Perpendikel nahm er gerne mit.

So war er, weil er mit diesen wieder gangbar gemachten Chronometern nun auch etwas Materielles zu bieten gehabt hatte, in den ostdeutschen Ware-Ware-Tauschhandel eingetreten: eine Wanduhr, anno 1910, plus eine Standuhr aus den Zwanzigerjahren, zum Beispiel, gegen die komplette E-Anlage im Wochenendhaus. Sonst hätte er auf den Elektriker, von dem Material gar nicht zu reden, eine Ewigkeit warten müssen.

Brose hatte, als er Lommatschs Erzählungen gefolgt war, zum ersten Mal den Eindruck gehabt, dass in der DDR tatsächlich, wie Schulze es einmal behauptet hatte, die Arbeiterklasse an der Macht gewesen war – und zwar in Gestalt von kapriziösen Handwerkern, Monteuren und Automechanikern, launischen Blaumännern, den wahren Willkürherrschern des Alltags, die sich nur ungern mit der profanen Landeswährung begnügten und sich lieber in begehrten Naturalien hatten bezahlen lassen.

Eines – nun wirklich – schönen Tages konnte dann sogar der handelsübliche, landestypische Trabant 601 der Lommatschs durch einen weißen Škoda ersetzt werden, der sich von nun an als eine Art Familienmitglied auf fast jedes Familienfoto schmuggelte.

Aus dem vergangenen Uhrmacherleben hatte sich noch eine einzige alte Wanduhr in Lommatschs kleine Heimwohnung unterm Dach hinübergerettet. Als Brose bei ihnen gesessen und die Aufnahmen gemacht hatte, war sein Blick oft durch den Raum geschweift und immer wieder bei dieser Uhr hängengeblieben: Auf dem emaillierten Zifferblatt liefen die verschnörkelten Messingzeiger im Kreise. Der lange, dünne überholte mit großen Schritten einmal pro Stunde den kleinen, dicken, der langsam, doch unbeirrt seine Runde drehte. In Broses Vorstellung war der lange, dünne und aufgeregte Zeiger Frau Lommatsch, der kleine, behäbige – Herr Lommatsch.

Als Brose schließlich der Vollständigkeit halber noch gefragt hatte, was denn heute mit ihrem Häuschen sei, war Herr Lommatsch, der sonst immer so laut und tonangebend gewesen war, verstummt. Er hatte nur etwas von »Rückbau« geknurrt, dieses zweisilbige Wort aber hatte aus seinem Mund sehr einsilbig geklungen. Dann war er kurz nach draußen, auf die Toilette, gegangen. Und Frau Lommatsch hatte Brose halblaut, immer mit Blick zur offenen Tür, erklärt, dass dort jetzt ein Einfamilienhaus stehe und rundherum eine ganze Eigenheimsiedlung neu entstanden sei.

Sie hatten ihr Bauwerk auf einem der sogenannten Westgrundstücke errichtet. Deren Eigentümer waren nach 1961 durch die Mauer von ihrem Besitz getrennt worden. Doch schon bald nach 1990 hatten sie sich, wohnhaft inzwischen in Kladow, zurückgemeldet, ganz förmlich, durch das Schreiben eines Notars.

Brose hatte das schon oft bei seiner *LebensLauf*-Arbeit beobachtet, aber bei Lommatschs, und in diesem Fall: speziell bei Herrn Lommatsch, war ihm das besonders aufgefallen: Jeder, der etwas aus seinem Leben erzählte, hatte auf seine Weise immer und ganz selbstverständlich recht. Entweder waren die Umstände schuld, oder man hatte nicht energisch genug seine eigenen, völlig legitimen Interessen vertreten, oder aber man war, wie so oft, viel zu bescheiden, viel zu gutmütig gewesen, die eigenen, sehr berechtigten Ansprüche auch durchzusetzen und so weiter.

Es war schon auffällig, dass nie jemand in seinen *LebensLauf*-Biografiegesprächen auch nur ein einziges Mal gesagt hatte: *Ich* habe etwas falsch gemacht, es war *mein* Fehler.

Rückblickend betrachtet, war es doch sicher ein Fehler gewesen, sein Lebenswerk, diesen Palazzo im Grauen (und später, auf den Farbfotos: im Grünen!) einer Vorortsiedlung, auf solch einem fragwürdigen Grund zu errichten. Selbst Reisen in den Ostblock, die ja prinzipiell möglich gewesen wären, hatten sich Lommatschs mit Rücksicht auf dieses Wochenendhausprojekt, in das so sinnlos viel Lebenszeit verbaut worden war, versagt. Dabei, so hatte Lotte Lommatsch es einmal kurz durchblicken lassen, wäre sie persönlich schon ganz gerne einmal in die Masuren gefahren, nach Lyck, in die Stadt, aus der ihre Vorfahren stammten.

Nein, im Nachhinein ließ sich nicht mehr klären, was richtig und was falsch im Leben gewesen war. Brose trank einen Schluck vom kalten Jasmintee. Aber wahrscheinlich war die Frage auch falsch gestellt, als gäbe es eine immergültige Antwort darauf: richtig oder falsch? Eine geschlossene Frage, und das war sie ja, lieferte hier bestimmt keine brauchbare Antwort. Er betrachtete noch einmal das Foto: Lommatschs auf der Terrasse. Einerseits, ja, da machten sie doch einen ganz zufriedenen Eindruck, andererseits … nein, so kam man nicht weiter.

Und auch bei ihm selbst war das ja nicht anders gewesen.

Er erinnerte sich an ein Märchenbuch, das er in seiner Kindheit immer wieder gelesen hatte. Besonders eine Geschichte hatte es ihm damals angetan. Er sah die Illustration wieder vor sich: Ein Ritter in voller Rüstung, mit Lanze und Schild versehen, hatte sein Pferd vor einer Weggabelung zum Stehen gebracht. An einem Pfahl waren zwei Wegweiser angenagelt. Der Pfeil, der nach links zeigte, führte in Richtung *Macht und Reichtum*, der Pfeil nach rechts zu *Ruhm und Ehre*. Brose war zwar, wie er sich selbst immer wieder sagte, irgendwann in seinem Leben nach rechts abgebogen, aber … aber vielleicht hätte er auch links nicht das gefunden, was er dort gesucht hätte. Einerseits, andererseits – darauf lief wohl am Ende alles hinaus.

Doch bevor er sich nun in derart tiefsinnige Allerweltsweisheiten verlor, die ihn früher oder später wahrscheinlich in die Gänge jenes Labyrinthes locken würden, in denen Frau Poggenpuhl schon seit Langem herumirrte, musste er jetzt endlich – Brose sah auf die Uhr – mit dem *Uhrwerk des Lebens* anfangen, sonst würde es zu spät, ganz egal, ob er jemals kapierte, wie diese Lommatschs getickt hatten. Vielleicht würde er das auch niemals verstehen. So wie er diesen Kay-Uwe nicht verstanden hatte.

Wie war das damals eigentlich mit dem weitergegangen?

Tatsächlich, am nächsten Vormittag war Kay-Uwe, wie verabredet, in der Redaktion aufgetaucht.

Brose hatte da gerade mit einem alten Anzeigenkunden telefoniert, der einen Treuerabatt aushandeln wollte, den Brose ihm aber beim besten Willen (und vor allem bei der angespannten Kassenlage des *Spandauer Boten*) nicht gewähren konnte.

»Tja«, hatte sich Brose, als er den Hörer aufgelegt hatte, fast entschuldigt, »wir müssen ja hier auch irgendwie unsere Brötchen verdienen, nicht wahr.«

Er stand auf und begrüßte Kay-Uwe und ... – Kay-Uwe war nicht allein gekommen, in seiner Begleitung: eine junge, farbenprächtige Türkin, die, wie sich herausstellte, aber eine Kurdin war und Zelal hieß.

Kay-Uwe hatte ihr Brose als »seinen Redakteur« vorgestellt, was von diesem aber sofort entschieden abgewehrt worden war. Das wollte Kay-Uwe so nicht gelten lassen, er wertete dies nur als Geste der Bescheidenheit und wollte nun endlich mit ihm daran gehen, Einzelheiten der Drucklegung des Gedichtes zu besprechen. Dafür war es definitiv noch zu früh, Brose wusste ja noch nicht einmal, wann in der Leserbriefecke Platz für die *vögel* sein würde.

So verständigten sie sich noch einmal, über das hauchzarte Typoskript gebeugt, worauf es ankam: Die Zeilentrennung war genau einzuhalten, die Kleinschreibung musste unbedingt beachtet werden. Brose machte sich dazu auf einem gesonderten Zettel Notizen. Und er schlug vor, auch wenn es sich nur um einen der Teile aus der Sammlung handelte, das Gedicht so zu nennen wie den gesamten Zyklus: *Mauersegler*.

Hin und wieder fiel Broses Blick auf Zelal. Die sah sich aufmerksam in der Redaktion um, blätterte auch in den ausliegenden Exemplaren des letzten Monats. Egal, was für Wunderdinge Kay-Uwe ihr erzählt haben mochte: Sie sah natürlich sofort, dass der *Spandauer Bote* nicht unbedingt zu den führenden Blättern der Westberliner Literaturszene gehörte. Einmal traf ihn spöttisch ihr dunkler Blick. Was die wahre Natur des *Spandauer Boten* betraf, so teilte Brose mit ihr wahrscheinlich ein Geheimnis. Sie behielt es für sich. Dafür war er ihr dankbar.

»… Und die Belegexemplare?« Kay-Uwes Frage holte Brose wieder in die Redaktionswirklichkeit des *Spandauer Boten* zurück. Brose sah ihn verständnislos an.

»Na, wie komme ich denn dann an die Belegexemplare heran, wenn es gedruckt ist?«

Darüber hatte sich Brose bisher überhaupt noch keine Gedanken gemacht: »Schicken – tja, das geht ja dann wohl schlecht.« Er schaute Zelal an. Doch die hob abwehrend die Hände: »Ich kann im Moment nicht nach drüben, leider.« Brose nickte, er fragte nicht weiter nach.

»Wie viele brauchen Sie denn?«

»Na, zwanzig etwa.«

»Zwanzig?!« Brose stellte sich vor, wie jemand an der Grenze mit zwanzig *Spandauer Boten* hochgezogen wurde; nein, das wollte er sich lieber nicht vorstellen. »Also wenn wir irgendwie ein oder zwei ... Können Sie das drüben nicht kopieren?«, fragte er.

»Kopieren?« Kay-Uwe lachte hell auf. »Na, hören Sie mal, wo leben Sie denn? Bei uns gibt es doch keine Kopiergeräte, wo man mal einfach so ... Oder hatten Sie das etwa geglaubt?« Einen Moment lang schien er ernsthaft daran zu zweifeln, ob Brose überhaupt den tieferen Sinn des Gedichts erfasst hatte. Und Brose? Der musste sich eingestehen, dass er fast nichts vom Leben im anderen Teil der Stadt wusste.

Sie einigten sich darauf, dass Brose eine ausreichende Anzahl von Exemplaren der betreffenden Ausgabe in der Redaktion deponieren würde. Und Kay-Uwe, der hatte auch schon eine gute, eine praktische Idee im Stil von *Autoreifen gegen Urlaubsplatz*. Bei ihm im Hinterhaus wohnte eine ältere Frau, für die er manchmal Einkäufe erledigte und der er im Winter die Kohlen aus dem Keller holte. Die würde er bitten. Als Rentnerin fuhr sie mindestens einmal im Monat nach Westberlin.

»Gut«, sagte Brose, »das wäre dann also auch geklärt. Ach so – « Er griff unter den Schreibtisch und holte einen

Tchibo-Beutel hervor. Auf dem Weg in die Redaktion hatte er drei Tüten Kaffee gekauft: »Ich hoffe, Sie sind damit einverstanden?« Kay-Uwe vergewisserte sich mit einem kurzen Seitenblick bei Zelal, dann sagte er großzügig: »Ja, ist schon in Ordnung so.«

Beim Abschied drückte er Brose noch den Kassiber eines zusammengefalteten Blattes in die Hand. »Nachschub«, sagte er. »Man muss ja immer am Ball bleiben, sonst wird man gleich wieder vergessen.« Brose warf einen Blick darauf und legte es zu den anderen: *Das erste Mal. Für Zelal ...*

Die Hände in den Hosentaschen, hatte er am Fenster gestanden und den beiden hinterhergeschaut, wie sie in die Schurzstraße einbogen und Kay-Uwe auf Zelal einredete. Er gestikulierte mit den Händen. Zelal sah ihn von der Seite an, dann schlang sie ihren Arm um seinen Hals und boxte ihn zärtlich mit der kleinen weißen Faust in die Seite.

Obwohl Brose damals erst Mitte dreißig war, kam er sich auf einmal sehr alt vor. Leben – ja, so musste sich das wohl anfühlen: Irgendwohin zu gehen, mit nichts als ein paar komischen, ach was: absolut idiotischen Gedichten im Kopf, einer vagen Hoffnung im Herzen und einem knallbunten Mädchen an der Seite. Zum ersten Mal spürte er unwiderruflich, dass er alt geworden war, steinalt, und dass man die Zeit nicht einfach zurückdrehen konnte. Was für ein banaler Gedanke, sagte er sich: Was für ein triviales Gefühl! Ja, und wahrscheinlich war es deshalb so echt und machte ihn so sprachlos. Er hatte sich wieder an die Arbeit gesetzt und versucht, so gut es ging, einen Artikel über die neueröffnete Kita im Haselhorster Grützmacherweg zu redigieren. Für einen Moment war es ihm so vorgekommen, als trüge er unsichtbare Ärmelschoner.

»Du hast mich ruiniert. Das ist dir doch wohl klar?!«
Der Anrufer, der dies ein paar Wochen später in Broses Bürotelefonohr gerufen, nein: geschrien hatte, war kein anderer als Kay-Uwe gewesen. Doch es dauerte einen Moment, bis Brose sich soweit sortiert hatte: Seit wann duzten sie sich denn? Hatte er etwa drüben Schwierigkeiten wegen des *Mauerseglers* bekommen, der in der vorletzten Ausgabe abgedruckt worden war? Brose hatte die Leserbriefseite herausgetrennt, sie zusammengefaltet, in ein Kuvert gesteckt und einfach an Kay-Uwes Lichtenberger Adresse geschickt. Wenn aber Kay-Uwe wirklich ernsthaft in Schwierigkeiten wäre, dann würde er doch wohl kaum noch anrufen können.

Erst allmählich schälte sich heraus, was Kay-Uwes eigentliches Problem war: Stimmt, Brose nickte, der Korrektor hatte Kay-Uwes Vogelgedicht gewohnheitsmäßig der herkömmlichen Rechtschreibung angepasst, also die Kleinschreibung eliminiert. Brose hatte sich zurechtgesetzt und versucht, diesen Eingriff mit der größtenteils älteren Leserschaft des *Spandauer Boten* zu erklären, zu entschuldigen.

Ungläubig schnaufte es durch die Leitung, Brose war sich nicht ganz sicher, ob er nicht gerade das Wort »Käseblatt« gehört hatte. Aber vielleicht lag das auch an der schlechten Verbindung.

»Hör mal, Kay-Uwe«, sagte er. »Du überschätzt ganz offensichtlich meine Möglichkeiten, deine großartige Dichterlaufbahn zu ...« Ihm fiel nicht das passende Verb ein.

»... zu durchkreuzen«, half ihm Kay-Uwe mit bitterer Stimme aus.

»Ja, genau. Das meinte ich zwar nicht, aber ... Es steht ja nicht mal dein voller Name darunter. Insofern – – –«

»Auch das«, zischte Kay-Uwe, »auch das ist eine Riesensauerei! Damit ist mein Urheberrecht ja überhaupt nicht geschützt. Das ist mir erst jetzt richtig klargeworden.« Doch er ging nicht weiter auf diese Detailfrage ein, nein, er wurde jetzt ganz grundsätzlich: »Wärst du fair gewesen, du hättest mich vorgewarnt. Ich hätte es wahrscheinlich zurückgezogen. Na klar, ganz sicher hätte ich das.«

»Soll ich nicht mal rüberkommen?«, fragte Brose mit ruhiger Stimme.

»Nee, muss nicht sein, wirklich. Wegen mir jedenfalls nicht.«

»Du, das tut mir alles sehr leid, aber ...« Brose versuchte, dem Gespräch nun eine persönliche Wendung zu geben: »Was macht eigentlich deine nette Freundin?«

»Was weiß ich.«

vögel fliegen über hohe mauern ..., dachte Brose.

»Was machen wir denn da jetzt?«, fragte er. Plötzlich wurde die Leitung unterbrochen, oder Kay-Uwe hatte einfach vor Wut aufgelegt.

Wenige Tage nach dem Mauerfall 1989 hatte Brose bei Kay-Uwe angerufen, die Nummer stimmte noch. Kay-Uwe war auch sofort am Apparat. Man konnte frei sprechen. Endlich, hatte Brose gedacht, war Gelegenheit, dieses Kapitel abzuschließen. Doch so weit sollte es nicht mehr kommen. Kay-Uwe hatte keine Zeit, im Hintergrund hörte Brose Stimmen durcheinanderreden. »Ich rufe zurück«, hatte Kay-Uwe gesagt, und auf diesen Rückruf wartete Brose jahrelang, bis er Kay-Uwe allmählich vergaß.

Nur manchmal, wenn er eine Straße entlangfuhr, wo mit einem Mal der Straßenbelag wechselte und Brose akustisch wahrnehmen konnte, dass er die Ex-Sektorengrenze passiert hatte, fiel ihm diese idiotische Zeile wieder ein: *vögel fliegen* ...

Nebenan hörte er Claudia ihre Hefte zusammenpacken, sie war fertig. Er ging in die Küche, kippte den Rest Jasmintee in den Ausguss, füllte sich ein Glas Wasser ein und begann nun endlich mit seiner stillen Heimarbeit.

Zuerst schaute er im Netz nach: ... »Rotehornpark« ohne »h«; aber »Rothensee«, Stadtteil im Norden von Magdeburg, *mit* »h«, so wie, zum Beispiel, Hamburg-Rotherbaum. – Aha! Er besserte das aus. Frau Lommatsch war in Magdeburg zur Welt gekommen, dort hatte sie ihre Kindheit und die Jugendjahre verbracht. Wenn Herr Lommatsch nun schon der Wortführer in diesem *Lebens-Lauf*-Band war, wollte Brose wenigstens sicherstellen, dass in den angetippten, ziemlich unterbelichteten Kindheits- und Jugenderinnerungen, die Frau Lommatsch beigesteuert hatte, nicht auch noch Rechtschreibfehler auftauchten. Mehr konnte er im Moment nicht für sie tun. Gut, dass er das noch einmal kontrolliert hatte.

Bevor er sich zu einem letzten Kontrollgang durch den Text aufmachte – auch den Schluss musste er noch tippen, aber das wollte er erst ganz am Ende tun –, stoppte er per Schnellvorlauf an ein paar fraglichen Stellen.

Kurz vor Ende der Aufnahme: eine jähe Schrecksekunde. Brose traute seinen Ohren nicht, Lommatschs Stimme wurde immer leiser, war dann kaum noch zu hören und schließlich ganz weg. War da etwa schon wieder mit dem Gerät etwas nicht in Ordnung gewesen? Das fehlte noch, er hatte auch so schon genug damit zu tun, die Fehlstelle aus den Achtzigerjahren elegant zu umschiffen.

Er blieb ganz ruhig, ließ noch einmal ein Stück zurücklaufen und drückte wieder auf Play, das Spiel begann von vorn; um besser sehen zu können, schloss er die Augen, und die rätselhaften Töne wurden zu einem Bild, beziehungsweise: zu einem Film, der sich vor ihm abspulte.

Frau Lommatsch war, als ihr Mann in Broses Aufnahmegerät sprach, leise aufgestanden und hatte das Fenster geöffnet. Herr Lommatsch musste das aus den Augenwinkeln registriert haben, doch er hatte unbeirrt weitergeredet. Dann, unvermittelt, war er selbst aufgestanden, man hörte, wie der Stuhl laut polternd zurückgeschoben wurde, Lommatsch, der immer noch weitergesprochen und ein paar Erklärungen nachgereicht hatte, war zum Fenster gegangen, wobei er Schritt für Schritt leiser geworden war, bis er ganz verstummt war – sehr vernehmlich, beinahe krachend wurde das Fenster wieder geschlossen. Vögel und Außenwelt waren, obwohl in der kurzen Zeit, als das Fenster offen gestanden hatte, nicht viel von ihnen zu hören gewesen war, abermals ausgesperrt.

Tja, dachte Brose, als er auf Stopp drückte: Das ist sie, die stumme Zwiesprache im Alter – sie macht das Fenster auf, er macht es wieder zu …

»Ich geh jetzt ins Bett«, hörte er Claudia von nebenan rufen, kurz darauf stand sie in der Tür: »Kommst du auch?«

»Ich mach noch ein bisschen«, sagte er, er rieb sich mit den Fäusten die Augen. Aufstöhnend lehnte er sich weit zurück und verschränkte die Hände im Nacken: »Die Biografie eines Gescheiterten, das wäre es doch. Das wäre mal interessant. Das Leben eines Verlierers! Aus Fehlern lernen. Ratten können das schließlich auch.«

Claudia sah ihn stumm an, sie nickte müde. In ihren Augen glaubte er, die Frage gelesen zu haben: Und – warum schreibst du dann nicht mal deine eigene Biografie? Aber es war etwas ganz anderes, was sie jetzt zu ihm sagte: »Mach nicht mehr zu lange, ja?«

Er nickte tapfer, dann scrollte er sich zurück an den Anfang, das Ende der Vierzigerjahre, und begann damit, ein letztes Mal Lommatschs Leben Seite für Seite Korrektur zu lesen. Zwischendurch musste er manchmal gähnen, davon tränten ihm die Augen. Abwechselnd riss er sie weit auf und kniff sie dann wieder zu Sehschlitzen zusammen.

Einmal aber gähnte er so kräftig, dass sein Unterkiefer bedenklich knackte und Brose vor Schreck darüber für die nächsten Jahrzehnte, also bis zum Einzug ins *Alte Fährhaus*, hellwach blieb.

Mittwoch, 21. Juni

»Ah, ich sehe, Sie haben sich ausführlich damit beschäftigt, sehr gut.« Zufrieden betrachtete Schulze die zahlreichen gelben, rosaroten und grünen Post-it-Zettel, die Brose in seine Gesammelten *LebensLauf*-Werke geklebt hatte.

Als er über Pfingsten mit Claudia nach Bremen gefahren war, hatte Brose einen der Bände aus dem Schulze-Œuvre mitgenommen, bei dem ihm der Untertitel aufgefallen war, und im ICE angefangen, darin zu lesen. Es waren die knapp vierhundert Seiten Erinnerungen eines Dr. Dr. h.c. Berthold: *Hals- und Beinbruch! Geschichte und Geschichten. Aus dem b e w e g t e n Leben einer international anerkannten Koryphäe der Sportmedizin.*

»Ja klar«, sagte Brose leise über den Stapel hinweg, »schon, es hat mich schon beschäftigt.« Und beinahe hätte er ingrimmig hinzugefügt: Nicht nur im Zug, sondern auch noch die ganze letzte Woche, zu Hause, fast jeden Abend, *in meinem stillen Kämmerlein*, doch das verkniff er sich, zunächst. Stattdessen zog er ein paar Blätter aus seiner Aktentasche hervor und breitete sie vor sich aus.

Schulze, mit verdrehtem Hals, versuchte mehr oder weniger unauffällig zu erspähen, was darauf stand – ergebnislos; deshalb wandte er sich wieder der Arbeit zu, seinen Ordnern und Dokumenten, die vor dem dramatischen Bildschirmhintergrund eines feuerroten Herbstwaldes auf seinen unermüdlichen Einsatz warteten.

Brose, jetzt ganz Ex-Chef des *Spandauer Boten*, sah erst einmal in aller Ruhe die eingegangene Post durch. Wie immer: nicht der Rede wert. Wortlos beförderte er die Vordrucke, Anschreiben und Werbeflyer nebst den aufgeschlitzten Kuverts, die er nach kurzem Überfliegen in handliche Papierkugeln verwandelt hatte, eine nach der anderen zielgenau in den Bastkorb, der direkt neben seinem Schreibtisch stand. Fast hätte er dabei Schulzes *LebensLauf*-Stapel, der einen Moment lang wankte, zum Einsturz gebracht.

Iris hatte durchgesetzt, dass die Büropapierkörbe ihrer eigentlichen Bestimmung gemäß ausschließlich für *Papier* zu verwenden waren (keine Apfelgriebsche also, auch keine Plastikabfälle! Fensterbriefe, wegen der durchsichtigen Folien, waren ein undurchsichtiger Bereich und somit ein gewisses Problem). Auf diese Weise stellten die Papierkörbe legitime Außenposten der Blauen Tonne dar, die unten auf dem Hof bei der Kastanie stand und darauf wartete, täglich gefüttert zu werden. Wegen des hohen Papier-(sprich: Altpapier-)Anfalls in einem Büro wie diesem war dieses rigorose Trennsystem wichtig. In Gesprächen mit Kunden wies Iris, wenn es ihr sinnvoll erschien, gern darauf hin, dass *LebensLauf* nachhaltig und umweltbewusst arbeite.

Als auch bei Frau Perschke, der Reinigungskraft, nach einigen diesbezüglichen Ermahnungen, die sie mürrisch über sich hatte ergehen lassen, der tiefere Sinn dieses Systems angekommen und verinnerlicht worden war, klappte es soweit.

Frau Perschke wohnte weit draußen, am Stadtrand, in einem der Neubauviertel, die schon beinahe nicht mehr zu Berlin gehörten. Trotzdem war sie eine richtige – eine, wie Schulze das nennen würde, »waschechte« – Berlinerin: rau, aber, wie Brose fand, nicht unbedingt immer sehr herzlich.

Für den Restmüll brachte sie nun also von zu Hause Plastiktüten eines Lebensmitteldiscounters mit, die sie dann auf dem Heimweg entsorgte: Am Laternenmast direkt vor dem Hauseingang war ein orangefarbener Abfallbehälter der Berliner Stadtreinigung angeschraubt, er trug eine Aufschrift, bei der Brose neuerdings immer an die weiße Frau denken musste: *Für die Zigarette danach.*

Manchmal war es nicht ganz einfach, den vollen Abfallbeutel durch die kleine ovale Öffnung zu quetschen. Und einmal zerriss ihr eine Tüte, so dass der *LebensLauf-*Büromüll einer ganzen Woche verstreut unter der Laterne lag, bis endlich eine heranhüpfende Krähe sich seiner erbarmte und damit begann, den Abfall gründlich und auf ihre Art zu sortieren.

Brose an seinem Schreibtisch faltete nun die Hände, feierlich wie zum Gebet: »Herr Schulze«, so begann er.

Schulze blickte auf.

»Ich will Ihnen da wirklich nicht reinreden, das steht mir auch gar nicht zu, das wissen wir beide. Sie haben enorm viel Routine und so weiter. Aber bei der Lektüre Ihrer ...«, er wusste nicht, wie er das jetzt nennen sollte, deshalb zeigte er nur stumm mit dem Zeigefinger auf den Stapel der von Schulze verantworteten *LebensLauf*-Biografien, »... da habe ich mich manchmal gefragt, also, da habe ich mal eine kleine Strichliste gemacht.«

»Eine Strichliste?«, fragte Schulze nach, er wusste nicht, was er davon halten sollte; halb spöttisch, halb interessiert verzog er den Mund.

»Ja, eine Strichliste.«

Strich hier übrigens wie *Streichen* – doch das sprach Brose nicht aus; dafür war es sowieso schon zu spät, diese Biografien waren ja längst ihren Bestellern ausgehändigt worden. »Also, wenn Sie sich das mal anschauen wollen – bitte!« Brose reichte ihm eines der Blätter über den Schreibtisch.

»Ja und«, fragte Schulze, nachdem er den Zettel überflogen hatte, »was ist damit?« Verständnislos betrachtete er das Papier in seiner Hand, halblaut las er vor: »*Es war einmal* = achtmal? Was soll das jetzt heißen?«

»Das heißt ... Moment.«

Brose hatte einen der Schulze-*LebensLauf*-Bände gegriffen, aufgeschlagen und begann, den Anfang vorzulesen.

»*Es war einmal … Ja, so beginnen Märchen aus alter Zeit. Nicht ganz so märchenhaft begann mein Leben. Als fünftes Kind eines mittleren Reichsbahnangestellten erblickte ich im Berliner Arbeiterbezirk Wedding das Licht der Welt. Man schrieb das Jahr 1935.*«

Brose sah Schulze mit zusammengekniffenen Augen an. »… *Das Licht der Welt*«, wiederholte er noch einmal leise. Er schloss nun die Augen ganz, es wurde dunkel, und damit war das sprichwörtliche Licht der Welt zumindest für einen kurzen Augenblick ausgeschaltet.

»Was ist?«, fragte Schulze.

»Ach nichts.« Vorsichtig legte Brose das Buch ab. »Damit wir uns nicht falsch verstehen, Herr Schulze: An sich ist das, finde ich, ein ganz überzeugender Anfang.«

Schulze zuckte die Schultern, etwas anderes hatte er auch gar nicht erwartet.

»Ich frage mich nur, Herr Schulze, wieso dieser Anfang – was hatte ich notiert? – … Ich glaube, achtmal, ja: achtmal auftaucht. Überall, wo ich diese rosa Zettel eingeklebt habe. Natürlich immer ein bisschen variiert, klar, mal im Wedding, mal in Treptow, andere Jahreszahlen natürlich auch, ›man‹, wer auch immer das gewesen sein mag, schrieb mal 1929 oder 1930, aber im Grunde … immer der gleiche Anfang. Sie können mir doch nicht erzählen, dass die Leute Ihnen immerzu das Gleiche ins Gerät gesprochen haben. Das glaube ich einfach nicht.«

»Es macht sich ganz gut als Einstieg«, erklärte Schulze listig, verschwörerisch kniff er kurz die Augen zusammen.

Ohne darauf einzugehen, nahm Brose sich das nächste Blatt vor. »Nicht anders verhält es sich mit *Es gab Licht in meinem Leben und Schatten*, siebenmal ...« Er blickte auf: »Sagt Ihnen eigentlich der Name Chamisso was?«

»Ja, natürlich«, sagte Schulze erstaunt. »Warum fragen Sie?«

»Nur so. – Wo waren wir stehengeb- ... ach so ja: *Licht und Schatten*. Dicht gefolgt von *Ich habe mein Hobby zum Beruf gemacht*. Das habe ich insgesamt sechsmal gezählt.«

»Sechsmal?«

»Ja. Und zwar ganz gleich, Herr Schulze, ob es um diesen Fleischermeister aus Schöneberg ging ...« – ihre Blicke trafen, nein: sie *schnitten* sich kurz – »oder um diese Hausfrau aus Schmargendorf, die, Anfang der Siebzigerjahre war das wohl, ihren Mann verlassen hatte ...«

»Nachdem dieser«, unterbrach Schulze ihn bitter lächelnd, er hob den Zeigefinger, »– ein Chefarzt übrigens! – sich mit seiner rechtschreibschwachen Sekretärin in eine Privatklinik nach Koblenz abgesetzt hatte.«

»Nach Koblenz?«

»Ja.« Schulze nickte. »Da hat sie dann eben in Schmargendorf angefangen zu töpfern, also sich selbst zu verwirklichen. Richtig mit Werkstatt und so.«

»Ach so.«

»Nach siebenundzwanzig Ehejahren! Das müssen Sie sich mal vorstellen.«

»Ja«, sagte Brose, er stellte es sich kurz vor, dann nahm

er das nächste Blatt auf. »Also, weiter im Text. Auf dem nächsten Platz: *Es war nicht nur mein Beruf, es war meine Berufung.* Gar nicht mehr mitgezählt habe ich übrigens bei *Geschichte und Geschichten*, da habe ich irgendwann aufgegeben. Und wenn schon geplaudert werden muss, Herr Schulze, dann muss es doch nicht immerzu *aus dem Nähkästchen* sein, oder? Die anderen Sachen, die mir aufgefallen sind, die habe ich hier notiert, das können Sie sich dann ja mal anschauen. *Im Frühling unserer Liebe hing der Himmel voller Geigen*, das kommt zwar nur zweimal, ist meines Erachtens aber auch zweimal zu viel.«

Schulze hatte sich inzwischen darauf verlegt, zu allem, was Brose ihm da sagte und vorrechnete, einvernehmlich zu nicken, was diesen zunehmend nervös machte.

»Und wo, Herr Schulze, steht eigentlich geschrieben, dass alle, die nach einem langen Berufsleben aufhören zu arbeiten, sich nicht ganz einfach in den verdienten Ruhestand begeben dürfen, nein, die müssen bei Ihnen ja unbedingt alle immer in den *Unruhestand* wechseln! Womit haben die das verdient, hm?«

»Gott, das sagt man eben so.«

»Man?«, fragte Brose. Vielleicht hatte er auch »Mann!!!« gestöhnt, das war schwer zu entscheiden, denn es war sehr leise gewesen, so als habe er es nur zu sich selbst gesagt. Nun schwieg er. Endlich die Gelegenheit für Schulze, zum Gegenschlag auszuholen.

»Verehrter Herr Kollege! Ich bin Ihnen ja wirklich – wirklich! – dankbar, wenn es um das eine oder andere Detail geht.«

»Bitte.«

»Aber nur mal, um Klarheit zu schaffen: Was wollen Sie, oder anders gefragt, was wollen wir eigentlich? Wir schreiben doch nicht einfach nur eins zu eins die Tonaufzeichnungen ab. Erstens wäre das langweilig, und, zweitens, die Sache muss ja irgendwie auch, ich sage mal: *rund und stimmig* werden. Nicht, dass ich da im großen Stil was dazuerfinden würde, nein, gar nicht, aber allein schon eine kleine Umstellung macht die Sache plötzlich spannend, ein Detail, wenn man es nur deutlich genug herausstellt, kann plötzlich die ganze Geschichte verändern, ihr einen bestimmten Dreh geben. Wenn ich damit anfangen würde, was üblicherweise am Anfang gesagt wird, Sie wissen schon, die Aufwärmphase: ›*Ja, was soll ich Ihnen denn nun groß sagen?*‹, da könnte ich ja gleich einpacken. Bisher hat sich jedenfalls noch nie jemand darüber beschwert.«

Außer Ihnen! – das schwang unüberhörbar in Schulzes leicht vibrierender Stimme mit.

»Im Gegenteil! Meine Klienten sind ganz froh, wenn jemand die Sache ein bisschen in die Hand nimmt und gestaltet. Das Resultat zählt, Herr Brose. Unsere Biografien sind ja auch nicht für die große Öffentlichkeit bestimmt, das bleibt alles, ich sage mal, in der Familie. Insofern, selbst wenn es da die eine oder andere Überschneidung geben sollte … B liest ja nicht, dass ich etwas Ähnliches schon für A geschrieben habe.«

Brose nickte. Gut, in diesem einen Punkt hatte Schulze sicher nicht unrecht: Unbearbeitet ließen sich die Tonaufzeichnungen kaum verwenden. Fragte sich bloß, wie weit so eine Bearbeitung gehen durfte. Er schlug einen der vor ihm liegenden Bände auf.

»Ein gewisser eigenschöpferischer Anteil, der muss schon gestattet sein«, ergänzte Schulze noch.

»Eigen« schon – Brose fragte sich nur, wo das »Schöpferische« war, wenn er zum Beispiel einen Satz las wie …

»Moment, Moment«, sagte er, er blätterte ein paar Seiten vor, dann hatte er die Stelle gefunden. »*Aufgewachsen als zweitältester Sohn eines Babelsbergers Maurergehilfen und einer Waschfrau, Letztere geboren 1889 im schlesischen Bunzlau, erlebte ich von frühesten Kindesbeinen an, was es heißt, nicht auf der strahlenden Sonnenseite des Lebens zu Hause zu sein, sondern eingedenk der Tatsache, dass meine Eltern keineswegs als wohlhabend zu bezeichnen waren, ein Umstand, welcher sich durch einen schweren, nicht selbstverschuldeten Arbeitsunfall meines Vaters, verursacht durch ein unsachgemäß aufgestelltes Baugerüst an der Friedrichskirche, sowie die große Weltwirtschaftskrise Ende der Zwanzigerjahre auch noch erheblich verschärfen sollte, sich das tägliche Brot mühsam Tag für Tag …*«

Brose brach hier ab. Genervt fuhr er sich mit der Hand durch die Grauzone seiner Stoppelhaare, die Finger der anderen trommelten nervös auf der Schreibtischplatte.

Schulze atmete schwer aus, sagte aber nichts. Und Brose dachte: Es gibt Sätze, die müsste man, rein vom Satzbau her, baupolizeilich sperren lassen, wegen akuter Einsturzgefahr.

Sein Blick war auf ein anderes Beispiel gefallen, das er

mit einem schwungvollen Bleistiftkringel markiert hatte. »*Es ist mir nicht an der Wiege gesungen worden ...*«, sagte er gedankenvoll.

»Was?« Interessiert blickte Schulze auf.

»Nicht was – wie viele Male das bei Ihnen vorkommt, *das* wäre in diesem Fall meine Frage. Steht das da vielleicht irgendwo auf dem Zettel, schauen Sie bitte mal?«

»Herr Brose, das ist ein völlig legitimer Ausdruck! Wir können gerne Frau Havelka nachher mal fragen.«

»Ja, klar, das sagt man schon mal so. Aber ich stelle mir das immer auch bildlich vor, wenn ich so etwas lese: Da stehen also Leute an einer Wiege, die es im zwanzigsten Jahrhundert, wohlgemerkt, übrigens kaum noch gab, und die singen da was.«

»Nein!!!«, rief Schulze erregt, mit der flachen Hand schlug er sich an die Stirn. »Da haben Sie wieder was völlig falsch verstanden.« Und nachdem er sich soweit beruhigt hatte, erwiderte er auftrumpfend: »Es wurde ja gerade nicht gesungen!«

»Nicht gesungen also«, wiederholte Brose resigniert, »na schön, dann eben nicht.«

Er wollte schon aufgeben, doch dann – und das kam auch für ihn unerwartet – lenkte er ein. Vielleicht, weil ihm gerade wieder eingefallen war, was er sich neulich in dem Demenzratgeber, den er von Frau Schwartze bekommen hatte, rot angestrichen hatte: Verzichten Sie auf Korrekturen von Fehlleistungen, wann immer das möglich ist, da diese die Patientin oder den Patienten beunruhigen und beschämen.

»Herr Schulze, ich will Sie ja wirklich nicht beunruhigen oder beschämen …«

»Das tun Sie auch gar nicht«, entgegnete Schulze trotzig.

»Na, dann ist ja gut. Ich hab da nämlich bei Ihnen auch eine sehr einprägsame Stelle gelesen, weiß gar nicht mehr, wo genau. Die Erinnerung, wie früh am Morgen, bevor der kleine Junge das Haus verlässt, um zur Schule zu gehen, die Mutter sich zu ihm hinunterbeugt und ihm mit ihrem spuckefeuchten Taschentuch den Mund abwischt.«

»Ja, ich erinnere mich. Bisschen unangenehm das Ganze, nicht wahr?«

»Wenn wir das *ein* Mal haben, ist es gut, aber man kann das doch nicht x-beliebig oft kopieren?!« Brose hob die Stimme: »Da denkt man doch, sämtliche Mütter der Welt seien nie mit etwas anderem beschäftigt gewesen, als ihre armen Kinder ständig mit einem spuckefeuchten Taschentuch zu verfolgen und denen pausenlos die Münder abzuwischen.«

Schulze zuckte die Schultern. Er verstand nicht, worauf Brose hinauswollte.

»Das ist ein Klischee, Herr Schulze.«

»Ich habe das selbst übrigens auch so erlebt.«

»Das«, entgegnete Brose, nun beinahe schon frostig, »beweist gar nichts, etwas selbst erlebt zu haben, ist überhaupt kein Argument.«

Schulze, den Kopf zur Seite gewendet, dachte einen Moment lang darüber nach, wieso das kein Argument sein sollte; dann schwang er sich zu einem denkwürdigen Satz auf, den Brose ihm so gar nicht zugetraut hätte, sinngemäß: Im Leben der meisten Menschen gebe es jede Menge Normen, Muster, Rollen und eben auch Klischees, deswegen seien Klischees bei der Beschreibung »im Dienste der Wahrheitsfindung« nun mal unvermeidlich.

Doch bevor Brose darauf eingehen konnte, brachte Schulze seine Erkenntnis schon gleich im nächsten Satz mit einer Bruchlandung wieder zu Boden: »Ich meine, das ist nun mal so bei Otto Normalverbraucher.«

»*Otto Normalverbraucher*, den haben wir nun auch noch glücklich mit an Bord ... da sind wir ja fast komplett.«

Schulze schob mit unbewegter Miene die Blätter ordentlich zusammen, um sie Brose zurückzugeben.

»Herr Schulze«, Brose bemühte sich um Geduld, »wenn wir immer gleich das Erstbeste nehmen, was uns einfällt, dann ist das – wenn ich nun auch mal eine sehr geläufige Wendung gebrauchen darf – weder das Erste noch das Beste. Ich sage das aus Erfahrung, ich war wirklich lange genug in der Branche.«

Schulze ließ die Blätter sinken: »Jaja, ich weiß schon, Sie waren ja ...«, er wartete kurz ab, um seinen Tiefschlag – gut platziert: unterhalb der Gürtellinie – landen zu können, seine Augen wurden zu zwei Strichen, »beim *Spandauer ... Boten*, nicht wahr?« Er hatte das in einem maliziösen Tonfall gesagt, so dass es sich anhörte, als sei Brose dort nicht Chefredakteur gewesen, sondern eine Art Zeitungsjunge oder eben Bote, Laufbote.

Brose ging nicht weiter darauf ein.

Nach einer Weile sagte er: »Oder anders, ich will es mal so sagen, Herr Schulze: Wenn wir bei unserer Arbeit keine Wortfindungsprobleme haben, dann haben wir unseren Beruf gründlich verfehlt. Das hat mir mal ein sehr kluger Mensch gesagt. Darüber denke ich oft nach.«

»Und das, Herr Brose, das sehe ich nun genau anders. Bei uns kommt es doch gerade darauf an, dass man immer, in jeder Situation, die richtigen Worte findet.«

»... sucht«, entgegnete Brose leise, kaum noch hörbar. »Finden, das ist sehr, sehr selten.« Er klang müde.

Schulze hatte indessen munter sein Schreibtischgeheimfach geöffnet, im nächsten Moment standen zwei Gläser auf dem Tisch. Brose hatte seine Hand flach auf das Glas legen wollen – zu spät.

»Was wollen wir denn?«, fragte Schulze versöhnlich, und er gab gleich selbst die Antwort: »Dass unsere Kunden am Ende zufrieden sind. – Also!« Er hob sein Glas.

»Das ist«, sagte Brose kopfschüttelnd, nachdem auch er einen tiefen Schluck genommen hatte, »Öl auf meine Mühle.«

»Nee-nee«, sagte Schulze, der nun anscheinend begriffen hatte, was Brose meinte, und entsprechend schlau grinste, »das ist: Wasser in mein Feuer. – Aber ein bisschen, ein bisschen Feuer der Begeisterung sollte man bei unserer Arbeit schon haben, oder?«

Brose nickte. »Ja, ich sehe Licht, Licht am Ende der Fahnenstange.«

»Störe ich?«, fragte Iris, streng über die beiden Schnapsgläser hinwegsehend, sie stand im Türrahmen. Brose schüttelte leicht den Kopf, Schulze aber war diskret hinter dem Schreibtisch abgetaucht, um die Flasche wieder im Depot verschwinden zu lassen.

»Einen Moment noch«, sagte Iris, »bin sofort da, gleich geht's los.«

Zu dritt saßen sie am ovalen Konferenztisch. In dessen Mitte stand eine Designervase aus matt milchigem Glas, sie war merkwürdig gebogen. Brose konnte sich nicht daran erinnern, dass sich jemals eine Blume in diese Vase verirrt hätte. Wie auch? Dafür hätte man ein äußerst seltenes Exemplar mit einem spiralförmig verdrehten Stiel auftreiben müssen.

Schulze und er nippten abwartend am heißen Kaffee, während Iris sich einen rosa Früchtetee aufgebrüht hatte. Für das heutige Meeting hatte sie eine kleine Überraschung vorbereitet und zu Beginn weiße Blätter ausgeteilt; es war wie in der Schule.

»Nein, wir legen die Papiere bitte quer hin«, sagte sie zu Brose und Schulze, die die DIN-A4-Blätter ganz normal hochformatig vor sich hingelegt hatten.

»Quer – aha, das wussten wir ja nicht.«

»Entschuldigung, das hatte ich vergessen zu sagen.«

»Und was wird das jetzt?«, fragte Schulze skeptisch.

»Bitte einfach mal darauf einlassen, ja, das ist ganz wichtig. Was es an Fragen gibt – nachher. Ich werde jetzt einen Begriff nennen, und Sie schreiben sofort auf, was Ihnen dazu einfällt.«

»Wie – *was uns dazu einfällt?*«, fragte Schulze sicherheitshalber noch einmal nach.

»Was Ihnen, Herr Schulze, wenn Sie diesen Begriff hören, als Erstes in den Kopf kommt. Klar?«

»Gerade eben«, brachte Schulze nun in schlecht gespielter Entrüstung vor, »vor etwa zehn Minuten, da waren Sie noch gar nicht da, Frau Havelka, da hat mich unser Kollege Brose hier sehr ausführlich darauf hingewiesen, beziehungsweise: er hat mich darüber *belehren* wollen, dass man das Erstbeste auf gar keinen Fall aufschreiben soll.«

»In diesem Fall jetzt aber doch. Das wird dann später so auch gar nicht verwendet, Sie müssen mir das dann auch gar nicht vorzeigen oder so. Es dient nur Ihrer ganz persönlichen Anregung, Ihrer Inspiration, sozusagen. Das werden Sie nachher sehen.«

Schulze überlegte kurz, dann fragte er mit einem unschuldigen Blick in die Runde: »Also, wenn mir jetzt – nur mal als Beispiel, ja, wenn mir jetzt also einfallen würde ›Es ist mir nicht in die Wiege gelegt worden‹ oder auch«, er hob die Stimme, »›Es ist mir nicht *an der Wiege gesungen worden*‹, könnte ich das dann so aufschreiben?«

»Ja klar, warum denn nicht. Bisschen lang zwar, es sollte eher kurz und prägnant sein – aber wenn Ihnen das dann spontan einfällt, bitte, schreiben Sie es auf.«

»Ja, das fällt mir so ein«, murmelte Schulze, er nahm seinen Bleistift auf und setzte sich zurecht.

»Ich habe einen Begriff ausgesucht, der in unserer biografischen Arbeit an einer ganz zentralen Stelle steht, vielleicht sogar einer der wichtigsten ist. Deswegen werden Sie diesen Begriff bitte, nachdem ich ihn genannt habe, in die Mitte Ihres Blattes, ins Zentrum, schreiben und einen Kreis darum ziehen.«

Schulze nickte. »Da bin ich jetzt aber gespannt!«

»Und dann, wie gesagt, umkreisen wir diesen Begriff assoziativ.« Iris strich sich durch die Haare, »Können wir jetzt anfangen?«

»Wir können«, sagte Schulze, und auch Brose nickte.

»Kindheit.« Laut und deutlich, wie bei einem Diktat in der vierten Klasse, hatte Iris das gesagt.

»Das führt jetzt aber zu weit, finde ich«, flüsterte Schulze beim Schreiben. Er starrte das Wort an, das er soeben aufgeschrieben hatte.

»Es geht übrigens viel besser mit halbgeschlossenen Augen.« Diesen Tipp von Iris befolgte er zwar und musterte, wie empfohlen, nun mit halbgeschlossenen Augen das Blatt – zu einem Ergebnis kam er trotzdem nicht. Auch Brose war noch nicht ganz klar, wie und womit es jetzt weitergehen sollte. Er schaute Iris an.

»Gut«, sagte Iris, »gut, kleine Hilfestellung. Wir können zusätzlich auch Unterbegriffe verwenden, damit es nicht ganz so komplex ist. Ich gebe also ein paar Stichworte zum Thema vor, und, wie gesagt, die erste Assoziation dazu: sofort aufs Papier.«

Sie ließ eine kleine Pause: »Sommer.«

Brose hatte, warum auch immer, sofort *Garten!* aufgeschrieben. Schulze überlegte lange, dann begann er zu schreiben.

»Nicht so viel«, bremste Iris ihn, denn er war jetzt mit großem Eifer dabei, ganze Sätze zu Papier zu bringen.

»Den Satz hier, den bitte noch zu Ende, dann bin ich fertig.«

»Glück«, das war die nächste Vorgabe.

... *und Glas*, schrieb Brose.

Schulze schnaufte aus, aber auch dazu fiel ihm etwas ein.

»Schule.«

»Oh nee, bitte weiter!«, jammerte Schulze theatralisch, wahrscheinlich, um die angespannte Stimmung etwas aufzulockern; hierzu fiel ihm aber partout nichts ein, er malte nur einen Kreis aufs Papier.

Liane stand auf Broses Blatt, er strich es aber wieder durch und schrieb *Papa!* hin.

»Durchstreichen geht aber nicht«, hörte er Iris leise sagen. Zum Diktieren war sie aufgestanden, auf und ab gegangen, nun schaute sie Brose aufmerksam über die Schulter. »Das ist dann schon zu reflektiert, schon nicht mehr spontan der erste Einfall.« Brose strich also *Papa!* durch und merkte sich Liane.

»Enttäuschungen«, das hatte Iris als nächstes Stichwort parat, als Erklärung lieferte sie noch nach: »Also, was oder, meinetwegen auch, wer hat Sie enttäuscht?«

Schulze sah kurz zu Brose hinüber, verzog leicht den Mund, dann schrieb er schnell etwas auf. Er legte die

Hand flach aufs Blatt, so als wollte er sichergehen, dass niemand bei ihm abschrieb.

»Nie wieder / immer wieder.«

»Hier passt ja kaum noch was drauf«, beschwerte sich Schulze.

»Weil Sie auch immer wieder viel zu viel schreiben! Am besten: *eine* Assoziation, *ein* Wort. Was fällt Ihnen zu ›nie wieder‹ ein, was zu ›immer wieder‹? Wir sind dann auch gleich fertig.« Iris hatte sich wieder hingesetzt. Nachdem sie auch noch die restlichen Unterbegriffe ihrer Liste abgearbeitet hatte, in der unter anderem auch das verschollen geglaubte Wort »Waldmeisterbrause« grün sprudelnd aufgetaucht war, lagen die fertigen Blätter auf dem Tisch.

Schulze meldete sich: »Müssen wir die jetzt abgeben?«

»Nein, hatte ich doch schon gesagt, das ist nur für Sie.«

»Ein Glück, mir ist nämlich zum Thema Schule vorhin überhaupt nichts eingefallen.«

»Doch! Ich habe gesehen, Sie haben einen Kreis gemalt.«

»Na, weil mir nichts eingefallen ist!«

»Ein Kreis sagt doch auch etwas. Er ist ein uraltes Symbol. Er kann für Unendlichkeit stehen, für einen ewigen Kreislauf, aber auch für Enge, für Eingesperrtsein. Das war Ihnen wahrscheinlich so gar nicht bewusst.«

Schulze betrachtete erstaunt sein Blatt. »Und wie geht es jetzt weiter?«, wollte er wissen.

»Was da vor Ihnen liegt, sind Schlüsselwörter Ihres Lebens. Und was Schlüssel sind, das muss ich, glaube ich, nicht näher erklären. Es ist eine sogenannte *Mind-Map*, eine Gedankenlandkarte, die hier ausgebreitet ist.«

Brose betrachtete nachdenklich das Papier, das quer vor ihm lag. Liane? Oder hieß sie nicht doch ... Luise? Aber egal, der Name war sowieso durchgestrichen. Er trank einen Schluck Kaffee. Schulze schob sein Blatt hin und her, er versuchte zu entziffern, was er da in aller Eile aufgeschrieben hatte. Schließlich gab er entnervt auf: »Das ist ja nur ein völliges Durcheinander hier, das ist ...«

»Richtig, Herr Schulze, ganz richtig, das ist ein *Cluster*«, erklärte Iris ihm geduldig. »Und um das Durcheinander, darum machen wir uns jetzt erst mal überhaupt gar keine Gedanken. Womit wir übrigens schon beim kritischen Punkt wären.«

»Nämlich?«, fragte Brose.

»Bei den Gedanken.«

Am vorigen Wochenende hatte Iris an einem Workshop in der Lüneburger Heide teilgenommen. Thema: *Kreativität und Cluster-Methode*. In letzter Zeit, so sagte sie, habe sie manchmal den Eindruck gehabt, dass *Lebens-Lauf* ein paar frische Impulse brauchen könne.

Und nun erklärte sie ihren beiden Mitarbeitern, was es mit dem Cluster auf sich habe. Sprachliches und bildhaftes Denken würden bei dieser Methode zusammengebracht. Während es in unserer linken Gehirnhälfte linear zugehe, analytisch zergliedernd, und Ursache-Wirkungs-Mechanismen griffen, sehe die rechte Hälfte Bilder, synthetisiere Zusammenhänge; sie zergliedere nicht, sondern verbinde. Erst wenn beide Hälften aktiviert würden und beide zu ihrem Recht kämen, entstünde ein vollständiges Bild, wo neben der Notwendigkeit, zum Beispiel, auch der Zufall seinen Platz habe. Anders als beim linearen Aufschreiben entstünden Assoziationsketten, wie unter Hypnose würden Gedächtnisinhalte aufgerufen, die lange Zeit im Verborgenen gelegen hätten.

Als einer der Seminarteilnehmer im Soltauer Workshop kurz vor der Kaffeepause »Tante Elvira!« gerufen und das dann sofort hastig aufgeschrieben hatte, hatte der Coach gesagt: »Bingo! Jetzt sind wir dort, wo wir sein wollen.«

Man könne, sagte Iris, das Ganze übrigens auch noch durch sogenanntes *automatisches Schreiben* ergänzen.

»Und wie soll das funktionieren?«, wollte Schulze wissen.

»Indem wir einfach, ohne Kontrolle durch das Bewusstsein, drauflosschreiben. Schreiben wie ein Automat. Eine Viertelstunde. Ohne auf Rechtschreibung oder Grammatik zu achten. Wir denken nicht an die Form, auch nicht an den Stil, wir ...«

»Nicht an den Stil? Na, das möchte ich ja mal sehen, was dabei herauskommt«, meinte Schulze.

Das, dachte Brose, haben wir ja vorhin gerade gesehen. Die Brauen hochgezogen, sah er zu Schulze hinüber.

»Ich weiß nicht, ob das jetzt schon so richtig rübergekommen ist«, sagte Iris, »aber dieser Workshop, der hat mir unheimlich was gebracht, gerade auch für unsere Arbeit. Darüber möchte ich jetzt mit euch reden.«

Sie rückte ihren Stuhl ein Stück vom Tisch ab und schlug die Beine übereinander.

»Kann ja sein, ich war in letzter Zeit etwas zu fixiert. Sehr gut möglich. Oder ungeduldig. Vielleicht auch ungehalten. Und dabei, ich kenne das doch selbst noch. Ich hab das ja jahrelang auch gemacht. So wie ihr. Man schaltet das Gerät an, die Leute fangen an zu erzählen, und irgendwann schaltet man selbst ab, innerlich. Aber das Zählwerk auf unserem Aufnahmegerät, das läuft unerbittlich immer weiter – diese schreckliche, schlimme Vorstellung, die einen zwischendurch aufschrecken lässt: *Du musst das alles dann ja noch abschreiben! Das liegt wie ein Berg vor dir, der immer höher anwächst.* Auch mit einer Schreibkraft, die das Ganze abtippt, ist das Problem ja nicht gelöst. Die hatten wir damals bei *Vita nova*, und es hat nichts, gar nichts gebracht.«

»Nichts anderes«, sagte Schulze, »sage ich die ganze Zeit – auch zum Kollegen Brose: Man muss schon eine Idee haben, von vornherein die Sache ein bisschen in die Hand nehmen und gestalten wollen.«

»Und was sagst du, Titus?«

»Ich habe den Eindruck«, so begann Brose, »dass viele den Fehler machen, rückblickend ihr Leben aus der Sicht eines Hauptdarstellers zu beschreiben, und dabei völlig ignorieren, dass sie oft nur Nebendarsteller oder Statisten in ihrem eigenen Leben waren. Ihr wisst, was ich meine: das Gelebtwerden. Dadurch wird es oft so langweilig beim Zuhören.«

»Ja, und – was sagt uns das jetzt bitte? Ich meine, was

hat das mit der Cluster-Methode zu tun? Verstehe ich nicht.«

»Ich finde das schon interessant, also das mit den beiden Hälften, Zufall und Notwendigkeit, dass die da beide zu ihrem Recht kommen sollen.«

»Ach so, ja, verstehe.« Iris nickte.

»Insofern«, sagte Brose, »ich könnte mir schon vorstellen, es mal mit so einem Cluster zu versuchen. Dadurch gibt es vielleicht weniger Druck, dauernd Erfolgsgeschichten und Heldenlegenden fabrizieren zu müssen. Stattdessen konzentriert man sich auf das Wesentliche, also auf die Einzelheiten. Im Grunde: Das Leben besteht doch sowieso nur aus Momenten, aus Augenblicken.«

Schulze sah ihn zweifelnd von der Seite an, doch Brose fuhr unbeirrt fort: »Ist euch schon mal aufgefallen, dass von den meisten Leuten, mit denen man es im Laufe des Lebens zu tun hat, in der Erinnerung nicht viel mehr übrig bleibt als ein Satz, vielleicht eine Geste, ein zufälliges, flüchtiges Bild oder, meinetwegen, auch eine komische Angewohnheit, eine Macke, die jemand hat. Mehr speichern wir doch im Allgemeinen nicht ab. Das spräche dafür, es mal mit diesem Cluster zu versuchen.«

»Also beim besten Willen, mir fehlt bei dem, was ich bis jetzt davon gehört habe, die Systematik«, meldete sich nun Schulze zu Wort. »Mal ganz ehrlich, ohne jede Struktur kann man keine Biografie schreiben. Wie soll das denn gehen?«

Iris sah ihn nachdenklich an. »Wissen Sie, Herr Schulze, ich erinnere mich, ich hatte bei *Vita nova* mal folgenden Fall: Ein Mann, der war aufgewachsen in einer Zirkusfamilie; er verbrachte seine Kindheit also im Zirkuswagen, so wie man sie manchmal am Stadtrand stehen sieht. Ganz romantisch stellt man sich das vor, nicht wahr? Im Alter von dreizehn Jahren fasste er, ohne dass seine Eltern etwas davon ahnten, den einsamen Entschluss, Angestellter im öffentlichen Dienst zu werden. Und diesen Lebenstraum, den hat er später dann auch verwirklicht. Das hat er durchgezogen. Wo, bitte schön, ist da die Folgerichtigkeit?«

»Er wird seine Gründe dafür gehabt haben, nehme ich mal an.«

»Sicher. Aber manchmal, da macht man ja auch etwas ganz ohne Grund.«

»Mh, kann ich jetzt schlecht beurteilen, ich war ja nicht dabei. Aber wenn ich dieses Wirrwarr hier sehe«, feindselig schaute er das Blatt an, das vor ihm lag und das wie ein Schnittmusterbogen aussah, »so ungefähr war das damals auch, als ich bei Schubiak im *Fährhaus* war.«

»Bei diesem Alzheimerpatienten, Schubiak ..., Konrad Schubiak, nicht wahr?«

»Genau.«

»Mh, verstehe. – Das alles hier ist ja kein Muss, Herr Schulze. Wir könnten damit einfach unser Spektrum erweitern, unsere Angebotspalette etwas bunter gestalten. Das Leben kann man ja auch in Form von einzelnen Episoden erzählen. So etwas könnte ja auch eine Ergebnisform sein, die wir anbieten, warum nicht? Oder, was weiß ich, eine Biografie als Sammlung von Anekdoten. Das stelle ich mir übrigens auch ganz reizvoll vor. Wenn ich eines bei *Vita nova* gelernt habe: Man muss, wie ich es immer und immer wieder sage, das Leben gegen den Lauf verteidigen.«

Deswegen, vermutete Brose, stand das *L* wahrscheinlich so trotzig als Großbuchstabe mitten im Firmennamen, es war als Bremse gedacht, zum Innehalten, damit das Leben nicht einfach so abschnurrte.

Diese kleine Spitze gegen ihre alte Firma, die große Berliner Agentur *Vita nova*, kannten Schulze und Brose schon. Iris hatte dort als Praktikantin angefangen, war dann freie und zum Schluss feste Mitarbeiterin gewesen, bevor sie sich vor ein paar Jahren mit *LebensLauf* selbstständig gemacht hatte.

»Frau Havelka, wenn ich an dieser Stelle mal was sagen darf ...«

»Ja, bitte, Herr Schulze.«

»Ach, ich ... ich sag jetzt gar nichts mehr.« Schulze sah aus dem Fenster. »Und selbst das ist noch zu viel.« Er schob die *Mind-Map* zur Seite, schlug seine Unterlagenmappe auf und begann, intensiv darin zu blättern, er schien etwas zu suchen. Fragend schaute Iris zu Brose. Der zuckte die Schultern.

»Gut«, sagte Iris, »dann schließen wir jetzt mal das Kapitel Cluster für heute, das war ja auch nur als Vorschlag gedacht, das ist, wie gesagt, kein Muss; wir machen weiter.«

Während sie ihre Mitarbeiter über den Stand der Auftragsakquise im laufenden Monat informierte, die auch diesmal, wie schon im Vormonat, stagnierte (im Klartext hieß das: nichts), beugte sich Brose zur Seite, halblaut sagte er zu Schulze: »Entschuldigen Sie bitte, ich war vorhin vielleicht etwas zu forsch ...«

»Nein, nein, war schon in Ordnung so. Ich hab schon verstanden, alles in Ordnung.«

»Schön«, sagte Iris, »dann ist ja jetzt alles klar.«

Sie schob ihre Papiere zusammen. Lediglich eine einzige Nachbestellung – und zwar sechzig Exemplare eines Bandes aus dem vorletzten Jahr – war eingegangen; zu einem Jahrgangstreffen in seiner alten Schule wollte die ein Herr Finkenzeller aus Frohnau mitnehmen.

»Ja, erinnere ich mich«, sagte Schulze, »das war so ein kleiner, schmächtiger Grauhaariger.« Und mit Seitenblick zu Brose fügte er hinzu, ein leiser Triumph in seiner Stimme war dabei nicht zu überhören: »Zweite Auflage! Passiert ja auch nicht ganz so oft bei uns.«

»Mit anderen Worten«, so schloss Iris ihre Ausführungen, »wir sollten uns langsam mal was einfallen lassen.«

Nun erfolgte, wie immer am Ende des Meetings, die aktuelle Projektabfrage. Schulze, sichtlich erleichtert, dass es jetzt wieder richtig an die Arbeit ging, zog ein Blatt hervor, auf dem er Stichpunkte notiert hatte, und begann ...

Finkenzeller? Aber ja, natürlich: Das war doch einer von den Bänden, in denen Schulze extrem viele seiner Stilblüten und Klischees untergebracht hatte, fast auf jeder Seite. Brose schrieb den Namen, versehen mit einem Fragezeichen, auf einen Notizzettel.

Schulze berichtete, dass er mit seiner Reinickendorfer Firmengeschichte zügig vorangekommen sei. Inzwischen habe er auch schon damit begonnen, ein Personenverzeichnis anzulegen. Klärungsbedarf gebe es jedoch beim Sachwortregister, sprich: Noch war nicht hundertprozentig klar, welche Begriffe aus dem Bereich Tütensuppe / Brühwürfel solch einen Status hatten, dass sie in einem Register unbedingt aufgeführt werden mussten. Wahlweise griff er den Buchstaben »G« heraus: Glutamat – ja, sicher; Gluten – auch; Geschmack – vielleicht; Glücksgefühle – – – eher nicht. Um das endgültig entscheiden zu können, brauchte es noch einige Vor-Ort-Gespräche, Expertenkonsultationen und so weiter.

»Das heißt«, fasste Iris zusammen, »es wird noch etwas dauern?«

»Ja.«

Iris nickte. Normalerweise hätte sie an dieser Stelle sicher Druck gemacht, aber da ohnehin kein Anschlussauftrag für Schulze in Sicht war, wandte sie sich nun Brose zu.

Der berichtete kurz über den Stand der Dinge beim Pätzold-Projekt. Als er seinen Trick mit dem getarnten Aufnahmegerät erwähnte, machte sich Iris eine Notiz dazu. Er erzählte auch von Frau Förster, mit deren Kindern es bereits einen Vertrag gab. Sie selbst aber sei längst noch nicht so weit, das brauche noch Zeit, da müsse er sich noch was überlegen.

»Gut«, sagte Iris, »gut, dranbleiben, ohne sie zu drängen, das ist klar.« Sie machte ein Häkchen.

»Und was ist mit Frau ...«, sie blätterte sich in ihren Unterlagen nach hinten, »mit der Frau Poggenpuhl?«

»Eher nicht, beziehungsweise: Das sehe ich im Moment überhaupt nicht.«

»Wirklich nicht?« Iris biss sich auf die Unterlippe. »Oh, die hatte ich aber ziemlich fest eingeplant.«

Brose schüttelte den Kopf. »Das geht so durcheinander bei der, das ist nicht zu verantworten. – Soll ich noch mal mit Frau Schwartze sprechen?«

»Nein, Jessica rufe ich selbst an. Das ist ja nett, dass sie uns immer wieder Vorschläge macht. Aber ... aber irgendwo muss das auch realistisch sein. Sie muss doch endlich mal kapieren, dass wir keine Gesprächstherapeuten sind und dass wir mit unseren Biografien auch nicht dafür da sind, für nette Unterhaltung oder so zu sorgen. Wir müssen damit schließlich unser Geld verdienen.«

Als das Meeting beendet war und Schulze die Kaffeetassen und das Teegeschirr nach hinten in die Küche brachte, fragte Iris leise beim Zusammenpacken ihrer Papiere: »Sag mal, was war das denn vorhin mit Schulze?«

»Ach, nichts weiter, wir hatten nur unterschiedliche ... nur eine kleine Meinungsverschiedenheit.«

»Aber du weißt schon, die Kunden mögen ihn.«

»Ja, klar«, sagte Brose. »Und du weißt: Ich bin zum Glück nicht sein Kunde.«

Iris verstaute nun ihre Blätter in der Mappe vom Wochenendseminar. Auf der war ein in zwei Hälften, rot und blau, geteiltes Gehirn abgebildet: Im roten Feld blühten Mohnblumen, im blauen standen Zahlen und Formeln.

»... Wiedersehen«, rief Schulze aus der Küche, dann schlug hinten die Tür.

»Übrigens, gut, sehr gut, dass du die Lommatschs letzte Woche noch fertiggemacht hast, Titus. Das verschafft uns jetzt erst mal etwas Luft.«

»Hast du's schon gelesen?«

»Ja, aber nur quer. Bei dir muss ich ja zum Glück nicht auf Kommata und Rechtschreibung achten.«

»Ah ja, gut, sehr gut, dass du das ansprichst.«

Brose war aufgestanden und zum Regal gegangen. Vorhin, bevor das Meeting begonnen hatte, hatte Schulze die *LebensLauf*-Bände, die Brose ihm zurückgegeben hatte, einfach so wieder hineingeschoben, ohne die Anmerkungszettel zu entfernen. Den Kopf schief gelegt, schritt Brose ein paar Regalmeter ab, dann zog er einen hellgrünen Band heraus: Finkenzellers *Gegen den Strich gebürstet: Erinnerungen eines Unruheständlers – Geschichte und Geschichten* lagen nun auf dem Konferenztisch. Verwundert betrachtete Iris die vielen farbigen Post-it-Zettel.

»Hast du das damals wirklich gelesen?«, fragte Brose.

»Warte mal ... vor zwei Jahren, also da warst du ja noch gar nicht da. Ich war mit Schulze allein. Und wir haben es da immer gerade so, von Termin zu Termin, geschafft, ohne unsere Sachen groß gegenlesen zu können. Wir waren ja noch ganz am Anfang.« Sie überflog die von Brose angemerkten Stellen. Manchmal verzog sie leicht den

Mund. »Aber das hier«, sagte sie auf einmal, »das verstehe ich jetzt nicht.« Sie tippte auf einen markierten Absatz.

Brose nahm den Band entgegen, kniff die Augen zusammen und las laut vor: »*Als ich ihm das ganze Ausmaß der himmelschreienden Missstände in der Versandabteilung unserer Firma durch das Fehlverhalten einzelner Mitarbeiter geschildert hatte und ihn aufforderte, hier endlich einmal energisch einzuschreiten, nickte mein damaliger Chef entschieden mit dem Kopf.*«

»Ja und?«

»Iris! Mit welchem Körperteil, bitte schön, sollte der damalige Chef denn sonst genickt haben? Mit dem Hintern vielleicht? Der Kopf muss weg, natürlich.«

Jetzt nickte auch Iris, sicher nicht ganz so entschieden wie Finkenzellers damaliger Chef, aber doch erstaunt.

»Sag mal, Titus, kann es vielleicht sein, dass du manchmal überpingelig bist?«

Er zuckte die Schultern.

»Du und Schulze, ihr seid euch da übrigens ziemlich ähnlich.«

»Was!!!«

»Ja, beide wollt ihr immer alles kontrollieren. Weißt du eigentlich, wie oft du mich schon mit der Mappenfarbe genervt hast?«

Brose sagte nichts dazu. Grimmig betrachtete er die aufgeschlagene Seite: »*... mit dem Kopf nicken*, damit fängt es an, und als Nächstes sind wir bei *tote Leichen*.

Und von da bis zu *lebendige Leichen* ist es ja nur noch ein kleiner Schritt.«

»… Titus?«

»Ach, das ist jetzt eine andere Geschichte.« Mit einem unwirschen Kopfschütteln schüttelte er den Gedanken an Kay-Uwe ab. »Aber egal. Allein die Vorstellung, dass so was dann ausgerechnet in einer Schule verteilt werden soll – nein, das geht nicht, wirklich nicht.«

»Titus, das sind rein persönliche Erinnerungsbände, die sind ausschließlich für den Privatgebrauch gedacht. Dein Einsatz in allen Ehren, aber …«

»Aber was?«

»Ach nichts, ist schon gut. Im Moment hab ich ganz andere Sorgen. Könntest du da eventuell einfach noch mal mit Rotstift drübergehen?«

»Etwas anderes wird uns gar nicht übrig bleiben. Wenigstens ein paar von den allerkrassesten Stilblüten sollte man schon noch abzupfen«, sagte Brose.

»Schaffst du es bis Mitte des Monats?«

»Muss ich wohl. Danach bin ich ja im Urlaub.«

»Stimmt.«

»Ostsee, drei Wochen.«

»Gut, dann schick ich dir das, ich müsste das ja alles noch irgendwo als Kopie auf dem Zentralrechner haben. Und dem Finkenzeller, dem sage ich, dass wir ihm eine verbesserte, gründlich durchgesehene Neuausgabe liefern. Aber bitte, pass auf, dass Schulze nichts davon mitbekommt.«

»Okay, absolute Diskretion zugesichert.«

Iris machte ein grünes Häkchen in ihre Agenda.

»Jedenfalls, um noch mal zu den Lommatschs zurückzukommen. Gestern hat die Druckerei alles abgeholt, das wird pünktlich fertig. Ich hab noch mal durchgerechnet: Bei fünfzig Exemplaren, da kriegen die Lommatschs zwar einen Mengenrabatt, aber der Mann, also der Herr Lommatsch, der hat noch mal angerufen, die wollen jetzt doch die Edelausstattung, mit Lesebändchen, den Rabatt kriegen wir also durch den Herstellungspreis plus Luxuseditionszuschlag locker wieder rein, da landen wir deutlich im Plus. Wenigstens hier. Gut, dass du das zum Termin hingekriegt hast.«

»Trotzdem, das war eine endlose Quälerei diesmal.«

»Wieso?«

»Es war so langwierig, nein, so unendlich ... langweilig.«

»Kann ich mir vorstellen. Aber, du, das ist ja kein Zeitungsartikel. Wir sind doch nicht für die Spannung zuständig.«

»Nein, es hätte ja durchaus auch interessant sein können, aber ... Wie soll ich dir das erklären. Durch das viele Erzählen wird alles so glatt, so abgeschliffen. Man merkt das ganz deutlich beim Abschreiben, dass diese Sachen schon hundertmal erzählt worden sind. Und wenn jemand nur oft genug wiederholt: Die Erde ist eine Scheibe – irgendwann glaubst du es.«

»Na und? Was ist denn daran so langweilig, das wäre doch zur Abwechslung wirklich mal ganz interessant – die Erde eine Scheibe.«

»Du weißt schon, was ich meine.«

»Also wenn ich etwas weiß, Titus: Genau das ist das Betriebsgeheimnis wirklich jeder Autobiografie: Dreimal glaubhaft etwas versichert – und schon rückt es in den Rang einer unbestreitbaren Wahrheit auf. Was meinst du: Hätte dir da das Cluster was gebracht?«

»Nein, glaube ich nicht. Und was du vorhin gesagt hast: Anekdotensammlung, da würde ich übrigens sehr, sehr vorsichtig sein, das stelle ich mir absolut tödlich vor. Bei diesen Lommatschs, zum Beispiel, hatte ich den Eindruck, ist jedes Erlebnis, das vielleicht irgendwann einmal echt war, zur Anekdote verkommen. Man kann sich das wirklich nicht lange anhören. Ich habe das gemerkt, als ... ach.«

»Ja? Erzähl es mir.« Sie sah kurz auf die Armbanduhr, dann schob sie den Ärmel des grauen Kostüms über ihr schmales Handgelenk. »Ich habe Zeit.«

»Also einmal, und das kam da wirklich nicht oft vor, hat Frau Lommatsch ihren Mann unterbrochen. Ihr war da etwas eingefallen, eine Kleinigkeit, die ihr aber sehr wichtig war. Er hatte gerade einen Satz angefangen. Gut, ließ er sie also reden. Dann fing er wieder an, mit genau denselben Worten, verstehst du? Ihr fiel dann aber trotzdem noch etwas ein, das sie unbedingt an dieser Stelle beisteuern wollte. So ging das eine Zeit lang hin und her. Und am Ende? Da begann er wieder mit seinem Satz, den er lange vorher schon hatte beenden wollen, wieder mit exakt denselben Worten, in exakt derselben Reihenfolge – als hätte es diese Unterbrechung nie gegeben. Als wäre seine Frau Luft. Als ... als gäbe es sie gar nicht. Verstehst du, was ich meine?«

»Schon, ja.«

»Das Beste bei dieser Aufnahme waren die Pausen. Oder wenn jemand von den beiden gehustet hat. Das Anlaufnehmen – da war noch alles möglich. Aber dann ... Indem immer nur bestimmte Sachen zur Sprache kommen, wird das, was auch eine Rolle spielt, mitunter sogar die ganz entscheidende Rolle, das Unausgesprochene, systematisch ausgeblendet.«

»Sag mal, Titus, wird das jetzt hier ein Philosophieseminar?«

»Nein, ich überlege nur. Ich habe ihren Lebenslauf abgetippt, na schön, aber von ihrem Leben drüben, also wie das wirklich gelaufen ist, auch zwischen den beiden, davon habe ich überhaupt nichts begriffen. Vielleicht liegt es ja an mir. Darüber denke ich im Moment nach.«

»Gut, dann solltest du aber auch mal darüber nachdenken, was du als Nächstes anfängst. Hast du eine Idee? Wenn Frau Poggenpuhl wirklich flachfällt, und Frau Förster immer noch in der Schwebe ist, dann weiß ich auch nicht so richtig. Na ja, jetzt machst du erst mal den Finkenzeller fertig. Draußen hast du ja noch den Pätzold. Aber sobald du den beendet hast, sind wir im *Alten Fährhaus*, glaube ich, soweit durch. Oder fällt dir da noch jemand ein?«

Er schüttelte den Kopf.

Sie nickte: »Dann hängt im Moment jetzt alles an Schulze.«

»Wenn das so ist, Iris, also dann denke ich wirklich noch mal in aller Ruhe und sehr ernsthaft nach ... beziehungsweise, so ist es ja nicht, ich hätte da schon noch jemanden. Der hat eine tolle, eine ganz beeindruckende Biografie.«

»Und? Wo ist das Problem?«

»Das Problem ist: Der Mann ist tot. Leider, leider.«

Verblüfft sah Iris ihn an.

»Und zwar seit ... lass mich rechnen ... ja, inzwischen seit hundertneunundsiebzig Jahren.«

Montag, 26. Juni

Claudia stand im Flur vor dem Spiegel.

Die Augenbrauen hochgezogen, den Mund halb geöffnet, so als würde sie schon vorab über das Ergebnis staunen, unterhielt sie sich während des Schminkvorgangs in einer Art Gebärdensprache, die im Zeitlupentempo stattfand, mit ihrem Gegenüber im Spiegel. Ihr Visavis hinter Glas tat es ihr gleich, es machte sich nun ebenfalls schick. Claudia drückte den Stift fest gegen die Lippen, verzog den Mund in alle möglichen Richtungen, der erst dann wieder einigermaßen entspannt wirkte, als er am Ende der Prozedur an seinen angestammten Platz zurückgekehrt war. Schließlich spitzte sie ihn, so als würde sie ihr Spiegelbild küssen wollen; das aufmunternde Klatschen einiger sanft verabreichter Ohrfeigen, links/rechts, links/rechts, brachte wenig später zartes

Rouge auf ihre Wangen, es signalisierte den Abschluss und den unmittelbar bevorstehenden Aufbruch in die Schule.

Nach dem, zumindest teilweise, kontrovers verlaufenen Meeting, Mittwoch letzte Woche, machte Brose sich an diesem Montagmorgen – kaum, dass Claudia die Wohnung verlassen hatte – sofort an die Arbeit, das heißt: Er legte sich, das war Punkt eins auf der heutigen To-do-Liste, im Wohnzimmer auf die Couch.

Er schloss die Augen, ganz fest. Wichtig war auch, dass er bequem lag und nichts ihn beengte. Er lockerte den Gürtel, öffnete den obersten Hemdknopf.

Die Cluster-Methode, die Iris ihnen nahezubringen versucht hatte, wies ja, soweit er das begriffen hatte, durchaus auch Elemente der Psychoanalyse auf. Brose begann also damit, sich in aller Ruhe selbst zu analysieren. Das hatte er schon lange mal tun wollen.

Erst war es für längere Zeit dunkel, ziemlich undurchsichtig das Ganze. Dann, nach und nach, tauchten einzelne Bilder auf, und zwar aus seiner frühen Kindheit – das war, psychoanalytisch betrachtet, wahrscheinlich ganz in Ordnung so. Die Bilder waren leicht verwackelt. Ungelenk begannen sie zu laufen, da merkte er, dass es die Super-8-Filme waren, die sein Vater, der Studienrat, zu Zwecken der lückenlosen Dokumentation – erste Schritte, erste Sprachversuche, erster (und einziger!) Wellensittich – regelmäßig gedreht hatte.

Er sah sich durch einen Garten staksen, auf einmal torkeln und – unaufhaltsam – nach vier oder fünf Schritten hinfallen, im struppigen schwarzen Gras liegen, sich aber sofort wieder aufrappeln.

Einmal, da ist er schon älter, hat er ein übergroßes Heftpflaster an der Stirn, das ihn verunstaltet und das er abreißen will, was ihm von seiner Mutter und einer Frau, die er nicht kennt, verwehrt wird.

Die sonntägliche Kaffeetafel, von der Stirnseite aus gefilmt. Mutter schenkt reihum Kaffee ein, sie sieht aus wie ein Dienstmädchen. Fehlt nur noch die Rüschenschürze. In der Nahaufnahme erkennt man den Tropfenauffänger an der Tülle der Kanne. Es ist ein kleiner Schwamm, und obwohl die Bilder schwarz-weiß sind, weiß Brose wieder, sieht er es vor sich, dass er von einem verwaschenen Rot ist.

Alle bestaunen eine riesige Torte, die in der Mitte des Tisches steht. Mutter schwenkt ein großes Messer, sie ziert sich, das Tortenkunstwerk anzuschneiden. Nun soll Titus ein Gedicht aufsagen, er kommt aber nicht weit, bleibt immer wieder stecken. Ihm wird ein freundlicher Klaps auf den Hinterkopf verpasst, dann darf er sich setzen. Titus (jetzt ganz nah), wie er inbrünstig Torte isst. Ein weißer Bart aus Schlagsahne klebt in seinem kleinen Gesicht.

Schon bald war Brose auf der Couch eingeschlafen, war in den üppigen Fantasieblumen des weichen Polsters versunken und in einer flimmernden, völlig unausdeutbaren Traumwelt angekommen, wo er auf einmal, er wusste auch nicht, wie (souffliert wahrscheinlich von dunklen

Mächten), fehlerfrei das Gedicht aufsagen konnte. Schlagsahne quoll märchenhaft über den Tellerrand auf die Tischdecke …

Schrill weckte die Fanfare des Mobiltelefons ihn aus seinem in den letzten Augenblicken zuckersüßen Alptraum.

Kurz nach halb zehn, es war Claudia, die ihn daran erinnerte, dass er ihr versprochen hatte, ihr dunkelblaues Kostüm aus der Reinigung abzuholen; sie habe Elternabend und würde es nicht schaffen. Morgen aber brauche sie es unbedingt, der Bezirksstadtrat Bildung käme zu Hospitationen in ihre Schule, wahrscheinlich auch in ihre Klasse. Ob bei ihm alles in Ordnung sei, fragte sie noch.

»Ja, wieso?«

»Du hörst dich so … so weggetreten an.«

»Ach, du weißt ja: viel Arbeit, wie immer. Ich weiß gar nicht, wo ich anfangen soll.«

»Mh-mh. Und – woran arbeitest du gerade?«

Er überlegte kurz – *An mir*? Oder: *Seelenarbeit*? »Ist nicht so einfach zu erklären, Claudia.«

»Na dann, trotzdem: viel Erfolg dabei. Aber vergiss bitte das Kostüm nicht, ja.«

»Ja, nein, vergess ich nicht. Klar.«

»Danke.«

Das mit der Reinigung hatte noch Zeit. Also setzte er sich jetzt tatsächlich an die Arbeit, beziehungsweise: Er versuchte es. Seit er endlich in einem letzten Kraftakt die Lommatsch-Geschichte abgeschlossen hatte, fühlte er sich leer, antriebslos. Doch die Bücher, die er letzte Woche bestellt hatte und für die er nun endlich Zeit hätte, waren immer noch nicht angekommen. Ziellos klickte er sich durch verschiedene Ordner und Dateien, die verstreut auf seinem Desktop herumlagen, und schloss sie der Reihe nach wieder.

Sollte er vielleicht doch schon mit der Verschriftung Pätzold anfangen? Nein, dafür war es im Moment noch zu früh; erfahrungsgemäß musste er erst alle Gesprächsaufnahmen im Kasten haben, da fehlten aber sicher noch zwei oder vielleicht sogar drei Sitzungen. Manchmal ergab sich ganz am Ende der Gespräche etwas, das sich gut an den Anfang stellen ließ oder das Teile des bisher Erzählten überflüssig machte, weil eine Episode noch einmal, aber diesmal viel besser, prägnanter geschildert wurde. Mitschnitte, die man dann doch nicht verwendete, abzuschreiben, das war sinnlose Mehrarbeit, man sollte es sich sparen.

Letzte Woche, nach dem Meeting, als Schulze bereits gegangen war, hatten Brose und Iris sich noch kurz unterhalten. Natürlich, sie hatte vor allem wissen wollen, wessen Biografie Titus da gemeint hatte … schon hundertneunundsiebzig Jahre tot, wer sollte das denn bitte schön sein? Jemand aus dem *Alten Fährhaus* ja mit Sicherheit nicht, oder spuke es dort? Und als Brose es ihr gesagt hatte, hatte sie den Namen müde lächelnd wiederholt: »*Chamisso, Adelbert von* … Tja, klar, von dem habe ich natürlich auch schon mal was gehört. Aber in diesem Fall wird es wohl, schätze ich, etwas schwierig werden mit einem Vertrag, oder?«

»Stimmt, sehe ich auch so.«

Sie hatte schon angefangen, ihre Sachen zusammenzupacken, und dabei, die Augenbrauen hochgezogen, unwillig den Kopf darüber geschüttelt, was für abstruse Vorschläge da neuerdings von Titus kamen, da begann er, ihr von Dr. Einhorn zu erzählen. Angehörige habe der keine, von daher käme ein üblicher *LebensLauf*-Band für Einhorn gar nicht in Betracht, ganz abgesehen davon, dass er Brose auch deutlich genug zu verstehen gegeben habe, keinerlei Interesse an so etwas zu haben. Allerdings, wie gesagt – diese Chamisso-Sache: Hier schien noch etwas offen zu sein, schien es etwas zu geben, das Dr. Einhorn unbedingt zu Ende bringen oder zu Ende gebracht haben wolle. Dazu brauche er Hilfe, allein schaffe er das nicht mehr. Er erzählte ihr von seinem ersten längeren Treffen mit Einhorn, nachdem der ihn gebeten hatte, ihm beim Sortieren des Materials zu helfen, wozu es dann allerdings gar nicht gekommen war, weil Einhorn immer wieder behauptet hatte, so einfach sei das in diesem Falle nicht. So hatten sie alles wieder einräumen und die ganze Sache vertagen müssen.

Iris, an der Stirnseite des Konferenztischs, hatte zugehört, ohne etwas zu sagen. Dann war sie aufgestanden, war zum Fenster gegangen und hatte sich, beide Hände aufgestützt, mit ihrem kleinen Hintern an das Fensterbrett gelehnt. Das machte sie immer so, wenn sie im Begriff war, weitreichende Entscheidungen zu treffen.

»Also gut«, hatte sie gesagt, »an der Förster, da bleibst du einfach weiter dran, ohne zu drängen, zum Glück gibt es da keinen Terminzwang, ich habe neulich noch mal mit ihrer Tochter telefoniert. Was jetzt Punkt zwei, das Poggenpuhl-Projekt, betrifft: Das verfolgen wir definitiv nicht weiter, ist gestrichen. Das wäre ja …«

Brose hatte genickt: – völlig gewissenlos, ja.

Iris hatte eine kleine Pause gelassen, nun war sie zum nächsten, zum entscheidenden Punkt gekommen, der Nummer drei.

Nur mal als Vorschlag, als Frage: Ob Titus nicht einmal versuchen sollte, einen Weg zu Dr. Einhorn zu finden? Ein Anfang, soweit sie das verstanden hatte, sei da ja bereits gemacht: mit den Fotos. Und eigentlich sei das doch ein ganz gutes Anschlussprojekt draußen. Wenn dem Einhorn diese Chamisso-Sache wirklich derart am Herzen läge, dann könne das Resultat ja – warum denn nicht? – statt eines normalen *LebensLauf*-Bandes in diesem Falle auch ein Bändchen über Chamisso sein. Natürlich mit Vertrag und allem Drum und Dran. Schulzes aktuelles Projekt zeige doch, dass man die Arbeit bei *LebensLauf* viel breiter aufstellen könne oder vielleicht sogar müsse, als das bisher üblich gewesen sei.

Das hieß, Brose würde sich jetzt intensiv um Chamissos Werk und Leben kümmern, sich in beides vertiefen müssen, damit er in dieser Angelegenheit ein ernstzunehmender Gesprächspartner sei und tatsächlich eine Hilfe für Einhorn sein könne. Das sei der erste Schritt.

Sofort war Brose damit einverstanden gewesen. Das

war etwas, das Abwechslung versprach und wo er endlich einmal die Routinen der täglichen *LebensLauf*-Arbeit hinter sich lassen konnte. Und sicher war das auch weitaus interessanter als das, was Schulze gerade machte: das betrübliche Schicksal eines in Auflösung begriffenen Reinickendorfer Tütensuppenimperiums zu dokumentieren.

Die Chamisso-Ausgabe allerdings – und das war im Moment der kritische Punkt, weswegen er nicht weiterkam –, die Einhorn ihm bei ihrer ersten Unterhaltung beiläufig empfohlen hatte und die Brose nach seinem Gespräch mit Iris dann auch sofort bestellt hatte, und zwar bei einem Internetantiquariatshändler, der mit extra schneller Lieferung warb, war immer noch nicht angekommen.

Gut, damit könnte man ja mal anfangen und dort nachfragen. Brose ging, nein: er schritt zum Telefon, und das sah jetzt schon richtig nach Arbeit aus: wie er so im Stehen die Nummer der Hotline eintippte und ungeduldig, mit den Fußsohlen auf und ab wippend, den Hörer in der Hand hielt.

Er war in eine Warteschleife geraten.

Er nickte, stellte das Telefon auf laut, trat ans Fenster und schaute hinaus, ohne etwas Besonderes zu sehen. Um diese Zeit gab es kaum Verkehr in der kleinen Nebenstraße, auch keine Passanten. Die am Straßenrand geparkten Autos hatten alle ordentlich zur Fahrbahn hin ihre Außenrückspiegel eingeklappt; alle, bis auf einen:

Broses Toyota. Brose empfand es als demütigend für sein Auto, wenn es die Ohren so brav anlegen musste. Eine schwarze Katze lag auf dem Dach eines schmutzig grauen Mercedes-Kombi und sonnte sich – sie war das einzige Lebewesen und, überhaupt, der einzige Lichtblick im dösigen Standbild der Straße.

Mit der Fingerspitze berührte Brose die Narbe an seiner Stirn. Die Platzwunde war damals ungeschickt vernäht worden. Dem Heftpflaster nach zu urteilen, das er vorhin bei seiner Introspektion auf der Wohnzimmercouch gesehen hatte, musste sie ziemlich groß gewesen sein.

Bei ihnen im Spandauer Zweifamilienhaus hatte parterre Tante Leonie gewohnt. Für ihn war sie »Tante Leo«. Sie war kinderlos, eine unverheiratete Klavierlehrerin.

Im Garten hinter dem Haus hatte sie an einem Spätsommernachmitttag Kirschen gepflückt und mit ihrer hohen Singsangstimme durchs Treppenhaus nach ihm gerufen. Er war damals dreieinhalb. Tante Leo stand unten an der Treppe, sie hielt eine Kristallglasschüssel in die Höhe, hielt sie ihm entgegen. Die Standuhr in Tante Leos Wohnung schlug dumpf und behäbig, so als würde sie sich jeden einzelnen Schlag vorher genau überlegen, ein-, zwei-, drei-, schließlich viermal. Langsam verhallte ihr Klang in der Tiefe von Tante Leos dunklem Plüsch- und Mahagoniwohnzimmer, in dem als Haupteinrichtungsgegenstand der große, schwarzglänzende Flügel einer weltbekannten Firma stand.

Titus machte ein Schrittchen nach vorn, noch eines: Den blutroten Kirschen stürzte er geradezu entgegen – geradezu und geradewegs, polternd, die harten Stufen hinab.

Reglos lag er am Fuß der Treppe.

Bis auf den kratzigen Kokosläufer im Rücken spürte er nichts, er hörte nur Geschrei, das war unangenehm.

Angenehm und beruhigend war jedoch, dass etwas Warmes über sein Gesicht lief. Einmal schlug er kurz die Augen auf und sah in entsetzte Gesichter.

»Danke schön«, sagte er.

Das waren seine vorläufig letzten Worte gewesen, bevor ihm die Augen wieder zugefallen und es für lange Zeit dunkel um ihn geworden war.

Diese verirrte Höflichkeitsfloskel war jedoch nicht einer momentanen Geistesverwirrung zuzuschreiben, nein: Da Tante Leo ihm oft Bonbons oder Konfekt zusteckte, war er von seinen Eltern angehalten worden, sich immer schön bei ihr zu bedanken. Insofern funktionierten seine Reflexe also noch, sogar in Notsituationen. Später im Krankenhaus stellte sich heraus, dass er infolge des Treppensturzes eine Gehirnerschütterung hatte, aber nur eine leichte.

Als er siebzehn war, ging er eine Zeitlang mit einer rothaarigen Liane aus der Parallelklasse, genauer gesagt: Sie ging mit ihm. So oder so, sie waren damals jedenfalls zusammen. Liane war fast einen Kopf größer als er, und sie schielte, das war prickelnd. In den feuchten Finsternissen seiner engen Jeans spürte er jedes Mal elektrisch knisternd ein Kribbeln, wenn sie ihn so undurchschaubar verquer von oben herab anschaute und sich die Strahlen ihrer blaugrün funkelnden Blicke direkt vor seinem staunenden Gesicht schnitten.

Eines Abends, nach dem Kino, wo sie *Big Foot – Das größte Monster aller Zeiten* gesehen hatten, und Liane sich beim wilden, schwindelerregenden Küssen an seinem Kopf festhielt oder sogar festhalten musste, ertastete sie zufällig die Narbe, normalerweise war die hinter einer dichten Haarsträhne, die ihm ins Gesicht fiel, verborgen.

Sie zog Titus aus der dunklen Toreinfahrt unter eine Straßenlaterne, strich ihm die struppigen Haare beiseite und betrachtete aufmerksam, mit halb offenem Mund und nun wirklich extrem schielend, seine Stirn. Sie fragte ihn, wo und, vor allem, wie er sich diese Narbe zugezogen habe und ob es sehr schlimm gewesen sei, ob er darüber sprechen könne – er schüttelte den Kopf und drückte Liane nur stumm an sich.

In diesem Zusammenhang hätte die Erwähnung einer fast achtzigjährigen Tante Leo aus Spandau die enorme Wirkung, die dieses gefährlich aussehende Wundmal offensichtlich auf Liane hatte, erheblich gemindert. Sollte sie ruhig weiter an kühn bestandene Abenteuer, an einen heldenhaften Monsterkampf oder dergleichen glauben. Auch Claudia gegenüber hatte er sich diesbezüglich immer in ein geheimnisvolles Schweigen gehüllt, lässig abgewinkt, ach, nichts, eine alte Geschichte, über die er nicht sprechen wolle.

Die besten Geschichten sind die, die man nie erzählt.

Endlos lief die Musik vom Band der Telefonwarteschleife. Zwischendurch kam immer wieder die automatische Durchsage: »*Im Moment sind alle Kundenberater im Gespräch. Bitte warten Sie.*«

Also, er wartete.

Aber er fragte sich: Mein Gott, alle im Gespräch? Was haben die denn da bloß alle so lange miteinander zu besprechen, ich glaub es ja nicht ... Dann gab er auf. Er legte den Hörer auf, und es klingelte. Nein, nicht das Telefon, es klingelte an der Wohnungstür. Er drückte den Knopf der Gegensprechanlage: »Ja?«

»Hermes!«

Endlich! Dieser himmelblaue Götterbote, der vor einigen Stunden im Eiltempo die Treppe hochgeschnauft war, hatte Brose das gebracht, worauf er ungeduldig gewartet hatte: die Chamisso-Ausgabe. Mit einem flotten Namenskringel, eigentlich war das nur ein B gewesen, das hinten in einem langen Schrägstrich auslief, hatte Brose den Empfang bestätigt und dann das braune Päckchen zum Schreibtisch getragen, wo er es vorsichtig geöffnet hatte. Es waren vier, schon etwas abgegriffene blaue Bände aus der Cotta'schen Volksbibliothek.

Die *Gedichte*, den *Peter Schlemihl* und auch die V*ermischten Schriften*, das alles ließ er zunächst beiseite, um sich für den Rest des Tages auf eine weite Reise zu begeben, das heißt: auf die

Reise um die Welt
mit der
Romanzoffischen Entdeckungs-Expedition
in den Jahren 1815—1818
auf der Brigg Rurik, Kapitain Otto v. Kotzebue
von
Adelbert v. Chamisso

Die Fahrt des russischen Expeditionsschiffes begann in St. Petersburg, wo sie auch wieder enden sollte, zwischendurch aber ging es einmal um die ganze Welt.

In Plymouth war Chamisso als Botaniker an Bord gegangen. Über Teneriffa führte die Reise nach Feuerland. Man umsegelte das stürmische Kap Hoorn. Steuerte Kamtschatka an, wo man in Petropavlovsk, im fernöstlichsten Zipfel des russischen Reiches gelegen, zum ersten Mal wieder Heimatboden betrat. Ergebnislos versuchte man, die Nordwestpassage zu finden, die nördliche Verbindung zwischen dem Atlantischen und dem Pazifischen Ozean. Stationen im Pazifik waren Hawaii und die Polynesischen Inseln, dort insbesondere die Radack-Gruppe. Durch den Indischen Ozean, vorbei an Madagaskar, ging es schließlich um die Südspitze Afrikas, nach einem Halt in Kapstadt zurück, mit Kurs auf Europa.

Draußen im *Alten Fährhaus*, wenn für ein *LebensLauf*-Buch das Aufnahmegerät lief und ein Leben vor ihm abgespult wurde, wobei Brose seinem Gegenüber mal mit mehr, mal mit weniger Interesse zuhörte, drückte er, falls ihm eine Stelle besonders wichtig vorkam oder eine Zäsur markierte, immer kurz auf die Taste, mit der er Indizes im Mitschnitt setzen konnte, und machte sich rasch, parallel dazu, durchnummerierte Notizen, worum es da im Einzelnen ging, so dass er dann später, wenn er die Schnellvorlauftaste drückte, immer direkt von einer markierten Stelle zur anderen springen konnte. Dadurch bekamen die Lebensläufe beim Durchhören zwar etwas Sprunghaftes, für eine Groborientierung jedoch war das praktisch.

Jetzt, als er die Einzelheiten und Episoden der Weltreise Chamissos in sich aufnahm, verfuhr er so ähnlich. Immer wenn ihm etwas besonders deutlich vor Augen trat, klebte er einen gelben Post-it-Zettel mit einer kurzen Notiz an die entsprechende Seite.

Den ersten an den Rand von S. 42, als es von Teneriffa nach Brasilien ging. Die *Rurik* durchkreuzte am 6. November 1815 den nördlichen Wendekreis und am 7. flogen die ersten Fische vorbei, fliegende Fische, die wie Heringe mit ausgebreiteten Flossen aussahen. Als einer davon auf das Deck fiel, wurde er von den Matrosen in Stücke geschnitten, die dann nach allen Himmelsrichtungen in die See geworfen wurden, um »das vorbedeutete Unheil« zu brechen.

Was als Nächstes besonders markant und eindrucksvoll in dieser Reiseerzählung auftauchte – und zwar aus den Tiefen des dunkelblauen Ozeans! –, waren die stahlgrau glänzenden Leiber der Walfische, die die *Rurik* auf ihrer Fahrt umkreisten, wobei sie Wasserfontänen hoch in die Luft spritzten.

Chamisso ging hier ausführlich auf den Plan eines Forschers ein, der vorgeschlagen hatte, Walfische zu zähmen. Jungen Walfischen sollten in einem Fjord von Schwimmblasen getragene Stachelgurte unter die Brustflossen gezogen werden. Dieses dornige Stahlkorsett würde ihnen ein Untertauchen unmöglich machen, sie daran gewöhnen, stets an der Wasseroberfläche zu bleiben – so dass sie dann eines Tages, ähnlich wie die Kutschpferde auf dem Lande, schwere Lasten zuverlässig durch die blauen Wasserstraßen ziehen könnten, ohne jemals ihre Fracht unkontrolliert in die Tiefe zu reißen.

Auf Hawaii, da war er bereits auf S. 131, kam Chamisso im Urwald vom Weg ab und geriet gefährlich tief in ein Netz von Riesenlianen: *... und, wie ich weiter vordringen wollte, endlich gewahr wurde, dass ich bereits über den Absturz des Felsens hinaus in einer Hängematte über dem Abgrund schwebte.*

Jede Hängematte, dachte Brose, als er den gelben Zettel mit dem Vermerk *Liane, Abgrund!!!* am Seitenrand anklebte, schwebt über einem Abgrund; sie weiß es bloß noch nicht.

Einmal, da musste er sieben oder acht gewesen sein, hatte sein Vater ihn in den richtigen Gebrauch einer Hängematte eingewiesen. Im Obstgarten hinter dem Haus hatte er nach genauer Vorortbesichtigung dann auch bald zwei Bäume ausfindig gemacht, die, erstens, stabil genug aussahen, er hatte daran gerüttelt, und die, zweitens, das war vom Studienrat Brose mit langen, laut ausgezählten Schritten festgestellt worden, im vorschriftsmäßigen Abstand zueinander standen; Titus hatte alles genau mitgeschrieben.

Nun erfolgte das, was laut Studienrat Brose das Wichtigste war: die richtige Befestigung der Seile an den Bäumen. Brose sen. favorisierte den Palstekknoten. Es war grundsätzlich zwar auch der Schotstekknoten denkbar, trotzdem, zuerst einmal sollte der Palstekknoten geübt werden.

Titus bemühte sich, doch er verhedderte sich ein um das andere Mal. Man musste schon ein wahrer Entfesselungskünstler sein, um das von ihm hergestellte Strickgebinde wieder lösen zu können.

Noch einmal zeigte ihm sein Vater ruhig und geduldig, wie die Stricke richtig zu führen und zu verknoten waren. Titus versuchte es, aber er fragte sich, warum man die beiden Strickenden nicht einfach so, ganz simpel, zusammenbinden konnte – und fertig; einen normalen Knoten, den konnte er damals nämlich schon. Als gebranntes Lehrerkind hatte er diese umständliche Prozedur deshalb zunächst nur für eine pädagogische Maßnahme oder sogar für Schikane gehalten. Er hatte den Sinn der Sache nicht verstanden.

Sein Vater erklärte es ihm. »Wenn du falsch knotest, Titus, zieht sich der Knoten bei Belastung, also wenn du dann in der Hängematte liegst und zum Himmel nach den Wolken schaust, beobachtest, ob es sich, du erinnerst dich, um Cirrus- oder Cumuluswolken handelt, immer fester zusammen, so fest, dass du ihn nachher nicht oder kaum wieder aufbekommst. Eine kleine Mühe am Anfang, ein großer Effekt am Ende. So, und jetzt versuchst du es noch einmal ...«

Schließlich hatte es Titus mit Hilfe seines Vaters geschafft.

Mit einem kühnen, fast jugendlich zu nennenden Schwung hatte sich Studienrat Brose in die Hängematte geworfen und – sie hielt! Leicht und beschwingt schaukelte sein Vater darin hin und her, er sah stolz von unten zu seinem Sohn auf: »Eins a, mein Junge!«

Im Sommer, wenn Titus wieder nach Hüsensiel fuhr, würde er die Hängematte mit in die Ferien nehmen und seinem Großvater zeigen können, wie gut er schon die Knoten beherrsche.

»Also, du hast gesehen, die Sache ist sicher, sie funktioniert. Das ist das Wichtigste.«

Titus' Vater hatte sich nur leicht, ganz leicht aufgerichtet, um auszusteigen und seinem Sohn Platz zu machen – da, im nächsten, schreckweit aufgerissenen Augenblick ratschte es, streckten sich Vaters Hosenbeine unerklärlich dem blauen Himmel entgegen, vergebens suchten seine schmalen weißen Hände links und rechts nach einem Halt, fanden ihn nicht, nirgendwo.

Komisch sah das aus, wie im dicken Wilhelm-Busch-Buch, wo Max und Moritz beim Schneider Böck die Brücke angesägt hatten, die vor dessem Haus über den Bach führte, aber Titus lachte nicht, nein, natürlich lachte er nicht.

Als der Vater am Boden lag, sagte sich Titus: So, jetzt ist er tot, und ich bin schuld daran. Sogar aus dem Vogelkäfig, der auf dem weißen Gartentisch stand und in dem Fips, der Wellensittich, saß, mit dem Titus den ganzen Nachmittag lang erfolglos sprechen geübt hatte, kam im Moment nur ein ziemlich verdattertes Schweigen.

Studienrat Brose aber dachte gar nicht daran, tot zu sein. Stattdessen öffnete er vorsichtig die Augen, er wälzte sich auf die Seite, betastete seinen Rücken, dann stand er auf und klopfte die Hose ab.

Nun ging er zu den Bäumen und überprüfte, ob die Knoten gehalten hatten. Ja, sie hatten! An den Knoten, das konnte man sehen, hatte es also nicht gelegen, an denen war absolut nichts auszusetzen. Er zog sogar noch einmal sehr fest daran. Allerdings, das Netzgeflecht der Hängematte ... Da die Hängematte jahrelang vergessen und unbenutzt auf einem Regal im muffig feuchten Keller gelegen hatte, war das Netz mit der Zeit morsch geworden und genau in der Mitte – *ratsch* – durchgerissen.

Sonst hieß es bei ähnlichen Gelegenheiten immer: »Und, was lernen wir nun daraus?« Doch Brose konnte sich nicht daran erinnern, dass sein Vater jemals auf diese Sache zurückgekommen wäre.

Dafür, einige Jahrzehnte später, wäre es bei einem Urlaub an der Nordsee beinahe zu einem Dauerstreit mit Claudia gekommen, weil Brose fand, dass die Ketten, an denen die Hollywoodschaukel bei ihnen in der Ferienhausanlage gehangen hatte, schon beinahe durchgerostet waren; diese Schaukel am hellblauen Pool war Claudias bevorzugter Rückzugsort gewesen. Claudia hatte nur die Schultern gezuckt, sie fand seine Befürchtung albern.

Hatte sie neue Kriminalromane im Schreibwarenladen an der Strandpromenade ergattert, saß sie trotzdem ganze verregnete Nachmittage lang lesend in der Schaukel, und sie stieß sich, wenn es besonders spannend wurde, sogar gedankenlos mit der Fußspitze ab, Brose hatte das gar nicht ruhig mit ansehen können. Dass die Ketten damals gehalten hatten, bewies seines Erachtens überhaupt nichts: Sie *hätten* ja reißen können, beziehungsweise, in seiner Vorstellung waren sie ja bereits längst gerissen; es grenzte an ein Wunder, dass damals nicht mehr passiert war.

In den Schulferien, wenn Claudia Urlaub von ihrem Lehrerinnendasein hatte, neigte sie phasenweise zu extremer Unvernunft. Claudia ...? Da war doch noch was, fiel Brose jetzt wieder ein. Doch er wusste nicht mehr, was. – Egal, weiter im Text!

Auf der polynesischen Radack-Inselkette im westlichen Pazifik verbrachte Chamisso eine Nacht an Land bei den Eingeborenen. Nach dem Essen sangen sie für ihn. Als die Trommeln verstummt waren, sollte auch der Gast von der *Rurik* etwas singen, ein Lied aus seiner Heimat. Er kannte natürlich kein russisches Lied und deklamierte dafür Goethes *Lasset heut im edlen Kreis ...*

Und die Eingeborenen? *Sie hörten mir mit der größten Aufmerksamkeit zu, ahmten mir, als ich geendet hatte, auf das ergötzlichste nach, und ich freute mich, sie – obwohl mit entstellter Aussprache – die Worte wiederholen zu hören: Und im Ganzen, Vollen, Schönen / Resolut zu leben...*

Brose notierte auf dem gelben Randzettel, S. 154: *Unter*

fremder Flagge gesegelt: Der Franzose Ch. gibt Goethe in der Südsee für einen Russen aus!

In der Nacht schlief Chamisso an der Seite des Häuptlings Rarick im Hängeboden des großen Hauses. Mh? *Resolut zu leben …* Brose hatte an dieser Stelle kurz gestutzt, dann noch einmal zurückgeblättert auf die S. 134, das heißt, zurück auf die Insel Hawaii, wo eine Schar von Mädchen, viele von ausnehmender Schönheit, vor der Besatzung der *Rurik* getanzt hatte. *Nicht diese*, schrieb Chamisso, *haben auf mich den bleibenden Eindruck gemacht, nein, die Männer, die kunstreicher waren und von denen doch der erste nicht einmal schön unter den Seinen zu nennen war.*

Brose kam sich nun zwar vor wie ein pingeliger, angegrauter Sittenwächter, trotzdem, er schaute kurz nach. Als er die Suchkombination *Chamisso* und *Homosexualität* eingetippt hatte, war er sofort mit 15 300 Ergebnissen fündig geworden. Auf einer der Seiten sah er das Bild Chamissos vor sich, nachdenklich betrachtete er dessen, selbst für damalige Verhältnisse, auffällig herabwallende, dunkle, weiche Lockenpracht. Im Grab auf dem Kreuzberger Friedhof lag Chamisso ja ganz ordentlich als Ehemann neben seiner Frau Antonie und nicht, wie in jener schwülen Südseeinselnacht, an der Seite eines gewissen Rarick.

Als Nächstes, so nahm Brose sich vor, würde er sich unbedingt noch einmal gründlich den *Schlemihl* vornehmen: Wahrscheinlich war ja die Geschichte des Mannes ohne Schatten, der sich überall fremd fühlte und als Außenseiter galt, nicht nur die Geschichte eines exilierten französischen Adligen, der sein Vaterland verloren hatte, wie es der Lexikoneintrag im Brockhaus suggerieren wollte.

Er wollte die Sache ad acta legen, da begegnete Chamisso, auf S. 162, schon einem weiteren schönen Wilden, der sogar *zutraulich* an Bord der *Rurik* kam: Kadu.

Dessen Freund Edock hatte zwar versucht, ihn zurückzuhalten, Kadu aber, unter Tränen, hatte sich seiner erwehrt, ihn weggestoßen. Wahrscheinlich hatte Edock in seiner wilden Kannibalenfantasie befürchtet, dass die weißen Männer seinen Freund lediglich als eine Art lebenden Proviant – so wie es die Schweine, Ziegen und Hühner waren, die sie mit sich führten – an Bord genommen hätten.

Kadu, das halbnackte Naturkind der Südsee, blieb natürlich unversehrt, das heißt: unverspeist, und geisterte von nun an als treuer Begleiter sehr lebendig durch den weiteren Expeditionsbericht.

Auf S. 164 fasste Chamisso den Plan, sich ebenso tätowieren zu lassen wie Kadu, auf dessen Körper fantastische Bilder von Fischen und Vögeln zu sehen waren. Er wollte sich, wie er das nannte, *das schöne Kleid mit allen den Schmerzen, die es bekanntlich kostet*, kaufen. Doch daraus wurde nichts, der Häuptling war wohl dagegen. Heute, dachte Brose, hätte er das an jeder Ecke in Berlin bekommen können, sogar in Spandau gab es einige Tattoo-Studios; eines davon, an dem Brose oft vorbeikam, hieß kurz und bündig und ziemlich zutreffend, wie er fand, *Love is pain.*

Nachdem Kadu und er allmählich gelernt hatten, sich miteinander zu verständigen, erzählte Chamisso seinem staunenden Schützling vom fernen Europa: *Die Kunde von dem Luftballe und der Luftschiffahrt, die ich ihm gab, schien ihm nicht unglaublicher und fabelhafter als die von einer pferdegezogenen Kutsche.*

Das unschuldige Kind der Südsee, dachte Brose, als er auf S. 171 seinen gelben Post-it-Zettel mit dem Vermerk *Luftball?* anbrachte, wird dabei wahrscheinlich genauso verdutzt ausgesehen haben wie Kay-Uwe, als der zum ersten Mal in seinem Leben alkoholfreies Bier getrunken hatte.

Brose schloss das Buch, die Augen.

Irgendwo hatte er gelesen, dass Chamisso sich in Paris beim Bankier Rothschild in einem Kostüm aus Ziegenfellen vorgestellt habe. Und der Hofrätin Henriette Herz hatte er seine Aufwartung als »Indianer von den Südseeinseln« gemacht.

Im Lebensbericht über ihn, *Einzelne Züge zur Charakteristik Chamissos*, von dem Einhorn ihm, als sie gemeinsam die Papiere sortieren wollten, eine schon etwas verblasste Kopie überlassen hatte, war die Rede davon, wie Chamisso auch im preußischen Berlin den legeren Südseelebensstil hatte fortsetzen wollen: *Es war ihm voller Ernst, als er einst gegen Hitzig den Wunsch aussprach, an heißen Sommertagen in eignem Garten nackt, mit der Pfeife im Munde, spazieren zu können, ohne dadurch Anstoß zu erregen, und er wäre auch wohl der Mann gewesen dies auszuführen, hätte er auf dem Lande statt in einer volkreichen Stadt gewohnt.*

Brose sah noch einmal wie bei einem Cluster einzelne Bilder dieser Reise um die Welt vor sich. Als die *Rurik* vor Kamtschatka geankert hatte, da war ihm etwas sehr Wichtiges eingefallen, das er unbedingt erledigen wollte. Doch schon ein paar Seiten und ein paar Seemeilen weiter hatte er es vergessen. Jetzt wusste er es wieder.

Er ging in die Küche. Irgendwo im Permafrost des Tiefkühlfachs musste noch von Silvester eine angefangene Flasche Wodka auf Eis liegen. Ja! Er holte sie ans Licht, öffnete den Schraubverschluss und stieß, Schnapsglas gegen eiskalte Flasche, auf die glückliche Rückkehr der Expedition nach St. Petersburg an. Innerlich erwärmt ging er wieder zurück an den Schreibtisch. In dem historischen Roman *Der Mann ohne Schatten*, auf den Claudia ihn hingew ... Claudia!!!

– Er sah auf die Uhr, sprang auf, lief los und schaffte es gerade noch, bevor die Reinigung schloss, Claudias dunkelblaues Kostüm abzuholen. –

... in dem historischen Roman *Der Mann ohne Schatten*, auf den Claudia ihn hingewiesen hatte, waren neben der Reise um die Welt, die dort einen exponierten Platz einnahmen, auch die anderen Lebensstationen Chamissos beschrieben worden: Wie seine ganz persönliche Weltreise Ende des achtzehnten Jahrhunderts begonnen hatte, als er von Frankreich nach Deutschland gekommen war. Wie er dort, am preußischen Hof, zum Edelknaben wurde. Wie er in den Militärdienst eintrat und zum Fähnrich, später *Lieutenant*, wurde. Wie er in Berlin mit einigen Freunden, jungen Dichtern, den *Nordsternbrüder*-Klub gründete. Wie er 1805 seinem Regiment folgen musste, das im Krieg gegen die Franzosen in Hameln einrückte und dort bis zur kampflosen Übergabe der Festung blieb. Wie er im Sommer 1813, als die Franzosen beinahe Berlin erobert hätten, noch einmal in einen inneren Konflikt geriet und sich zwischen seinen beiden Vaterländern hin und her gerissen fühlte, er dann aber nach Kunersdorf, aufs Land, ging, dort botanisierte und seinen Peter Schlemihl schrieb. Wie er nach Frankreich zurückkehrte, weil ihm an einem Lyceum eine Stelle angeboten worden war, und wie die ihm zugedachte Stelle dann jedoch, als er tatsächlich dort ankam, schon wieder gestrichen worden war. Und schließlich: Wie er nach all seinen Fahrten und Reisen am Ende ein geruhsames Leben als Familienvater in Berlin führte – abgesehen, dachte Brose, von der Tatsache, dass er davon träumte, nackt wie ein Eingeborener durch seinen Garten zu schlendern.

Brose griff nach dem Roman und las noch einmal im Epilog: *Als ein gewisser Herr von Chamisso starb, strich der Wind über die Äcker der Champagne, und die Ulme, die alte Wächterin, neigte sich über den eingeebneten Hügel Boncourt. Von den steilen Klippen der Chamisso-Insel warfen sich riesige Seelöwen brüllend vor Lachen und Lust reihenweise kopfüber ins Meer und tauchten schnaubend auf mit ihren runden, polierten Köpfen. Auf einer Koralleninsel im Südmeer saß der greise Kadu, Häuptling seines Stammes, und erzählte den staunenden Jünglingen die Sage von Ta-mi-to, der vor un-*

denklicher Zeit auf einem riesigen Schiff vom anderen Ende der Welt gekommen war und ihn säen gelehrt und schmieden und das Gesetz der Gestirne. Sein Andenken sei gelobt. Und die Stimme Kadus erhob sich zum rhythmischen Gesang, wie das Brausen der Brandung und das Fächeln der Palmen ...

Brose nickte: Ach ja, das war schon schön, und auch ganz schön formuliert. Er klappte das Buch zu. Sicher, er hatte unleugbar eine Schwäche für historische Romane. Andererseits fiel ihm jetzt wieder ein, was Einhorn gesagt hatte, als sie sich über historische Romane und, speziell, über Künstlerromane unterhalten hatten. Ganz unrecht, das musste Brose zugeben, hatte Einhorn da wohl nicht.

Als er ihm die Fotoabzüge von Chamissos Grab gebracht hatte, hatte Brose beiläufig erwähnt, schon mal einen Roman über Chamisso in der Hand gehabt zu haben. Der Vollständigkeit halber hätte er hinzufügen müssen: »Heute früh, kurz bevor ich hierher gefahren bin.«

»So?«, hatte Einhorn zu ihm gesagt. »Einen Roman ...«

Das Wort *Roman* hatte er extrem in die Länge gezogen, als würde er damit die Angriffsfläche vergrößern wollen, um diesen Roman leichter der Lächerlichkeit preisgeben zu können.

»Ja, *Der Mann ohne Schatten*.«

»Originell.« Mehr hatte Einhorn dazu nicht gesagt.

»Von einem ... Natonek, glaube ich.«

»Ich weiß, ich weiß: Hans Natonek. Bis auf den Titel: sehr verdienstvoll, und übrigens auch nicht schlecht recherchiert, so was ist in diesem Metier ja absolut die Ausnahme. Aber sonst, ich bitte Sie: Künstlerromane? Schon dieses ganze *Sicheingefühle* ... So ziemlich das Letzte, Herr Brose, das müssen Sie zugeben. Schaffensräusche aus zweiter Hand, drittklassig beschrieben, ausgeborgte Gefühle, meistens etliche Nummern zu groß, nein danke, wirklich. Da will sich das Mittelmaß zur Hochform aufschwingen, klammert sich an ein Original, versucht, dessen Höhenflüge zu kopieren – und landet für gewöhnlich dort, wo es platt ist und ziemlich trivial: ganz unten.«

Als Brose den Roman wegstellte, flatterte ein gelber Zettel heraus und fiel zu Boden, er hob ihn auf und entzifferte, was er nach der Lektüre darauf notiert hatte:

Jedes Leben ist ein Roman.

Stimmt. Und der Verfasser ist unbekannt.

Dienstag, 27. Juni

Unten, im Foyer, ging Lore Huber an ihm vorüber.

Seit er sie das erste Mal in der Biografie-Gruppe gesehen hatte, war sie ihm immer wieder aufgefallen. Dabei, das Auffälligste an ihr war ihre absolute Unauffälligkeit: ein verhuschtes Wesen, immer in Bewegung, ruhelos lief sie auf den Fluren herum, schattenhaft schwebte sie vorbei, mehr Geist als leibhaftiger Mensch, vielleicht, weil sie hier nirgendwo ihren Platz fand, nirgendwo dazugehörte.

»Guten Tag, Frau Huber«, sagte Brose leise zu ihr.

Erschrocken wandte sie sich zu ihm um, nickte flüchtig und ging weiter.

Einmal hatte Brose einen Blick in ihr Zimmer geworfen, als die Tür weit offen stand und der blaue Latzhosenmann vom Reinigungsdienst mit dem Besen schwungvoll seine Bahnen durch den irdischen Staub zog. Die Ausstattung eines Billig-Hotelzimmers war dagegen vergleichsweise üppig: Bett, Nachtschränkchen, Tisch, Stuhl – fertig. Die Lampe, eine weiße Glaskugel oben an der Decke, leuchtete die spärliche Szenerie entsprechend dürftig aus. Und auch die Sommersonne, die verschwenderisch auf Monets *Frau mit Sonnenschirm* schien (das Standardausstattungsbild des Heims, von dem es im Keller beim Hausmeister einen ausreichenden Vorrat gab, damit es überall dort aufgehängt werden konnte, wo die Bewohner keine eigenen Bilder mitgebracht hatten), spendete diesem düsteren Zimmer kaum Licht.

Für das Biografieprojekt war Lore Huber von Anfang an nicht in Frage gekommen. Ihre gesamte Rente und zusätzlich jeden Monat noch ein Teil ihrer kleinen Ersparnisse gingen für den Heimplatz drauf; irgendwann, wenn das Geld alle war, würde die Sozialhilfe einspringen müssen. Brose war aufgefallen, dass Lore Huber immer dieselbe Strickjacke trug.

Jetzt stand sie hinten, am Eingang von *Las Vegas*, der offiziellen Glücksspielecke des Heims, einer Nische mit Regalen an den Wänden, in denen Brettspiele lagen. In der Mitte dieses kleinen Seitenraumes, unter einem Lampenschirm, der die Form und Farbe einer reifen Erdbeere hatte und wahrscheinlich dazu diente, ein bisschen verwegene Rotlichtatmosphäre beizusteuern, stand ein quadratischer Tisch mit vier Stühlen.

Lore schaute unauffällig zu den *Mensch-ärgere-dich-nicht*-Spielerinnen hinüber. Die drei waren ganz in ihr

Spiel vertieft, mussten Lore aber längst bemerkt haben.

Charlotte knallte gerade triumphierend den Würfelbecher auf die Tischplatte. Ihr gegenüber saß eine Frau, die Brose nicht kannte. Und als Dritte: Frau Wendolin, eine dürre, hochaufgeschossene Dame aus der zweiten Etage. Sogar die hatte es in diese Runde geschafft, obwohl sie, wie ihr unstet flatteriger hellblauer Blick deutlich verriet, sicher aus durchaus begreiflichen Gründen intern, beim Pflegepersonal, *Lady Gaga* hieß.

Ein Platz am Tisch aber war noch frei. Die Figürchen der Farbe Grün hatten schon den ganzen Vormittag über bewegungslos im Kleeblatt ihres Startfeldes verharrt und vergeblich darauf gewartet, dass endlich mal jemand auch mit ihnen spielte, sie mit einer Sechs flott ins Rennen schickte – – – egal, die drei Spielerinnen am Tisch ignorierten konzentriert ihre Zuschauerin, sie würfelten lieber allein, als Lore, die abwartend im Gang herumstand, einzuladen. Lore tat zwar so, als würde sie sich ausschließlich für die Knöpfe ihrer Strickjacke interessieren, aber Brose sah, dass sie zu dem Grüppchen hinüberspähte.

Eine der Spielerinnen, es war Charlotte, zischte leise, ohne vom Spielbrett aufzusehen: »Eine *Lore* …«, und dann antwortete es ihr ebenso zischend im Chor: »… *Affen!*«, halblautes Gekicher, gleich darauf klapperten die Würfel wieder im harten Lederbecher.

Jetzt war sie also wieder die kleine Lore von früher, die anderen ließen sie einfach nicht mitspielen. Und als sie mit kleinen, ratlosen Schritten weitertrippelte, schien sie sich zu fragen: Hört das denn nie auf? Brose schaute ihr nach. Nein, Lore, dachte er, das hört nie auf.

In der Nähe des Empfangstresens sah er Frau Schwartze. Vor ihr, tief über einen Rollator gebeugt, stand eine kleine, krumm gewachsene Heimbewohnerin, vielmehr: Sie hing halb über ihrem Rollator. Frau Schwartze hatte Brose entdeckt, sie winkte ihm zu, und er ging zu ihnen hinüber.

»Sind Sie mir denn noch sehr böse, Frau Schwartze?«, fragte die Frau am Rollator, sie musste den Kopf schräg nach oben drehen, um die Chefin überhaupt ansehen zu können.

»Ach was, Frau Kohlschreiber, das ist jetzt mal so.«

»Dann ist ja gut. Ich hatte nämlich so ein ganz klein wenig den Eindruck neulich; hatte ich, ja.«

»Ist schon in Ordnung.«

»Na schön, in Ordnung, dann fahr ich jetzt mal weiter.«

»Ja, tun Sie das.« Frau Schwartze nickte ihr hinterher.

»Wir hatten Pflegestufe 2 für sie beantragt«, sagte sie zu Brose, »das geht ja schon weit über die 1 hinaus bei ihr, sehen Sie ja. Als dann der Termin heran war und die Ärztin kam, da war sie überhaupt nicht wiederzuerkennen. Sie hatte ihr Zimmer aufgeräumt, sie war außer der Reihe beim Friseur gewesen, der kommt ja einmal die Woche zu uns ins Heim, sie hatte sich also perfekt darauf vorbereitet. Und wissen Sie, was sie zur Begrüßung gesagt hat, als ich mit der Ärztin zu ihr ins Zimmer kam? ›So, und womit kann ich Ihnen denn nun helfen?‹ Sie hat uns Stühle angeboten, Kekse über den Tisch geschoben und alle Fragen der Ärztin schnell und richtig beantwortet. Nix mit neuer Pflegestufe. Das konnten wir uns sofort abschminken, natürlich. Dabei, das hätte uns enorm geholfen.« Sie sah Brose von der Seite an: »Und Sie, was haben Sie heute so vor?«

»Ach, nichts weiter. Bisschen Kleinkram aufarbeiten.«

»Na dann, viel Glück!«

Er wollte schon weitergehen, da fiel ihm Lore Huber ein. »Mobbing im Heim« – vage, in ein paar Andeutungen war letzte Woche im Gespräch mit einer Pflegerin die Rede davon gewesen. Brose hatte sich das kaum vorstellen können, doch Frau Schwartze, als er sie jetzt darauf ansprach, bestätigte ihm das sofort.

»Ich bitte Sie: Aber ja, natürlich. Wir sind ja hier nicht außerhalb der Welt. Wer es noch allein zum Klo schafft, der spielt in einer ganz anderen Liga und schaut selbstverständlich voller Verachtung auf die herab, die das eben nicht mehr schaffen. Der Abstand ist aber so klein, dass man den Unterschied unbedingt betonen muss. Und weil die anderen einem so erschreckend deutlich vor Augen führen, wie es nächstens mit einem selbst aussehen wird, muss man die mobben und *dissen*, wie es nur geht. Bloß nichts mit denen zu tun haben. Als wäre Alter eine ansteckende Krankheit.«

So grausam es für den Einzelnen auch sein mochte, ja, verstehen könne man das schon, Brose nickte. Aber Lore Huber, die sei doch soweit noch beisammen und im Unterschied zu vielen anderen sogar noch sehr mobil?

Auch dafür hatte Frau Schwartze eine Erklärung. Es wurde sogar ein kleiner Stegreifvortrag daraus, sie schien sich schon länger mit dieser Problematik beschäftigt zu haben.

»Im Alter, wenn die Kraft gegenzusteuern nachlässt, wird man wieder zu dem, der man eigentlich war. Oder ist. Je nachdem, wie man es betrachtet. Da beginnt noch einmal ein völlig neues Leben. Ich nenne das: den dritten oder den letzten Frühling. Im Erwachsenenleben kann man das alles sehr gut ignorieren: ob man vielleicht früher als Kind immer dazugehörte, als Anführer meinetwegen, oder eben doch ewig der Außenseiter war. Hier aber im Heim, ganz auf sich allein gestellt, ist man wieder so schwach und hilflos wie früher als Kind, alles wiederholt sich, dieselben grausamen Spiele wie damals.«

»Aber gibt es denn nicht auch so was wie … wie Altersweisheit?«

»Da glaube ich, offen gesagt, nicht mehr so richtig dran. ›Altersweisheit‹ halte ich, unter uns gesagt, eher für eine spezielle Form von Altersschwachsinn. Aber egal, was ich gerade sagen wollte: Unter der Oberfläche, die jahrzehntelang gut gehalten hat, wird im Alter plötzlich das andere Wesen wieder sichtbar. Wir erleben hier die seltsamsten Verwandlungen, Herr Brose, und das kann in alle Richtungen gehen: Freundliche Leute verwandeln sich auf einmal in störrische, tyrannische Ekel. Leute, die immer ganz herrisch waren, werden plötzlich zahm und einsichtig. Das Leben steckt voller Überraschungen, und die Angehörigen, die das miterleben, können nur staunen.

›Aber so kenne ich Mutti doch gar nicht.‹ – ›Stimmt, jetzt können Sie sie endlich mal richtig kennenlernen. Fünf vor zwölf zwar, aber es ist nie zu spät.‹«

Sie hatten den Speisesaal erreicht, die Tür stand offen. Kurz zuvor war Lore Huber hineingehuscht, sie hatte sich ganz nach hinten gesetzt, in die letzte Reihe. Das heutige Gehirnjogging, zu dem etwa zwei Dutzend mehr oder weniger Interessierte versammelt waren, hatte eine der Auszubildenden übernommen. Es ging um die einfachste, noch aus dem Kindergarten bekannte Variante: *Ich packe einen Koffer und nehme mit …* Dabei wurde die Liste der mitgenommenen Gegenstände, die man sich merken musste, immer länger.

Gerade war ein spilleriger Herr mit schütterem, aber nichtsdestotrotz zerzaustem Haar an der Reihe. Er trug eine himmelblaue Fliege und einen lila Strickpullunder, den auffällig aufgewölbte Rhombenmuster zierten. Als er alle Dinge, die bisher genannt worden waren, fehlerfrei aufgezählt hatte und er sich nun ein weiteres Stück Kofferinhalt ausdenken musste, überlegte er nicht lange, kurz schaute er seine Sitznachbarin an und verkündete: »… und Frau Joschkulat!« Frau Joschkulat wandte ihm abrupt den Kopf zu.

»Aber doch bitte nicht«, ermahnte ihn die Auszubildende grinsend, »… im Koffer!«

»Auch wieder wahr«, musste der Herr im Pullunder kleinlaut bekennen, nachdenklich blickte er seine Filzhausschuhe an. Trotzdem, die Botschaft war bei Frau Joschkulat angekommen. Noch schwankte sie zwischen

Entrüstung und freudiger Erregung, das aufgeflammte Rot auf ihren faltigen Wangen konnte beides bedeuten, da ging es mit der Abfragerei schon wieder weiter.

Hinten im Saal, das war von der Tür aus besser zu sehen als von vorn, wo die Auszubildende stand, wurde hemmungslos geschummelt, dauernd wurde halblaut etwas vorgesagt. Lore Huber saß dabei. Sie hätte die anderen verpetzen können. Machte sie aber nicht. Vielleicht machte sie sich immer noch Hoffnung, endlich von den anderen anerkannt zu werden.

Frau Schwartze signalisierte der Auszubildenden unauffällig, auch die Hinterbänkler genau im Blick zu behalten, dann trat sie mit Brose wieder zurück auf den Gang.

»Was das Kofferspiel betrifft«, sagte sie zu Brose, »ich finde das übrigens ganz naheliegend. Unsere Herrschaften hier, die sitzen im Grunde ja auch auf gepackten Koffern.«

Ja, Brose nickte: auf gepackten Koffern, die leer sind.

Frau Schwartze war gegangen, Brose stand noch einen Moment vor der offenen Tür.

Vom Mittag roch es noch nach Essen. Wenn Brose an der Glaswand des Speisesaals vorüberging, war ihm schon oft diese spezifische Altersgefräßigkeit oder -völlerei aufgefallen. Als könne man sich im Hier und Jetzt, im Leben, mit seinen Zähnen (obwohl es ja nur die schlechtsitzenden Prothesen der dritten waren) für immer festbeißen.

Lore Huber jedoch aß wie ein Vögelchen. Sie schien immer leichter werden zu wollen. Vielleicht musste sie

Gramm für Gramm weniger werden, um dann eines Tages unbeschwert davonfliegen zu können. Wie ein Vogel.

Die Tür zur 19 stand halboffen.

Sehr gut, bei Frau Förster musste Brose sich, bevor die vielleicht einen Nachmittagsspaziergang machte, wenigstens mal kurz wieder in Erinnerung bringen (... *dranbleiben, ohne sie zu drängen!*). Bis auf die paar Vorgespräche, die nicht viel gebracht hatten, waren sie überhaupt noch nicht weitergekommen. Hier musste er sich unbedingt noch was überlegen. Immerhin gab es mit ihr ja schon einen Vertrag. Er klopfte am Türrahmen.

»Ja, bitte!«, rief Frau Förster. Sie schien, obwohl sie für heute gar keinen Termin vereinbart hatten, Brose erwartet zu haben.

»Sehen Sie – da!«

Als Ereignis des Tages lag ein Kuvert auf dem Tisch, genau in der Mitte. Brieföffner Nr. 1, aus dunklem afrikanischen Hartholz (in Giraffenform), lag bereits daneben. Nun suchte Frau Förster noch nach Brieföffner Nr. 2: Wo war nur die Lesebrille wieder? Sie lag, wie Brose nach kurzem Rundumblick feststellte, auf dem Fensterbrett.

»Na, das ist ja ein Service, danke.« Frau Förster klappte die Brille auf, nahm den Brief hoch und griff nach dem hölzernen Brieföffner. »Möchte nur mal wissen, wer mir da schreibt?«

Erwartungsvolle Stille im Zimmer. Nur das Aquarium blubberte grün in der Ecke. Umständlich, mit der Giraffe in den ungelenken Fingern, versuchte Frau Förster, das

Kuvert aufzuschlitzen, immer wieder misslang es ihr, sie verpasste den Schlitz, stieß ins Leere, und Brose wollte ihr schon helfen, da fiel ihm ein, was ihm neulich Frau Schwartze gesagt hatte …

»… natürlich, Herr Brose, wir sind schneller, wir können geschickter, was weiß ich, einen Blumenstrauß aus dem Papier wickeln oder die Kaffeetasse abstellen. Na und? Erst wenn wir die Nerven haben, jemandem in aller Ruhe zuzusehen, wie der tatterig, ganz langsam und so, dass Sie jedes Mal denken: ›Jetzt fliegt gleich alles runter‹, wie der also x-mal versucht, die Kaffeetasse richtig abzustellen, erst dann haben wir es geschafft, sind wir raus aus diesem idiotischen Wettlauf, der ja gar keiner ist. Erst wenn wir uns davon freigemacht haben, geht es, zumindest einigermaßen. Das muss man lernen. Ich weiß. Aber ich weiß das auch nur im Kopf, in der Theorie, Herr Brose. Im letzten, entscheidenden Moment vergesse ich es dann doch immer wieder, nehme schnell die Kaffeetasse aus der Hand und stelle sie weg, bevor noch ein Unglück geschieht. Aber das ist ja das Unglück! Wenn mich dann jemand so anschaut, und der Blick mir sagt: ›Ach, ich kann ja nicht mal mehr die Tasse richtig wegstellen.‹ Ich weiß also, dass es falsch war. Ich habe der Person nicht geholfen, sondern ihr etwas weggenommen: nämlich die Gewissheit, halbwegs noch im Stande zu sein, diese kleine Verrichtung selbst tun zu können. Und ich? Habe ich dabei etwas gewonnen? Nichts. Es ist doch sowieso klar, dass ich das schneller kann, ohne dass was runterfliegt. Es ist falsch, ich weiß es, und trotzdem tue ich es, nehme die

Sache schnell selbst in die Hand, erledige es einfach, weil ich es eilig habe, weil ... ach, da findet sich immer ein Grund. Jeden Tag, jeden Moment muss man sich dem immer wieder stellen und das Tempo herausnehmen.«

Frau Förster hatte es inzwischen tatsächlich geschafft, das Kuvert aufzuschlitzen, zwar etwas ruppig und so, dass der Umschlag und das rote Seidenpapier des Futters fransig eingerissen waren, dafür aber alleine, ohne Broses Hilfe. Insofern war das schon ein Erfolg; doch das war noch nicht alles.

»Na also«, flüsterte Brose zufrieden, »haben wir es doch.« Er hatte die Augen zusammengekniffen und links, oberhalb der Adresse, den aufgedruckten Absender entziffern können: *Hausverwaltung Halske*. Gut, eine Frage war damit wenigstens beantwortet, obwohl ihm diese Antwort im Moment auch nicht viel weiterhalf.

»Ach, gucken Sie mal, der gratuliert mir doch tatsächlich zum Geburtstag.« Eine goldene *85* stand vorn auf der Klappkarte, die Frau Förster aus dem Kuvert gezogen hatte. Schlug man die glänzende Karte auf, waren die Unterschriften sämtlicher Mitarbeiter der Hausverwaltung Halske zu lesen.

»Hab ich denn heut wirklich Geburtstag?«, fragte Frau Förster ungläubig.

»Das haben wir gleich.« In Broses Aktentasche steckten Kopien von den Biografiebögen der Bewohner, mit denen er aktuell befasst war. Doch er brauchte gar nicht erst lange zu suchen, denn Frau Förster sagte nach kurzem Überlegen voller Bestimmtheit: »Nein.«

Sie konnte ihren Namen, Vornamen und ihr Geburtsdatum (und zwar genau in dieser Reihenfolge) auswendig hersagen. Und das hatte sie korrekt getan, wie Brose sah, als er ihren Bogen herausgezogen hatte: Ihr Geburtstag lag schon über drei Monate zurück. Der Brief musste ihr damals irgendwo dazwischengerutscht sein.
»Macht ja nichts, aber sie haben dran gedacht. Sie haben es nicht vergessen. Das ist doch das Wichtigste, nicht wahr, das ist nett.«
»Ja«, sagte Brose nachdenklich, »… ja, sie haben es nicht vergessen, das ist gut.«
Er stand auf und verabschiedete sich, zerstreut und erleichtert – beinahe nämlich hätte er selbst etwas vergessen: dass er Frau Schwartze unbedingt noch nach einer Kopie von Dr. Einhorns Biografiebogen fragen wollte. Er ging den langen, halbdunklen Gang hinunter, leise pfiff er vor sich hin. Als er fast in der Mitte des Flurs war, wohin kaum noch Tageslicht fiel, wäre ihm beinahe bei einem haarscharfen Überholmanöver jemand in die Hacken gefahren. Brose hatte gerade noch, im allerletzten Moment, zur Seite springen können. Er wollte dem Rollatorfahrer schon etwas hinterherrufen, da erkannte er, dass es Borkowski war. Der schien es heute extrem eilig zu haben, den Kopf tief gesenkt, war er unterwegs Richtung Fahrstuhl. Es sah aus, als zöge der selbstfahrende Rollator Herrn Borkowski an einem Faden hinter sich her: *Von unsichtbaren Mächten wunderbar geborgen …* Staunend schaute Brose ihm nach. Er hatte zwar noch

nie in natura ein Wiesel gesehen, aber hier fiel ihm wirklich nichts anderes ein als das, was Schulze mit Sicherheit in diesem Fall gesagt hätte: *wieselflink.*

Langsam stieg er die Treppe hinunter.

Vor Frau Schwartzes Büro musste er noch warten. Sie führte gerade eine Aussprache mit einem der Auszubildenden, und wie es sich anhörte, war es ernst.

»Das interessiert mich überhaupt nicht, Sascha! Privat können Sie meinetwegen denken, was Sie wollen, ja. Da rede ich Ihnen auch nicht rein. Aber hier, hier haben wir bestimmte Prinzipien, an die wir uns halten, alle, verstehen Sie: alle. Und jetzt mal klipp und klar: Den Lebensabend unserer Bewohner, den bezeichnen Sie bitte nie wieder – hören Sie: *nie* wieder! – als ›Restlaufzeit‹. Haben Sie mich verstanden?«

»Ja.«

»Dann ist ja gut.«

»Ja.«

»Bitte, Sie können wieder an Ihre Arbeit gehen. Wo sind Sie heute eingeteilt?«

»Auf der Zwei.«

»Auf der Zwei, gut. Dann schauen Sie dort auch mal bei Frau Poggenpuhl vorbei, ja? Kurze Ansprache, Wetter und so weiter, genügt völlig, ist bei ihr aber immer sehr sinnvoll. Ist das klar?«

»Ja. – Frau Poggenpuhl, also das ist doch die, die so ein bisschen ... also dement ist, würde ich sagen, oder?«

»Sascha, hören Sie mal ... dement, dement, das klingt immer gleich so ... so dement. Früher hieß es, ›unsere

Oma, die ist eben ein bisschen tüdelig‹, und dann ging es schließlich auch.«

»Ja.«

Dem Gehörten nach zu urteilen, hatte Brose ›Sascha‹ für ein kleines Jüngelchen gehalten. Um so erstaunter war er, als ein Hüne an ihm vorbei aus Frau Schwartzes Bürotür trat.

Frau Schwartze stand vor der Kaffeemaschine. Als sie Brose sah, der draußen vor der Tür wartete, rief sie: »Herr Brose, kommen Sie herein. Ich brauch jetzt unbedingt einen Kaffee. – Sie auch?« Gebannt starrte sie auf die langsam vor sich hin tröpfelnde Kaffeemaschine: »Na, du lieber Mann, die ist ja auch schon ganz schön verkalkt.«

Am Ende des Flurs in der ersten Etage lehnte Brose am Fensterkreuz, das letzte Sonnenlicht des Tages fiel herein, in schrägen Strahlen, stark gefiltert durch die ungeputzten Scheiben. Brose kontrollierte noch einmal die Qualität der Aufnahme mit Herrn Pätzold. Der hatte heute Nachmittag zwar relativ unverkrampft erzählt, so dass inhaltlich an der Aufnahme nichts zu bemängeln war: Eins zu eins konnte das so verwendet, das heißt, in Schriftform gebracht werden; dafür aber hatte Pätzold überallhin gesprochen, nur eben nicht in Broses *Voicerekorder*.

Brose, der nicht hatte riskieren wollen, dass Pätzold wieder rückfällig wurde und als Nachrichtensprecher im amtlichen Tonfall etwas aus seinem Leben verlautbarte, hatte das Aufnahmegerät dort liegenlassen, wo es gerade lag, es also nicht näher an Pätzold herangeschoben; deshalb hatte er den Pegel voll aufdrehen müssen, es rauschte, die Qualität nicht gerade berauschend, aber trotzdem: brauchbar.

Er spürte, dass jemand hinter ihm stand, und drehte sich um: Frau Wenzlaff. Brose zog die Kopfhörer herunter.

»Guten Tag ... äh, guten Abend, Frau Wenzlaff.«

Vor einiger Zeit hatte Brose mit ihr zu tun gehabt, hatte sie sogar mal, als das Projekt mit ihr noch auf der Kippe stand, zum kleinen Dorffriedhof begleitet, hinter dem Wald, wo ihr Mann begraben lag, mit dem sie fünf Jahre zusammen im *Alten Fährhaus* gelebt hatte. Erst hatte er damals nicht begriffen, wohin genau er sie begleiten sollte, weil sie immerzu von einem »Parkplatz« (?) gesprochen hatte. Als sie dann aber das rostig quietschende Eisentor zum *Gottesacker* mit den Worten »So, da sind wir ja auch schon« aufgeklinkt hatte, war Brose klar geworden, was sie mit »Parkplatz« gemeint hatte.

Nach wiederholten Rücksprachen mit ihrer zerstrittenen Familie hatte Iris dann schließlich das Biografieprojekt mit Frau Wenzlaff aufgegeben: Ihre Kinder hatten sich nicht darüber einigen können, ob die viereinhalbtausend, die im zu erwartenden Erbe fehlen würden, hierfür richtig angelegt wären.

»Sie sind doch«, fragte Frau Wenzlaff, »versiert?«

»Ich – versiert? Na, wenn Sie meinen. Wieso fragen Sie?«

»Ich dachte nur.« Sie guckte interessiert auf seine

Kopfhörer. »Mein Telefon ist nämlich ... es ist kaputt. Ob Sie sich das vielleicht mal anschauen könnten?«

Er sah kurz auf die Uhr. »Aber klar doch, Frau Wenzlaff.«

Der flache graue Apparat stand auf dem Nachtschränkchen. Daneben, in Goldrahmen und hinter Glas, die Kinder und, Lockenkopf an Lockenkopf, die Enkel von Frau Wenzlaff. Die Galerie der Gesichter schaute lächelnd zu, als Brose den Hörer abnahm: ganz normaler Dauerton. Er zog sein Mobiltelefon aus der Jackentasche, tippte die Apparatnummer ein, sie stand übergroß und deutlich auf einem Zettel, der mit zwei Heftpflasterstreifen angeklebt war.

Es klingelte.

»Hallo?« Hocherfreut hatte Frau Wenzlaff sofort den Hörer abgenommen. »Mit wem spreche ich denn da?«, gurrte sie.

»Mit mir«, sagte Brose, er stand direkt hinter ihr.

»Ach«, enttäuscht wandte sie sich um, »das sind ja Sie.«

»Ja klar, ich wollte nur mal probieren, ob es geht. Sie sehen ... also Sie hören ja – es geht.«

»Na schön.« Mit Bedacht legte sie den Hörer auf. »Wenigstens funktioniert es jetzt wieder. Danke. Wusste ich ja, dass Sie versiert sind. Das war seit Wochen kaputt.«

»Und woran haben Sie das denn gemerkt?«

»Es hat einfach nicht mehr geklingelt. Seit Wochen.«

»Nicht? ... Ach.«

Broses strafender Blick streifte die Familienfotogalerie. Völlig unbeeindruckt davon schauten Frau Wenzlaffs Angehörige weiterhin ebenso buntglänzend wie teilnahmslos lächelnd aus ihren goldenen Blechrahmen.

»Wollen Sie einen Keks? Ist aber Diabetiker.«

»Danke.«

»Danke ja oder danke nein?«

»Danke nein, ist aber sehr nett von Ihnen, Frau Wenzlaff. Meine Frau, die wartet heute, glaube ich, mit dem Abendessen.«

»Ihre Frau, aha. – Wenn es wieder geht«, fiel Frau Wenzlaff jetzt ein, »dann ruft sicher auch der Wiprecht mal an.«

»Wiprecht? Ist das nicht, ähm ... war das nicht Ihr Mann?«

Aber ja doch, diesen ausgefallenen Namen hatte er sich gemerkt, und er sah auch den grauen, schmucklosen Granitstein mit dem Schriftzug *Wiprecht Wenzlaff* ganz deutlich vor sich. Aus heiterem Himmel, daran erinnerte er sich jetzt, hatte es, als er mit Frau Wenzlaff auf dem Dorffriedhof gewesen war, angefangen zu regnen, so dass sie ihre rote Gummigießkanne gleich wieder eingepackt hatte und sie sich bei der kleinen Kapelle unterstellen mussten. Sie hatte ihm damals viel über ihren Mann erzählt.

»Ich mach mir langsam Sorgen: Er hat sich schon ewig nicht mehr bei mir gemeldet.«

»... Ist sicher nicht böse gemeint«, sagte Brose, »aber ich glaube, dort, wo er jetzt ist, da hat er gar kein Telefon.«

»So, hat er nicht? Schade. Aber vielleicht hat er ja doch

eines? Und er hat bloß vergessen anzurufen. Ach, der Wiprecht, ich sag Ihnen ... Na, ist ja egal jetzt. Reden wir lieber über Erfreulicheres.«

Da ihr im Moment aber nichts Passendes dazu einfiel, knabberte sie nur stumm an einem herzförmigen Diabetikerkeks. Nachdenklich schaute sie hinüber zum Telefon.

Als er Frau Wenzlaffs Zimmer verließ, sah er Herrn Krampe. Sein Rollstuhl stand in der Mitte des Gangs unter einer Lampe, vor einem Aushangkasten. Doch was hinter der Glasscheibe stand, interessierte Herrn Krampe offenbar überhaupt nicht, aus der Ferne musterte er stattdessen Brose.

Seit ihrer ersten, sehr flüchtigen Begegnung im Foyer sowie dem kurzen Wortwechsel am Rande der Biografiegruppe hatte Herr Krampe mal mehr, mal weniger offensichtlich, Brose verfolgt. Da waren, zum Beispiel, diese unverständlichen Zeichen, die er Brose neulich im Speisesaal über mehrere Tische hinweg gemacht hatte. Und einmal, da war er Brose sogar mit seinem Rollstuhl direkt vor die Füße gefahren, unten, am Eingang – mit einem geräuschlosen, aber rigoros ausgeführten Schwenk nach links hatte er ihm den Weg abgeschnitten, es sich dann aber, als er einen Pfleger kommen gesehen hatte, im letzten Moment doch wieder anders überlegt und war davongerollt, den Blick unter seiner tief ins Gesicht gezogenen Wollmütze starr geradeaus.

Brose war bisher rätselhaft geblieben, was genau dieser Krampe eigentlich von ihm wollte. Doch das sollte sich nun ändern: Offenbar war jetzt ein günstiger Moment, der Gang gerade leer, und so passte Krampe Brose, als der auf dem Weg zum Treppenhaus war, ab und lotste ihn in sein Zimmer.

Die Ordnung, die in Krampes Zimmer *herrschte* – und dieser Begriff war hier durchaus wörtlich zu nehmen –, konnte nur als militärisch bezeichnet werden. Kaum etwas lag herum oder war dem Zufall überlassen. Und das, was herumlag, etwa die aktuelle schwarz-weiß-rote Zeitung mit den dicken Überschriftenbalken, war so exakt auf der Tischplatte ausgerichtet, als hätte jemand mit dem Lineal nachgemessen: genau im Lichtkegel der Lampe. Das Etui, inklusive der Brille, lag griffbereit daneben.

»Anders geht es ja gar nicht«, sagte Krampe, als er um den Tisch herumrollte, es klang wie eine Entschuldigung. Leise sagte er dann etwas, aber eher zu sich als zu Brose; der glaubte allerdings, irgendeine Zahl gehört zu haben, und zwar mehrfach. Es klopfte, eine rosarote Pflegekraft stand mit einem Tablett in der Tür: »Na, alles in Ordnung hier?«

»Alles, ja.« Knapp hatte Krampe Auskunft gegeben, ohne sie anzuschauen.

»Bitte«, sagte sie, sie nickte auch Brose kurz zu, dann stellte sie Krampes Nachtration, den Tee und die Pillen, auf dem Tisch ab. »Und Sie wissen ja, Herr Krampe, den *Guten-Abend-Tee* wieder schön austrinken, so wie immer.«

Krampe nickte, er sah an ihr vorbei. Kaum hatte sie die

Tür hinter sich geschlossen, echote es triumphierend aus seinem Mund, den er angewidert verzogen hatte: »*Guten-Abend-Tee*! Na, gute Nacht, kann ich da nur sagen.«

Er griff die Pillenbox vom Tisch, warf sie sich in den Schoß, nahm mit spitzen Fingern das Teeglas, um das er ein Tempotaschentuch gelegt hatte, machte eine vorsichtige Kehrtwende mit dem Rollstuhl, damit nichts überschwappte, und fuhr zum Fenster; das er öffnete. Im nächsten Moment goss er den Tee hinaus, der unten mit einem leisen *Platsch* aufschlug, das Tempotaschentuch flatterte als kleines weißes Nachtgespenst hinterher. Die bunten Pillen aus der Box, eine halbe Handvoll, schleuderte er weit hinaus in die Dunkelheit, so als hätte er Angst, sie könnten nachts an der Fassade hochklettern und wieder zu ihm zurückkommen.

»Ich soll nämlich vergiftet werden«, erklärte er und schloss das Fenster. »Aber, das nur nebenbei.«

Er rollte zurück an seinen Platz. »Das bleibt unter uns, ja. Später, später, da können Sie das dann gerne alles verwenden. Sehr gut, dass es jetzt mal geklappt hat, also mit einem Termin. An wie viel hatten Sie denn so gedacht?« Sein Mund stand fragend halboffen: »In etwa?«

Brose, der wenig Lust verspürte, sich ausgerechnet mit diesem seltsamen Krampe auf ein *LebensLauf*-Projekt einzulassen, sagte ausweichend: »Es kommt immer auch ein bisschen darauf an …«

»Sicher«, sagte Krampe, »sicher.« Mit zusammengekniffenen Augen sah er Brose an, erwartungsvoll bleckte er seine Dritten.

»Also: Umfang, zum Beispiel. Ich weiß ja gar nicht, was Sie sich da im Einzelnen so vorgestellt haben. Davon hängt, und zwar ganz maßgeblich, die Finanzierung ab. Also: wie viel Zeit wir dafür brauchen. Und für wen das Ganze gedacht ist, das ist natürlich auch wichtig – eine Frage, die unbedingt vorher geklärt werden sollte, damit ...«

»Hören Sie«, sagte Krampe, seine Stimme war ganz ruhig, »Klartext jetzt bitte: So kommen wir nicht weiter. Schließlich verkaufe ich Ihnen die Sache ja, wenn wir uns heute einigen, exklusiv. Also?«

»Was, Herr Krampe«, fragte Brose, nun doch leicht amüsiert, »was wollen Sie mir denn verkaufen?«

Krampe verdrehte die Augen, mit dem Zeigefinger versiegelte er kurz seine Lippen. Dann griff er zur Fernbedienung und machte den Fernseher an. Etliche Male tippte sein gekrümmter Daumen auf die entsprechende Taste, bis der Ton fast auf maximale Lautstärke gestellt war. Er schien Brose ganz vergessen zu haben.

Brose verstand dies als Aufforderung, nun zu gehen. Er versuchte, aufzustehen, um sich zu verabschieden, aber Krampe hatte den Vorwärtsgang eingelegt und fuhr so dicht auf, dass Brose besser sitzen blieb: Es wäre sonst zu einer Kollision ihrer Knie gekommen.

»Ich werde abgehört«, erklärte Krampe, sein Seitenblick streifte konspirativ den lauten Fernseher. Auf dem übergroßen Bildschirm ging ein beliebtes Ratespiel mit den heutigen Kandidaten in die nächste Runde.

Na schön, Brose lehnte sich bequem im Stuhl zurück

und ließ Krampe kommen. Eine Situation, wie er sie nur aus dem Kino kannte, in seinem ganzen Journalistenleben war ihm so etwas nie passiert; der *Spandauer Bote* galt gemeinhin nicht als erste Adresse für Enthüllungsgeschichten.

Anschwellender Applaus des Publikums im Fernsehen.

Krampe nickte, Broses Zurückhaltung verstand er sofort. Bei den Summen, um die es hier ging, musste natürlich gepokert werden, das gehörte einfach dazu. Da er also auf direktem Wege nicht weitergekommen war, begann er nun damit, Brose ein wenig anzufüttern.

Gerade stand die Frage im Raum, ob es Hosenkanal, Jackenkanal, Ärmelkanal oder Kragenkanal hieße. Kandidat eins schloss zunächst nur Antwort vier kategorisch aus und beriet sich dann lange mit seinem Partner. Brose starrte zum Fernseher, dann schloss er fassungslos die Augen, unbewusst zog er die Ärmel seines Sakkos zurecht.

Bei der nächsten Frage ging es um das Gegenteil von sauer bei der ph-Wert-Messung.

Süß? Oder lustig, überlegte Brose. (Sauer macht lustig …) Quatsch, basisch, natürlich, Antwort Nummer drei, für die auch Kandidat zwei nach kurzem Zögern plädierte.

Obwohl er durch die Ratesendung abgelenkt war, bekam Brose dann doch nach und nach einiges von dem mit, was Krampe ihm konspirativ mitzuteilen hatte.

Vor Jahren war Krampe auf Teneriffa gewesen, Urlaub, zwei Wochen, Vollpension, außerhalb der Saison, über ein Reisebüro gebucht. Und gleich am dritten Tag war ein älterer Herr, der mit bei ihm am Tisch gesessen hatte und der aus Bad Cannstatt kam, im Atlantik ertrunken.

»Ja, das stimmt.« Brose nickte.

»... Wie jetzt!« Mehr brachte Krampe nicht hervor, sprachlos sah er Brose an.

»Der dritte Tag im Urlaub«, erklärte Brose, »ist statistisch gesehen der gefährlichste, also was Verletzungen und so weiter betrifft. Das ist eine allgemein bekannte Tatsache. An den ersten beiden Tagen ist man noch vorsichtig, man gewöhnt sich langsam ein. Da sollte man also am dritten ganz besonders aufpassen.«

»Ach ja?«

»Ja.«

Krampe, der inzwischen seine Fassung wiedergewonnen hatte, lächelte mitleidig: »Angeblich ein ›Unfall‹. Aber Obduktion oder so, natürlich Fehlanzeige.« Den ganzen Urlaub über habe er darüber nachdenken müssen, wie das hatte passieren können, der Mann sei doch gar nicht so weit hinausgeschwommen, außerdem habe er einen sportlichen Eindruck gemacht.

Am letzten Abend dann, vor dem Hotel, sei eine kleine schwarzhaarige Frau, in ein großes, buntes Tuch geschlungen, aus einer Toreinfahrt auf ihn zugetreten. Obwohl es schon spät gewesen sei, habe sie in einem Bündel ein Kind auf ihrem Arm gehalten. Sie habe seine Hand ergriffen, sie an sich gezogen und die Finger einzeln aufgeklappt. Sie habe ihm wohl aus der Hand lesen wollen.

Da er noch ein paar Peseten übrig gehabt habe, die er nicht mit zurück nach Deutschland habe nehmen wollen, habe er sich gedacht: »Meinetwegen, warum nicht, tust du ihr den Gefallen.« Das Geld habe dann allerdings doch nicht ausgereicht, er habe noch extra was drauflegen müssen: Sie habe da nämlich etwas ganz und gar Erstaunliches herausgelesen und es habe ganz schön lange gedauert, ehe sie alle Informationen beisammen- und richtig gedeutet hatte.

»Sehen Sie: hier«, sagte Krampe, »diese beiden Linien! Die schneiden sich bei mir nicht, oder wenn ... dann erst in der Unendlichkeit.«

Er hielt Brose, damit der sich selbst ein Bild davon machen konnte, seinen offenen Handteller hin, zog ihn aber sogleich wieder zurück und legte die Hand ganz unauffällig, ganz locker auf dem Joystick des Rollstuhls ab: Die Tür war aufgegangen, sie hatten es gar nicht klopfen gehört.

»Mann, Mann, ist ja wieder höllenlaut bei Ihnen, Herr Krampe!« Die rosarote Pflegekraft blickte genervt zum Fernseher.

»Was ist? Wie?«

Das Teeglas und die leere Pillenbox stellte sie aufs Tablett, sie wischte den Tisch ab. »Na, hat Ihnen der Tee denn geschmeckt?«, fragte sie.

»Ja, ging so«, sagte Krampe. Hinter ihrem Rücken machte er Brose Geheimzeichen: Er hielt sich den Bauch, verzog sein Gesicht in alle Himmelsrichtungen, würgte stumm, aber sehr effektvoll.

Als die Pflegekraft gegangen war, lauschte Krampe noch einen Moment ihren sich entfernenden Schritten nach, viel war allerdings nicht zu hören, dazu war das Ratespiel im Fernseher zu laut, dann eröffnete er Brose, was die Schwarzhaarige damals auf Teneriffa erkannt, das heißt, aus seiner Hand gelesen hatte – nämlich: Er, Krampe, verfüge über das ewige Leben.

Brose nickte, er zuckte die Schultern.

»Ich hab das zunächst auch nicht glauben wollen und für Unsinn gehalten, obwohl mich das 'ne ganz schöne Stange gekostet hat, das waren zu den Peseten ja noch 20 DM extra. Das war viel Geld damals.« Lauernd sah er Brose an: »Sie glauben mir das natürlich nicht, also, dass ich unsterblich bin, oder?«

»Wieso, Herr Krampe? Wieso sollte ich Ihnen das nicht glauben?«, fragte Brose. Ihm schien nun die passende Gelegenheit gekommen zu sein, endlich einmal jene Einsicht loszuwerden, zu der er in den letzten Monaten hier draußen nach vielen Gesprächen gelangt war. Trotz des lauten Fernsehers, in dem sich die beiden Kandidaten mit einer neuen Frage abmühten, senkte er seine Stimme: »Bis zum Beweis des Gegenteils, Herr Krampe, ist *jeder* Mensch unsterblich.«

Krampe wich ein Stück zurück.

Er wusste nicht, ob das jetzt ein »Ja«, ein »Nein« oder ein »Jein« war, ob Brose ihm glaubte oder nicht. Unschlüssig zupfte er an seiner Wollmütze.

Einen Moment überlegte er noch, dann fuhr er zögernd fort: Ihm jedenfalls, dem gerade frisch pensionierten Zollbeamten, mittlerer Dienst, der jahrzehntelang Tag für Tag, oder, je nach Wochenplan, Nacht für Nacht, am Flughafen Tegel (und vorher etliche Jahre in Tempelhof) ganz normal seinen Dienst geschoben habe, sei das so bisher gar nicht klar gewesen. Woher auch? Und wie hätte ihm das auch auffallen sollen?

Doch dann, als er wieder zurück in Berlin gewesen sei, habe er damit begonnen, einige Betrachtungen anzustellen. Seit er pensioniert sei, habe er ja tagsüber genügend Zeit dafür. Und nachts sowieso. Er habe also einfach mal eins und eins zusammengezählt. Und was war dabei herausgekommen?

»… zwei?«, fragte Brose lächelnd.

»Ganz genau, richtig: zwei.«

Krampe hatte mit niemandem darüber gesprochen. Erstens: Er sei schon immer alleinstehend gewesen. Und zweitens: Hätte er tatsächlich einem Bekannten gegenüber oder in der Donnerstagsskatrunde mit seinen alten Kollegen etwas durchblicken lassen, die hätten ihn womöglich noch für verrückt gehalten, nicht wahr?

Brose bestätigte ihm das mit einem kurzen Nicken.

Trotzdem, irgendwann müsse etwas durchgesickert sein. Und seit die Rentenkasse davon Wind bekommen habe, habe er keine Ruhe mehr »vor denen«. Die machten systematisch Jagd auf ihn.

»Die Rentenkasse? Und warum gerade die?«, wollte Brose wissen.

»Warum?! Um mich aus der Welt zu schaffen, ist doch klar. Weil ich damit begonnen habe, mich für gewisse

›Phänomene‹ zu interessieren.« Krampe kam ganz dicht an Brose herangefahren. »Haben Sie sich denn noch nie gefragt, warum, zum Beispiel, in der Karibik dauernd Kreuzfahrtschiffe untergehen, hm? Das kann man sich ja mal fragen, oder? Ein riesiges Wassergrab ist das dort unten inzwischen. Da kann man ja, nicht wahr, auch mal nachhelfen, mit Torpedos, zum Beispiel. Von wegen *Traumschiff*, du lieber Gott. Wie naiv muss man denn da sein. *Schiffchen versenken!*, das ist es – Sie verstehen, was ich meine?! Und wenn, Pi mal Daumen, da über tausend deutsche Rentner an Bord sind, rechnen Sie mal selbst nach, was da rauskommt! Das können Sie sich doch an allen fünf Fingern ... – also wie das die Rentenkassen entlastet, wenn da so ganz zufällig, so ganz aus Versehen, so ganz nebenbei, nicht wahr, mal wieder ein kleiner Torpedo in die Bordwand einschlägt ... und wieder ein Schiffchen versenkt! Und wieder ein paar Tausend Rentenempfänger weniger! So haben Sie das wohl noch nie gesehen, oder?«

»Stimmt«, musste Brose zugeben. »Aber, was Sie da sagen – ich habe noch nie, wirklich noch nie etwas darüber in der Zeitung gelesen oder im Fernsehen gesehen ...«

Krampe sah Brose entgeistert an: Wie konnte man bloß so ahnungslos, so völlig naiv sein?

»Und das wundert Sie?! Ist doch völlig klar, dass darüber kein Wort, kein Wörtchen in der Zeitung stehen darf. Darüber herrscht absolute Nachrichtensperre. Gerade, dass sie es verschweigen, ist doch der sicherste Beweis, dass dort unglaubliche, himmelschreiende Sauereien passieren, von denen hier niemand etwas erfahren soll.« Triumphierend lag Krampes Blick auf Brose.

»Aber trotzdem«, fiel diesem nun ein, »ich meine, Sie, als Beamter, Sie bekommen doch sowieso Pension, für Sie ist das doch egal, wieso interessieren Sie sich überhaupt für die Rentenversicherung?«

»Es geht doch nicht um mich!«, polterte Krampe, er hatte sich in seinem Rollstuhl aufgerichtet. »Es geht hier darum, ein Riesenverbrechen aufzudecken. Um nichts anderes.« Deswegen habe es in letzter Zeit auch mehrere Anschläge auf ihn gegeben, die hätten zu rätselhaften Unfällen mit seinem Rollstuhl geführt. Der habe neuerdings manchmal, und das komme immer ganz unerwartet, einen starken Rechtsdrall. Und wahrscheinlich, davon gehe er aus, seien auch die Bremsen manipuliert worden. Nicht zu vergessen: den vergifteten Tee und die Giftpillen! Die habe Brose vorhin ja schließlich selbst, mit eigenen Augen, gesehen, oder etwa nicht? Das alles müsse an die Öffentlichkeit. Und zwar bald. Sehr bald. »Also, wenn Sie sich für die Einzelheiten interessieren, bitte, mein Angebot steht.«

»Ich glaube, ganz ehrlich, Herr Krampe, ich bin da nicht so ganz die richtige Adresse dafür.«

»So? – Ja, und was machen Sie dann eigentlich hier?« Konsterniert starrte er Brose an.

»Meine Firma, also *LebensLauf*, wir schreiben Lebensgeschichten auf.« Brose griff in die Aktentasche und zog ein ausgefülltes Vertragsformular heraus, um Krampe abzuschrecken. »So ungefähr sieht das aus, damit Sie mal eine Vorstellung haben.« Er schob ihm die unterschriebene Vertragskopie von Herrn Pätzold (Zi. 22) über den Tisch.

Krampe überflog kurz den Vertrag, mehrmals zog er sich dabei die graue Wollmütze zurecht, schließlich klopfte sein Zeigefinger auf die dort vereinbarte Summe.

»Fünftausend? Na gut, also meinetwegen, ich lasse mit mir reden. Siebentausend ist mein Angebot – und Sie bekommen das ganze Material, da können Sie dann alles aufschreiben.«

Der ewig fröhliche Mann im Fernsehen war jetzt auch fertig. »Das war's für heute«, ließ er grinsend verlauten, »morgen sehen wir uns wieder.«

»Ja«, sagte Brose, er erhob sich.

Krampe rollte Brose noch hinterher, als der zur Tür ging. »Denken Sie darüber nach! Und denken Sie daran: Ich habe Zeit, sehr viel sogar. Sie – nicht.«

Brose schaute noch einmal zurück: Krampes Gebiss hatte ihm die ganze Zeit Rätsel aufgegeben. Er wusste nie, ob Krampe permanent lächelte, ob er seinen Mund vor Schmerz verzog oder ob seine Dritten einfach nur falsch eingebaut waren. Es konnte auch sein, dass es an seinen stets zusammengekniffenen Augen lag. Dadurch zog sich die Gesichtshaut derart um die Lider zusammen, dass sie unten, im Oberlippenbereich, knapp wurde und nicht mehr dafür ausreichte, die Vorderzähne vollständig zu bedecken.

Die meisten Türen im *Alten Fährhaus* waren Tag und

Nacht unverschlossen. Brose hörte, wie Krampe von innen zweimal den Schlüssel umdrehte. Und dann sah er, dass zur Kontrolle noch einmal kräftig an der Klinke geruckelt wurde.

Unten, im Auto, saß er einen Moment regungslos da.
Er legte den Kopf aufs Lenkrad und rekapitulierte kurz, was er heute im *Alten Fährhaus* erlebt hatte. Bis auf die zwei Stunden bei Herrn Pätzold würde er diesen heillos zerfaserten Tag wahrscheinlich als einen in der Kategorie *Chaostage* abheften und vergessen müssen.
Oder nein, doch nicht ganz.
Am Vormittag hatte er im Vorbeigehen in ein Zimmer geschaut. Eine filigrane Alte in einem geblümten Nachthemd hatte mit ihrem Plüschtier auf einem Stuhl gesessen, die Hände ehrfürchtig im Schoß gefaltet. Ein junger Hilfspfleger mit Zopf – er war vor ihr halb in die Hocke gegangen, um ihr ins Gesicht sehen zu können – hatte behutsam ihre schlohweißen Haare gekämmt: ein anrührendes Bild im hölzernen Rahmen einer Zimmertür, irgendwo in der ersten Etage.
Brose, bevor er weitergegangen war, hatte kurz die Augen geschlossen: So war diese kleine Szene für den Rest des Tages in seinem Kopf geblieben.
Und immerhin, er hatte Frau Schwartze ja eine Kopie von Einhorns Biografiebogen abluchsen können. Den wollte er noch einmal ganz gründlich studieren. Eventuell ergaben sich daraus ein paar Anknüpfungspunkte, um mit Einhorn weiterzukommen.

Er freute sich darauf, nachher, wenn er zu Hause war, *Peter Schlemihls wundersame Geschichte* zu Ende zu lesen. Gestern, kurz nach elf, hatte er am Beginn des IX. Kapitels aufgehört, wo Schlemihl nicht nur ohne Schatten, sondern zu allem Überfluss auch noch ohne Geld dasaß: Wer weiß, wie das mit ihm weitergehen würde. Heute Abend würde er es jedenfalls erfahren.

Brose steckte den Zündschlüssel ins Schloss und startete in die mondlose Nacht.

Dienstag, 4. Juli

Lore Huber war weg, und die Aufregung im Heim war groß. Wer hatte sie zuletzt gesehen? Jetzt fiel auf: Alle hatten sie zwar irgendwann, irgendwo gesehen, doch keiner konnte genau sagen, wann und wo: ein Phantom, das Phantom des *Alten Fährhauses*.

Frau Schwartze hing am Telefon, die Tür zu ihrem Büro stand offen: Ausnahmezustand. Angehörige waren nicht zu verständigen, die hatte Lore nicht. Dafür telefonierte Frau Schwartze überall sonst herum: Sie informierte die Polizei, fragte bei der nahegelegenen Bahnstation nach. Auch auf den Anrufbeantworter von Firma Segler sprach sie, das war das Taxiunternehmen im nächsten Ort, das oft von Heimbewohnern gerufen wurde; die Telefonnummer klebte unten groß am Eingangstresen.

Krampe kurvte interessiert im Eingangsbereich herum. Als er an Brose vorbeirollte, sah er ihn durchdringend an. »Sehen Sie«, zischte er, »hier verschwinden Menschen am helllichten Tag, einfach so. Und Sie, Sie wollten mir das ja nicht glauben.« Resigniert drehte er ab.

Brose, der mit Frau Paczensky, die in der letzten Woche bettlägerig gewesen war, endlich die fertige Niederschrift durchgehen musste, konnte sich kaum konzentrieren. Öfter als sonst ging er hinunter zum Rauchen. Die weiße Frau stand vor der Tür, mit aufmerksamen Seitenblicken beobachtete sie das Geschehen. Gedankenlos streifte Brose seine Zigarette über dem Blechbehälter ab.

Für eine schnelle E-Zigarette kam eine osteuropäische Pflegekraft nach draußen. Sie stellte sich zu ihnen, hielt aber ein bisschen Abstand, rasch tippte sie eine Kurznachricht in ihr Mobiltelefon. Sie rauchte hastig, dampfte und fauchte den süßlich riechenden Qualm regelrecht aus. Kaum hatten sich die letzten Schwaden verzogen, war sie auch schon wieder weg.

Verwundert hatte die weiße Frau ihr hinterhergeschaut. Sie selbst rauchte wie ein alter Indianer, der bedächtig und in tiefen Zügen aus seinem Kalumet trank. Oder wie ein Rauchverzehrer: die Hansekogge aus Porzellan, die bei Titus Broses Großeltern auf der Fernsehtruhe gestanden hatte.

Sorgfältig drückte sie ihre Zigarette aus: »Ade'le!«

»Ja, bis später«, sagte nun auch Brose leise, er nickte ihr zu und ging wieder hinein, zu Emma Paczensky, Zimmer 12.

Nachmittags, gegen drei, fuhr langsam, im Schritttempo, ein Polizeiauto vor. Brose, gerade wieder draußen vor dem Eingang, drückte vorsichtig seine Zigarette aus: *Asche zu Asche!*, dachte er; er rechnete mit dem Schlimmsten.

Eine junge Polizistin öffnete die Tür im Wagenfond. Und wer herausstieg – und das sogar ziemlich flott –, war Lore Huber. Die Polizistin trug ihr das Köfferchen hinterher. Lore sah aus wie ein Neuzugang. Ihr Gang war aufrecht, so stolz und selbstbewusst hatte man sie hier wahrscheinlich noch nie erlebt. Verwundert, vielleicht auch befremdet schaute sie sich um, so als sähe sie das Seniorenheim zum ersten Mal in ihrem Leben.

Sie war etwa dreißig Kilometer vom Heim entfernt aufgegriffen worden. Wie sie dort hingekommen war, konnte sich niemand erklären, sie selbst wahrscheinlich am allerwenigsten. Sie trug nur ihre leichten Hausschlappen. Vielleicht per Anhalter? Und was hieß übrigens »aufgegriffen«? Sie hatte, ganz normal angezogen, auf einer Bank an einer Bushaltestelle gesessen und gewartet. Einen kleinen Reisekoffer hatte sie bei sich und, ordentlich umgehängt: ihre schwarze Handtasche. Das alles war, abgesehen von den Hausschuhen, völlig unauffällig gewesen. Bis jemand bemerkte: Diese alte Dame wartete seit Stunden an einer Haltestelle, die schon lange außer Betrieb war. Über Kreuz war das runde Haltestellenschild mit braunem Paketfolienband zugeklebt, es sah aus, als wäre es vom Busunternehmen doppelt durchgestrichen worden. Schließlich wurde die Polizei verständigt, die dann wenig später auch eintraf. Ausweisen konnte Lore sich nicht. Anruf in der Zentrale. Dort war zum Glück schon bekannt, dass jemand aus dem *Alten Fährhaus* als abgängig gemeldet worden war.

Auch Frau Schwartze rauchte heute ausnahmsweise mal, eine von Broses französischen Zigaretten, sie stand bei ihm vor dem Eingang. Es war ihr anzumerken, wie erleichtert sie war. Und jetzt versuchte sie einzuordnen, wie das mit Frau Huber hatte passieren können. In Broses Ohren klang es wie eine Rechtfertigung, obwohl sie sich ihm gegenüber ja überhaupt nicht rechtfertigen musste.

»Irgendwann gehen Körper und Geist ihre eigenen Wege. Das kann man gar nicht verhindern. Manche liegen ja nur noch herum, sind aber hellwach und verfolgen aufmerksam, was außerhalb ihres Bettes vorgeht. Andere, die sind im Kopf völlig vernebelt, aber von einem irrsinnigen Bewegungsdrang erfasst. Da geht es mit dem Rollator den Gang hoch und runter, hoch und runter, immer wieder ... Das Bremsseil verhakt sich an der Haltestange, Sie haben ja gesehen, die sind bei uns überall angebracht in Griffhöhe, ist so Vorschrift. Man müsste nur mal ein kleines, ein winziges Stück zurückfahren, sich aus der Haltestange ausfädeln, schon ginge es wieder. Aber nein, es geht nicht, weil man versucht, das Hindernis im Vorwärtsgang zu überwinden. Man steckt fest und begreift nicht, warum. Bis eine hilfreiche Pflegekraft kommt: ›So, nur mal ein kleines Stückchen mit dem Rolli zurück und, sehen Sie, schon geht es doch wieder.‹ Und dann geht es wieder, geht es vorwärts, bis es dann wieder nicht mehr weitergeht.«

Frau Schwartze betrachtete zerstreut die Zigarettenglut.

»Alle Varianten sind da möglich, Herr Brose. Von der selbstverordneten Passivität, also ich sage mal: scheintot, bis zur ungezügelten Motorik, wo wir zwar im Allgemeinen keine Zwangsmaßnahmen einleiten dürfen, das aber doch, soweit es rechtlich vertretbar ist, einschränken müssen. Auch im Interesse unserer Bewohner, *vor allem* in deren Interesse natürlich.«

»Und Frau Huber? Die passt da doch eigentlich gar nicht ins Schema.«

Frau Schwartze sah ihn nachdenklich an. »Wissen Sie«, fragte sie ihn unvermittelt, »was sie den Polizisten gesagt hat, als die sie gefragt haben, wo sie hinwill?« Brose zuckte die Schultern. (Vom Fragetyp her war das weder eine offene noch eine geschlossene Frage, sondern eher Typ 3: eine sinnlose, rein rhetorische Frage: Woher sollte er das denn wissen?)

»Nach Hause.«

»Ach so.«

Er sah *E.T.*, das kleine außerirdische Wesen mit den großen Glupschaugen, vor sich, wie es nachts im Garten sehnsüchtig seine dünnen Ärmchen zum unendlich flimmernden Sternenhimmel ausstreckte. Für einen Moment wandte Frau Schwartze sich ab, dann drückte sie die Zigarette aus.

»Egal, jetzt ist sie ja wieder da. Und so schnell wird sie

auch nicht wieder ausreißen, da kümmern wir uns schon drum.« Sie sah auf die Uhr. »So, ich muss, nächster Termin.«

Die Tür zu Borkowskis Zimmer war nur angelehnt, dahinter vernahm Brose Stimmen, wie ein Verhör hörte sich das an.

Eigentlich wollte er ja zu Einhorn, ins Zimmer gegenüber. Die letzten Tage hatte er sich zwar gründlich auf das Gespräch vorbereitet, doch er war sich noch nicht ganz sicher, wie er elegant den Einstieg finden sollte, ohne gleich zu Beginn einen Fehler zu machen und damit eventuell das ganze Projekt *Einhorn-Chamisso* ein für allemal scheitern zu lassen. Deshalb wartete er erst einmal und ging meditativ ein paar Schritte im Gang auf und ab.

»Das gibt's doch gar nicht!«, hörte er auf einmal schrill eine Frauenstimme in Borkowskis Zimmer rufen. Ja, Brose nickte, stimmt, er blieb stehen und trat näher an die Tür heran, er tat so, als würde ihn brennend das impressionistische Blumenbild direkt neben Borkowskis Tür interessieren. Eine Pflegekraft schlurfte vorbei, sie trug blaue Gummihandschuhe. In einem halbgefüllten Plastiksack schleifte sie schmutzige Bettwäsche hinter sich her. Sie beachtete Brose kaum, wunderte sich auch nicht darüber, dass da jemand so unbeweglich und gebannt diese billige Blumenwiesenkopie anstarrte; offenbar hatte sie hier schon vieles gesehen und erlebt und war durch nichts mehr zu erschüttern. Die Stimmen im Zimmer wurden leiser, Brose musste sehr genau hinhören.

Frau Schwartze: »Also, ich fasse noch mal zusammen: Sie wollten Schwester Nadine Geld in den Kittel stecken?«

Borkowski: »Ja, kann man so sagen. Aber nur 'ne Kleinigkeit, nicht viel, bisschen was, mehr so als Taschengeld gedacht, nicht wahr.«

Schwester Nadine: »Er hat mich angefasst. – Hier. Hier!«

Borkowski: »Ich dachte mir, damit sie mit ihrem Freund vielleicht mal Eis essen gehen kann oder so.«

Schwester Nadine: »Also!!!«

Frau Schwartze: »Immer der Reihe nach, bitte.«

Borkowski: »Sie haben doch einen Freund, oder etwa nicht?«

Schwester Nadine: »Ob ich einen Freund habe oder nicht – das geht Sie schon mal gar nichts an. Also wirklich.«

Borkowski: »Ich dachte ja nur.«

Frau Schwartze: »Herr Borkowski, nur, um das mal klarzustellen: Schwester Nadine hat nicht nur einen Freund, sie ist sogar verheiratet.«

Borkowski: »Das macht doch nichts.«

Schwester Nadine: »Sie hatten ja überhaupt gar kein Geld in der Hand, als Sie mich … na, Sie wissen schon!«

Borkowski: »Ah, prima, gut, dass wir mal darüber reden: Es fehlt Geld in meinem Portemonnaie.«

Schwester Nadine: »Das wird ja immer besser!«

Borkowski (leise): »Finde ich überhaupt nicht.«

Frau Schwartze: »Seit wann fehlt denn Geld in Ihrem Portemonnaie?«

Borkowski: – – –

Frau Schwartze: »Sie müssen bitte lauter sprechen, Herr Borkowski, sonst verstehe ich Sie nicht. Also: seit wann?«

Borkowski: »Eigentlich schon ... schon solange ich zurückdenken kann, ja. Schon immer.«

Schwester Nadine: »Wie blöd ist das denn bitte?«

Frau Schwartze: »Nadine! – Herr Borkowski! So kommen wir doch nicht weiter.«

Borkowski: »Nachher kommt noch ein Foto von mir unten ans Schwarze Brett, bloß weil die da ...«

Frau Schwartze: »Immer noch Schwester Nadine, ja.«

Borkowski: »Ach ...«

Frau Schwartze: »Und da war noch was, Nadine?«

Schwester Nadine: »Ja, also: Diesen Spielkasten hier, den hat der einfach ...«

Frau Schwartze: »Den hat Herr Borkowski ...«

Schwester Nadine: »Ja, genau, den hat der einfach unten, aus *Las Vegas*, mitgehen lassen ...«

Borkowski: »Malefiz spiele ich, und zwar ziemlich regelmäßig, mit dem Doktor drüben. Das kann der bezeugen, aber sicher.«

Frau Schwartze: »Stimmt, Nadine, das habe ich neulich auch gesehen.«

Borkowski: »Meistens gewinne übrigens ich.«

Schwester Nadine: »Na klar, das kann ich mir vorstellen: Er schummelt ja auch.«

Frau Schwartze: »Nadine! – Und Sie, Herr Borkowski:

Ich möchte nicht noch einmal sehen, dass Sie Schwester Nadine die Zunge rausstrecken.«

Borkowski: »Ist doch wahr: Ich hab noch nie geschummelt. Noch nie.«

Schwester Nadine: »Wenn ich hier hereinkomme, Frau Schwartze, ich weiß nie, was mich dann erwartet ... Sehen Sie, sehen Sie, jetzt, jetzt grinst er wieder so.«

Frau Schwartze: »Weiter, bitte!«

Schwester Nadine: »Was ich auch nicht verstehe: Er könnte den Malefiz-Kasten dann doch wenigstens immer wieder zurückstellen, abends. Das ist doch nicht zu viel verlangt, oder?«

Frau Schwartze: »Herr Borkowski?«

Borkowski: »Das spielt doch sowieso keiner außer uns.«

Schwester Nadine: »Ja, weil Sie es weggenommen haben! Deshalb *kann* ja auch kein anderer außer Ihnen damit spielen!«

Borkowski: ???

Frau Schwartze: »Hm ...«

Borkowski: »Na, dann nehmen Sie es doch mit, das blöde Spiel. Bitte! Ich kaufe mir selbst eins.«

Schwester Nadine: »Ach!!! Und ich denke, Sie haben gar kein Geld?«

Frau Schwartze: »Nadine, bitte!«

Borkowski: »Irgendwo werde ich schon noch welches haben. Aber Ihnen – Ihnen werde ich garantiert nicht auf die Nase binden, wo.«

Frau Schwartze: »Müssen Sie ja auch nicht, das verlangt ja niemand von Ihnen. Ich mache jetzt mal einen

Vorschlag. Wollen Sie sich denn nicht endlich wieder vertragen? – – – Nadine?«

Schwester Nadine: »Nur, wenn ich ihm nicht die Hand geben muss.«

Frau Schwartze: »– – – Herr Borkowski?«

Borkowski: »Ich hab mich nicht gestritten. Ich streite mich überhaupt nie.«

Frau Schwartze: »Na schön, lassen wir das einfach mal so stehen. Ich hab gleich meinen nächsten Termin. – Kann ich Sie denn jetzt hier so alleine lassen?«

Borkowski: »Ja, von mir aus: sehr gerne.«

Frau Schwartze: »Nadine, Sie können doch in nächster Zeit einfach immer die Tür offen lassen, wenn Sie bei Herrn Borkowski zu tun haben, ja?«

Beim Zuhören war Broses Gesicht immer näher an das Blumenbild herangeraten. Von Nahem betrachtet, ohne einen gewissen Mindestabstand, waren es einfach nur bunte, wirre Farbtupfer. Er beugte seinen Oberkörper ein Stück zurück und versuchte nun, genau den Abstand auszutarieren, bei dem sich die chaotischen Kleckse wieder zurück in Blumen verwandelten … Das war nicht ganz einfach – vor, zurück. Ein kleines Kunststück, hier die richtige Balance zu finden.

»Was machen Sie denn da?!« Das war Frau Schwartze, sie stand neben ihm. Und dass sie ungeduldig war, war nicht zu überhören.

»Ich …«, sagte Brose, »ich wollte eigentlich zu Herrn Einhorn.«

»Und? Ist er nicht da? Natürlich ist er da. Ich war doch gerade bei ihm.« Sie klopfte an der Tür gegenüber. »Besuch!«, rief sie und klinkte die Tür auf, dann stöckelte sie – *klack-klack-klack* – genervt und kopfschüttelnd ab.

»Was gibt's?«, fragte Einhorn aus der Tiefe seines Sessels.
»Dicke Luft«, sagte Brose, »gegenüber.«
»Das ist nichts Neues. Na los, kommen Sie, kommen Sie schon rein.«
»Danke.«
»Sie können gleich mal die Gardine aufziehen. Ich hab hier so 'n bisschen vor mich hin gedämmert.«
»Gerne, sehr gerne.«
Nachdem Brose die Gardine aufgezogen und bei dieser Gelegenheit das Fenster angekippt hatte (dicke Luft auch hier, das hatte er gleich beim Eintreten gemerkt), nahm er auf dem Besucherstuhl Platz.
»Und, Herr Einhorn, wie geht es Ihnen denn heute?«
»Mir? Wie soll es mir schon gehen? Abgesehen von allem: ausgezeichnet.«
»Schön, sehr schön. – Neulich, da sind wir ja nicht so richtig weitergekommen. Inzwischen habe ich mich aber doch mal etwas ausführlicher mit Adelbert von Chamisso beschäftigt.«
»So, haben Sie?«
»Ja. Und ich muss sagen: Das war außerordentlich, wirklich außerordentlich interessant für mich. – Also, nur mal als Beispiel ...« Ihm waren sofort die fliegenden

Fische wieder eingefallen, die Chamisso so anschaulich beschrieben hatte.

»Das ist doch erstaunlich, Herr Dr. Einhorn, nicht wahr? Wenn man bedenkt, wie sich in der Evolutionsgeschichte das Leben mühsam vom Wasser ans Land gequält hat, dort am Ufer erst lange herumkriechen musste, bis es später irgendwann einmal auf zwei Beinen gehen konnte, so wie wir – und diese sonderbaren Fische, die erheben sich gleich in die Luft, überspringen oder überfliegen die ganze Entwicklung einfach, fast schwerelos.«

»Ja, aber sie bedeuten Unglück.« Einhorn strich sich mit den Händen über die Knie. »Seit ich nicht mehr richtig laufen kann, träume ich nachts übrigens oft vom Fliegen. Ich könnte ja auch erst mal vom Laufen träumen, nicht wahr. Aber nein.« Entschlossen rückte er sich die Brille zurecht: »Und, was gab es sonst noch, ich meine: außer den fliegenden Fischen?«

Brose berichtete ihm nun der Reihe nach, was er alles in letzter Zeit von und auch über Chamisso gelesen hatte.

Einhorn hörte aufmerksam und – bis auf kleine Korrekturen und knappe Kommentare – wortlos zu. Als Brose fertig war, sagte er: »Schön. Und Sie erzählen mir das jetzt alles, weil – – –«

»Ach so, ja, weil, wir haben uns überlegt ... Also, Sie hatten mich ja neulich gefragt, ob ich Ihnen nicht ein wenig unter die Arme greifen kann mit Ihrem Archiv und so weiter. Vielleicht, das ist der Vorschlag, den ich Ihnen heute machen kann, reden wir einfach mal darüber, wie viele Wochenstunden das in etwa wären, da müssten wir dann auch so einen kleinen Vertrag aufsetzen, und ich würde ...«

»Klar«, sagte Einhorn, »ohne Vertrag geht da gar nichts.« Konzentriert, an Brose vorbei, schaute er auf seinen Apothekenwandkalender. »Dann planen Sie doch bitte schon mal ein, dass Sie nächstens für mich nach Leipzig fahren müssen.«

»Ich, nach Leipzig?«

»Ja. – Oder ist das ein Problem für Sie?«

»Nein, überhaupt nicht.«

»Spesen übernehme in diesem Fall natürlich ich, das ist klar.«

Brose, der mit mehr Widerstand gerechnet hatte, war überrascht, wie unkompliziert das gegangen war. Zufrieden lehnte er sich im Stuhl zurück, er schlug die Beine übereinander und überlegte, wie er das Iris nachher am Telefon möglichst effektvoll als einen mühsam errungenen Sieg dank seiner großen Überredungskünste verkaufen konnte.

Und dieser unerwartet schnelle Erfolg ermutigte ihn nun auch, Einhorn etwas zu fragen, was ihn seit der Lektüre des *Rurik*-Weltreisetagebuchs beschäftigt hatte.

»Eine Sache, Herr Einhorn, die ist mir noch aufgefallen, das hatte ich vorhin gar nicht erwähnt, das wollte ich Sie unbedingt fragen ...«

»Ja?«

»War Chamisso eigentlich, wie soll ich das jetzt sagen ... homosexuell?«

»Ach, das«, sagte Einhorn sichtlich enttäuscht. »Spielt das denn eine Rolle für Sie, Herr Brose?«, fragte er misstrauisch.

»Nein, überhaupt nicht. Es hat mich nur einfach interessiert.«

»Darüber ist nun schon so oft schwadroniert worden. Und dann wird natürlich auch immer wieder der gute Kadu angeführt, das Naturkind. Dem sind Sie sicher öfter bei der Weltreise begegnet, nicht wahr? Da gehört vieles ins Reich der Spekulation. Tatsache ist: Chamisso war verheiratet. Immerhin war er ja, das werden Sie wissen, Vater von sieben Kindern.«

Brose blickte zum bunten Ausdruck, den Einhorn über seinem Schreibtisch angepinnt hatte und der das Foto von Chamissos Familiengrab zeigte; er nickte.

»Es gab bei ihm aber nicht nur die, sagen wir mal, ›eheliche Pflichterfüllung‹, darüber hinaus war er auch noch außerehelich aktiv. Das ja.«

»Ach«, sagte Brose, »das wusste ich gar nicht.«

»1821, auf einer Reise an die See. Eigentlich war er da als Botaniker unterwegs und wollte Farne sammeln, dann aber begegnete er Marianne Hertz und, na ja, Fauna eben statt Flora – – – Wilhelm Ludwig Hertz, der spätere Verleger Fontanes, geboren im Juni 1822, ist Chamissos unehelicher Sohn.«

Interessiert horchte Brose auf. Wenn er eine spannende Geschichte hörte, merkte er, dass er tief im Innern immer noch Journalist war. Und Sohn! Auch das würde er wahrscheinlich zeitlebens bleiben: *Wusstest du eigentlich,* hörte er sich beiläufig seinen Vater, den Studienrat, fragen, *dass Fontanes Verleger Chamissos unehelicher Sohn war?*

»Ist Ihnen denn sonst nichts weiter aufgefallen?«

»Doch, natürlich, ja, jede Menge.«

»Gut, aber ich meine nicht *jede* Menge. Ich meine *eine* ganz besondere, sehr spezielle Merkwürdigkeit in seinem Leben.«

»Wenn Sie mich so fragen ...«, sagte Brose unschlüssig.

»Also schön, frage ich mal anders: Wann ist er zu seiner Weltreise aufgebrochen?«

»Das war, Moment ...«

»Richtig, das war 1815. Und in welcher Position ist er für diese Expedition angeheuert worden?«

»Als Botaniker ist er an Bord gegangen. In Plymouth.«

»Genau. – Und wann hat er den *Peter Schlemihl* geschrieben?«

»1813!«

Das kam jetzt tatsächlich *wie aus der Pistole geschossen*, Brose hatte sich diese Jahreszahl gemerkt, indem er sie mit dem Bild der anrückenden französischen Truppen (Gewehre, *Pistolen!*) verknüpft hatte, vor denen Chamisso aus Berlin nach Kunersdorf, aufs Land, geflüchtet war.

»Zwei Jahre vorher also?«, fragte Einhorn nach – und das in einem sehr bestimmten Ton. Brose, der nicht wusste, worauf Einhorn hinauswollte, sagte unbestimmt: »Ja, klar.«

»Und jetzt verraten Sie mir bitte noch: Womit hört die *Schlemihl*-Geschichte auf?«

»Also … wenn ich mich richtig erinnere, ist er doch am Ende so eine Art Naturforscher, nicht wahr?«

»Ja, Sie erinnern sich richtig. Und da kommen dann auch die Siebenmeilenstiefel zum Einsatz, über die wir neulich gesprochen hatten. Jeder Schritt, den er mit ihnen macht, führt ihn in eine andere Weltgegend. Mal ist er am nördlichen Eisufer, wo er Seehunde beobachtet, mal auf chinesischen Reisfeldern, mal in der Südsee, dann wieder bei den Pyramiden Ägyptens.« Einhorn sah Brose nachdenklich an: »Das würde man doch, da geben Sie mir sicher recht, als Weltreise bezeichnen, oder?«

»Ja, natürlich. Wie denn sonst?«

»Er beschreibt im *Schlemihl 1813* also etwas«, Einhorn hatte sich jetzt weit nach vorn gebeugt und seine Stimme gesenkt, »das er erst ein paar Jahre später erleben wird, nicht wahr?«

»Ja, so gesehen, da haben Sie recht, stimmt.«

»Und wofür halten Sie das?«

Brose schwieg einen verdutzten Moment. »Zufall. Das wird, nehme ich mal an, sicher ein Zufall sein.«

»So, nehmen Sie an?«

»Ja, oder vielleicht auch … Vorsehung.«

»Vorsehung? Nicht schlecht, Herr Brose, Vorsehung ist schon gar nicht mal so verkehrt.« Einhorn ruckelte sich in seinem Sessel zurecht; eine einigermaßen bequeme Sitzhaltung zu finden, schien ihm heute schwerzufallen.

»Zufall war es jedenfalls, dass ihm einmal bei einem Freund, Anfang 1815 war das, ein Zeitungsartikel in die Hände fiel, in dem von einer bevorstehenden Entdeckungsexpedition der Russen berichtet wurde. Unbedingt wollte er an dieser Expedition teilnehmen, am liebsten gleich auf der Stelle losfahren und an Bord gehen. Doch er wusste nicht, wie er das machen sollte. Sein Freund nahm ihm das Blatt aus der Hand, las dort, dass die Expedition unter dem Kommando eines Otto von Kotzebue stand, und da er dessen Vater, August von Kotzebue, den Staatsrat und Theaterdichter, noch aus Königsberg kannte, ließ er sich von Adelbert sämtliche verfügbaren Zeugnisse, Briefe und Empfehlungsschreiben geben und schickte das alles mit nächster Post an den alten Kotzebue. So hat sein Freund das für ihn eingefädelt.«

»Das heißt, ohne diesen Freund wäre es mit der Weltreise gar nichts geworden.«

»Davon kann man ausgehen, ja. – Und wissen Sie zufällig noch, Herr Brose, für wen Chamisso den *Schlemihl* geschrieben hat?«

»Ursprünglich war das eine Geschichte, die für Kinder gedacht war.«

»Ja, um hier aber genau zu sein: für die Kinder seines Freundes, eben dieses Eduard Hitzig, der im Hintergrund die Fäden gezogen hatte, damit er überhaupt auf seine Weltreise gehen konnte, und der bereits 1813 dafür gesorgt hatte, dass Chamisso nach Kunersdorf ging, um aus der Schusslinie zu sein, als die Franzosen anrückten. Und als Chamisso 1819 endlich heiratete, da war er immerhin schon achtunddreißig – wissen Sie auch, wen?«

Brose kniff die Augen zusammen: »... Antoine Piaste«, las er den Namen vom Grabsteinfoto ab.

»Ja, natürlich«, sagte Einhorn ungeduldig, der gesehen hatte, dass Brose das nur abgelesen hatte, »aber wessen Ziehtochter war das?« Ehe Brose etwas sagen konnte, beantwortete Einhorn seine Frage schon selbst: »Das war Hitzigs Ziehtochter. – Manchmal, Herr Brose, hat die ›Vorsehung‹, wie Sie das vorhin genannt haben, auch einen Namen; im Falle Chamissos hieß sie definitiv Eduard Hitzig.«

»Dann war dieser Hitzig, wenn er so umtriebig und gut vernetzt war, offenbar doch eine ziemlich schillernde Figur damals in Berlin, oder?«

»Ganz im Gegenteil. Ein preußischer Beamter, so wie man ihn sich vorstellt, fast eine Karikatur: mit dicker Brille, und am Ende seines Lebens, vom Aktenstudieren bei schlechtem Funzellicht in staubigen Kabinetten, beinahe blind.«

»Wie haben die beiden sich denn überhaupt kennengelernt? Und vor allem, ich meine: Was verband sie miteinander, wenn sie so unterschiedlich waren?«

»Beide versuchten, irgendwie dazuzugehören zur Gesellschaft, das verband sie: Sie waren Außenseiter in der preußischen Hauptstadt. Chamisso sowieso, als Immigrant aus Frankreich – und Hitzig, geboren 1780, der wurde ja überhaupt erst 1799 Eduard Hitzig, als er zum Christentum konvertierte und bei dieser Gelegenheit seinen Namen eindeutschte. Vorher, da hieß er Elias Itzig. Er entstammte einer wohlhabenden jüdischen Fabrikbesitzerfamilie. Studierte Rechtswissenschaft, wurde später Assessor am Berliner Kammergericht. 1799, nach dem

Tod seines Großvaters, des Hofbankiers Daniel Itzig, erbte er ein Vermögen und ...«

»Und kennengelernt haben die sich – wie?«, fragte Brose noch einmal nach.

»Ein Jahr zuvor, 1798. Über Paul Erman, Chamissos Physiklehrer. Der hat Chamisso 1798 in die jüdische Berliner Gesellschaft eingeführt. Später waren die beiden dann ja auch Mitglieder im *Nordsternbund*, diesem romantischen Dichterklub. Hitzig, einen Kopf kleiner als Chamisso, sah in jeder Hinsicht zu seinem Adelbert auf, er kümmerte sich, wo es nur ging, um die weltlichen Belange seines Freundes, der manchmal, nun ja, etwas lebensungeschickt war. Und Hitzig, der war es ja schließlich auch, der Chamissos Werke herausgegeben und seine Biografie geschrieben hat. – Sie sehen also, Herr Brose, auch als Biograf kann man es zu etwas bringen.«

Aus seiner Stimme hatte Brose kurz einen spöttischen Unterton herausgehört, doch unverzüglich kam Einhorn nun wieder zum Ausgangspunkt ihrer Unterredung zurück.

»Aber, ganz abgesehen jetzt mal von Hitzig: In Chamissos Leben ist eines auffällig – dass er immer wieder Sachen beschrieb, noch ehe er sie überhaupt erlebt hatte. Das geht bis ins allerkleinste Detail. Reichen Sie mir doch bitte mal die Mappe dort rüber, nein, nicht die – die grüne da. Ja, danke.« Einhorn schlug sie auf. »In *Adelberts Fabel*, das ist eine kleine Erzählung aus dem Jahr 1806 ...«

»Die ich allerdings nicht gelesen habe«, bekannte Brose.

»Ganz egal jetzt! Dort wird beschrieben, wie der Held, also ein gewisser Adelbert, im Meer schwimmt. Hören Sie mal, was da steht: *Und er spannte seine Kräfte mehr an und schlug zum Schwimmen das Wasser mit erhöhter Macht* ...« Einhorn hob den Blick vom Blatt: »Na, Dr. Watson, fällt Ihnen da vielleicht was auf?«

Diese offizielle Neuordnung ihrer Verhältnisse, seine Beförderung zu Einhorns wissbegierigem Assistenten, registrierte Brose mit einem leichten Grinsen; die ganze Zeit schon war der Doktor ja nichts anderes als der Lehrer und er dessen Schüler gewesen. Allerdings, im Moment wusste er nicht, was Einhorn, alias Sherlock Holmes, genau meinte. »Eher nicht. Na ja, höchstens vielleicht ...«

»Ja?«

»... Bisschen seltsame Art zu schwimmen ist das, oder?«

»Exakt. Man könnte auch sagen: So beschreibt das Schwimmen jemand, der noch nie in seinem Leben richtig geschwommen ist. Das sieht doch eher nach dem Überlebenskampf eines Ertrinkenden aus. Und tatsächlich: 1806, als er das geschrieben hat, konnte er noch gar nicht schwimmen. Das hat er erst Jahre später gelernt, als er bei Madame de Staël war, am Genfer See, im Schloss Coppet. Sie hat es ihm beigebracht. Natonek, im *Mann ohne Schatten*, widmet diesem Schwimmunterricht ein ganzes Kapitel. Ziemlich dramatische Szene übrigens, denn als er es soweit gelernt hat, wird er leichtsinnig, ihn erfasst eine Strömung und fast schafft er es nicht mehr bis ans rettende Ufer.«

Melanie, die Pflegekraft, stand im kleinen Vorraum zu Einhorns Zimmer, Brose hatte sie gar nicht kommen hören, sie grüßte kurz, ging dann ins Bad, wo im nächsten Augenblick hart ein Wasserstrahl ins Waschbecken schlug.

»Oh ja«, sagte Einhorn, er verzog das Gesicht und warf die Brille schwungvoll auf den Tisch, »jetzt kommt er wieder, der einsame Höhepunkt meiner grauen Tage.«

»Mann, Doc, geht's noch«, rief Melanie aus dem Bad, »was sind denn das wieder für Sprüche heute!«

Fragend schaute Brose auf.

»Ich bin«, flüsterte Einhorn, »wenn Sie so wollen ... nicht mehr ganz dicht.«

Perplex schaute Brose ihn an, er wollte ihm widersprechen, doch Einhorn schüttelte den Kopf und erklärte – mit Blick auf die an ihm herabhängenden Schläuche, die er gerade begann freizulegen: »Kleines bisschen inkontinent, eine Art ... *Auslaufmodell*, wenn Sie verstehen, was ich meine.« Er richtete sich auf: »So, Melanie, auf geht's!« Und an Brose gewandt, fügte er leise hinzu: »Gleich beginnt sie, die Reise in die Unterwelt!«

»Zum Katheterwechsel«, sagte Melanie, sie stand jetzt in der Badtür und desinfizierte sich gründlich die einzelnen Finger, was so aussah, als riebe sie sich voller Vorfreude schon die Hände, »da wollen wir doch lieber für uns allein sein, nicht wahr, Doc? Oder will Ihr Besuch dabei sein?«

Nein, natürlich nicht! Abrupt war Brose aufgestanden.

»Moment noch, warten Sie«, sagte Einhorn, er reichte Brose den Doppelband 5/6 seiner alten Chamisso-Ausgabe aus der Weidmann'schen Buchhandlung, der auf seinem Beistelltisch lag. »Sie können inzwischen ja noch mal nachlesen, was Hitzig Chamisso bedeutet hat. Und dort finden Sie auch Chamissos Briefe, die er ihm von unterwegs, von seiner Weltreise, geschrieben hat. Die fehlen, glaube ich, in Ihrer Cotta-Volksausgabe.« In Ermangelung eines Lesezeichens steckte Einhorn einen der herumliegenden Rezeptscheine zwischen die Buchseiten.

»So, Melanie, kann losgehen!« Einhorn lehnte sich im Sessel zurück und öffnete seine Hose, er schloss die Augen, und Brose schloss von außen leise die Tür.

Auf dem Kanal zogen ein paar Enten vorbei. Für einen Moment schienen sie ihren Widerstand gegen die Strömung aufgegeben zu haben, sie ließen sich einfach treiben und warteten ab, wohin das führen würde. Brose setzte sich auf eine Bank im Schatten, unter eine Weide, die sich über den Kanal neigte. Ihre Zweige hingen als hellgrüner Vorhang herab, der sich flatternd zwischen ihn und die Landschaft geschoben hatte; im leichten Wind wehte er hin und her, manchmal raschelte er auch leise.

Brose blätterte sich durch die steifen, stockfleckigen Blätter des alten Buches. Zunächst begann er damit, in Chamissos Briefen zu lesen. Zwar hatte er es schon immer für indiskret gehalten, in fremden Briefen zu lesen, dieser vertraulichen Zwiesprache zwischen zwei Menschen; und selbst wenn diese, wie hier, in Buchform veröffentlicht waren, kam es ihm nicht richtig vor, wie eine unerlaubte Einmischung in fremde Angelegenheiten, doch im Moment war seine Neugier größer.

Im September 1815, als die *Rurik* noch vor Plymouth lag, hatte Chamisso an Hitzig geschrieben: *Lieber Ede, schreibe doch auch so hie und da, wenn Dir das Herz nach mir steht in den Stunden, wo ich Dir fehle, einige Zeilen an mich – und laß mich so in Deinem nächsten Briefe an mich in Kamtschatka (ich verweise Dich wegen Anweisung an den Etatsrath v. Kotzebue) einen fortlaufenden Faden Deines Lebens finden, und ein Journal der Geschichte aller Befreundeten, ich bitte Dich darum, lieber Ede, und laß mich nicht umsonst bitten.*

Ein paar Seiten weiter und ein Jahr später, 1816, hieß es aus Kalifornien: *Von den Träumen, die ich im Schlafe träume, muß ich Dir berichten, wie sie sich wunderlich verwirren, alle meine Todten und die ich in der Kindheit verloren habe, leben darinnen, als hätten sie nie gefehlt und treten in alltägiger Gewöhnlichkeit auf, so und so nach Morpheus' dummem Witz. Die Jahre werden zurückgeschraubt und die Wiege des Schiffes wiegt mich wieder zum Kinde ...*

Brose hielt kurz inne: Dass die Zeit zurückgedreht wird, das war wohl tatsächlich ein Lebensthema Chamissos. Er stellte sich vor, wie der sich in der engen Schiffskajüte von seiner Hängematte wiegen ließ und wenig später, in der Halbwelt zwischen Licht und Dunkel, als ein Kind einschlief.

Einhorn hatte seinen Rezeptschein auf S. 222 ins Buch gelegt, und Brose las nun, was dort über Hitzig stand.

Was Hitzig Chamisso war, davon zeugen dessen Briefe; deshalb hat diesem Mann in gegenwärtigen Erinnerungen mehr Platz eingeräumt werden müssen, wie ihm als isolirte Erscheinung gebühren würde. Denn Hitzig ist nur ein gewöhnlicher Geist, doch voll aufrichtiger Anerkennung höher Begabter, von freundlichem Wesen, verträglicher Gemüthsart, leichter Auffassung und bewandert im Leben wie in dem menschlichen Herzen durch unausgesetzte Beschäftigung mit dem eigenen, mit welchem er sich von je an soviel zu schaffen gemacht hat, als es ihm zu schaffen machte. Diese Eigenschaften mochten ihn wohl bedeutenden Menschen, die ihn in jeder Lebensperiode gern an sich zogen, zum Umgang empfehlen; war aber aus diesem Umgang eine wirkliche Freundschaft entstanden, so trat in Hitzig's Charakter bald noch eine andere Eigenthümlichkeit hervor: eine, wir möchten sie eine weibliche nennen, Fähigkeit, sich so in die inneren und äußeren Interessen des Freundes hinein zu denken und zu fühlen, daß sie sich ganz mit seinen eigenen identificirten und er sie behandelte wie diese.

Brose überflog den Text, bis sein Blick wieder, ein paar Zeilen weiter, beim Namen Chamisso landete.

In Beziehung auf Chamisso trat noch ein besonderer Umstand ein. Hitzig war das Band, das ihn an die äußere Welt knüpfte, der ihm, dem von allem geselligen Verkehr fern Lebenden, welcher kein Journal las, auch selten ein neues Buch, über Alles referirte und zwar, wie er es liebte, treu referirte; als ein alter Jurist, mit Hervorhebung des Punktes, auf den es ankommt, und mit Eingehen auf Einzelheiten.

»Und – haben Sie's gelesen?«, fragte Einhorn sofort, als Brose nach der kleinen Unterbrechung wieder ins Zimmer trat. Nach dem Katheterwechsel wirkte Einhorn verjüngt, die Farbe seiner Wangen war von Grau in ein frisches Rosa gewechselt, seine Haare klebten in langen Strähnen feucht am Kopf.

»Ja. Wirklich ein ausgesprochen schöner Text über diesen Hitzig. Man kann sich richtig vorstellen, wie der in dieser Freundschaft aufgegangen ist.«

»Da haben Sie recht.«

»Wer hat den eigentlich geschrieben, also, ich meine: diesen Text über ihn?«

»Wie – wer?« Erstaunt, beinahe befremdet, blickte Einhorn Brose an. »Entschuldigen Sie mal, ich denke, Sie haben es gelesen, hier vorne steht es doch, ganz deutlich«, er blätterte ungeduldig ein paar Seiten zurück, *Einzelne Züge zur Charakteristik Chamisso's. Von dem Herausgeber.*«

»… Ja, aber *Hitzig* ist doch der Herausgeber?«

»Ja, eben. Und?«

»Ach … Und da redet er von sich in der dritten Person?«

»Ja, natürlich. Hitzig nimmt sich so weit zurück, dass er in Bezug auf seine eigene Person nicht mal ›ich‹ sagt, das ist ganz typisch für ihn. So eine Bescheidenheit, die kennt man heute kaum noch.«

»Also, Herr Dr. Einhorn, da muss man ja auch erst mal darauf kommen, nicht wahr. Wahrscheinlich habe ich das deswegen nicht gleich zuordnen können.«

Einhorn schien sich nun ernsthaft zu fragen, ob dieser

Herr Brose, wenn der nicht mal richtig lesen konnte, wirklich eine Hilfe für ihn war. Skeptisch blickte er ihn an, dann schaute er schweigend aus dem Fenster.

Und Brose? Dem war es unglaublich peinlich, dass er nicht in der Lage gewesen war, eins und eins zusammenzurechnen, das hatte er doch gewusst, dass Eduard Hitzig der Herausgeber war. Ohne vorher angeklopft zu haben, war plötzlich Stille eingetreten und machte sich in Einhorns Zimmer breit.

»Ähm«, sagte Brose, »Sie hatten doch vorhin gesagt, dass ich nach Leipzig fahren soll?« Das war ihm jetzt glücklicherweise wieder eingefallen, vielleicht konnte er damit das entstandene Schweigen brechen.

»Richtig«, sagte Einhorn.

»Und was genau …«, fragte Brose, während er schon Notizblock und Kugelschreiber aus der Aktentasche zog und zur Hand nahm, »was genau hätte ich denn dort zu tun?«

Einhorn lehnte sich in seinem Sessel zurück, lange sagte er nichts.

»Also gut, Herr Brose, kommen wir jetzt zu Ihrer Aufgabe, die Sie hoffentlich auch bewältigen können. Ich fasse mal zusammen: 1837, ein Jahr vor seinem Tod, das hatte ich Ihnen ja bereits erzählt, ist Chamisso mit der Postkutsche von Berlin nach Leipzig gereist, um dort an einer der Pionierfahrten auf der ersten Teilstrecke der sächsischen Eisenbahn teilzunehmen. Die Strecke von Leipzig nach Althen, 10,6 km, war in einer Fahrzeit von zwanzig Minuten zurückgelegt worden, das heißt mit der für damalige Verhältnisse ziemlich unvorstellbaren Durchschnittsgeschwindigkeit von ca. 30 km/h, einem Tempo, bei dem draußen wild durcheinander Bäume und Häuser, winkende Zuschauer sowie die hölzern am Bahndamm aufgestellten Streckenposten vorbeiflogen und auch sonst alles durcheinanderkam, insbesondere die bisherigen Zeitvorstellungen ... – Können Sie sich das vorstellen?«

»Ja, natürlich.«

Neuerdings wanderte auf einem längeren Abschnitt der Bundesstraße – und zwar zwischen Mögeln und Rülow – eine unberechenbare Wanderbaustelle die grüne, baumgesäumte Allee entlang, die regelmäßig auch Broses Zeitvorstellungen durcheinanderbrachte. Jedes Mal, wenn er seine Geschwindigkeit auf die dort vorgeschriebenen 30 km/h drosseln musste, hatte er den Eindruck, abrupt ausgebremst zu werden, sich nur noch im Zeitlupentempo voranzubewegen, beziehungsweise überhaupt auf der Stelle zu stehen.

Einhorn fixierte Brose scharf: »Bereits sieben Jahre zuvor – auch hier wieder so ein *zuvor*, Herr Brose! – hatte Chamisso im Gedicht *Das Dampfroß* visionär beschrieben, was in einem menschlichen Verstande vor sich gehen musste, bewegte sich dessen dazugehöriger Körper mit einer derartigen Höchstgeschwindigkeit voran. Statt im Schrittmaß der ruhig dahinlaufenden Zeit gemächlich von A über B bis nach Z vorwärts zu gehen, wird bei solch einem, für damalige Verhältnisse unnatürlich hohen Tempo die normale Zeit überholt, man gerät unweigerlich in eine Zeitschleife und läuft dementsprechend den Zeitstrahl in entgegengesetzter Richtung, es geht wieder zurück. *Ich habe der Zeit ihr Geheimnis geraubt,* heißt es bei Chamisso, *Von gestern zu gestern zurück sie geschraubt / Und schraube zurück sie von Tag zu Tag, / Bis einst ich zu Adam gelangen mag.* Nicht nur in die Zukunft hatte er also *vom Hochsitze dieses Triumphwagens geschaut,* wie er im Brief an Fouqué geschrieben hatte, sondern auch in weit zurückliegende Vergangenheiten. So besucht er in diesem Gedicht, zum Beispiel, seine Mutter in dem Moment, als sie ihn gerade zur Welt bringt, und lernt bei einer anderen Gelegenheit auch seine Großmutter als junge, liebliche Braut kennen. Nicht von A nach Z also, sondern von Z zurück zu A, wie Adam. – Können Sie noch folgen?«

»Ja klar, habe ich schon verstanden. Als Gedankenspiel ist das sicher nicht ohne Reiz.«

»Gedankenspiel …«, wiederholte Einhorn, er spitzte die Lippen und schüttelte leicht den Kopf. »Eine Sache, Herr Brose, ist es, etwas zu denken, eine ganz andere, es dann auch wirklich zu erleben, jeden Tag.«

Lange schaute er zur Seite. Dann wandte er sich wieder Brose zu: »Als ich hier eingezogen bin, da habe ich gedacht: In was für einem Kindergarten bist du denn jetzt gelandet? Na gut, dachte ich, das ist jetzt so, das lässt sich nicht ändern, das bleibt nun auch so. Das hab ich wirklich geglaubt, ja.«

Dass das Altersheim im Grunde eine Art Kindergarten sei, na schön, das hörte Brose hier nicht zum ersten Mal, die Parallelen waren ja auch zu offensichtlich: Er musste bloß an die Bastelgruppe denken, die sich immer dienstags im kleinen Saal traf. Deutlich war ihm anzusehen, dass er diese Gleichsetzung so taufrisch neu nicht fand, doch Einhorn ließ sich davon nicht beirren.

»Gegenüber, da hatte ich einen Nachbarn, den Vorgänger von Borkowski, Herrn Hilpert. Ich weiß noch, wie wir zusammen Schach gespielt haben. Er war sogar besser als ich. Dann, ganz allmählich, man hat es kaum gemerkt, verlernte er das Sprechen. Schachspielen aber konnte er immer noch, fast brillant. Es begann damit, dass er einfach Wörter verwechselte. Das Schachspiel, zum Beispiel, nannte er eines Tages plötzlich ›Schauspiel‹, und er war nicht mehr davon abzubringen. ›Als Schauspieler‹, sagte er zu mir, ›müssen Sie mehr auf Ihre Intuition, auf Ihr Bauchgefühl hören, sonst wird das nichts, und Sie verlieren jedes Spiel.‹ Ich musste lachen, und er, glaube ich, auch. Dann wurde er immer schweigsamer, wahrscheinlich, weil er das selbst merkte, dass ihm immer öfter etwas durcheinanderkam und ihm die richtigen Wörter fehlten. Bis schließlich gar keine mehr da waren. Als ich ihm mal was vorlesen wollte und unten bei Bronkow in der Ausleihe war, da sah ich: Diese speziellen Seniorenbücher, die dort massenhaft herumstehen, die sind ja alle in Großschrift gedruckt, so wie für Schüler im Erstlesealter. Na gut, haben wir uns eben Bildbände zusammen angeguckt, der Hilpert und ich, Bilderbücher, wenn Sie so wollen. Schließlich brabbelte er nur noch zahnlos vor sich hin, dann wurde er mit Breichen gefüttert, am Ende mehrmals täglich gewindelt ... Gegen das Wundliegen verwenden sie hier übrigens eine Babycreme. Verstehen Sie, so ging das immer weiter zurück mit ihm bis – – –«

Brose schloss halb die Augen. Er sah die Lebensfilme der Heimbewohner rückwärts abspulen, Schritt für Schritt ging es immer weiter zurück bis an den Anfang: Erst verlernte man das Sprechen, dann das Laufen ...

»Wissen Sie eigentlich, was die meisten sagen, wenn es mit ihnen zu Ende geht?«, hörte er Einhorn fragen.

Brose wusste es nicht, er zuckte die Schultern.

»Mama.«

Natürlich, Brose nickte, das war ja klar: Auf dem Weg zurück gelangte man unweigerlich eines Tages auch wieder in den Bauch der Mutter, so wie der Held in Chamissos Eisenbahngedicht. Und konsequent weitergedacht, im Moment der Zeugung, fiel man, wenn es rückwärts ging, auseinander, in zwei Teile, zwei Zellen, eine Eizelle, eine Samenzelle.

»Was war das übrigens vorhin bei Borkowski?«, unterbrach Einhorn Broses Tagtraum.

»Weiß ich nicht so genau, ich habe nur zufällig vor der Tür gestanden und was gehört.«

»Wieder was mit Nadine!?«

»Ja, stimmt, eine Schwester ... Nadine sagten Sie? Ja, die war auch da.«

»Ach, dieser Rolf, Menschenskind! Er schnappt was auf, versteht es nur zur Hälfte, und dann denkt er, er hat einen Freifahrtschein für alles. Letzte Woche, als er hier saß, hat er mir gesagt, dass die ihm überhaupt nicht mehr aus dem Kopf geht.«

»Wer?«

»Na, diese Nadine. Dass er Tag und Nacht von ihr träumt. Richtig besessen ist er davon. Und dass er sie ...« Einhorn brach plötzlich ab. »Sie meinen also ...?«, fragte Brose, halb belustigt, halb erstaunt.

»Ich meine gar nichts, Herr Brose, ich beobachte nur und versuche, Schlussfolgerungen daraus zu ziehen. Aber in diesem Fall: Ja, meine ich.«

Nein, im Einzelnen wollte sich Einhorn nicht dazu äußern, nur so viel: Seit Rolf etwas von dieser Rückwärtstheorie Einhorns mitbekommen habe, sei das eine fixe Idee von ihm, irgendwie rechne er sich aus, dass das seine *Beziehung* zu Nadine verändern könne. Er träume davon, dass sie sich ihn – Einhorn ließ eine kleine Pause, bevor er Brose das anvertraute – ... »einverleibt«, er in sie hineinkriechen könne.

»Und dann?«, fragte Brose.

»Und was dann? Schluss! Zurück in den Mutterschoß.« Ganz schlimm sei es übrigens geworden, als er herausbekommen hatte, dass Nadine demnächst genau so alt sein würde wie seine Mutter, als die ihn zur Welt gebracht hat. »Dieser Malefizkerl! Und dabei lasse ich ihn nun schon dauernd gewinnen.« Mit der flachen Hand wischte Einhorn energisch den Rolf-Komplex, der ihm sichtlich unangenehm war, beiseite.

Er beugte sich nach vorn und versuchte Brose nun zu erklären, was das Besondere an dieser Rückwärtsbewegung war, die Chamisso in seinem Eisenbahngedicht beschrieben hatte, Ursache und Wirkung würden hier – um im Bilde zu bleiben – ihre reservierten Sitzplätze tauschen.

»Wenn man den Zeitstrahl zurückläuft, Herr Brose, kann man erkennen, was im Leben notwendig und was zufällig war.«

Da Brose ihn nur verständnislos anschaute, versuchte er, es an einem Beispiel zu verdeutlichen.

»Wenn jemand Abitur gemacht hat, kann es ja trotzdem sein, dass er danach, was weiß ich, Friedhofsgärtner wird, das ist möglich, wir können also nicht zwangsläufig aus dem Abitur darauf schließen, dass er auch wirklich studieren wird. So einen Fall hatte ich damals übrigens im Museum. Einen jungen Mann, aus irgend so einer Kirchenumweltgruppe, was weiß ich, der bekam keinen Studienplatz und wurde bei uns im Depot mit allen möglichen Sortierarbeiten beschäftigt. So ist ja das Leben: zufällig, nicht zu planen, nach vorn hin offen, wir wissen nicht genau, wie es weitergeht und was die Zukunft bringt, oder auch schon der nächste Tag.«

»Ja, das ist ja auch«, sagte Brose, »das Spannende daran.«

»Gehen wir nun aber, wie es Chamisso tut, zurück, ergibt sich ein völlig anderes Bild. An die Stelle des Zufalls rückt die Notwendigkeit. Also, um jetzt bei diesem Beispiel zu bleiben: Wenn nun jemand tatsächlich studiert hat, dann *muss* er vorher Abitur gemacht haben – anders geht es gar nicht. Das ist notwendig, verstehen Sie? Wir können aus Letzterem also unbedingt auf Ersteres schließen, während wir aus Ersterem nicht zwingend auf Letzteres schließen können.«

»Nachher«, so fasste Brose das lapidar und mit seinen Worten zusammen, »ist man immer schlauer.«

»Ja, na ja, so kann man das natürlich auch sagen.« Einhorn blickte skeptisch auf.

»Aber, ich verstehe noch nicht ganz: Was genau ist denn jetzt meine Aufgabe in Leipzig, Herr Einhorn?«

»Das Leben«, sagte der nun leise, »läuft nicht nur verkehrt – das sicherlich auch –, vor allem läuft es von einem bestimmten Punkt an *verkehrt herum*. Am Ende, das merke ich hier, steht man wieder ganz am Anfang. Genau diesen Punkt im Lebenskreis, von dem an es unwiderruflich zurückgeht, den muss ich herausfinden.«

»Aha ...«

»Beziehungsweise: *Sie* sollen das für mich tun.«

»Ich???«

»Ja, Sie.«

»Und deshalb soll ich nach Leipzig fahren?«, fragte Brose, nun doch ungläubig.

»Ja«, sagte Einhorn, er lehnte sich im Sessel zurück, nachdenklich sah er Brose an. »Früher, da gab es die sogenannten *Thorzettel*. Damals sind die Reisenden an den Toren der Städte registriert worden, ihre Namen tauchten dann anderntags unter der Rubrik *Amtliche Bekanntmachungen* in den Zeitungen auf. Vermerkt war auch, wo in der Stadt sie logierten. In dieser Zeit kamen übrigens auch die Visitenkarten auf, die brauchte man ja, wenn man bei jemandem seine Aufwartung machen wollte.«

Brose, noch immer unschlüssig den Kugelschreiber in der Hand, wusste beim besten Willen nicht, was er davon aufschreiben sollte; unauffällig drückte er deshalb die REC-Taste seines Aufnahmegeräts, um sich das später noch einmal in Ruhe alles anhören zu können.

»Was Chamissos Reise nach Leipzig betrifft, so haben wir widersprüchliche Angaben. Im Brief an Fouqué hatte Chamisso vom *Herbst* 1837 geschrieben – und so haben es ihm schließlich ungeprüft sämtliche Biografen auch nachgeschrieben. Alle, bis auf einer: Hitzig! Julius Eduard Hitzig, der gibt als Datum ausdrücklich den August an, also den *Sommer* diesen Jahres. Die Frage ist nun: Wem ist mehr zu trauen? Dem, der etwas *selbst* erlebt hat, oder dem präzisen Chronisten? Zumal man sich ja vor allem fragen muss, wieso ausgerechnet Hitzig eine ungenaue Zeitangabe gemacht haben sollte. Schließlich war der preußischer Kriminalrat und musste doch wissen, dass es auf eine exakte Datierung ankommt. Also, wann ist Chamisso nach Leipzig gefahren: im Herbst oder im Sommer 1837? Darum geht es. Noch vor ein paar Jahren hätte ich das vielleicht als Lappalie abgetan. Inzwischen ahne ich, dass das der entscheidende Punkt sein könnte. Vielleicht bekommen Sie nicht nur das exakte Datum dieser Eisenbahnfahrt heraus, sondern sogar die Abfahrtzeit, eventuell auch die damaligen Mitreisenden und so weiter.«

Einhorn dachte nun halblaut darüber nach, ob die unterschiedlichen Angaben von Chamisso und Hitzig eventuell mit dem Vorhandensein einer *inneren Zeit-*

schleife in Verbindung zu bringen seien, in die Chamisso damals, beim Überholen der Zeit, geraten sein könnte.

Brose, der schon beim Wechsel von der Sommer- auf die Winterzeit und umgekehrt seine Schwierigkeiten hatte und nie genau wusste, ob er nun die Uhr vor- oder zurückstellen sollte, hatte Notizblock und Kugelschreiber abgelegt. Mit einem derart spekulativen Begriff wie dem einer *inneren Zeitschleife* konnte er wenig, um nicht zu sagen: gar nichts, anfangen. Sicher, das würde zwar theoretisch einiges erklären, aber praktisch …

»Also, ganz einfach, ich habe mit Leipzig telefoniert«, sagte Einhorn, der Broses fragenden Gesichtsausdruck bemerkt hatte, »in der Universitätsbibliothek haben sie tatsächlich sämtliche Ausgaben des *Leipziger Tageblatts*, das war die amtliche Anzeigenzeitung vor Ort. Zwar nur auf Mikrofilm, aber das ist ja egal. Dort müssten jedenfalls alle Angaben der Thorzettel abgedruckt sein. Da müssen Sie also einfach die Ausgaben Sommer und Herbst 1837 durchgehen, mehr nicht. Und achten Sie speziell auf den August.«

Brose nickte. Gut, nun hatte er es endlich mit einer klar umrissenen Aufgabe zu tun. Er sah auf die Uhr. Sobald ein Termin für die Fahrt nach Leipzig feststand, würde er sich wieder bei Einhorn melden. Er packte seine Sachen zusammen, jetzt war ein Anfang gemacht, gleich würde er das Iris am Telefon mitteilen können.

»Aber schieben Sie es nicht zu lange hinaus. Wissen Sie, im Alter, da duldet vieles keinen Aufschub mehr.

Eigentlich gar nichts.« Einhorn sah aus dem Fenster. »Wohin auch ...«

Brose versprach es. Er hatte die Tür schon geöffnet, da rief Einhorn ihn noch einmal zurück: »Herr Brose!«

»Ja?«

»Es gibt da eine Stelle im Reisetagebuch, ziemlich unscheinbar, am Ende, die ist Ihnen wahrscheinlich gar nicht aufgefallen.«

»Nämlich?«

»Reichen Sie mir noch mal mein Exemplar. – Danke.« Einhorn ruckelte sich die schwere Brille zurecht.

»Ich meinerseits bin bei jedem neuen Kapitel meines Lebens, das ich schlecht und recht, so gut es gehen will, ablebe, bescheidentlich darauf gefaßt, daß es mir erst am Ende die Weisheit bringen werde, deren ich gleich zu Anfang bedurft hätte, und daß ich auf meinem Sterbekissen die versäumte Weisheit meines Lebens finden werde.«

Einhorn nickte, er klappte das Buch zu.

»Oder auch nicht.«

Dienstag, 11. Juli

Seit ihrem Kurzausflug in die Freiheit hatte sich mit Lore Huber etwas verändert. Nicht, dass sie über Nacht eine völlig andere geworden wäre, nein – aber dass sie, zum Beispiel, jetzt nicht mehr sofort weglief, wenn man sie ansprach, das war neu.

Ihre Anreise am letzten Dienstag in einem blau-weißen Mercedes-Kombi, zwar ohne Blaulicht, dafür aber mit amtlich-uniformiertem Geleit durch eine junge Polizistin und einen dickleibigen Landpolizisten, sorgte im *Alten Fährhaus* für Gesprächsstoff; kein Wunder, so etwas kam in dieser tiefgrün abgeschiedenen Waldeinsamkeit nicht allzu oft vor. Und auch auf sie selbst schien dieser imposante Auftritt tiefen Eindruck gemacht zu haben.

Eine unmittelbare Folge dieses illegalen Tagesausflugs war allerdings, dass sie nun zum Kreis derjenigen gehörte, bei denen, wie Frau Schwartze es ausdrückte, »akute Fluchtgefahr« bestand, die also einen sogenannten »Chip im Schuh« tragen mussten, eine prophylaktische Sicherheitsmaßnahme für Demenzkranke und andere Wackelkandidaten. Dieser Chip wurde vom Hausmeister in seiner Werkstatt, einem zugerümpelten Kellerverlies, unsichtbar im Absatz eines Schuhs angebracht und löste, sobald der Schuhträger den Ausgang passierte, sofort einen Alarmpieper an der Rezeption aus.

Lore hatte wahrscheinlich gar nicht mitbekommen, dass auch sie neuerdings so einen präparierten Aschenputtelschuh trug, die meiste Zeit saß sie unten im Foyer, in der Sitzecke vor dem Tapetenwasserfall, und sie erzählte, wenn man sie auf den Ausflug ansprach, jedem bereitwillig von ihrer großen Reise.

Brose war heute sehr früh ins *Alte Fährhaus* gekommen – ein paar der Bewohner frühstückten noch im großen Saal, den sie allerdings bald räumen mussten, weil dort, neun Uhr dreißig, die Infoveranstaltung eines Bestattungsinstituts begann, das sich auf Seebegräbnisse spezialisiert hatte.

Obwohl Brose es eilig hatte, weil er vor dem Urlaub noch einiges erledigen wollte (Herrn Pätzold, zum Beispiel), setzte er sich kurz zu ihr: »Na, Sie haben uns neulich ja einen ganz schönen Schreck eingejagt, Frau Huber.«

»So, hab ich das.« Schüchtern, aber – wie es Brose schien – auch ein bisschen stolz, lächelte sie in sich hinein.

»Das machen Sie bitte nicht wieder, ja.«

Sie nickte gedankenverloren. »Obwohl«, sagte sie nach einer kleinen Pause, »… ich würde schon ganz gerne mal fliegen. Das ja.«

»Sind Sie denn noch nie …?«

Sie antwortete nicht. Einen Moment saßen sie stumm da, Lore schien einem Gedanken nachzuhängen, und Brose überlegte schon, ob er nun nicht doch lieber aufstehen und gehen sollte, da begann Lore plötzlich zu erzählen.

»Mit meinem Mann, also mit dem Klaus-Werner, da habe ich mich einmal ganz, ganz furchtbar gestritten.« Noch nie, so sagte sie, habe sie mit jemandem darüber gesprochen. Und nun sprach sie eben mit Brose darüber, wahrscheinlich, weil der zufällig gerade da war und ihr gegenübersaß.

»Worum ging es denn da?«, wollte Brose wissen. »Also bei Ihrem Streit?«

»Das? … Ach, das kann … das darf ich Ihnen gar nicht sagen, das ist … peinlich.« Jedenfalls, nachdem sie sich also derart in die Haare gekriegt hätten, dass niemand von ihnen auch nur noch ein einziges Wort habe sagen wollen oder können, sei sie in die Küche gegangen. Ihr Mann sei im Wohnzimmer geblieben, er habe sich aufs Sofa gelegt, vor den Fernseher.

Weil sie sich selbst einen Kaffee gekocht habe, das sei ungefähr eine Stunde später gewesen, habe sie durch den Flur gerufen, ob er jetzt auch eine Tasse wolle. Er habe nicht geantwortet. Na ja, ist er eben immer noch eingeschnappt, dachte sie, schnappt er auch wieder aus, das kennt man ja. Sie sei den ganzen Nachmittag in der Küche geblieben. Habe bei dieser Gelegenheit auch den Geschirrschrank aufgeräumt, das habe sie schon lange mal wieder machen wollen. Die große Salatschüssel habe sie draußen stehen lassen. Kartoffelsalat?! Ja, das sei ein Versöhnungsangebot gewesen, und zwar ein ernsthaftes: Klaus-Werner habe ihren Kartoffelsalat immer geliebt. Habe sie also Kartoffeln gekocht, Zwiebeln und saure Gurken kleingeschnitten. Und obwohl er immer schon zu dick gewesen sei, habe sie den Kartoffelsalat diesmal nicht mit Essig und Öl machen wollen, sondern richtig mit Mayonnaise, so wie Klaus-Werner ihn am liebsten gegessen habe. Sie hätte aber keine im Haus gehabt, habe sie also noch mal losgemusst.

Brauchst du noch was aus Lidl?, habe sie aus dem Flur gerufen. Nein, offenbar habe er nichts gebraucht, er habe ihr nicht geantwortet. Na ja, und dann ...

»Und dann – hat er dann endlich wieder mit Ihnen gesprochen?«, wollte Brose wissen. »Ich meine: Hat ihm denn wenigstens Ihr Kartoffelsalat geschmeckt?«

»Nein.« Sie schüttelte den Kopf. »Er war ja tot. Und ich dachte zuerst noch, er schläft. Aber er war ... er war eingeschlafen, ja. Lag mit dem Gesicht zur Wand.«

»Oh, das ... das tut mir jetzt aber leid.« Derart lebhaft und bis in alle Einzelheiten genau hatte sie ihre Geschichte erzählt, dass diese Wendung jetzt tatsächlich, so wie es in standardisierten Trauerannoncen stand, *plötzlich und unerwartet* für Brose gekommen war.

»Wissen Sie, und er wollte ja immer, dass wir mal fliegen, also nach Ägypten, zu den Pyramiden, zum Beispiel, weiß auch nicht, warum. Daran denke ich oft in letzter Zeit. Beim Frühstück hat er mir manchmal so Billigangebote aus der Zeitung über den Tisch geschoben.

In ein Flugzeug, das hab ich zu ihm gesagt, in ein Flugzeug steige ich nicht, nie. Das weißt du, Klaus. Da kannst du machen, was du willst, hab ich gesagt. – Sonst hab ich ja immer alles gemacht, was er gesagt hat, also fast immer, aber … Einmal, da wollte er mich überraschen und hatte sogar schon Tickets gekauft. Ja, stellen Sie sich mal vor. Zum Glück haben sie die dann auch ohne so eine Rücktrittsversicherung, oder wie das heißt, zurückgenommen, die kannten ihn wohl schon im Reisebüro, er muss sehr oft dort gewesen sein, das wusste ich gar nicht. Wir hatten ja nie viel Geld. Mein Mann, der war Busfahrer, Linienbus. Hat er immer die Leute nach Tegel rausgefahren, mit ihren großen Koffern und so. Und nach vierzehn Tagen wieder zurück. Rotgebrannt, ›gegrillt‹, hat er immer gesagt. Vielleicht, dass ihm da der Gedanke mit Ägypten gekommen ist, wer weiß, wenn er jeden Tag so seine Linie abgefahren ist? Ich weiß es nicht. Er hat sich zwar über die Touristen lustig gemacht, aber … er wäre schon, glaube ich, sehr, sehr gerne selbst mal geflogen.

Da haben wir mal im Fernsehen so eine Reportage über Teneriffa gesehen, ja, und als das Flugzeug gelandet ist, haben alle geklatscht. ›Siehst du‹, hat er da zu mir gesagt, ›bei mir, da klatscht niemand, wenn ich pünktlich draußen bin in Tegel, dass die alle ihren Flieger kriegen.‹ *Flieger* hat er immer gesagt, nicht Flugzeug. Das sagt man wohl so, wenn man oft fliegt. Na ja.

Als der Pfarrer bei der Beerdigung dann von einem erfüllten Leben gesprochen hat, in dem sicher auch der eine oder andere Wunsch unerfüllt geblieben ist, da … hab ich schlucken müssen. Das war sicher von dem Pfarrer nur so dahingesagt, weil es eben mit dazugehört, ja, aber ich musste trotzdem schlucken und sofort daran denken, ja.«

»Und ist das der Grund … also deshalb würden Sie heute schon ganz gerne noch mal fliegen.«

»Ich überlege nur noch, wie ich das am besten anstellen kann, ja.«

»Und Ihre Flugangst?«

»Ach, ich hab keine Angst mehr. In meinem Alter? Was soll mir da groß passieren, wovor sollte ich mich denn jetzt noch fürchten. Neulich, da bin ich ja auch verreist, ganz alleine. Schlimmstenfalls bin ich dann eben eher oben, bei ihm. Vielleicht merkt er dann ja irgendwie, dass es mir leidtut. Kann ja sein. Dass …«

Sie zog ein Taschentuch hervor und putzte sich gründlich die Nase.

»Wissen Sie: Dass wir nicht noch einmal richtig miteinander gesprochen haben, das ist schlimm. Und als mir dann gar nichts mehr einfiel, da hab ich gesagt … Er konnte doch schon nicht mehr so gut sehen, ja, deswegen musste er auch früher aufhören als Busfahrer und deswegen hat er im Bad auch dauernd danebengepinkelt. Und hinsetzen, das ging ja auch schlecht. Er kam immer schwerer hoch, in dem engen Bad. Manchmal musste ich ihm da helfen. Das Letzte, was ich zu ihm gesagt habe, war ...«

»Ja?«, fragte Brose leise nach.

»... dass ich nicht seine Reinemachfrau bin und dass er, verdammt noch mal, bitte schön nicht immer so dämlich danebenpinkeln soll im Bad! Das war das Letzte, was ich zu ihm gesagt habe. Das mit dem Lidl, das hat er wahrscheinlich schon gar nicht mehr gehört. Sonst hätte er ja geantwortet. Er brauchte immer was.«

Brose nickte behutsam.

»Dass er nicht immer so dämlich danebenpinkeln soll im Bad, das waren meine letzten Worte. Können Sie sich das vorstellen?«, fragte sie Brose. Und da er eben genickt hatte, schüttelte er nun vorsichtig den Kopf.

»Aber ich kann doch jetzt nicht einfach nach Ägypten fliegen, oder.«

Brose legte seine Hand tröstend auf ihren Unterarm. Er musste weiter. An der Treppe schaute er noch einmal zurück. Die zierliche Lore war viel zu klein für die große Sitzgruppe, in deren Polster sie versunken war. Eines Tages, dachte er, als er langsam die Stufen hochstieg, wird das Leben vorbeigegangen sein, ohne sich auch nur noch ein einziges Mal nach ihr umgedreht zu haben.

Einhorn war nicht in seinem Zimmer.

Auf dem Weg zurück zum Treppenhaus sah Brose Melanie, wie sie in Lady Gagas Zimmer verschwand, die Tür stand offen. Brose wartete neben dem Servicewagen auf dem Gang. Er wollte Melanie, wenn sie im Zimmer fertig war, fragen, wo Dr. Einhorn war, vielleicht wusste sie das ja.

Vom Ende des Gangs sah er Krampe heranrollen. Bevor der ihm nun wieder Wissenswertes aus seinem gefährlichen Leben mitteilen konnte, betrat Brose kurzentschlossen den Vorraum von Lady Gagas Zimmer.

»Mann-Mann-Mann«, hörte er Melanie aus dem Zimmer stöhnen, »was haben wir denn da bloß wieder gemacht! Muss doch nicht sein.« Er schaute nach links, ins Bad. Lady Gaga saß in der blaugefliesten Duschecke auf einem Plastikhocker – wie auf einer einsamen Insel. Sie wartete darauf, saubergemacht zu werden, verschwörerisch griente sie Brose zu.

Melanie war gerade dabei, etwas, das aussah wie Hasenkötel oder Kaffeebohnen, vom feuchten Laken zu entfernen. »Ich bezieh Ihnen das später neu«, rief sie.

»Ach Quatsch, doch nicht nötig«, antwortete Lady Gaga entschieden aus dem Bad.

»Oh«, sagte Melanie, als sie sich aufrichtete und Brose sah, sie zupfte sich die Gummihandschuhe zurecht. »Wie kommen Sie denn hier herein?«

»Tut mir leid. Ich wollte nur mal kurz nach dem Doktor fragen. Ob Sie vielleicht wissen, wo der ist?«

»Keine Ahnung. Draußen wahrscheinlich, irgendwo im Park.«

»Danke.«

Aber er hatte jetzt keine Zeit, lange nach Einhorn zu

suchen. Er wollte lieber versuchen, heute Vormittag mit Pätzold zum Abschluss zu kommen. Auf dem Weg in die erste Etage hörte er im Treppenhaus, dass unten im großen Saal die Veranstaltung des Bestattungsunternehmens bereits begonnen hatte: Akkordeonmusik, ein Mann (norddeutsch) legte sich als eine Art Shantysänger ins Zeug. Auch ein paar der Heimbewohner schienen schunkelnd mitzusingen, so zumindest hörte es sich an:

»*Eine Seefahrt, die ist lustig,*
eine Seefahrt, die ist schön,
denn da kann man fremde Länder
und noch manches andre sehn …«

Na dann, meine Lieben, dachte Brose: Ahoi – Anker auf und gute Reise! Mit wiegenden Schritten ging er den Gang hinunter und steuerte backbord die Nr. 22 an.

»Hallooo!«

Brose war gerade aus Pätzolds Zimmer getreten, da hallte wieder diese Stimme über den Gang. Schon oft hatte er die hier, wenn er auf der ersten Etage war, gehört. Er vermutete, dass sie aus einem der beiden Zimmer hinter dem Fahrstuhl kam, deren Türen stets offen standen, sicher war er sich da aber nicht. Er wusste nicht einmal, ob sie zu einem Mann oder zu einer Frau gehörte. Manchmal klang es nach einem Gruß aus der Ferne, manchmal, wenn dieses »Hallooo« mehrmals kurz hintereinander kam, auch nach flehenden Hilferufen. Heute schien es nicht ganz so dramatisch zu sein. Trotzdem, da dieser einsame Rufer (oder diese Ruferin) bisher unsichtbar geblieben war, nie körperlich Gestalt vor Brose angenommen hatte, war dieses durchdringende »Hallooo« gespenstisch, es hörte sich an wie ein Ruf aus dem Geisterreich.

Unten, bevor er ins Auto stieg, rauchte er noch eine letzte Zigarette. Mit Pätzold, der diesmal erstaunlich gut in Form gewesen war, war er am Vormittag tatsächlich fertiggeworden. Zum Abschied hatte der ihm noch ein Schraubglas mit Honig überreicht – eigenhändig beschriftet: *Wildblütenhonig*.

Durch die Glastür sah er, wie sich vor dem großen Speisesaal bereits wieder eine lange Schlange bildete, dabei war es erst kurz nach halb zwölf. Er fragte sich, wie lange man es hier, in diesem ewigen Kreislauf: Happi-Happi-Fernsehen-Aus-dem-Fenster-gucken, aushalten konnte.

»Wie lange sind Sie denn eigentlich schon hier?«

»Ach, weiß ich gar nicht mehr, schon lange.« Die weiße Frau sah ihn nachdenklich an. »Aber ich habe mit Simone gesprochen, ich bleibe auch hier.« Sie drückte ihre Kippe aus.

»Erstmal ... für immer.«

Auf seinen Fahrten kam Brose regelmäßig an Werbeplakaten von *Märkischer Luftschiffer* vorbei, einem regionalen Veranstalter für Ballonfahrten. Sie waren an Bäumen und an Laternenmasten angebracht.

Eines davon hatte es ihm besonders angetan. Es hing

an der dunkelroten Backsteinwand eines leeren Stalles, dem mit den Jahren, vor allem in stürmischen Herbstzeiten, ein Großteil seiner Ziegel abhanden gekommen war, so dass das löcherige Dach inzwischen großzügig Einblick in sein Inneres gewährte: Das schwarze Gebälk des Dachstuhls, das nicht mehr viel zu tragen hatte, ragte, abgesehen von ein paar Mauersegler- oder Schwalbennestern, die daran klebten, ziemlich sinnlos in die Höhe. Bestimmt flatterten nachts dort Fledermäuse herum.

Kurz hinter dieser malerischen Stallruine bog die Bundesstraße in einer langen pappelgesäumten Biegung sanft nach links ab und führte von da an fast schnurgerade nach Berlin.

Jetzt, auf seinem Rückweg aus dem *Alten Fährhaus*, dachte er an Lore und an ihren Mann, den Busfahrer, und wie traurig das mit ihnen zu Ende gegangen war; nach der Kurve begann er zu beschleunigen, er kam sich vor wie der Pilot im Cockpit eines Flugzeugs – erst im allerletzten Moment bremste er, so dass er gerade noch unbeanstandet eine Radarfalle passierte, die am nordöstlichen Ortseingang von Rülow postiert war. Die war neu! Zumindest war sie auf seinem inneren Streckenplan noch nicht eingezeichnet.

Immer wenn er durch Rülow fuhr, musste er gähnen; es war ein schläfrig langgezogenes Straßendorf, in dem die Zeit stillstand. Er wunderte sich, wieso dieses Nest überhaupt so eine Falle brauchte – vielleicht, um den Mittagsschlaf seiner letzten noch verbliebenen Einwohner zu behüten? Egal. Langsam rollte er die leere Dorfstraße entlang.

Ich bremse, dachte er, auch für Radarfallen. Das war in jedem Fall besser als jene Botschaft, die in schwarzer Runenschrift auf dem gelben Autoaufkleber des Wäschereilasters stand, der wöchentlich Bettzeug und Handtücher fürs Heim brachte und wieder abholte: *Ich bremse auch für Rentner!* Klar, mit denen verdienten die in der Großwäscherei ja auch ihr Geld.

Diesmal stoppte Brose vor einem Einfamilienhaus in der Ortsmitte, direkt gegenüber dem hoch aufragenden Obelisken eines verwitterten Kriegerdenkmals. Auf dessen Spitze thronte ein schwarzer Adler, der weit seine Flügel ausbreitete; es sah so aus, als würde er gleich abheben und Rülow für immer verlassen wollen.

Im schmalen Vorgartenstreifen des Hauses Dorfstr. 17 stand ein buntbemalter Sperrholzaufsteller der Firma *Märkischer Luftschiffer*, der den Umriss eines Heißluftballons hatte. Unten, auf dem angedeuteten Ballonkorb, waren Öffnungszeiten und Preise notiert. Ein paar runde Aufkleber wiesen auf spezielle Sonderangebote hin.

Brose klingelte, ein müdes Bellen antwortete ihm.

Das Büro befand sich im flachen Seitenflügel des Hauses, neben der Garage. In der sah er einen einachsigen Hänger stehen, schräg angekippt, das Kupplungsteil, in eine Wolldecke eingewickelt, lag auf dem Betonboden. Unter der grauen, wasserabweisenden Abdeckplane vermutete Brose die zusammengefaltete Ballonhülle.

Im Büro roch es nach Hund, beziehungsweise: nach nassem Hundefell. Dessen zotteliger Inhaber, ein Mischling mit einem offensichtlich krumm- und schiefgewachsenen Stammbaum, lag schläfrig ausgestreckt neben dem Schreibtisch. Pflichtschuldig und mehr der Vollständigkeit halber hatte er, als Brose eingetreten war, einmal kurz aufgebellt und dann ausgiebig gegähnt, um auf diese Weise, gewissermaßen zur Klarstellung der Verhältnisse, auch noch auf seine vielen scharfen Zähne im Maul hinzuweisen. Nach dieser Begrüßung und einem kurzen Schütteln hatte er wieder den Kopf gesenkt und weiter still vor sich hin sinniert. Viel Betrieb war in dem Laden offenbar nicht.

Der Chef selbst, mit kräftigem Schnauzbart ausgestattet, trug eine enge schwarze Bomberjacke, ebenfalls mit Fellbesatz, allerdings nur am Kragen; sie spannte im Bauchbereich. Diese martialisch anmutende Lederjacke stand in einem merkwürdigen Kontrast zu den beruhigend grünen und absolut friedlichen Luftaufnahmen von märkischen Wäldern, Seen, Kanälen und Dörfern, die an den Wänden des Büros angepinnt waren. Nachdem Brose von ihm mit festem Handschlag begrüßt worden war, hatte der Chef sich sein Anliegen angehört.

»Kein Problem«, hatte er dann gesagt, ihm einen Flyer mit den aktuellen Angeboten über die Tischplatte geschoben und mit einem Kugelschreiber den Preis für eine Person mehrfach blau eingekringelt.

»Ja, gut«, sagte Brose, der auf die vorderste Kante des Stuhls gerückt war, »also ich denke darüber nach.«

»Ich sag Ihnen aber gleich: Billiger kriegen Sie das nirgendwo.«

»Es ist nur so, es handelt sich da um eine ältere Dame. Sie wohnt hier in der Nähe, in einem Seniorenheim. Finanziell ist die aber, soweit ich weiß, nicht ganz so üppig ausgestattet, im Gegenteil. Und 169 Euro ... Tja, also, ich wollte ihr das ja eigentlich gerne schenken, so als kleine, verstehen Sie: als *kleine* Aufmerksamkeit.«

Die Frau vom Chef kam herein, grüßte und stellte dem Hund einen Wassernapf hin, den dieser aber, bis auf einen gelangweilten Seitenblick, völlig ignorierte: Er konzentrierte sich jetzt lieber ganz auf das Geschehen im Büro.

»Moment«, sagte der Chef, er ging mit seiner Frau nach hinten, wo sie sich halblaut unterhielten. Brose blieb mit dem struppigen Hund allein im Büro zurück. Nachdenklich, den Kopf zwischen die Vorderpfoten gelegt, betrachtete *Lupo*, so viel wusste Brose inzwischen von ihm, den Besucher. Brose überlegte schon, ob er Lupo nicht vielleicht mal vorsichtig zwischen den Schlappohren streicheln sollte, da hörte er von hinten die Stimme der Frau.

»Freitag, da hätten wir noch einen Platz frei.«

Der Mann kam zurück, setzte sich wieder an seinen Schreibtischplatz, nahm das Bestellbuch aus der Schublade und klappte es auf.

»Wo denn?«, rief er über die Schulter, die straffsitzende Bomberjacke knirschte bedenklich in den Nähten.

»Im *Maxi II*.«

»Hatten den nicht die Berliner gebucht?«

»Ja, aber guck mal genau hin: nicht exklusiv. Da könnten wir seine Bekannte schon noch mit reinstecken.«

»Es wäre schön«, mischte sich nun zaghaft auch Brose wieder in ihr Gespräch ein, »wenn wir, ich sag mal, irgendwo im zweistelligen Bereich bleiben könnten.«

Der Chef verzog keine Miene. Lupo gab leise Laut, das war aber kein Knurren, schon gar kein Bellen, eher ein erwartungsvoll ingrimmiges Vibrieren, wie diese spannende Verhandlung wohl ausgehen würde. Die Frau erschien im Türrahmen, kurzer Blickwechsel mit ihrem Mann. »Na gut, meinetwegen, 99 Euro«, sagte der Chef. »Dafür machen wir's dann aber ohne Rechnung, Barzahlung, am besten gleich. Für das bisschen Trinkgeld lohnt sich ja der ganze Bürokram gar nicht.«

Brose überlegte nicht lange, er schob zwei Fünfzigeuroscheine über den Tisch: »Stimmt so.«

Ein Eurostück, aus der Hosentasche des Chefs hervorgekramt, fiel klimpernd in die Kaffeekasse, ein angeschlagener Steingutpott aus Friedrichshafen mit der Ansicht einer Original-Zeppelinzigarre darauf, die nostalgisch durch das Blau-Weiß eines Zwanziger-Jahre-Himmels über dem Bodensee schwebte.

»So, und wo genau dürfen wir die alte Dame denn abholen? Sie haben vorhin was von einem Seniorenheim gesagt. Stimmt doch, oder? Das *Alte Fährhaus*, nehme ich an, hinten am Kanal?«

»Ja. Aber ich dachte, ich bringe sie vielleicht lieber selbst vorbei. Das ist doch wahrscheinlich alles auch etwas aufregend für sie, stelle ich mir vor.«

»Nein-nein, wir holen sie schon ab und bringen sie nachher auch wohlbehalten wieder zurück.«

»Kostet das extra?«, fragte Brose, bei dem sich nun doch der kleine Geiz meldete, er wollte ja nicht gleich ein ganzes Vermögen in diese Sache investieren.

Der Mann schüttelte den Kopf. »Ist gratis. Ist ja immer, sag ich mal, auch ein kleines bisschen Werbung für uns.« Er klappte den Flyer auseinander, der auf dem Tisch lag: Ein kleiner weißer Shuttlebus war darauf zu sehen, großflächig mit bunter Ballonfahrtwerbung beklebt.

Brose nickte, er nannte Lores vollständigen Namen und auch die Zimmernummer, damit alles ins Bestellbuch eingetragen werden konnte. Schade, er hätte sich, wie er sich jetzt eingestehen musste, im *Alten Fährhaus* ganz gern auch mal als Wohltäter präsentiert. Aber das war wohl der Preis, den er diesem luftigen Unternehmen im Gegenzug für den ausgehandelten Rabatt entrichten musste.

Als er aufstand und sich verabschiedete, stand auch Lupo auf, er streckte sich und schaute Brose erwartungsvoll an. Der ließ sich nicht lange bitten: Er beugte sich nach unten und strich Lupo über den Kopf.

Auf seinem Weg von der Schule war Titus, kurz vor seinem Haus, immer an einem Eckgrundstück vorbeigekommen. Hinter einem Jägerzaun wachte dort, solange er zurückdenken konnte, ein Deutscher Boxer. Meist jedoch lag der teilnahmslos und schläfrig vor seiner Hundehütte.

Wenn man ihn mit seinem Herrchen, einem alten Mann in einem blauen Arbeitskittel, auf der Straße traf, trabte er friedlich von Straßenbaum zu Laterne, um dort sein kleines Vorstadtrevier zu markieren. Sein faltiges Gesicht zeigte, genau wie das seines Herrchens, einen Ausdruck von tiefer Melancholie.

Einmal hatte Titus den idiotischen Einfall, mit einem Stöckchen so am Zaun entlangzufahren, dass im Vorbeigehen ein Knattergeräusch entstand. Damals war ihm gerade Fips weggeflogen. Vielleicht wollte er den Hund dafür bestrafen. Der Boxer wurde fast wahnsinnig. Er sprang hinter dem Zaun hin und her, dann wieder rammte er alle vier Pfoten in den Boden und fletschte angriffsbereit die Zähne: ein vierbeiniges Standbild des Grauens!

Titus war schon am Grundstück vorbei und um die Ecke in seine Straße eingebogen, da hörte er den alten Mann rufen: »So, den schnappst du dir jetzt!«

Titus, ohne sich umzudrehen, rannte los; im Ranzen auf seinem Rücken rumpelten die Schulbücher und die Stullenbüchse. Er spürte den Boxer hinter sich, ganz dicht, im nächsten Moment würde der sich furchtbar in Titus' Waden verbeißen. In der Ferne sah er die rettende Gartentür. Wenn er die erreichte, wenn er die hinter sich zuschmiss, dann, dann würde der Boxer draußen bleiben, ausgesperrt sein – und er hätte es geschafft, wäre zu Hause, in Sicherheit. Wäre er doch nur schon da. *Jetzt*, feuerte er sich an, jetzt – er sah sich schon die rostige Pforte aufreißen und … Nur noch ein paar Schritte. Gleich,

gleich bin ich da, dachte er atemlos, verfolgt von dem Hund, von der Angst.

Er hatte gar nicht bemerkt, dass der Hund, der auch sofort pariert hatte, längst von dem alten Mann zurückgepfiffen worden war. Der Alte hatte Titus nur einen Schreck einjagen wollen, damit der so etwas nie wieder machte.

Seit diesem Erlebnis war es oft so, dass Brose die Augen schloss und sich »*Jetzt*« sagte, um auf diese Weise die Zeit zwischen dem gegenwärtigen Moment und einem zukünftigen Ereignis, das er fürchtete oder herbeisehnte, vergehen und zu einem Nichts zusammenschnurren zu lassen.

Wenn er, zum Beispiel, müde im Auto saß und sich vorstellte, es sich schon in allen Einzelheiten ausmalte, endlich zu Hause zu sein, und *Jetzt* dachte – – – und er dann eine halbe Stunde später tatsächlich den Schlüssel aus der Tasche hervorzog und die Haustür aufschloss, dann fiel die Vorstellung, die eine halbe Stunde alt war, mit der Gegenwart zusammen, er war in dem *Jetzt*, an das er vorhin nur gedacht hatte, wirklich angekommen.

Als er zu Hause war, rief er Lore an. Sie war gleich am Apparat. Er erzählte ihr, wo er gerade gewesen war und was er dort für sie bestellt hatte.

»Nein!«, rief sie.

»Ach«, sagte er enttäuscht, er griff nach der Lehne eines Stuhls und setzte sich neben den Telefontisch, gefasst auf eine längere Diskussion mit ihr. »Dann wollen Sie wohl gar nicht mehr, Frau Huber, haben Sie es sich jetzt anders überlegt?«

»Nein, natürlich will ich fliegen. Ich war nur so ... so völlig überrascht. Wann geht's denn los?«

Er sah auf die Uhr. »Das sage ich Ihnen noch genau. Sie werden übrigens abgeholt. Ich melde mich gleich noch mal, ja, bis später.«

Sein Mobiltelefon hatte kurz Laut gegeben: eine E-Mail von Iris. Sie schrieb, dass sie ihm den Finkenzeller-Text heute früh auf seinem Büro-PC abgespeichert habe. Und sie entschuldigte sich, dass das so lange gedauert habe, aber auf dem Zentralrechner habe sie die Textdatei nicht mehr gefunden, oft käme das ja nicht vor, dass ein *LebensLauf*-Text noch einmal neu aufgelegt wurde, sie habe erst ihre alten USB-Sticks danach durchsuchen müssen.

Er schüttelte den Kopf: Sie hätte ihm den ja auch direkt nach Hause schicken können. Er vermutete, dass das eine von ihren pädagogischen Maßnahmen war und es also besser war, sich heute noch mal im Büro blicken zu lassen, wenigstens kurz. So oder so – vor dem Urlaub musste er mit den Korrekturen durch sein. Er würde sich das Ding dann eben selbst aus dem Büro nach Hause schicken.

Er rief noch einmal Lore an, sagte ihr, dass sie sich bitte unbedingt Freitag frei halten müsse.

»Freitag frei halten«, wiederholte sie, »ja, gut, merk ich mir.«

Als Brose die Stadtautobahn am Innsbrucker Platz verließ, kurz vor 16 Uhr, hatte Gunnar vom Oldie-Sender gerade ein wolkiges Lied über die Freiheit aufgelegt, das Brose sogar Wort für Wort mitsingen konnte (... *alle Ängste, alle Sorgen / sagt man / blieben darunter verborgen / und dann / würde was uns groß und wichtig erscheint / plötzlich nichtig und klein*).

Na hoffentlich, dachte Brose, hoffentlich; auf einmal war er sich nicht mehr sicher, ob das ein so guter Einfall gewesen war.

Lore würde wahrscheinlich überall im Heim herumerzählen: »Ich mache demnächst übrigens eine Flugreise.« Und Lady Gaga, deren flatternder Blick immer so hektisch und erwartungsvoll hin und her ging und die neuerdings überall Anschluss suchte, die würde sich vielleicht mit beiden Händen an Lores Unterarm festhalten, damit die bloß ja nicht alleine davonflog, ohne sie.

Charlotte, die sich noch immer nicht daran gewöhnt hatte, dass Lore neuerdings das große Wort führte, würde sicher nur sagen: »Ja, klar fliegt sie«, und Lore entsprechend einen Vogel zeigen, bevor sie sich wieder sehr ernsthaft dem Studium des Speiseplans zuwenden und dabei lautlos das Gelesene mitsprechen würde, so als kaute sie es im Geiste schon mal vor.

Falls Krampe Wind von dieser Sache bekäme, wäre klar, wofür er das Ganze hielte.

»Was tappeln Sie denn heute nur wieder so fleißig über die Tastatur? Du lieber Gott, das sieht ja richtig nach

Arbeit aus bei Ihnen«, hörte er Schulze sagen, und zwar in einem ungewohnt versöhnlichen Tonfall.

Erschrocken fuhr Brose herum: Schulze, mit einem Kaffeepott in der Hand, war gerade aus der Küche gekommen, jetzt stand er direkt hinter ihm, interessiert schaute er über Broses Schulter auf den PC-Bildschirm.

Dort lag, frisch geöffnet, das Word-Dokument von Finkenzellers *Gegen den Strich gebürstet: Erinnerungen eines Unruheständlers* ... Das jetzt zu schließen, wäre viel zu auffällig gewesen. So schloss Brose erst einmal nur die Augen und überlegte (»fieberhaft«, würde Schulze sagen), wie er seinem Kollegen schonend beibringen könnte, dass Iris ihn gebeten hatte, diese Erinnerungen noch einmal gründlich zu korrigieren, bevor sie erneut vervielfältigt wurden.

Er hörte Schulze schwer ein- und ausatmen, glaubte sogar, dessen kühlen Pfefferminzatem im Nacken zu spüren.

»Herr Schulze ...«, sagte Brose fast tonlos.

»... Moment! – Das liest sich aber verdammt gut, Herr Kollege, ist sehr flüssig geschrieben, gefällt mir richtig gut. Kompliment.« Schulze nickte anerkennend, dann ging er an seinen Schreibtisch zurück. »Hat es ja doch was gebracht, dass wir uns neulich mal in aller Ruhe unterhalten haben.« Und damit vertiefte er sich wieder in seine Arbeit, das heißt in die Vervollständigung des Stichwortregisters für die Reinickendorfer Firmengeschichte.

Brose nickte ihm flüchtig zu. Na schön, um so besser,

wenn Schulze nicht einmal seinen eigenen Text wiedererkannte, dann musste er nun auch keine Skrupel mehr haben, nach eigenem Ermessen daran herumzuoperieren, damit schließlich eine einigermaßen lesbare Fassung daraus entstand. So klapperten sie nun beide parallel auf ihren Tastaturen.

Kurz vor Dienstschluss schaute Iris zu ihnen herein. Ihr Blick fiel auf Broses Bildschirm, sie blieb stehen und las ein paar Zeilen, zufrieden nickte sie ihm zu.

Brose verspürte auf einmal Mitleid mit Schulze, der – Luftlinie ungefähr zwei Meter entfernt – ihm gegenübersaß und nichts davon ahnte, wie rabiat sich Brose gerade an seinem *LebensLauf*-Werk, auf das er so stolz war, zu schaffen machte.

Claudia hatte ihn angerufen und gebeten, noch etwas zum Abendessen einzukaufen. Sie hatte Elternsprechstunde und würde es nicht mehr schaffen.

Er stand vor dem Supermarkt, kramte im Kleingeldfach seines Portemonnaies herum, und als er endlich einen Euro gefunden hatte, um damit einen der Einkaufswagen auszulösen, die angekettet in langer Schlange geduldig am Eingang warteten, merkte er beim Griff in die leere Hemdbrusttasche, dass er Claudias telefonisch durchgegebene Bestellung vorhin im Büro vergessen hatte, der Zettel lag noch irgendwo auf dem Schreibtisch.

Langsam schob er den Einkaufswagen durch die Gänge. Vielleicht kam ihm ja im Angesicht der Regale, wenn er direkt davorstand, eine Eingebung, und ihm fiel wieder ein, was er holen sollte.

Sonst, wenn er hier war, raste er mit einem Zettel in der Hand durch den Laden, warf die Sachen achtlos in den Wagen, nur, um es schnell hinter sich zu haben. Jetzt, da die Kommandobrücke oben unbesetzt war, blieb er unschlüssig vor den Regalen stehen: Reis oder rote Linsen? Und hatte Claudia nicht was von Meersalz gesagt? Und das sogar von einer ganz speziellen Firma aus Frankreich: *Fleur de sel* aus der Provence?

Er tappte weiter, seine Schritte wurden immer langsamer, immer schwerer – da verwandelte sich der leere Einkaufswagen, an dem er sich mit beiden Händen festhielt, in einen Rollator. Ja, genau, sagte Brose im Stillen zu sich, genau so wird sich das später mal anfühlen: Irgendwann werde ich »*Jetzt*« sagen und bin auf einmal ein ganz alter Mann, es ist dann einfach passiert. Und so wird es auch mit dem Tod sein: »*Jetzt*« – Vorhang zu!, Ende der Vorstellung, und dann ist und bleibt es für immer dunkel ...

»Kann ich Ihnen helfen?«, fragte ihn eine Verkäuferin, die gerade ein Regal mit Konservendosen bestückte.

»Nein-nein, nicht, *noch* nicht, danke.«

»Sagen Sie einfach Bescheid, wenn Sie soweit sind, ja.«

Brose nickte folgsam.

Freitag, 14. Juli

Die Abholung zur Ballonfahrt, sehr früh am Vormittag, hatte kaum jemand im *Alten Fährhaus* mitbekommen; Brose hatte sogar noch daran gedacht, Frau Schwartze Bescheid zu sagen, damit der Chip in Lores Schuh rechtzeitig deaktiviert wurde.

Am Nachmittag hatte er mit Wanda oben in ihrem Zimmer gesessen, um mit einem Piccolo auf den Abschluss ihrer Zusammenarbeit anzustoßen. Im letzten Moment war ihm doch noch ein passender Titel für ihren *LebensLauf*-Band eingefallen, eine Wendung, mit der sie einige Male ihre Erzählungen von früher begonnen hatte: *Ich weiß es noch wie heute* … Das machte sich, wie er fand, ganz gut auf dem Titel; auch Iris war sofort damit einverstanden gewesen.

Zögernd hatte Wanda einen der druckfrischen Bände

vom Stapel genommen, daran gerochen und auch darin herumgeblättert. Dann legte sie ihn wieder ordentlich zurück. »Heute Abend«, sagte sie.

Brose begleitete sie nach unten, wo sie sich einen Vortrag anhören wollte.

Nach dem Kaffeetrinken standen oder saßen viele noch im Foyer herum, sie warteten auf die Nachmittagsveranstaltung, 16 Uhr, den Dia-Vortrag über *Die rätselhafte Welt der Anden*. Schon seit Tagen klebte am Eingang zum Saal ein buntes Plakat, auf dem ein peruanisches Lama nachdenklich alle anschaute, die es nachdenklich anschauten. Einige Bewohner waren an diesem sonnigen Nachmittag auch nach draußen an die frische Luft gegangen.

Da fuhr der Shuttlebus des *Märkischen Luftschiffers* vor. Der Fahrer, es war der Chef selbst, der jetzt allerdings eher wie ein Dienstbote seiner Firma aussah, ging um den Kleinbus herum und rollte an der Seite geräuschvoll die Tür auf, es klang nach einem fernen Donnergrollen. Er bot Lore seinen Arm an. Als sie ihre Fußspitze auf den Boden des Vorplatzes setzte, sah es so aus, als würde gerade eine Diva aus dem Flugzeug steigen. Sicher war ihr noch ein bisschen schwindelig, jetzt, wieder mit festem Boden unter den Füßen. Sie ging sehr langsam. Der Chef hielt ihr die gläserne Eingangstür auf. Lore schritt durch das Rollstuhlspalier im Foyer, sie lief wie auf Wolken, vielleicht schwebte sie ja auch noch.

Auf dem Tresen legte der Chef in breiter Streuung

Flyer seines *Märkischen Luftschiffers* aus. Mit Handschlag verabschiedete er sich von Lore Huber. »Tja, dann, bis zum nächsten Mal«, sagte er, wobei er nicht vergaß, einen einladenden Blick in die staunende Runde zu schicken.

Lore lehnte am Tresen, bei ihr stand Lady Gaga. Und obwohl die selbst gar nicht mitgeflogen war und deshalb auch niemand etwas von ihr wissen wollte, stand sie trotzdem für Auskünfte aller Art bereit.

Brose sah einen hageren, hochaufgeschossenen Mann, er kannte ihn nicht. Der Mann begutachtete den Flyer, er wollte technische Einzelheiten der Ballonfahrt (Flughöhe, Windgeschwindigkeit und so weiter) von Lore wissen, die sie ihm natürlich nicht sagen konnte. Für einen Moment sah sie aus wie ein klapperdünnes Schulmädchen, das bei der Abfragerei durch den gestrengen Lehrer keine Antwort wusste.

Auf Frau Kohlschreibers Frage allerdings, ob ihr nicht schwindelig gewesen sei, schüttelte sie den Kopf: »Nein, überhaupt nicht, woher denn.«

»Hat Ihnen das Ihre Familie geschenkt?«, wollte Frau Wenzlaff wissen – und ohne eine Antwort abgewartet zu haben, fuhr sie fort: »Mein Telefon, das war nämlich ewig kaputt, deswegen hat keiner von meiner Familie bei mir angerufen. Die ganze Zeit nicht, auch der Wiprecht nicht. Aber der Herr dort hinten, ja: der! – Der hat es mir repariert, da können mich jetzt wieder alle erreichen.«

Jetzt erst entdeckte Lore Titus Brose, der sich im Hintergrund gehalten hatte. Und da sie gerade einen Flyer in der Hand hielt, winkte sie ihm damit zu.

Wanda, die von der Ballonfahrt nichts mitbekommen und nur die Unruhe bemerkt hatte, die es rund um Lore gab, kam an den Tresen und fragte: »Frau Huber, ich hab Sie heute gar nicht beim Mittagessen gesehen. Wo waren Sie denn eigentlich?«

»Ich?« Lores Zeigefingerspitze wies geheimnisvoll nach oben. Und Lady Gaga, halb hinter ihr, bestätigte das mit einem langanhaltenden, gewichtigen Nicken.

»Ach so.«

»Ja, ich hab nun schon mal alles von oben gesehen. Und ich kann euch nur sagen«, Lore hatte jetzt die Stimme erhoben und sich an die Umstehenden gewandt, »es lohnt sich. Es war alles so klein, so winzig klein da unten, hier unten, meine ich.«

»Und, hatten Sie denn gar keine Angst?«

»Nein, muss man keine Angst vor haben. Da oben, also wo ich jetzt war, da war es ... da ist es sehr, sehr schön.«

Auch, als sie davon sprach, dass von oben die Menschen wie Ameisen ausgesehen hätten und die Häuser und Autos so klein wie Spielzeug, verzog Brose keine Miene: Gut, unter diesen außerordentlichen Umständen konnte man sogar das durchgehen lassen, was er sonst, bei Schulze, sofort rigoros gestrichen hätte.

Schade nur, dass Charlotte, Lores ewige Rivalin, nicht im Foyer war. Die saß sicher wie immer in ihrem Zimmer und sah fern. Wegen des äußerst dichtgeknüpften Kommunikationsnetzes im Heim war aber davon auszugehen, dass sie schon bald davon erfahren würde, spätestens beim Abendessen.

Bei Einhorn ließ sich Brose diesmal nicht blicken. Erst Ende nächster Woche, wahrscheinlich sogar erst am Freitag, würde er es schaffen, nach Leipzig zu fahren: unmittelbar vor dem Urlaub. Für drei Wochen hatten er und Claudia ein Pensionszimmer an der Ostsee gebucht, in Bansin, auf Usedom. Iris hatte er versprochen, die Finkenzeller-Überarbeitung nicht erst Ende der Woche, sondern schon früher abzuliefern, damit die redigierte Fassung rechtzeitig vor den Betriebsferien bei der Buchbinderei Krönnecke in Neukölln war.

Montag, 17. Juli

»Aber sag mal, bisschen kitschig ist das schon, oder?«
»Was jetzt?«
»Jessica hat es mir erzählt.«
»Was hat sie dir erzählt?«
»Na, dass du da neuerdings Ballonrundfahrten organisierst.«
»Iris, da ist, glaube ich, was völlig falsch rübergekommen. Ich ...«
»Nein-nein, du, die im *Alten Fährhaus*, die waren echt begeistert, Kompliment.«
»Ach ja ...«
»Ja. Andererseits: Das ist natürlich auch so ... na, wie im Privatfernsehen.« Brose zuckte die Schultern, in diesem Segment kannte er sich nicht so genau aus. Er staunte nur, dass Iris da offenbar gut Bescheid wusste.

»Ich meine: Kurz vor Ladenschluss wird einem noch einmal ein großer Wunsch erfüllt – Tusch und Tränendrüse! Du musst zugeben, das hat schon so einen gewissen, nicht zu unterschätzenden, Taschentuchfaktor.«

Brose sagte nichts dazu. Nachdenklich sah Iris ihn an: »Nicht, dass wir dich eines Tages noch an die Konkurrenz verlieren – als den großen Seniorenflüsterer …«

»Warum eigentlich nicht«, sagte Brose, er hatte keine Lust, das länger mit Iris zu erörtern. Jetzt aber beugte er sich über den Tisch, er senkte die Stimme, damit Schulze, der hinten in der Küche herumwirtschaftete, ihn nicht hörte: »Den Finkenzeller-Text, den habe ich dir heute früh geschickt.«

»Danke, sehr gut. Schaue ich mir dann nachher gleich an. Und wie weit bist du mit deinem Einhorn? Habt ihr inzwischen einen Vertrag gemacht?«

»Nein, nach dem Urlaub.«

»Und in Leipzig – warst du da schon?«

»Mach ich Freitag.«

Freitag, 21. Juli

Am Freitagabend auf der Rückfahrt, als der ICE langsam aus dem Bahnhof Südkreuz hinausrollte und unterirdisch das letzte Stück weiter bis zur Endstation, Berlin Hauptbahnhof, fuhr, klappte Brose behutsam seinen Laptop zu: Darin lag die Beute!

Mit der flachen Hand strich er sich über die geröteten Augen. Er hätte schwören können, eben auf den Schildern nicht *Südkreuz*, sondern *Kreuz des Südens* gelesen zu haben.

Kein Wunder, er war durcheinander: Stundenlang hatte er im Lesesaal der Leipziger Universitätsbibliothek gesessen und endlos Mikrofilme durchgespult, bis er nur noch Sterne gesehen und es vor seinen Augen geflimmert hatte.

Die Suche hatte er schon ergebnislos abbrechen wollen,

dann, am späten Nachmittag, nach einem aufmunternden Pappbecher Kaffee (schwarz, ohne Zucker) plus einer Zigarette draußen auf der Freitreppe vor dem Haupteingang in der Beethovenstraße, hatte er sich doch noch mal einen Ruck gegeben und tatsächlich auf einem der Mikrofilme das gefunden, wonach er gesucht hatte.

Vielmehr, er hatte es nicht sofort gefunden, zunächst hatte sein Blick es nur flüchtig gestreift. Moment, hatte er da gedacht, als er schon weitergedreht hatte, Moment, da war doch was.

Noch mal den Film zurückgespult: Da sah er einen Thorzettel, August 1837. Und wer, bitte schön, war da um 12 Uhr *auf der Berliner Eilpost* durch das Halle'sche Thor eingereist ...?

Einladung. Heute, den 21. August, giebt es in der Gosenschenke zu Eutritzsch englischen Rinderbraten und frische Bratwürste mit Kartoffeln und div. Salat.

Einladung.

Zum Concert und Schlachtfeste heute, den 21. August, ladet ergebenst ein
Pollter in Kleinzschocher.

Einladung. Heute, den 21. August, ladet zu Beefsteaks mit geschmorten Kartoffeln und Gänsebraten ganz ergebenst ein
Wahle, vorderes Brandvorwerk.

Einladung. Heute, den 21. August, ladet seine Gönner und Freunde zu frischer Wurst und Wellsuppe höflichst ein
Herrmann, hinteres Brandvorwerk.

*** Der an mich durch die hiesige Stadtpost adressirte Brief kann wieder abgeholt werden, da ich nie dergleichen Briefe annehme.
Adolph Fuchs.

Todesfall. Nach kurzem Krankenlager wurde uns heute früh um 5 Uhr unser innig geliebter Sohn, Gatte und Vater, Dr. **Wilhelm Andreas Haase**, ordentlicher Professor der Medicin allhier, plötzlich und unerwartet im 54sten Lebensjahre durch den Tod entrissen. Ihm ist wohl! Er ruhe in Frieden! — Alle, die ihn in seinem Familienleben kannten, oder den biedern Sinn, mit dem er treu und redlich für die Universität wirkte, zu beobachten Gelegenheit hatten, wissen, was wir an ihm verloren haben. Verwandte und Freunde in der Nähe und Ferne bitten wir um stille Theilnahme an unserm gerechten Schmerze.

Leipzig, den 19. August 1837. Die Hinterlassenen.

Berichtigung. In der gestrigen Anzeige im Tagebl.: Dank dem Herrn D. C. Fr. Obst, muß es heißen statt am 28. vorigen Monats, den 18. dieses Monats.

Thorzettel vom 20. August.

Von gestern Abend 6 bis heute früh 7 Uhr.

Grimma'sches Thor.
Hr. Hdlgsdiener Jungmann, v. Magdeburg, in St. Frankfurt a. M.
Die Breslauer fahr. Post.

Halle'sches Thor.
Hr. Commiss. Gregorius, nebst Gattin, v. Neidenburg, im schw. Kreuz.
Hr. Stallmstr. Boddart, v. Middeburg, im schw. H. de Bav.
Hr. Hdlgreis. Paasch, v. Magdeburg, im schw. Kreuz.
Hr. Staatsrath v. Kiel, nebst Gattin, u. Hr. Stadtrath Söhlmann, v. hier, v. Pyrmont u. Hannover zurück.
Auf der Braunschweiger Post, ½1 Uhr: Hr. Hdlsm. Gudauner, v. St. Ulrich, unbestimmt.
Auf der Hamburger Eilpost, um 4 Uhr: Hr. Partic. Mendheim, v. hier, v. Hamburg zurück. Hr. Mühlenbesitzer Ulcke u. Hr. Ksm. Seydel, v. Geiersdorf, und Hrn. Freihrn. v. Käffry u. v. Wesselmni, v. Wien, urbestimmt, Hr. Lieuten. v. Ranso, v. Ulm, pass. d.

Petersthor.
Fr. Ger.-Dir. Bröder, v. Altenburg, bei Roßberg.
Hr. Ksm. Gruner, v. hier, v. Kissingen zurück.

Hospitalthor.
Hr. Geh. Ober-Justizrath v. Mühlen, v. Berlin, p. d.
Auf der Dresdener Eilpost, ½7 Uhr: Hr. Ksm. Bankus, v. Magdeburg, pass. durch, u. Hr. Major Rumschöttel, v. Lübben, bei Rumschöttel.
Eine Estafette von Borna.
Auf der Chemnitzer Eilpost, ½7 Uhr: Hrn. Ksl. Müller und Martini v. hier, v. Chemnitz zurück, Hr. Prof. Braun, v. Altenburg, unbest., Hr. Ksm. Großmann, v. Bennshausen, in der gold. Säge, und Hr. Ksm. Sommer, v. Magdeburg, bei Leiderig.

Von heute früh 7 bis Vormittag 11 Uhr.

Grimma'sches Thor.
Auf der Dresdener Nacht-Eilpost: Hr. Hdlgsdiener Mertens, v. hier.
Hr. Spediteur Schacht, v. Haarburg, im H. de Saxe.
Hr. Hdlgreis. Lucas, v. Hanau, im Kranich.
Hr. Hofrath Reichenbach, v. Dresden, passirt durch.
Hr. Großhdle. Fiedler, v. Prag, im H. de Bav.
Auf der Frankfurter Eilpost: Hr. Apothekergehilfe Flachs, v. hier, u. Dem. Vollbedinig, v. Hamburg, unbestimmt.
Hr. Zeichenmstr. Linke, v. Dresden, bei Linke.
Hr. Factor Graul, v. hier, v. Dresden zurück.

Halle'sches Thor.
Auf der Köthener Post, um 10 Uhr: Mad. Schmidt, v. hier, v. Magdeburg zurück.

Petersthor.
Se. Durchl. Herzog Gustav v. Mecklenburg-Schwerin, im H. de Saxe.

Hospitalthor.
Hr. Rittergutsbes. Leonhardt, v. Leisnau, in St. Hamb.
Hr. Lehrer Schneider, v. Lunzenau, unbest.
Auf der Freiberger Post, ½8 Uhr: Hr. OPAmts-Accessist Schumacher, v. Dresden, in St. Hamburg, u. Dem. Ulbricht, v. hier, v. Waldheim zurück.
Hr. Rentier Joseph u. Hr. Oberlieuten. v. Stehmann, v. Berlin, pass. durch.
Die Grimma'sche Post, ½9 Uhr.
Hr. Ober-Rechnungsrath Graf v. Schulenburg, v. Berlin, passirt durch.

Von Vormittag 11 bis Nachmittag 2 Uhr.

Grimma'sches Thor.
Hr. v. Bellwitz, v. Dresden, im gr. Baum.

Halle'sches Thor.
Auf der Berliner Eilpost, um 12 Uhr: Mad Schmidt, v. hier, v. Berlin zur., Hr. Regier.-Conduct. Dörner, v. Berlin, unbest., Hr. Ksm. Stamm, v. Wörte, im Kranich, Hr. Prof. D. Chamisso, v. Berlin, bei Reimer, u. Hr. Aubelin de Billere, v. Paris, unbest.
Hr. Hdlgreis. Döbes, v. Magdeburg, in St. Hamburg.

Ranstädter Thor.
Hr. Ger.-Dir. Förster, v. Augustusburg, im Blumenb.

Petersthor.
Hr. Justizamtm. Dietrich, v. Börgel, im gr. Baum.

Hospitalthor.
Hr. Graf v. Holzendorff, v. Altenburg, im H. de Pol.

Von Nachmittag 2 bis Abends 6 Uhr.

Grimma'sches Thor.
Die Dresdener Eilpost.

Ranstädter Thor.
Auf der Frankfurter Eilpost, ½3 Uhr: Hr. Buchhdlr. Zirges u. Hrn. Ksl. Dreizehner u. Böhne, v. hier, v. Paris, Frankfurt a. M. u. Zürich zurück, Hr. Capitain Bucaille, v. Leyden, im Hotel de Baviere, Hr. Pastor Schade, v. Samohr, im gr. Schild, u. Hr. Buchhdlr. Müller, v. hier, v. Naumburg zurück.
Die Kassler Post, ½4 Uhr:

Druck und Verlag von C. Polz.

»Ja?«

»Herr Einhorn, Sie werden es nicht glauben: Aber ich hab ihn, ich hab ihn gefunden, wirklich.«

»Ach ...«

»Ja, den Thorzettel. *Den*!«

»Wann?«, fragte Einhorn leise.

»Tja, das kann ich Ihnen ganz genau sagen. Das war heute Nachmittag, kurz nach vier, als ich gerade wieder von draußen ...«

»Herr Brose«, Einhorn flüsterte ins Telefon, »welches Datum? Wann Chamisso in Leipzig angekommen ist – das will ich wissen. Also: wann?«

»Ach so. Moment, Moment, das steht ja hier irgendwo ... ja, hier oben.«

»Ja?«

»20. August. 1837.«

»...«

»Und zwar: um zwölf. Per Eilpost – – – Herr Einhorn? Sind Sie noch dran?«

»Ich wusste es.«

Wieder war es still in der Leitung.

»Herr Einhorn ...«

Unterdessen hatte Brose den Stand der Druckerpatrone kontrolliert: leer.

»Ich kann Ihnen das jetzt leider nicht ausdrucken. Und morgen früh, da fahren wir an die Ostsee. Davor komme ich nicht noch mal ins Büro. Genügt es, wenn ich Ihnen das nach dem Urlaub mitbringe?«

»20. August hatten Sie gesagt?«

»Ja.«
»Ja, das genügt, genügt völlig. Danke. Schönen Urlaub. Ach übrigens: Das ist die Lösung.«

Montag, 14. August

Es war der intensive Lilienduft, der Brose sofort aufgefallen war – stechend war er ihm in die Nase gestiegen, als er den Gang in der zweiten Etage betreten hatte, ihm stockte der Atem.

Eigentlich war es kein Duft, sondern eher ein durchdringend süßlich scharfer Geruch, beinahe an der Grenze zum Gestank, der – je näher Brose dem Zimmer kam – immer abstoßender wurde. Sicher, nach drei Wochen Ostsee, umweht von frischen, kühlen Meeresbrisen, war seine Nase heute besonders empfindlich; er fragte sich nur, wie er es hier, im Mief dieser abgestandenen Luft, überhaupt jemals länger als fünf Minuten hatte aushalten können, ohne zu ersticken. Daran musste er sich erst wieder gewöhnen.

Als Brose einen Brechreiz spürte, blieb er kurz stehen,

er stützte sich mit dem Unterarm an der Wand ab, senkte den Kopf und schloss die Augen – dann besann er sich auf seine Atemübungen. Zwar gelang es ihm nun, flach zu atmen, so flach – und nur durch den Mund –, dass er kaum noch etwas roch, dennoch, er spürte: Etwas lag in der Luft, betäubend und schwer.

Die Tür zu Einhorns Zimmer stand weit offen. Das Fenster auch. Die Gardine, ein grauer Store, wehte schlapp im lauen Spätsommerwind. Von Einhorn war nichts zu sehen, überhaupt: Das ganze Zimmer war, bis auf Pflegebett, Nachtschränkchen und Deckenlampe, leer.

»Nanu, Herr Einhorn … zieht wohl …«, fragte er ungläubig Nadine, die gerade mit einem Tablett vorbeiging, »… aus?« Und noch während er diesen Satz immer leiser werdend, stockend zu Ende brachte, merkte er, was für eine sinnlose Frage das war: Er sah doch, was hier los war. Entsprechend erstaunt blickte Nadine, ohne stehen zu bleiben, ihn schräg von der Seite an.

»Er *ist* bereits ›ausgezogen‹, vor anderthalb Wochen.«
»Ach.«
»Ja.«

Mit dem Kopf deutete sie hinüber zu Borkowskis Zimmer. »Fragen Sie den da, der war zuletzt bei ihm.«

Als er Borkowski nach knapp einer Viertelstunde wieder verließ, schaute er noch einmal in Einhorns Zimmer: besenrein gefegt, fertig zur Übergabe. Fast sah es nach einer vollständigen Spurenbeseitigung aus. Einen Moment lang stand er regungslos auf dem Gang.

Das also ist der Tod, dachte Brose: Die Tür steht offen, es wird gelüftet – trotzdem, es riecht nach Desinfektionsmittel und nach etwas anderem, und draußen piepen unbeirrt die Vögel.

Was ihn am meisten verwundert hatte: Wie unbeeindruckt, ja: ungerührt Borkowski von alldem gewesen war. Als gäbe es für ihn nichts Wichtigeres als dieses Kreuzworträtsel in der Apothekenzeitschrift, mit dem er gerade so intensiv beschäftigt war. Aber im Grunde war das kein Wunder: Alle hier im *Alten Fährhaus* standen miteinander in einem großen Wettlauf, bei dem es am Ende nur Verlierer gab. Nun hatte es eben Einhorn erwischt, der war ausgeschieden, plötzlich aus der Bahn, seiner Lebensbahn, geworfen worden, und es war Borkowski, der zufällig noch da war und sein Kreuzworträtsel löste, ein kleiner Etappensieg zwar nur, aber immerhin: eine Runde weiter.

»Tja«, hatte Borkowski zu Brose gesagt, »hat der Doktor nun also auch seine Papiere gekriegt«, und damit, soweit hatte Brose das verstanden, meinte Borkowski: den Totenschein – die Entlassungspapiere ins Jenseits.

An jenem Abend, vorletzte Woche, so erzählte es ihm Borkowski, hätten sie noch eine Runde Malefiz gespielt, alles wie immer, ganz normal. Doch mittendrin habe Einhorn plötzlich aufgehört – und das, obwohl er gar nicht so schlecht im Rennen gelegen habe, worüber er, Borkowski, sich noch sehr gewundert habe. Einhorn hätte seine Spielfiguren zurück auf die Ausgangsposition gestellt und sich dann einfach aufs Bett gelegt, kein Wort mehr gesagt. Borkowski, bevor er in sein Zimmer gegangen war, habe noch Melanie geholt und sie zu Einhorn geschickt.

»Melanie, ja, sagen Sie mal, wo ist die denn eigentlich?«, wollte Brose wissen.

»Die? Letzte Woche hatte die Urlaub, glaube ich«, sagte Borkowski. »Na ja, hat er es nun hinter sich, der alte Spekulatius.« Und damit hatte Borkowski sich wieder – und diesmal unwiderruflich – hinter den Gittern seines Kreuzworträtsels verschanzt, um endlich die knifflige Frage zu klären, um welche europäische Metropole mit fünf Buchstaben (der dritte ein »r« und der vierte ein »i« – das war der erste Buchstabe eines Stacheltiers mit vier Buchstaben!) es sich bei fünf waagerecht handeln könnte.

Draußen, auf dem Gang, war niemand. Das ganze *Alte Fährhaus* schien ausgestorben zu sein.

Nein, nicht ganz: Auf der Treppe traf er Bronkow. Der hatte wieder seinen enganliegenden grauen Rollkragenpullover an, unter dem sich deutlich die Rippen abzeichneten. In einem Einkaufskorb trug er speckig abgegriffene Bibliotheksbücher, die er überall im Haus eingesammelt hatte, nach unten. Er war auf dem Weg in seine Bücherstube, um die »kleinen bunten Fluchthelfer aus dem grauen Alltag«, wie er sie nannte, wieder in die Regale einzusortieren. Als er Brose sah und dieser ihn auf Einhorn ansprach, stellte er den Korb auf dem Fensterbrett ab.

»Ach, das ist wirklich ein Jammer, die ganzen jungen Leute, dass die es alle so eilig haben und mir einer nach dem anderen wegsterben.« Bronkow schaute Brose bekümmert an. Er selbst, so wie er vor Brose stand, schien diesbezüglich keinerlei Anstalten zu machen, im Gegenteil: Man konnte den Eindruck gewinnen, dass Bronkow sich auf ein ewiges Leben vorbereitete, er schien offenbar ein Patent darauf zu haben.

»Den Benno, den hab ich gemocht, wirklich. Ich glaube allerdings, damals, wenn wir uns in der DDR begegnet wären, oh ja, also da hätte der mich sicher gehasst. Oder vielleicht sogar verachtet. Kann ich übrigens gut verstehen. Aber egal. Schön, dass wir hier noch so friedlich unter einem Dach gelebt haben. Wir haben sogar mal einen ganzen Abend lang intensiv eine brennende Frage diskutiert ...«

»Ach ja?«

»Ja, das hat ihn sehr beschäftigt: *Strategie und Taktik beim Malefiz unter besonderer Berücksichtigung eines unberechenbaren Gegners.*« Bronkow lächelte undurchsichtig.

»Und du? Was hattest du eigentlich mit ihm zu tun? Also mit diesen Biografiesachen, da hatte der Benno doch gar nichts am Hut, oder? Das musst du mir mal in Ruhe erklären.«

»Ja, klar.« Brose nickte gedankenverloren.

Er wollte schon weitergehen – da wandte er sich noch einmal kurz um, plötzlich wusste er, an wen ihn dieser Bronkow schon die ganze Zeit erinnert hatte. Damals, in der Buchklub-Reprintausgabe des *Peter Schlemihl*, die sein Vater ihm hingelegt hatte, war auf einer der Radierungen Peter Schlemihl zu sehen gewesen, wie er in der

Sonne auf einer Wiese stand. Und hinter ihm? Kniete ein grauer Mann, geschickt löste er Schlemihls Schatten vom Rasen, rollte ihn auf, um ihn wenig später in die Tasche zu stecken.

Verwundert schaute Brose Bronkow an: Aber wahrscheinlich sah er – zumal heute! – schon überall Gespenster. Trotzdem, mit belegter Stimme sagte er: »Herr … Herr Bronkow, also auch mit Ihnen, da hätte ich mich schon ganz gern mal länger unterhalten, über Ihre Geschichte und so.«

»Meine Geschichte? Ach, Junge, darum geht es doch gar nicht: Es kommt auf *die* Geschichte an. Wir sind nur ein Teil, ein ganz kleiner Teil davon – und, wie wir es ja gerade wieder gesehen haben, ein verschwindender. Na gut, ich muss jetzt.«

Immerhin, er hatte Brose noch sagen können, wo Frau Schwartze zu finden war. Zuletzt hatte er die unten gesehen, im Speisesaal. Auf dem Weg dorthin begegnete er Krampe. Der große Verschwörungstheoretiker rollte diesmal, die Mütze tief ins Gesicht gezogen, wortlos an Brose vorbei, ohne ihn, den notorisch Ungläubigen, auch nur eines einzigen Blickes zu würdigen.

Sofort, als sie Brose sah, unterbrach Frau Schwartze ihr Gespräch mit der Küchenchefin. Sie stand auf, kam auf ihn zu und schüttelte ihm lange, wie einem nahen Angehörigen, die Hand.

»Ja«, sagte sie, »das ging ja nun doch alles ganz schnell mit unserem Herrn Einhorn. Ich hab gehört, Sie waren in letzter Zeit oft bei ihm, Herr Brose. Schön, dass Sie sich um ihn gekümmert haben. Er war ja doch, ich würde sagen, na ja, etwas speziell.«

»Wir hatten noch einiges vor, ja.«

»Es tut mir sehr leid.«

»Danke«, sagte Brose.

»Und, kann ich Ihnen noch irgendwie helfen?«

Er schüttelte den Kopf. »Oder doch – seine ganzen Sachen? Also, als ich vor dem Urlaub bei ihm war, sein Zimmer, das war ja randvoll gefüllt: Bücher, Papiere. Ich meine: Das löst sich doch nicht alles einfach in Luft auf!«

»Nein, natürlich nicht. Aber wir müssen die Zimmer immer ganz schnell beräumen. Wissen Sie, was für lange Warteschlangen wir inzwischen haben? Die Verwaltung ist da knallhart, Leerstand, den können wir uns hier überhaupt nicht leisten. Angehörige gab es keine. Wir haben da seit Langem so eine Firma: Auflösungen aller Art. Sehr professionell. Die kommen aus Friedrichshain. Ich kann Ihnen gerne die Adresse geben, aber viel Hoffnung mache ich Ihnen da nicht. Was irgendwie verwertbar ist, das vertrödeln die immer sofort, die haben kein großes Lager oder so. Das landet dann alles auf diesen Flohmärkten. Suchen Sie denn was Spezielles, Herr Brose? Ich meine: Hat er Ihnen irgendwas versprochen?«

»Nein, das nicht.«

Er fragte sie noch nach Melanie und erfuhr, dass sie heute, an ihrem ersten Arbeitstag nach dem Urlaub, Spätdienst hatte. Er sah auf die Uhr. Da er nun schon mal hier war – und um nicht völlig unverrichteter Dinge wieder zurück in die Stadt zu fahren –, stieg er doch noch einmal nach oben in die Zweite und schaute kurz bei Wanda vorbei. Sie freute sich, ihn zu sehen. Und er sah, dass in *Ich weiß es noch wie heute ...* heute weit hinten ein neugieriges Lesezeichen steckte.

»Und?«, fragte er Wanda mit einem Blick auf ihre Erinnerungen, die auf dem Nachttisch lagen, »wie ist es so für Sie, wenn Sie das lesen?«

»Ja, schon interessant, vor allem, das alles mal so im, im ...« Ihre knochigen Finger verhakten sich ineinander.

»Im Zusammenhang?«

»Ja, genau: im Zusammenklang und so weiter, nicht wahr. Heute, da würde ich natürlich vieles anders machen. Doch, ja.« Einen Moment schwieg sie. »Vor allem, ich würde Ihnen ja noch ganz andere Sachen von mir erzählen, hm. Na ja, vielleicht später mal, im nächsten Leben.«

»Abgemacht, Wanda, so machen wir das. Bin ich sehr gespannt drauf.«

Melanie rief spätabends an, kurz nach dem *heute journal*. Claudia hatte ihm nur stumm, die Augenbrauen hochgezogen, den Hörer in die Hand gedrückt, Brose hatte zunächst die Schultern gezuckt und erstaunt, auch ein wenig ärgerlich über diese späte Störung »Ja?« in den Hörer gefragt, doch sofort hellte sich sein Gesicht auf: »... Melanie! Ach, das ist aber schön, dass Sie anrufen. Danke.«

Claudia sah ihn fragend an.

»Es ist«, hauchte er ihr über die Schulter hinweg zu, »dienstlich.«

»Ah ja. Klar.«

Claudia nickte betont ernst, sie spitzte kurz die Lippen, und in ihrem Blick las Brose die spöttische Frage, ob er neuerdings als *Ghostwriter* nun auch schon die Lebenserinnerungen von Teenagern aufschreibe. Lautlos verschwand sie in ihrem Zimmer.

»Neulich, da hatte ich Ihnen ja schon auf den AB gesprochen ...«

Stimmt, jetzt erinnerte er sich. Gestern Abend, als sie von der Ostsee zurückgekommen waren, hatte er nebenbei den Anrufbeantworter abgehört. Erst Schulze, der mit Grabesstimme verkündet hatte: »Herr Brose, ich muss mit Ihnen sprechen«, und dann sofort grußlos aufgelegt hatte. Danach die Stimme einer jungen Frau, eine schlechte Mobilfunkverbindung; er hatte nicht erkannt, dass es Melanie war. Und aus dem Sinn der Nachricht, in der von einem Koffer die Rede gewesen war, war er auch nicht schlau geworden. Also hatte er seinen Urlaubskoffer ausgepackt und nicht weiter daran gedacht.

»Ja also«, sagte Melanie, »wir sollten jetzt mal auf den Punkt kommen, wollen Sie nun den Koffer oder nicht?«

»Sie meinen ...«, Brose stockte, »Einhorns Koffer?«

»Ja, natürlich, was für einen denn sonst? Ich hab doch hier keinen Koffergroßhandel oder was.«

»Ist der ...«, und nun flüsterte Brose, »eventuell ... blau?«

»Moment, ich ... – Ja, dunkelblau. Warum?«

»Natürlich will ich!«, rief Brose – so laut, dass er Claudia im Nebenzimmer interessiert rascheln hörte.

»Natürlich will ich«, wiederholte er jetzt konspirativ leise, aber unmissverständlich, den Oberkörper weit vorgebeugt, die Sprechmuschel dicht an seinen Mund gepresst.

Dass es diesen blauen Koffer wirklich gab!

Wenn Einhorn über seine Forschungsergebnisse gesprochen hatte, hatte er immer gesagt, dass er das alles »in seinem Koffer« habe, in seinem blauen Koffer. In Broses Ohren hatte das geklungen wie: *Das hab ich alles in petto* oder so ähnlich, er hatte das für eine Floskel gehalten und nie ernsthaft daran geglaubt, dass so ein Koffer wirklich existierte. In Einhorns Zimmer hatte er nie einen gesehen.

»Sind Sie noch dran?«, fragte Melanie.

»Ja, natürlich.«

Weil sich keine Verwandten von Dr. Einhorn gemeldet hätten, es offensichtlich auch keine Freunde oder Bekannten gegeben habe, zumindest habe er nie Besuch gehabt, hatte Melanie den Koffer vorübergehend aufbewahrt. »Den wird schon noch jemand abholen«, habe Dr. Einhorn, kurz bevor er gestorben war, zuversichtlich von seinem verstellbaren Pflegebett aus verkündet.

Der Einzige, der ihr eingefallen war, sei er, Brose, gewesen. (Guter Einfall, pflichtete Brose ihr stumm bei.) Und er versicherte ihr, wie unendlich dankbar er ihr für ihren Anruf sei.

»Kein Ding.«

Und was für ein Ding!, korrigierte er sie stillschweigend, und zwar 1. den gedankenlos von ihr verwendeten Anglizismus (nothing) und 2. in der Sache selbst. Wahrscheinlich ahnte Melanie überhaupt nicht, welche Bewandtnis es mit diesem Koffer und seinem Inhalt hatte und was der, speziell ihm, bedeuten könnte.

»Also ich bin heilfroh«, sagte sie, »wenn das Ding dann hier raus ist. Die anderen haben sich schon beschwert.«

»Macht es Ihnen was aus, wenn ich gleich morgen komme?«

»M-m«, sagte sie, »nicht wirklich.«

Nicht wirklich …? Er gab es auf, nein, er wollte sie jetzt wirklich nicht weiter korrigieren und nickte nur stumm und stellvertretend dem grauen Telefonapparat zu.

So hatten sie den Kofferübergabetermin also für morgen, Dienstag, halb zwölf vereinbart, und dann war das Gespräch auch schon zu Ende.

Dienstag, 15. August

Melanie war nach ihrer Nachtschicht gleich wieder zum Frühdienst eingeteilt worden, es war immer noch Urlaubszeit und die Pflegeabteilung schon seit Langem unterbesetzt. Sie war mit ihrem Medikamentenwägelchen in der ersten Etage unterwegs gewesen und hatte deshalb nicht viel Zeit gehabt. Die Übergabe vorhin war schnell und unkompliziert über die Bühne gegangen.

Über die Bühne, fiel Brose jetzt ein, ja – gar kein so unpassender Ausdruck: Die weiße Frau, wie immer rauchend am Eingang des *Alten Fährhauses* postiert, verfolgte von ihrem Stehplatz aus, am rostigen Aschenbecher neben der Tür, als amüsierte Zuschauerin diese Szene im letzten Akt mit, in der Brose sich abmühte, den schweren Koffer Richtung Parkplatz zu schleppen.

»Ja, sagen Sie mal«, fragte sie ihn, »was haben Sie denn da drin? Steine?«

Was sollte er ihr darauf antworten?

Steine nicht, dafür aber Papiere, die ihm am Herzen lagen und allerdings schwer wie Steine waren?

Nein, bloß nicht. Viel zu versäuselt und hundertprozentig im Schulze-Schönschreiber-&-Sonntagsredner-Stil; für eine Außenstehende wie sie auch überhaupt nicht zu begreifen. Und vor allem: Er wusste ja selbst noch nicht, was ihn in diesem Koffer erwartete.

Einhorns blauer Koffer war ein älteres Modell, ohne Räder, so wie es sie früher gab. Brose erinnerte sich daran (nein: sein rechter Arm, der unter der Last immer länger zu werden drohte, erinnerte sich daran, schmerzhaft), wie er sich als Schulkind krumm und schief hatte legen müssen, um den Monsterkoffer seiner Eltern überhaupt anheben zu können, wenn er damit in den Sommerferien zu seinen Großeltern nach Hüsensiel gefahren war, in das kleine Dorf hinter dem Deich. Erst mit dem Interzonenzug nach Hamburg. Dann weiter in einem Bummelzug über das flache, grüne Land. Das letzte Stück mit dem Bus. Damals, Anfang der Sechzigerjahre, auf dem Weg zum Bahnhof, hatte er den schweren Koffer immer wieder absetzen und sich die geröteten, schwieligen Finger der rechten Hand reiben müssen.

»Sie ziehen wohl aus, junger Mann?«, rief ihm die weiße Frau hinterher, sie schien heute gesprächiger als sonst zu sein. »Hab ich mir schon gedacht, dass Sie es nicht lange bei uns aushalten.« Brose blieb stehen und drehte sich noch einmal zu ihr um, er nickte ihr freundlich zu.

»Kommen Sie eigentlich zu meiner Beerdigung?«, wollte sie auf einmal von ihm wissen. Brose verdrehte die Augen.

»Na, überlegen Sie sich das. Ich würde mich jedenfalls sehr darüber freuen. – Simone kommt auch.«

»Na dann«, sagte er leise.

»Spät kommt er, doch er kommt.« Ohne von seiner Arbeit aufzublicken, hatte Schulze das gesagt oder vielmehr: in sich hineingeknurrt, als er Brose hörte, der am frühen Nachmittag, gegen halb drei, das *LebensLauf*-Büro durch den Hintereingang betrat. Kaum hatte der gegrüßt und sich an seinen Platz gesetzt, richtete Schulze sich streng in seinem Bürostuhl auf, und nun richtete er das Wort direkt an sein Gegenüber: »Herr Brose!«

»Ja, Herr Schulze, was gibt's?«

»Ich muss mit Ihnen reden.«

»Ja, klar.« Sofort erinnerte er sich an Schulzes Kurznachricht auf dem Anrufbeantworter. »Klar, warum denn nicht? Dann erzählen Sie doch mal: Worüber wollen wir reden? Und überhaupt: Wie ist es Ihnen denn so ergangen die letzte Zeit?« Brose rollte seinen Stuhl ein Stück zurück und schlug die Beine übereinander. »Ein bisschen Aufmunterung kann ich heute, glaube ich, ganz gut vertragen.«

Schulze sah Brose groß an. Er sagte nichts. Stattdessen kramte er aus seinem Schreibtischfach eine Aspirin hervor und löste sie auf: ein Sturm der Entrüstung im Wasserglas!

Mit einem Zug trank er aus, leckte sich kurz die Lippen ab. Unbewegt schaute er Brose an: »Ich finde, Herr Kollege, hier hört wirklich die Freundschaft auf.«

»Wie jetzt, Herr Schulze? Ich wusste ja gar nicht, dass wir ... also dass wir Freunde sind.«

»Sie wissen genau, was ich meine ...«

Schulze richtete seinen vernichtenden Blick nun anklagend auf den druckfrischen Band der Finkenzeller-Erinnerungen, die in 2. Auflage vor ihm auf dem Tisch lagen, jetzt erst fiel der Band auch Brose ins Auge.

»Ja«, sagte Brose leise, er schloss die Augen, »ja, okay, jetzt ahne ich es, ungefähr.« Er wusste nicht, wie die Schulze in die Hände gefallen waren. Oder doch, natürlich: Buchbinderei Krönnecke hatte die Bände geschickt, als er und auch Iris noch nichtsahnend im Urlaub waren. Schulze, der hier zur Stallwache eingeteilt gewesen war, musste die Lieferung stellvertretend entgegengenommen, zur weiteren Bearbeitung geöffnet haben und –

Brose überlegte, ob er Schulze jetzt nicht einfach die Hand hinstrecken sollte, doch das kam ihm zu theatralisch vor. Und außerdem: Schulze hätte das missverstehen können – als Beileidsbekundung. Brose kratzte sich am Kopf. Mitfühlend sah er zu seinem Kollegen hinüber, Schulze bemerkte das gar nicht, intensiv schaute er aus dem Fenster, vertieft in die Betrachtung des bewölkten Himmels.

Weil ihm nichts anderes einfiel, begann Brose nun damit, seinen Schreibtisch aufzuräumen.

»Darf ich fragen, was Sie da machen?«, hörte er Schulzes Stimme aus dem Off.

»Ich? Ach, nichts weiter. Ordnung.«

»Und warum?«

»Ich muss hier, glaube ich, Platz schaffen.«

»*Platz schaffen* ... aha, sehr interessant.«

»Für ein neues Projekt.«

»Herr Brose, Herr Brose«, Schulze schüttelte ungläubig den Kopf, er hörte gar nicht mehr auf damit: »Sie haben mein Buch an so vielen Stellen ... mir fällt kein anderes Wort dafür ein: *verschlimmbessert*. Ja, anders kann man das gar nicht nennen. Wirklich.«

Broses Mundwinkel zuckte, doch er zog es vor, jetzt lieber nichts zu sagen. Still räumte er weiter vor sich hin.

Nur einmal hielt er kurz inne, dann wurde ihm klar: In Schulzes immer wieder kurz aufflackernden Satzstücken, die inzwischen zum Singsang eines halblauten Monologs geworden waren, war nicht, wie es sich zunächst angehört hatte, von irgendeinem *Outdoor-Shop* die Rede gewesen, sondern von einem »Autor« und dessen »Job« – aha! – und, vor allem, von seinen Rechten, in diesem Fall also von Schulzes Rechten. Erstaunlich, in was für einen rätselhaften Dialekt er da in seiner Erregung zurückgefallen war.

»Sie glauben doch nicht etwa«, sagte Brose leise, »dass ich das freiwillig gemacht habe.«

»Ich traue Ihnen alles zu.«
»Meinen Sie das jetzt … positiv oder negativ?«
Schulze antwortete nicht darauf.
»Tut mir sehr leid, Herr Schulze, wirklich.«
»Was tut Ihnen leid?«
»Alles.«
»Also, ich glaube, ich muss mit Frau Havelka darüber sprechen.«
Brose nickte: »Ja, denke ich auch. Das sollten Sie tun, unbedingt.«
Nachdem Schulze lange vorn bei Iris gewesen war, hatte sie Brose hereingerufen und sich bei ihm entschuldigt, dass er da unverschuldet in eine so unangenehme Situation gekommen war. Er hatte nur abgewinkt und ihr von Einhorns Tod erzählt, das beschäftigte ihn im Moment viel mehr.
Sie hatte ihm aufmerksam zugehört, kurz überlegt und dann vorgeschlagen, dass er zunächst zu Hause arbeiten solle, auch um räumlich etwas Abstand zu Schulze zu gewinnen, bis der sich soweit wieder beruhigt (O-Ton Iris: »eingekriegt«) habe; da sich die Auftragslage noch immer nicht verbessert habe, sei das überhaupt kein Problem. Erst – frühestens – in der nächsten Woche würden sich eventuell ein paar Anschlussprojekte ergeben, da sei sie gerade dran. Und falls er tatsächlich länger für das Sortieren der Einhornsachen brauche, auch kein Problem, es sei ja durchaus möglich, unbezahlten Urlaub zu nehmen.
»Ja.«

Sofort war er damit einverstanden gewesen, war zurück an seinen Platz gegangen und hatte vor Schulzes staunenden Augen seine Sachen gepackt.

Um das Offizielle seines Abgangs zu unterstreichen, hatte er allerdings nicht wie üblich den Weg durch Küche und Hintertür genommen, um sich dann unsichtbar die Abwärtsspirale der engen Wendeltreppe hinabzubewegen; nein, nicht klammheimlich hatte er sich hinausgestohlen, sondern diesmal das Büro vorne verlassen, erhobenen Hauptes durch den Haupteingang (jetzt also: den Haupt*aus*gang); das war ihm wichtig gewesen.

Ein Tag im August

Schon seit einer Woche saß Brose zu Hause und versuchte, Ordnung in den Kofferinhalt zu bringen, beziehungsweise: sich zumindest einen gewissen Überblick zu verschaffen; manchmal kniete er auch vor dem Koffer, kramte in den Mappen und Papieren und vergaß darüber die Zeit.

Er blätterte sich durch Einhorns Ausarbeitungen, entzifferte die winzigen Bemerkungen, die dieser mit spitzem Bleistift an den Rand der Chamisso-Texte notiert hatte. Erst wenn ihm seine Knie schon so wehtaten, dass er kaum noch hochkam, rappelte er sich mühsam auf und machte ein paar Lockerungsschritte.

Der aufgeklappte Koffer neben seinem Schreibtisch sah zwar jeden Morgen – wenn Brose müde in sein Zimmer schlurfte – ausgesprochen unternehmungslustig aus, nach Verreisen, nach Aufbruch und Abenteuer; was aber Chamissos Reise selbst betraf, so kam Brose nur langsam, ganz langsam voran.

Claudia, bevor sie zur Schule ging, schaute jetzt immer kurz zu ihm herein und wünschte ihm viel Erfolg.

Das war wie früher, noch bevor er beim *Spandauer Boten* angefangen hatte und er als freier Journalist, als »einsamer Wolf«, sein Großstadtrevier durchstreift hatte und ständig auf der Jagd nach guten Geschichten (und interessierten Abnehmern dafür) gewesen war.

Studienrat Brose war zwar über die Berufswahl seines Sohnes ganz und gar nicht glücklich gewesen, immerhin hatte er sich aber damit trösten können, dass ja auch Fontane als Journalist begonnen hatte, bevor dann doch noch »etwas Richtiges« aus ihm geworden war.

Damals, wenn Claudia von der Schule kam, konnte sie es kaum erwarten, dass sie sich abends an den Küchentisch setzten, er umständlich eine Flasche Wein öffnete und er ihr – wohldosiert natürlich, um die Spannung zu halten – unter dem Siegel der Verschwiegenheit eröffnete, zu welchen Ergebnissen ihn seine jeweiligen Recherchen geführt hatten.

Auch wenn in seiner Ein-Mann-Firma manchmal die Luft gebrannt hatte, es bisweilen zu heftigen internen Auseinandersetzungen gekommen war, speziell zwischen den notorisch konkurrierenden Abteilungen *Pflicht und Neigung*, er oft nicht gewusst hatte, was der nächste Tag bringen würde, ob er, zum Beispiel, seine Artikel auch irgendwo würde unterbringen können – rückblickend war es keine schlechte Zeit gewesen. Obwohl er sich schon lange vorgenommen hatte, das Wort *eigentlich* aus seinem aktiven Wortschatz zu streichen: *Eigentlich* musste er Schulze ja ganz dankbar dafür sein, dass der ihm, ohne es zu ahnen, diese Reminiszenz an alte Zeiten ermöglicht hatte, diese unverhoffte Rückkehr in ein Früher.

Noch einmal begann er damit, die Einzelteile zu sortieren. Chamisso war also im August nach Leipzig gefahren. Dort war er, wie es auf dem Thorzettel stand, bei einem *Reimer* abgestiegen. Inzwischen hatte Brose auch herausgefunden, wer dieser Reimer war: Chamissos Verleger, Inhaber der Weidmann'schen Verlagsbuchhandlung, in der Chamissos Werke, herausgegeben von Hitzig, erschienen waren. Die drei Doppelbände aus Einhorns Koffer, jeder von ihnen versehen mit einem ovalen Exlibris, auf dem sich ein weißes Einhorn über den Großbuchstaben *B* und *E* (beide in markanter Frakturschrift) aufbäumte, standen nun vor ihm auf dem Schreibtisch.

Er versuchte auch, sich *Mad Schmidt, v. hier, v. Berlin zur.* vorzustellen, die laut Thorzettel mit Chamisso in der Kutsche gesessen hatte, und worüber die sich eventuell unterhalten haben könnte mit dem *Prof. D. Chamisso v. Berlin* – die leicht verunglückte Schreibweise seines französischen Adelstitels »de« war wahrscheinlich dem Hörfehler eines sächsischen Ohres geschuldet, das an diesem Tag im Thorhaus seinen Dienst versehen hatte.

Als Brose Einhorn am Telefon das Datum des Thorzettels vorgelesen hatte, was hatte der da zuletzt zu ihm gesagt? »Das ist die Lösung.«

Brose stand auf, aus der Aktentasche zog er sein Aufnahmegerät hervor. Bei seiner letzten Unterredung mit Einhorn hatte er es im Laufe ihres Gesprächs unauffällig eingeschaltet, um alles, was mit seinem Leipzig-Auftrag zusammenhing, aufzuzeichnen. Vielleicht, hoffentlich!, hatte er das noch nicht gelöscht.

Er klickte die letzten Aufnahmen durch – da, aus dem knisternden Jenseits des Aufnahmegeräts, hörte er Einhorns Stimme, überhaupt nicht geisterhaft, sondern, im Gegenteil, ganz deutlich: »… was Chamissos Reise nach Leipzig betrifft, so haben wir widersprüchliche Angaben. Im Brief an Fouqué hatte Chamisso vom *Herbst* 1837 geschrieben – und so haben es ihm schließlich ungeprüft sämtliche Biografen nachgeschrieben. Alle, bis auf einen: Hitzig! Julius Eduard Hitzig, der gibt als Datum ausdrücklich den August an, also den *Sommer* diesen Jahres. Die Frage ist nun: Wem ist mehr zu trauen?«

Aussage hatte gegen Aussage gestanden. Aber das war ja nun geklärt, die Antwort stand auf dem Thorzettel. Nur: Was bedeutete das? Und warum war das »die Lösung«? Und vor allem: Wofür? Brose hatte einen Schlüssel in der Hand, er wusste bloß noch nicht, für welche Tür. Sein Geheimnis hatte Einhorn, wie Schulze wohl sagen würde, »mit ins Grab genommen«.

Brose hielt inne.

Bis gestern hatte er noch geglaubt, dass unter Umständen ja auch beide, Chamisso und Hitzig, recht gehabt haben könnten und Einhorn sich nur geirrt und sinnlos an einem Widerspruch aufgehalten hatte, der womöglich gar nicht existierte. Chamisso, so wie es zweifelsfrei auf dem Zettel stand, war am 20. August mit der Postkutsche in Leipzig angekommen. Gut, aber er könnte doch auch länger dort geblieben sein, mehrere Wochen, also bis zum Herbst – und dann würde seine Angabe im Brief an Fouqué ja stimmen.

Nur, dementgegen stand ein anderer Brief, den Brose heute früh beim nochmaligen Durchblättern von Chamissos Korrespondenzen gefunden hatte, adressiert war der an seinen alten Freund Louis de la Foye.

Ich werde alt, das Gedächtniß für die jüngste Zeit geht mir aus, und mich erschrecken Töne, Worte, Bilder aus meiner frühesten Kindheit, die mir unversehens aufgehen mit aller Bestimmtheit der Gegenwart, und ich träume nur vom Schlosse Boncourt ...

Ob Einhorn dieses Zurückfallen in die Vergangenheit gemeint hatte, als er von einer »inneren Zeitschleife« gesprochen hatte? Und war nicht auch er selbst, Brose, inzwischen in eine innere Zeitschleife geraten? In den letzten Tagen hatte er sich immer wieder an Einzelheiten aus seinem Vorleben als freier Journalist erinnert, das alles war ihm viel lebendiger erschienen als das, was ihn im Jetzt, in seiner unmittelbaren Gegenwart, umgab.

Was aber nun die Hauptsache an diesem, an de la Foye adressierten Brief war: Mit spitzem Stift hatte Einhorn das Datum unterstrichen, den *13. September 1837* – sogar dreifach unterstrichen und mit drei Ausrufezeichen versehen hatte er, von wo aus der Brief abgesendet worden war: *Berlin.*

Brose beugte sich über die stockfleckige Seite, lange betrachtete er die dünnen Bleistiftstriche – ihm war, als hätte Einhorn hier schon vorab seinen Gedanken erraten und ihn dezidiert auf den Umstand hinweisen wollen, dass Chamisso nicht mehr in Leipzig war, als der Herbst begann, sondern längst wieder in Berlin. Einhorn, obwohl er tot war, sprach zu ihm, durch diese dünnen Striche.

Festzuhalten war: Hitzig hatte recht gehabt. An dem führte sowieso kein Weg vorbei, wenn es um Chamisso ging. Auf Hitzigs fürsorgliche Anteilnahme an seinen Geschicken hatte Chamisso sich stets verlassen können. Wenn etwas also der Dreh- und Angelpunkt dieser Geschichte war, dann war das die Freundschaft zwischen den beiden. Hitzig hatte ja nicht nur posthum Chamissos Biografie geschrieben, nein, als genialer Strippenzieher hatte er auch zuvor schon für einige der spannendsten Kapitel darin gesorgt.

Wahrscheinlich musste Brose mit Hitzig, mit der Biografie dieses Biografen, beginnen, sonst würde er nie erfahren, was in Chamissos Leben Schicksal oder Vorsehung und was einfach nur Zufall gewesen war.

Er kniff die Augen zusammen.

Wenn man Chamissos Lebensbeschreibung tatsächlich mit der Fahrt im Hochgeschwindigkeitszug von Leipzig nach Althen beginnen würde und, wie im *Dampfroß*-Gedicht beschrieben, von da an alles rückwärts ablaufen ließe, dann würde alles, was Chamisso erlebt hatte, noch einmal, während er im Zug saß und aus dem Fenster schaute, in umgekehrter Richtung vor ihm abrollen.

Jener graue Morgen im Frühling, im Mai 1837, am 21., kurz nach sechs, als ein Blutsturz Antonie erstickte und sie nach ihm rief, sie aber schon viel zu weit weg war, so dass er sie, so schnell er auch herbeigelaufen kam, nicht mehr erreichen konnte; die letzten Tage mit ihr, so heiter und gelassen war sie da gewesen, wie er sie noch nie erlebt hatte, der Garten im Frühjahr, weiß wie unter Schnee, ihn fröstelte, aber es waren nur die herabgefallenen Blütenblätter, die überall herumlagen, und es war sehr warm; Marianne ...; die Weltreise, das Auf und Ab der endlos heranrollenden grün-blauen Wellen, Palmen, Kokosnüsse, Kadu, die Hitze; der Sommer, als er in Kunersdorf den *Schlemihl* für Hitzigs Kinder schrieb und seinen Schlemihl am Ende auf eine Weltreise schickte; die Freundschaft mit Hitzig!; die Flucht aus Frankreich; seine Kindheit dort, in der Champagne, Schloss Boncourt.

Noch einmal betrachtete Brose den Kupferstich, den er in Einhorns Koffer gefunden hatte und der den Zug in Leipzig bei der Abfahrt zeigte: Schwarze Wolken stiegen aus dem schmalen, hohen Schornstein der Lokomotive, langsam setzte der Zug sich in Bewegung, ein Pfiff oder ein anderer schriller Ton ...

»Ja?« Automatisch hatte Broses linke Hand zum Hörer gegriffen, während er in der rechten den Füller hielt, den er seit Neuestem wieder benutzte.

»Schön, dass ich dich endlich erreiche, Titus. Sag mal, kann es sein, dass du ... bist du irgendwie sauer auf mich?«

»Ich? Nein, wieso?«

»Du antwortest nicht mehr auf meine Mails.«

»Ach, entschuldige bitte, Iris. Mitte letzter Woche bin ich vom Netz gegangen.«

»Du bist vom … meine Güte, das hört sich ja nach einer Reaktorabschaltung an.«

Unsichtbar für sie nickte er.

»Und – kommst du voran?«

»Ja. Na ja.«

»Titus, hier wartet jede Menge Arbeit auf dich. Ich habe jetzt doch wieder ein paar ganz spannende Projekte an Land gezogen.«

»Was macht eigentlich Schulze?«, fragte er. »Herr Schulze«, korrigierte er sich sofort.

»Moment«, sagte Iris, »kann ich dir gleich sagen.« Er hörte sie rascheln und blättern, dann las sie ihm ein paar frische Stilblüten von ihm vor. »Du siehst, du wirst hier gebraucht, dringend.«

»Schöne Grüße an ihn, bitte.«

»An Schulze?! Aber ja … gerne, natürlich. Richte ich aus. – Und wieso das auf einmal?«, fragte sie erstaunt.

»Immerhin, er hilft den Leuten ja dabei, ihr Leben, ihre Vergangenheit neu zu erfinden, das ist schon mal gar nicht so schlecht, oder?«

»So gesehen, ja …«

»Ganz ehrlich, du, ich bin hier noch mitten in der Arbeit. Und ein Ende – nicht in Sicht.« Vom Anfang, dachte er, ganz zu schweigen.

»Und wie lange, meinst du, wird es noch dauern, ungefähr jetzt?«

»Wenn ich das wüsste.«

»Aber doch nicht Wochen oder Monate. Oder?«

Nichts ist unmöglich, dachte er. Das hieß aber auch ...

»Alles ist möglich«, sagte er leise.

»Titus, du wirst doch ..., also, ich meine, du kannst doch nicht einfach ...« Sie ließ es offen, wahrscheinlich wollte sie es vermeiden, das Wort »kündigen« auszusprechen.

»Mach bitte keinen Fehler, ja«, hörte er sie sagen.

Ich mache so viele Fehler, da kommt es auf einen mehr oder weniger auch nicht mehr an.

»Überleg es dir, Titus, und ruf mich einfach an, ja?«

Er nickte, was sie natürlich wiederum nicht sehen konnte, dann legten beide im gleichen Moment auf. Er hatte zu tun. Mit dieser Geschichte war er längst noch nicht fertig, die hatte gerade erst begonnen: Die ganze Vergangenheit lag ja noch vor ihm.

Eingehend betrachtete er den kolorierten Stich aus dem Jahre 1837, der vor ihm auf dem Tisch lag und der vor der Silhouette Leipzigs den Zug zeigte: die qualmende Dampflok mit den angehängten gelben Wagen. Leider, es war kein genaueres Datum angegeben. Aber es musste der Zug sein, in dem Chamisso damals gefahren war, einen anderen gab es nicht.

Schaute man genau hin, konnte man hinter den Fenstern der Wagen sogar winzige Gesichter erkennen oder doch wenigstens erahnen. Er wollte schon aufstehen, um aus dem Schrank die Lupe zu holen, doch er blieb sitzen, lehnte sich zurück und verschränkte die Arme im Nacken: Nein, Unsinn, so kam er nicht weiter, natürlich nicht.

Es half alles nichts, er musste noch einmal zurückgehen, ganz zurück, alles auf Anfang: Wie er überhaupt in diese Geschichte hineingeraten war. Also, wie er Einhorn kennengelernt hatte, sein erstes Gespräch mit ihm. Daran musste er sich wieder erinnern, um einen Ansatzpunkt zu finden. Vielleicht hatte er einen entscheidenden Hinweis übersehen oder überhört – alles, was Einhorn zu ihm gesagt hatte, musste ihm wieder einfallen. Wenn er wirklich weiterkommen wollte, würde er also zunächst mit diesem Kapitel aus seiner eigenen Biografie beginnen müssen, mit dem letzten Teilstück zumindest, in dem das *Alte Fährhaus* eine Rolle gespielt hatte und auch *LebensLauf*.

Er würde unbedingt auch noch einmal Wandas und Emma Paczenskys *LebensLauf*-Biografien kritisch gegeneinanderhalten, um endlich jene Stelle zu finden, an der Wanda auf einen anderen Zug aufgesprungen und von da an ganz selbstverständlich als Trittbrettfahrerin in einem fremden Leben unterwegs gewesen war.

Oder Herrn Pätzolds Biografie! Wie die auf einmal so unheimlich Fahrt aufgenommen hatte, als mit dem Eintritt ins Rentenalter aus dem Rechnungsprüfer Ernst Pätzold für ein paar glückliche Jahre ein Hobbybienenzüchter geworden war. – Die wenigen Stichpunkte aus

Frau Försters Lebenslauf musste er noch mal, das war klar, ganz neu sortieren, so, dass die sich zu einem sinnvollen Ganzen zusammenfügten, immer vorausgesetzt, dass das Ganze auch einen Sinn gehabt hatte. Und irgendwann würde er sich intensiv mit Bronkow beschäftigen, beschäftigen müssen. Da konnte er sich aber alle Zeit der Welt lassen, Bronkow lief ihm nicht davon, der lebte ja ewig. Dann verstünde er vielleicht auch, woran er im Moment allerdings noch zweifelte, Lommatschs Geschichte etwas besser. Und vielleicht sogar: Kay-Uwe …

Am besten von allem aber gefiel ihm rückblickend die *LebensLauf*-Geschichte von Lore, Lore Huber, obwohl – und das war vielleicht das Beste daran! – keine einzige Zeile davon zu Papier gekommen war und Lore sich nur (was heißt *nur*) getraut hatte, in die Gondel des Heißluftballons, oder eines »Luftballes«, wie Chamisso das genannt hatte, zu steigen, um für ihren Klaus-Werner hoch oben am Himmel eine letzte große Ehrenrunde zu drehen, wodurch es auch in ihrer ganz persönlichen Weltreise kurz vor Schluss noch einen überraschenden Höhepunkt (von immerhin ca. 500–700 Metern) gegeben hatte.

Aber, dachte Brose, als er all diese Lebensläufe noch einmal vor sich sah, ich kann doch nicht einfach *Ich* sagen und dann anfangen. Nein, musste er gar nicht: Hitzig hatte über sich auch in der dritten Person geschrieben, das könnte man so beibehalten. Brose schloss die Augen, er sah den Text schon fertig vor sich. Nun musste er ihn also nur noch aufschreiben. Oder abschreiben.

Eines Tages wäre er dann mit seiner Arbeit fertig, erst mal. Den Stapel Papiere würde er Claudia, nachdem er eine Flasche Merlot geöffnet und zwei Gläser hingestellt hätte, abends in der Küche an ihren Platz legen.

Er klappte den Laptop zu, schob ihn zur Seite und schraubte den Füller auf. Mit der flachen Hand strich er über das weiße Blatt. Sein Blick fiel auf den gelben Post-it-Zettel, den er letzte Woche schnell noch im Vorbeigehen von seinem Büro-Computer abgepflückt hatte und der nun als Überschrift vor ihm an der Wand klebte: *Das Leben kostet viel Zeit.*